Tom Rachman
Die Hochstapler

Tom Rachman

Die Hochstapler

Roman

Aus dem Englischen
von Bernhard Robben

dtv

Die Originalausgabe erschien 2023
unter dem Titel *The Imposters* bei riverrun in London.
Copyright © Tom Rachman 2023
© der deutschsprachigen Ausgabe:
2024 dtv Verlagsgesellschaft mbH & Co. KG, München
Gesetzt aus der Scala
Satz: Greiner & Reichel, Köln
Druck und Bindung: CPI books GmbH, Leck
Printed in Germany · ISBN 978-3-423-28397-7

Für Ian Martin,
für Essen und Freundschaft

Inhaltsverzeichnis

1

Die Autorin

(DORA FRENHOFER)

IHR MANN SCHWATZT, seine Kommentare nur unterbrochen von Kartoffelsalat. Demokratie steckt in der Krise. Der nächste Bissen. Populismus sagte der Freund von irgendwem. Kauen. Die Frau am Radio besorgt.

Dora – ihm gegenüber am Küchentisch – antwortet nur mit ›Mmm‹, einem Laut solcher Vieldeutigkeit, dass Barry sich besorgt fragt, ob er Unsinn redet, also redet er weiter, eine Überfülle an Worten, bei der ihm irgendwann womöglich etwas Gescheites über die Lippen kommt.

Einerseits, sagt er.

»Mmm.«

Und andererseits?

»Mmm.«

»Wann wollen die kommen? Was war noch mal abgemacht?« Er weiß es, folglich kann die Frage als ein eheliches Schallsignal verstanden werden, mit dem er die Stimmung der Gattin auslotet und registriert, was zurückgeworfen wird.

Dora, dreiundsiebzig, hat die meisten Jahrzehnte auf Erden ohne Mann verbracht, und das aus gutem Grund. Diese bevorzugte Daseinsweise fand jedoch ein Ende, als sie ihr letztes Lebenskapitel plante: Wenn sie zu alt und gebrechlich wurde, wollte sie es beenden. Nur gab es bei diesem Plan ein Problem: Handle zu früh, und du bringst dich um einen lebenswerten Teil deines Lebens. Handle zu spät, und du handelst nie.

Sie fand die Lösung: ein jüngerer Ehemann (neun Jahre Altersunterschied), der ein Auge auf sie hatte und ihr sagte, wann es Zeit wurde. Dora nennt Barry gern ihren »Senilitätsassistenten« – einer dieser Scherze, die zu oft wiederholt werden, weshalb man weiß, dass sie eigentlich kein Scherz sind. Irgendwann wird er im Zimmer nebenan zögern, all seinen Mut zusammennehmen, wird hereinkommen und bekümmert erklären: »Ich fürchte, es ist so weit.« In letzter Zeit aber sind es nicht ihre, sondern seine körperlichen Veränderungen, die Dora verblüffen: ein gebeugter grauer Mann sitzt ihr bei jedem Essen gegenüber, wohingegen die zerknitterte hochgewachsene Frau bloß im Spiegel auftaucht.

Barry schluckt den letzten Bissen herunter und greift dann nach der kleinen Dose mit den französischen, zuckerbestäubten Drops. Er wirft sich ein rotblaues Bonbon in den Mund und saugt, die Wangen werden hohl, die Tränensäcke heben sich, ein melancholischer Mann, der Heiterkeit vorspielt, obwohl man ihm die einsame englische Kindheit anmerkt mit einem Ingenieur zum Vater, ein Junge, der nur ein einziges Mal weinte, das Grundstudium über versteckt in einer von Cambridges Bibliotheken, später dann eine Reihe bezaubernd charismatischer Menschen, denen er sich gern unterwarf.

Die Sache mit Barry begann als Recherche für einen von Doras späten Romanen, ein Melodram über eine Scheidung. Sie strebte nach Authentizität, und jemand gab ihr die Nummer eines Familienanwalts. Vor dem ersten Treffen hatte

Barry mehrere ihrer Bücher gelesen und fürchtete, er könnte in ihrem nächsten vorkommen. Als Dora dann eintraf, lobte er vor allem ihre Memoiren. Immer mochten alle ihre Memoiren, weshalb sie Dora am wenigsten gefielen. Ein Roman ist, was man selbst geschaffen hat, Memoiren sind, was einen geschaffen hat. Anders ausgedrückt, die Romane geben ihr Innerstes wieder, nur verkauften sich davon weltweit selten mehr als sechsundachtzig Exemplare.

Trotzdem war es Dora im Laufe der Jahre immer wieder gelungen, ihre Werke in den Buchläden unterzubringen, eine Abfolge unbedeutender Romane über unbedeutende Menschen in unbedeutenden Krisen. Was Barry anging, nun, er wurde keine Figur im nächsten Buch – für Fiktion verlor er zu selten die Contenance. Stattdessen aber mauserte er sich zu einem liebenswerten Gefährten an ihrer Seite, den sie zu klassischen Konzerten mitnahm, wie kürzlich zu Bachs Cello-Suiten in der Wigmore Hall. Als Dora während der Aufführung fragte, ob es ihm gut gehe, beugte er sich vor, räusperte ihr erst ins Ohr, woraufhin sie zurückzuckte, und murmelte dann: »Rein wissenschaftlich gesehen werden Männer öfter von Musik zu Tränen gerührt. Zumindest laut entsprechenden Statistiken.« Sie zog seinen Arm näher heran und legte seine Hand auf ihren Schenkel, was ihn schüchtern aufsehen und in ihre grünen Augen blicken ließ.

Dora schaute auf ihre Uhr – sie sollten längst hier sein. Wer noch mal? Sie faltet die Hände, knotige Arthritisknöchel, blaue Adern unter durchsichtiger Haut. Barry springt auf, lässt die geballte Faust auf den Tisch krachen, die Dropsdose macht erschrocken einen Satz. Irritiert sieht Dora ihn an.

Er zerrt am Revers seiner Tweedjacke, streckt die Zunge raus.

»Was tust du da?«, fragt sie.

Er zappelt, stumm bis auf das Quietschen seiner Gummisohlen auf den Küchenfliesen.

Sie begreift: Er hat das rotblaue Bonbon verschluckt, und es ist ihm in die Luftröhre geraten.

»Barry?« Sie steht auf. »Was soll ich tun?« Sie packt ihn am Ärmelaufschlag, er aber reißt sich los, die Hände an der Kehle, die Daumen beidseits des Adamsapfels, um das Hindernis wegzudrücken. Er starrt sie an, verzweifelt, die Augen weit aufgerissen.

Fast hätte Dora etwas gesagt. Dann aber Stille. Reglos verharrt sie vor ihm. Schließlich dreht sie sich um und stakst über den Flur davon.

Dora geht an der Treppe vorbei und findet sich im Wohnzimmer vor dem Bücherregal wieder, das die ganze Wand einnimmt. In jüngeren Jahren hat sie jedem Mann, mit dem sie schlief, ein Buch gestohlen: Lang verflossene Affären lugen so im Regal zwischen missbilligenden Klassikern vor; ihre eigenen Romane lümmeln sich kleinlaut an den Rändern.

Vom Ende des Flurs hört sie einen Rums – Barry torkelt durch die Küche, kracht mit einem Schuh gegen einen Schrank. Ein Keuchen, heftiges Husten.

Wer hustet, atmet noch.

Der Rücken unter Barrys Tweedjacke hebt und senkt sich, die Arme auf den Rand der Spüle gestemmt, in die er sein Bonbon gespuckt hat. Er dreht den Kaltwasserhahn auf, spült den blauroten Fleck langsam in den Abfluss.

»Dir geht's wieder gut«, stellt sie fest.

Er sitzt am Küchentisch, ein Schweißfilm auf dem Gesicht, die Schultern beben bei jedem Atemzug. »Tja.« Noch ein langer, trockener Hustenanfall. »Fast wäre ich …«

»Fast wärst du was?« Als junge Schreibkraft in einem Büro

hatte Dora einmal mitangesehen, wie ein deutscher Geschäftsmann einen Schlaganfall erlitt. Niemand wollte ihn von Mund zu Mund beatmen, weil in seinem Bart Kürbissuppe hing, noch warm vom Mittagessen. Für ihn endete das mit einem Ihrnschaden. »Ihrn«? Sieht seltsam falsch aus. Wie aber wird es richtig buchstabiert?

»Tor.«

»Wie bitte?«

»Sie haben gerade das Tor geöffnet«, sagt Barry. Er ruft in Richtung Haustür ein halb ersticktes »Komme!«.

Barry, als Jurist auf Scheidungen spezialisiert, fand erst vor wenigen Jahren seine wahre Passion, nachdem er sich für eine Teilzeitausbildung als Therapeut eingeschrieben hatte. Von Dora ermutigt, beendete er die Anwaltskarriere und gab eine Anzeige in ihrer Stadtteilzeitschrift im Nordwesten Londons auf: »Therapeut für Paare«. Anfangs kamen seine Klienten nie öfter als zweimal. Dass Barry nicht auf Bezahlung bestand, half nicht unbedingt – es vermittelte den Eindruck von Amateurhaftigkeit, ein durchaus korrekter Eindruck. Dann begegnete Dora zufällig ein Paar auf dem Weg nach draußen, mit dem sie ins Plaudern geriet, und die Frau rief an, um Barry zu fragen, ob seine Gattin nicht bei den Sitzungen dabei sein könne, »und sei es nur, damit wir gleich viele Jungs und Mädchen sind«. Dora willigte ein: Sie brauchte neue Figuren für ihren nächsten Roman.

Die Klienten dieses Nachmittags stehen noch vor der verschlossenen Tür, zänkisches Gewisper, dann ein Klopfen.

Im Haus sagt Barry leise zu Dora: »Ich hätte *sterben* können.«

»Sag die Sitzung ab, wenn dir nicht danach ist.«

»Komme!«, wiederholt Barry in Richtung Tür und schließt auf.

13

Der männliche Klient ist ein Glasgower mit eisgrauen Koteletten, ein Werbefachmann, gekleidet wie jener mittdreißigjährige Hipster, der er vor zwanzig Jahren einmal war. Seine Frau – eine füllige Pharmazievertreterin libanesischer Herkunft in allzu engem Kostüm – möchte die Romantik in ihrer Beziehung wieder aufleben lassen. Er trainiert lieber für Ultramarathons.

Da die Sonne scheint, hat Barry Stühle im hinteren Garten aufgestellt. Noch ehe die Klienten Platz nehmen, greifen sie den Streit von der Hinfahrt wieder auf: »Du hast gerade bewiesen, dass ich recht habe.«

»Du! Bist! Wirklich! Irre!«

»*Ich?*«

Während sie an Dora gewandt die vergangene Woche resümieren, beugt Barry sich über seinen gelben Schreibblock, notiert aber nichts. Die Klienten richten ihre Worte immer an Dora, und zwar genau aus dem Grund, aus dem sich die meisten zu ihr hingezogen fühlen: Dora zeigt sich interessiert, aber es kümmert sie auch nicht sonderlich, wenn ihr Gegenüber wieder geht. In einem schlecht abgepassten Moment weist Barry darauf hin, dass es zu nieseln begonnen hat, und fragt, ob sie nicht ins Wohnzimmer umziehen sollten. Der Werbefachmann hat sich warmgeredet und will bleiben – was sei schon ein bisschen Regen! Also läuft Barry ins Haus, um Regenschirme zu holen, und Dora begleitet ihn. Im vorderen Flur stellt Barry sich ihr in den Weg. »Du brauchst mich doch gar nicht«, sagt er. »Ich fühle mich so überflüssig. Du bist einfach aus der Küche verschwunden, Dora! Und jetzt sitzen wir da, als wäre nichts gewesen und reden über das Sexleben dieser Leute.«

»Das nicht vorhandene.«

»Lenk nicht ab.«

»Dann rede nicht so dummes Zeug.«

Er klemmt sich drei Regenschirme unter den Arm und öffnet die Haustür. Tropfen peitschen herein. Er geht nach draußen, schließt die Tür hinter sich. Scheppernd öffnet sich das Metalltor.

Er läuft durch Wohnstraßen, zaudert nach ein paar Schritten – eilt dann weiter, obwohl er weiß, dass er sich untypisch verhält, was ihn dazu ermutigt, jeder Typisierung zu trotzen. Barry wischt sich mit einem gebügelten Taschentuch über die Stirn, übers schüttere, klamme Haar. Gedemütigt, so fühlt er sich.

Er erreicht den Park, ehemals der Garten eines aristokratischen Palastes. Immer, wenn er sich aufregt, dreht Barry eine Bunde im Schnelltempo. ›Bunde‹ ist falsch. ›Dunde‹? Egal, er versucht, seine Gedanken zu überholen, die wie eh und je zurück zu Dora wandern, eine Deutungskonstanz, die ihn erschöpft.

Am Ententeich zerrt ein Beagle Richtung braunes Wasser, zurückgehalten von den gebellten Befehlen seines Herrchens: »Nein, Wally, nicht, ich habe das Handtuch vergessen. Nicht, Wally!« Barry presst die Hände in den Maschendrahtzaun, betrachtet den kreuzförmigen Abdruck. Als Junge hatte er Spielzeugsoldaten, mit denen er aber nie Schlachtszenen spielte; sie hielten immer Lagebesprechungen ab. Mit einem Mal übermannt ihn ein Gefühl vergehender Zeit, das Gesicht seiner Mutter, die große Kluft von damals bis jetzt.

»Ich werde denen für heute nichts berechnen.«

»Warst du im Park?«, fragt Dora.

»Ach was, nein – bin nur rumgelaufen.«

»Ich dachte, du bist bestimmt beim Ententeich.«

»Falsch gedacht.« Pause. »Willst du mich nicht fragen, wo ich war?«

»Ich bleib dabei, für mich warst du am Ententeich«, sagt sie. »Du *könntest* ihnen die Stunde in Rechnung stellen – sie haben die volle Zeit in Anspruch genommen.«

»Ist schon ziemlich seltsam, was passiert ist.« Seine Stimme klingt fester.

»Was denn genau, Barry?«, fragt sie und klingt plötzlich so streitlustig, dass er jedes Wort zurückgenommen hätte, wenn es denn möglich wäre. »*Was* war seltsam?«

Er sieht sich in der Küche um, als suchte er ein Geschirrtuch, öffnet dann den Kühlschrank, nur um irgendwohin sehen zu können. »Haben die beiden sonst noch was erzählt?«

Sie gibt ihm ein Blatt mit ihren handgeschriebenen Notizen, das Papier fleckig vom Regen. Barry bringt das Blatt nach oben ins Arbeitszimmer unterm Dach, um ihren jüngsten Beitrag abzuheften. Doras Notizen über seine Klienten hat er nie gelesen, da er fürchtet, auf Einsichten zu stoßen, die profunder sind als seine. Diesmal aber kann er nicht widerstehen, schließlich hat er den größten Teil der Sitzung verpasst.

Er hält das Blatt fast zu weit von sich, wirft nur einen flüchtigen Blick darauf. Doch seine Miene ändert sich, das Papier nähert sich seinem Gesicht. Barry hastet zum Aktenschrank, blättert Doras Notizen über frühere Klienten durch. Liest, verharrt still, das Herz rutscht ihm in die Hose.

Er findet heraus, dass Dora während all der Sitzungen nie über ihre Klienten geschrieben hat. Jedes Blatt erzählt nur von einem einzigen Menschen, einem alternden Mann in Tweedjacke, der neben ihr sitzt und sich als Therapeut ausgibt. Ihre Beobachtungen ähneln sich, ausufernde Sätze, unleserliche Worte und Rechtschreibfehler, die sie früher nie gemacht hat.

Er legt ihre Notizen zurück ins Hängeregister und schließt den Schrank ab, will die Blätter einfach nicht mehr sehen. Er sitzt an Doras Schreibtisch, lässt den Blick durch ihr Arbeitszimmer huschen. Sie verliert die Kontrolle. Er weiß es.

Ihm kommt eine Erinnerung an das Bach-Konzert. Die Musiker führten gerade jenes Stück auf, das, wie er wusste, Dora besonders schätzte, als Barry zu ihr hinübersah. Sie starrte nur die Rückenlehne vor sich an. Er berührte sie am Oberschenkel, und sie drehte sich um, schaute zu ihm hoch. Diesen verhangenen Blick kannte er kaum.

Früher hatte Dora immer sofort eine Meinung zu allem gehabt. Sie wusste, was sie dachte, was man denken sollte, was alle anderen dachten. Wurde ihr in letzter Zeit aber etwas zu viel, blockte sie einfach ab oder ging aus dem Zimmer, um später wiederzukommen, als wenn nichts gewesen wäre, und unwirsch zu reagieren, falls Barry anderes andeutete.

Sie redet davon, noch einen Roman zu schreiben. Es wird keinen mehr geben.

Barry legt das Kinn auf die Brust, atmet ein, hält die Luft an und atmet langsam wieder aus. Sein Blick wandert über das Regal mit Fotos hinter Doras Schreibtisch: ihre Tochter, lange bevor sie erwachsen wurde und bis nach Los Angeles vor ihrer Mutter floh; ein verblichener Schnappschuss von Doras Bruder, Mitte der Siebzigerjahre, ein Hippie mit Bier in der Hand; ein Schwarz-Weiß-Foto von den Eltern in Holland gleich nach dem Krieg.

Barry hat sie alle nicht kennengelernt, und doch wird er irgendwann allein mit ihnen hier sein, der letzte Bewohner dieses Hauses, nur knarrende Dielen und sein Gemurmel, im Kopf ihre scharfzüngigen Repliken, die ihn aufheitern oder verletzen oder beides, aber egal, was, er würde alles geben, um nur wieder ihre Stimme hören zu können. Rasch blinzelt er, flatternde Lider; er schluckt. Er muss mit ihr reden, jetzt gleich.

17

Unten, im dämmrigen Flur, lauscht Dora auf seine Schritte. Es werden entschiedene Schritte sein, bis Barry die letzte Stufe erreicht, von der er – Blickkontakt meidend – ihr verkündet: »Ich bin dein Senilitätsassistent, Dora. Ich sage dir, wann. Aber noch ist es nicht so weit.«

»Irgendwas ist aber«, wird sie erwidern. »Mit meinem Ihrn.«

»Mit deinem Ihrn ist alles bestens!«

Niemand kommt die Treppe runter. Niemand ist oben oder sonst wo im Haus. Nur Dora, die über eine Romanfigur brütet, diesen Ehemann Barry, jemand, dem sie flüchtig begegnet ist und den sie in eine Geschichte eingebaut hat, die, wie die meisten ihrer Geschichten in letzter Zeit, keinen richtigen Sinn ergibt.

In jüngeren Jahren hatte Dora ihre Romane mit liebevoll gezeichneten Stümpern bevölkert, die vorliegende Geschichte aber dreht sich um eine unsympathische Figur, eine scheiternde Romanautorin wie sie selbst. Ein zermürbendes Selbstporträt.

Dora bedauert viel in ihrem Leben: dass sie, obwohl sie liebenswerte Figuren schuf, selbst stets zu ungeduldig für Liebenswürdigkeiten ist; dass sie immer ehrlich ihre Meinung sagt, egal, wen sie damit verletzt; dass sie sich durch aller Leute Leben wühlt auf der Suche nach Romanfiguren, die den Vorteil besitzen, sich so zu benehmen, wie *sie* es wünscht, und den Nachteil, anders als alle zu sein, die sie kennenlernt. Entweder ist sie eine schlechte Schriftstellerin, oder die Menschen geben schlechte Romanfiguren ab.

»Ich sollte dieses Leben bald zu Ende bringen, findest du nicht?«, fragt sie die Treppe, als halte sie Barry auf seinem Weg nach unten auf, als zöge sie ihn von der letzten Stufe herab, drückte ihre Wange an seine Stirn und betrachtete seine faltigen, geschlossenen Lider, fände so ein Ende für ihre Geschichte: Die welkende Frau will keinen Senilitätsassistenten mehr, will nur noch mit diesem Mann alt werden. Sie sehnt sich wirklich nach einem Gefährten. Und doch hätte sie größte Mühe, es auch nur eine Woche mit ihm in ihrem Haus auszuhalten.

Dora geht die Treppe zum Arbeitszimmer unterm Dach hoch, ihr schmerzendes Knie lässt sie bei jedem Schritt zusammenzucken. Auf dem Treppenabsatz weigert sie sich, eine Pause einzulegen und zu Atem zu kommen, geht schnurstracks an ihren Tisch und fragt sich nervös, ob sie wirklich noch etwas zu sagen, zu schreiben hat. Sie kennt die Antwort.

TAGEBUCH: DEZEMBER 2019

Dieser Bildschirm vor mir macht mich ganz nervös. Was, wenn es nichts wird mit dem Buch, das ich schreiben will?

Ich schaue aus dem Fenster meines Arbeitszimmers auf schmale Londoner Häuser, bewohnt von Familien, die im Laufe der Jahre wachsen und wieder schrumpfen. Hinter einer fernen Glasscheibe zeigt sich ein kleines Kind. So weit fort, meine Sicht verschwimmt: ein Mädchen, nur für einen Moment, unter einem mit obsoleten Antennen gespickten Dach.

Ich lenke den Blick zurück auf das Wesentliche, auf meinen Schreibtisch, den Bildschirm, die Tastatur, den aggressiv blinkenden Cursor.

Diese Sätze entsprechen Tatsachen. Ich schreibe als ich selbst, Dora Frenhofer, gebe ausnahmsweise nicht vor, jemand Fremdes zu sein. Jedes zweite Kapitel aber wird sich einer anderen Figur widmen. Und somit stellt sich ein Problem. Leser wollen, dass der Text sich zu etwas Einheitlichem fügt, nicht zu vielerlei. Meine Figuren muss also irgendwas verbinden. Vielleicht sollte das Buch vom Schreiben selbst handeln? Oder von Schriftstellern?

Seit einem halben Jahrhundert habe ich als eine von dieser Spezies überlebt. Ich halte mich für beides, für einen Glückspilz und für eine Versagerin. Anfangs lief es erstaunlich gut, was ich fälschlich für den Beginn meiner Karriere hielt.

»Vielleicht sollte ich mich zur Ruhe setzen«, bemerkte ich vor einigen Jahren zu einem alten Mann, mit dem ich mich damals regelmäßig traf.

»Als Schriftstellerin?«, entgegnete er feixend. »Wem sagst du das.«

Er hatte recht. Man macht einfach Schluss. Niemandem wird das auffallen. Bloß überkommt mich Panik, wenn ich diesen Schritt zu Ende denke. Es auch nur zu erwähnen, fühlt sich gefährlich an. Besser, ich wechsle rasch das Thema. Also:

Ich brauchte eine Brille und fing mir ein blaues Auge ein. Da ich zu früh zu einem Arbeitsessen kam, spazierte ich durch die überdachten Arkaden abseits der Jeremy Street und wunderte mich über das Idealbild des Mannes, wie es in den Schaufenstern der Herrenboutiquen ausgestellt wurde: handgemachte Schuhe für Bankiers, getüpfelte Seidenschlipse, die gelben Homburgs der Hutmacher.

Statt mit einem Namenszug präsentierte sich die Fassade eines Optikergeschäftes mit einem Hängeschild, das eine Metallnase mit Brille und famosem Walrossschnäuzer zeigte. Ein prüfender Blick aufs Handgelenk, zu nahe, weiter weg, anschwellende, schrumpfende Zahlen: Bestimmt hatte ich noch Zeit, auch wenn ich die Ziffern nicht deutlich erkennen konnte. Ein Angestellter – nicht ahnend, dass ich ins Fenster blickte – griff nach seiner Brille, leckte über die Gläser und putzte sie am Hemd ab.

»Wie kann ich Ihnen helfen?«

Man könne gleich jetzt meine Augen testen, sagte er, auch wenn die Optometristin erschrocken zusammenfuhr, als der Angestellte die Tür zum Hinterzimmer öffnete und sie ein Reisemagazin beiseitewarf, als wäre es ein Pornoheft. Sie rollte einen stählernen Apparat heran, halb mittelalterlich, halb futuristisch, und schob meine Stirn an eine Batterie unterschiedlicher Linsen.

»Deutlicher jetzt?«, *fragte sie, während ich die Sehtafel studierte, eine Buchstabenpyramide, auf der oben ein triumphales* ›E‹ *thronte, weiter unten ein verschwommenes Allerlei, das* ›P H U N T D Z‹ *heißen mochte. Sie wechselte die Linse.* »Oder ist es so besser?«

Ich konnte keinen Unterschied erkennen, glaubte aber, es zu müssen, da ich sonst irgendwie versagen würde. »Die zweite, eindeutig.« *Offenbar würde mich mein Stolz die nächsten Jahre nur mit zusammengekniffenen Augen etwas erkennen lassen.*

Einen Großteil meines Lebens bin ich ohne optische Hilfsmittel zurechtgekommen, von einer Lesebrille mal abgesehen, die ich aber eigentlich nur besitze, um sie überall verlieren zu können. Seit einigen Jahren jedoch beginnen sich die Dinge außerhalb meiner Reichweite aufzulösen. Nur, fragte ich mich, musste ich denn wirklich noch alles deutlich erkennen können? Inzwischen wusste ich doch längst, wie die meisten Dinge aussahen.

»Meinen Kunden sage ich gern«, *informierte mich die Optometristin,* »eine Bifokalbrille sei wie die Weisheit selbst: Man ist endlich in einem Alter, in dem man fern wie nah gut sehen kann.«

»Ist das Problem nicht eher, dass ich weder das eine noch das andere kann?«

Wortlos fällte sie ihr Urteil über meine schwachsichtigen Augäpfel und tippte ein Rezept in ihre Datenbank, während ich den Titel des kopfüber liegenden Reisemagazins entzifferte: »Rätselhafter Vorfall auf dem Hippie-Trail«, *dazu ein (für mich) verschwommenes Foto von einem jungen Mann vor Gebetsfahnen im Himalaya. Ich erinnerte mich an jene Zeit, in der viele meiner Freunde mit spirituellen Absichten gen Osten trampten und mit Dias von buddhistischen Klöstern heimkehrten. Damals waren Reisen noch eine Art des Verschwindens,*

und niemand wusste so recht, was aus einem geworden war,
bis daheim ein handgeschriebener Brief mit einem fragmenta-
rischen Bericht der letzten Vergangenheit durch den Postschlitz
fiel. Als mein Bruder 1974 über Land nach Indien fuhr, hatte
ich ihm für die Reise den Roman Krieg und Frieden *mitgege-*
ben. Zu jener Zeit träumte ich noch davon, eine bedeutende
Schriftstellerin zu werden.

In jungen Jahren hielt ich Schriftsteller für eine intellektuelle
Sippschaft, die stirnrunzelnd durch New Yorker Buchläden
streifte, sich in Pariser Mansarden abrackerte oder leidenschaft-
lich hitzige Debatten in St. Petersburg führte. Vielleicht würde
man mich eines Tages auch dazu einladen. Hin und wieder
hat man es tatsächlich getan – und ich wäre am liebsten fort-
gerannt. Wenn man dann entschied, mich nicht wieder einzu-
laden, fragte ich mich, warum.

Doch ehe ich zu alldem komme, muss ich meine Augenunter-
suchung zu Ende bringen. Plötzlich war ich für das Mittagessen
nämlich spät dran und hastete vom Optiker zum Restaurant in
der Dean Street, schlängelte mich durch den mittäglichen Tu-
mult in Soho, dem Gedränge der Hipster, die wie in einem Tanz
hierhin und dorthin schwirrten, ausnahmslos mit einem Kaffee
in der Hand. Auf dem schmalen Bürgersteig vor mir schnatterte
ein überdrehter Pulk bestens gelaunter Medienfritzen, und ich
bat höflich, mich vorbeizulassen. (In diesen Eintragungen will
ich bei der Wahrheit bleiben, also muss ich mich korrigieren.
Ich war nicht höflich.) »Das hier ist doch keine Privatstraße!«,
rief ich. »Lassen Sie mich durch!«

Eine junge Frau lachte, und ich schämte mich, denn ich war
ganz ihrer Meinung. Trotzdem blieb ich bei meiner Entrüstung
und drängte weiter, nur um gleich darauf den Abstand falsch
einzuschätzen und mit dem Gesicht gegen den Pfosten eines
Verkehrsschildes zu prallen. Ich hörte, wie manch einer erschro-

cken nach Luft schnappte, und einige freundliche Zuschauer machten einen halben Schritt auf mich zu. Ihre Hilfe aber lehnte ich ab, starrte bitterböse den Pfosten an, als verlangte ich eine Erklärung, und las auf dem Schild: »SCHILD AUSSER FUNKTION«.

Mit einem zusammengekniffenen Auge lief ich weiter, während hinter mir das Geschnatter erneut aufbrandete, sich aber nicht um mich drehte – ich war aus dem Bewusstsein dieser Leute bereits verschwunden, auch wenn sie in meinem Kopf noch rumorten. Menschen überall, zusammengepfercht, meldeten sich zu Wort. Das schloss mich ein. Ich besaß ihnen gegenüber keinerlei Vorrechte. Warum also hätten sie mir Platz machen sollen?

Man sollte ein Restaurant nicht mit Selbstzweifeln betreten. Also riss ich mich zusammen. Small Talk als Nächstes. Die Speisekarte wanderte hin und her.

»Was ist passiert?«, fragte meine Agentin und deutete auf mein Auge.

Ich wandte den Blick vom angedrohten, in Zitrone geschwenkten Seebarsch ab. »Ein Metallpfosten hat mir aufgelauert.«

»Geht es Ihnen gut?«

»Ehrlich gesagt«, erwiderte ich. »Ich wollte Sie um Ihren Rat bitten.«

»Besorgen Sie sich ein Steak.«

»Oh, ich hatte eher an Fisch gedacht.«

»Für Ihr Auge, meine ich.« Sie machte ein Foto von meinem Gesicht und reichte mir ihr Handy: ein geschwollener, dunkelroter Balken quer über dem runzligen Profil, eine weiße Locke drängt sich ins Bild.

Sie klappte die Speisekarte zu und lächelte erwartungsvoll. »Wie aufregend: Sie haben was Neues, über das Sie mit mir reden wollen?«

»Nein, ganz im Gegenteil. Ich würde gern Ihre Meinung wissen.«

»Kein Problem.«

Eigentlich wollte ich nichts mehr dazu sagen, tat es aber doch. »Wissen Sie, ich frage mich, ob ich ein weiteres Buch überhaupt rechtfertigen kann. Mich jahrelang mit dem Manuskript abplagen in dem Wissen, dass es vermutlich niemand lesen wird. Was braucht es denn noch, bis ich meine Situation akzeptiere?« Meine Stimme klang harsch, denn ich offenbarte mich.

»Wow!« Sie wirkte leicht irritiert. Das hatte ich nicht erwartet. »Ich hasse es, Sie so mutlos zu sehen, Dora. Aber immer weiterzumachen ist doch Teil dieses Berufs, finden Sie nicht? Es sei denn, Sie ertragen es wirklich nicht länger. In diesem Fall …«

»Nein, völlig korrekt. Sie haben ja recht.« Verlegen wechselte ich auf sicheres Terrain: wie hässlich die Politik, wie hübsch unsere Desserts.

Wir holten die Mäntel. »Hören Sie«, sagte sie, ehe wir auseinandergingen. »Sie müssen sich wieder an die Arbeit machen, das ist es, was Sie jetzt brauchen. Fangen Sie einen neuen Roman an!«

Also versuche ich es, fürchte den Beginn, bin aber auch aufgeregt: die Leere der Seite, die Möglichkeiten der Wörter. Jedes könnte ich nehmen. Also kommt alle her zu mir.

Nur finde ich die richtige Distanz nicht, mein Gesicht im Widerschein des Bildschirms schrumpft und wächst, was mich an die Metallnase auf dem Schild des Optikers erinnert, an den famosen Walrossschnäuzer.

Bislang habe ich für meinen Roman nichts als eine Figur, die eine Geschichte sucht, am Schreibtisch sitzt und tippen will.

~~Als die Haushälterin Zeitung und Kaffee zur Tür seines Büros im Obergeschoss bringt, blafft Mr. Bhatt sie fort.~~

Oder

~~Alle im Haus lassen Mr. Bhatt in seiner Unhöflichkeit schmoren. Mahlzeiten verstreichen, doch ist er zu stolz, nach unten in die Küche zu gehen.~~

Oder

Eine graue Wolke quillt aus Mr Bhatts Nase über seinen famosen Walrossschnäuzer, dessen schwarze Borsten vor Neugier zucken.

2

Der verschollene Bruder
der Autorin

(THEO FRENHOFER)

EINE GRAUE WOLKE quillt aus Mr Bhatts Nase über seinen famosen Walrossschnäuzer, dessen schwarze Borsten vor Neugier zucken. Der Deckenventilator kommt ratternd zum Stehen, vergebens wischen die trägen Flügel durch den Zigarettenrauch. Bestimmt ein erneuter Stromausfall: Das aus der Küche heraufdudelnde Hindi-Liebeslied ist gleichfalls verstummt. Ausnahmsweise kommt ihm das Stromnetz in Delhi zu Hilfe.

Mr Bhatt, der sich nun endlich konzentrieren kann, schiebt aufgeschlagene Bibliotheksbücher beiseite, schnippt leere Panama-Zigarettenschachteln vom Tisch und legt den grünen Fries frei, auf dem er die heutige Ausgabe des *Indian Express* ausbreitet, hebt seine Schenkel und platziert sie anders, lässt Luft zirkulieren; seine Schlafanzugshose seufzt.

Zu seinem großen Ärger wurde die Zeitung verunstaltet: mit Bleistift unterstrichene Sätze, Kommentare am Rand. Mr Bhatt rückt die Nase näher ans Blatt, kann das Gekritzel seiner Frau aber nicht entziffern. Wenn Meera, die lange vor ihm aufsteht, die Zeitung als Erste liest, soll sie doch bitte alles lassen, wie es ist. Sonst präsentieren sich die gestrigen Ereignisse so, wie *sie* es für wichtig hält, fast wie nach einem Kinobesuch, wenn Mr Bhatt noch ganz aufgewühlt ist von Gefühlen und sie einen bissigen Kommentar flüstert, der ihn plötzlich alles mit ihrem essigsauren Blick sehen lässt.

Er setzt seine eckige Brille ab, leckt einmal über jedes Glas und putzt sie an der Brusttasche seines Schlafanzugs. Nach einem Schluck lauwarmen Instantkaffees wendet er sich dem Tarzan-Comic zu. Als Nächstes versucht er sich am Kreuzworträtsel, das er aber nicht lösen kann, also verflucht er die Idioten, die sich diese Suchbegriffe ausgedacht haben. So arbeitet er sich weiter durch die Zeitung vom 13. Mai 1974 vor – vielmehr zurück, von hinten nach vorn: Kricketresultate, Wirtschaftsteil, politische Nachrichten. Beim Lesen schraubt er ein Döschen Brylcreem auf und zu, schnuppert geistesabwesend daran.

Quer über die Titelseite steht, dass 17 Lakh Bahnarbeiter streiken. Vielleicht ist Mrs Gandhi doch zu weit gegangen, hat zu viele Gewerkschaftsführer verhaften lassen. Jetzt darf sie auf keinen Fall nachgeben, damit nicht die nächste Bande Rowdies rebelliert. Wo soll das nur enden?

Mr Bhatt betritt den Balkon mit Blick über Jor Bagh – seiner Meinung nach das zweitbeste Stadtviertel im Süden Delhis. Im umzäunten Park unter ihm steht ein Ochse mit angespanntem Pflug. Sein Hausdiener – dieser Bauer mit paanroten Zähnen – hat das Vieh einfach vergessen. Aus der Küche zwitschert wieder das Radio, und Mr Bhatt geht zurück in sein Büro, der Deckenventilator lässt die Aufschläge seines Schlafanzugs flattern.

Während er sich ein Bad einlässt, absolviert er seine morgendlichen Hampelmänner, lässt sich dann ins überschwappende Wasser gleiten und rasiert sich im Sitzen, wie von der

Zeitung empfohlen, da der Dampf die Poren öffnet. Nur wurde vergessen zu erwähnen, dass sich die Stoppeln im Badewasser ansammeln. Minutenlang sinniert Mr Bhatt, wie er es schaffen könnte, aus der Wanne zu steigen, ohne von oben bis unten mit schwarzen Härchen übersät zu sein.

Er kleidet sich zum Mittagessen an: Seersuckeranzug, dazu der marineblaue Schulschlips, der sich, dank Mr Bhatts Angewohnheit, ihn beim Nachdenken um den Finger zu wickeln, wie der Rüssel eines neugierigen Elefanten kringelt. Es gibt so vieles, was er Mrs Gandhi zu sagen hat. Sollte er das alles in einem Brief auflisten? Oder nur eine einzige schockierende Tatsache auswählen und ihr diese vorlegen?

Zuerst aber stellt sich das Problem der Anrede. »Madam Premierminister«? Oder »Eure Exzellenz«? Oder einfach nur »Sehr verehrte Frau Gandhi«? Sie wird niemanden respektieren, der zu Kreuze kriecht. Madam Premierminister, denkt er, wir rasen auf eine Katastrophe zu! Sind Sie mit dem Werk von Dr. John B. Calhoun vertraut? Dieser amerikanische Wissenschaftler schuf das perfekte Habitat für Mäuse, die sich ohne Raubtiere oder Krankheiten nach Herzenslust vermehren konnten; ein wahres Mäuseparadies. Bald aber gab es viele Tausend Nager. Männchen, die kein Weibchen fanden, zogen sich zurück. Kannibalismus breitete sich aus, ebenso gewisse Mäuseperversionen. Als Nächstes folgte der soziale Kollaps. Dann der Untergang. Das, Madam Premierminister, ist *unsere* Zukunft. Zu Beginn der Unabhängigkeit waren wir dreihundert Millionen. Ein Vierteljahrhundert später haben wir uns fast verdoppelt. Das Problem der Flächendichte wird in diesem Jahrzehnt noch schlimmer werden. Die Perspektiven für die 1980er-Jahre sind trostlos. Als Vorsitzender des Delhi-Ortsverbandes der NWG (Nullwachstumsgesellschaft GmbH) schlage ich folgende simple, doch strikt umzusetzende Maßnahme vor: eine Steuer auf alle Neugeborenen, eine Anhebung der Kindergartengebühren, ein Bargeldbonus für kinderlose Paare. Und wer meint, sich unbedingt fortpflanzen zu müssen, darf maximal ein Kind aufziehen, für das in den besseren Schulen zur Belohnung ein Platz reserviert wird (vorausgesetzt, die Jungen sind klug genug). Unsere nationale Presse muss ihren Teil zu dieser Anstrengung beitragen: keine Fotos mehr von süßen Babys, stattdessen abfällige Beiträge über gebärfreudige Eltern mit entsprechend beschämenden Bildern, dazu einen regelmäßigen Bericht über die *Schlimmste Familie der Woche*.

Trotz seiner ausführlichen Erwägungen stehen auf dem Schreibmaschinenblatt bislang nur zwei Worte geschrieben: »Madam Premierminister«. Nach Inspiration suchend schlägt er seine oft konsultierte Ausgabe von Dr. Paul R. Ehrlichs *Die Bevölkerungsbombe* auf, Eselsohr Seite 152, auf der Mr Bhatt unterstrichen hat: »Die Krankheit ist so weit fortgeschritten, dass der Patient nur dann eine Überlebenschance hat, wenn er sich drastischen Eingriffen unterzieht.«

Wie, fragt sich Mr Bhatt, können wir einer Zukunft entgegensehen, wenn uns Menschenmassen gleich Schwärmen von Heuschrecken (oder kannibalischen Mäusen) erwarten? Er dreht sich zur Balkontür um, und sein Puls beschleunigt, als würde der Mob zu ihm hochkraxeln, am Fenster schnüffeln und die Scheiben zerbrechen, um dann über ihn herzufallen. Er hält das Feuerzeug seitlich, zieht wie ein eleganter Filmschauspieler die Flamme mit der Zigarette an. Den Rauch ausatmend begreift sich Mr Bhatt nicht als unabhängigen Wissenschaftler, sondern als Kind seiner Eltern, als weilten sie noch auf dieser Welt und wüssten um die Bürde, die auf den Schultern ihres Sohnes R. A. S. Bhatt ruht – die Bürde, Indien zu retten.

Plötzlich poltert tatsächlich jemand die Außentreppe hoch. Mr Bhatt schnappt sich seinen Füllfederhalter und punktiert die Fingerkuppen mit blauen Sternbildern, die beweisen sollen, wie fleißig er an diesem Morgen bereits gewesen ist. Die Bürotür schwingt auf, und Ajay platzt herein, kichernd, weil er weiß, dass ihm der Zutritt verboten ist. Der Zwölfjährige rast herum, hüpft, landet auf dem Po und springt wieder hoch, versucht ein Rad auf dem Perserteppich zu schlagen, aber der Teppich rutscht unter ihm weg, und der Junge fällt erneut hin. »Du brichst dir noch alle Knochen, du Dummkopf«, warnt ihn Mr Bhatt und unterdrückt den Anflug eines Lächelns – doch dann schnappt sich der Junge ein Buch und wirft damit nach ihm. Diesmal fällt die Ermahnung ärgerlich aus: »He! Das ist aber nun wirklich dämlich!«

Ajay tut, als inspiziere er einen ramponierten Kricketball. Die Nase des Jungen läuft.

»Wo ist dein Taschentuch, *meri juun?*«

»Ich hab mir die Nase schon geputzt.«

»Mit deinem Ärmel. Deshalb haben die auch Knöpfe, um Banausen daran zu hindern, sich die Nase am Ärmel abzuputzen. Hat deine Mutter dir etwa kein Taschentuch gegeben? Also wirklich, ist das denn so schwer?«

Ajay ist nach seinem ersten Jahr im Internat heimgekehrt. Mr Bhatt war selbst einst ein Dosco-Pennäler, wenn auch zu seinem Leidwesen, doch ist er davon überzeugt, dass jeder junge Mann, der etwas taugt, dies durchstehen müsse, und seine Meinung zu ändern, kam für Mr Bhatt so wenig infrage, wie sich den Schnäuzer abzurasieren: Wie ein Kind sähe er dann ja aus.

Der Junge wirft einen neugierigen Blick auf das Blatt in der Schreibmaschine, weshalb Mr Bhatt seinen Sohn erst fortscheucht, dann aber auf die Anschrift in der oberen Ecke deutet: Safdarjung Road, Wohnsitz von Mrs Gandhi. »Wir stehen in regem Briefwechsel.«

Der Junge ist nicht so beeindruckt, wie er es sein sollte, also fährt Mr Bhatt mit den Knöcheln seiner Hand über Ajays Rippen, rauf und runter, bis der Junge sich vor Lachen krümmt und das Gesicht des Mannes sich zu einem Lächeln verzieht. In diesem Zimmer, an diesem Tisch, gewinnt eine monumentale Idee Gestalt. Menschen werden wegen Mr Bhatt sterben. Weit mehr werden überleben. »Auf der Stelle nach unten«, befiehlt er. »Genug von diesem Unsinn.«

Mr Bhatt freut sich über Ajays Ausgelassenheit, doch er selbst lacht nie, da er damit ein Beispiel setzen würde. Er kommt sich (mit einunddreißig) älter vor, als er ist, was er begrüßt. Ärgerlich wird er nur, wenn sein Sohn sich Meeras Herablassung anschließt, mit der sie zu verstehen geben will, dass hier oben ein stümpernder Armleuchter am Werk ist.

»Wie lange dauert es wohl, dich zu braten?«, fragt er Ajay. »Ich meine, bis dein Fleisch so richtig zart ist.«

»Eine Stunde?«

»Wir könnten deiner Mutter ja sagen, sie soll stattdessen *Naniji* braten«, sagt er und meint Parvati, seine Schwiegermutter, die zu Besuch ist. »Altes Fleisch ist aber zäh; du würdest besser schmecken.«

»Und wie wär's, wenn wir dich essen, Baba? Aber eigentlich«, setzt Ajay hinzu und wechselt sprunghaft wie immer das Thema, »will ich dich fragen, wie ein Hirn funktioniert. Was meinst du?«

Mr Bhatt nimmt die Brille zur Hand, leckt über die Gläser, putzt sie am Hemd ab und setzt sie wieder auf. »Das Hirn hat eine Idee. Wie? Nun, das Blut schickt einen Impuls, der durch die Zellen geht«, fährt er im gewichtigen Ton eines Mannes fort, der keine Ahnung hat. »Und die Zellen, die senden diese

Ideen von ihren Wahrnehmungen aus. Aber das ist vielleicht ein bisschen zu kompliziert für dich.« Er flüchtet auf den vorderen Balkon, entdeckt im Park einen Bauern, der sich mit Freunden unterhält – Tagediebe, das ganze Pack. »Und wie denkt nun ein Hirn, Ajay? Lass es mich erklären.« Er dreht sich um. Der Junge ist fort.

DAS ENGLISCHE WORT für ›Anchovis‹ ist Theo Frenhofer neu. Selbst wenn er es vom entsprechenden Wort in seiner holländischen Muttersprache herleitet – ›ansjovis‹ – hat er Mühe, sich den Fisch vorzustellen, sieht vor sich nur das Meer, still an der Oberfläche, darunter ein Getümmel. In Gedanken malt er sich aus, wie die Möwe im Roman auf die glänzende Wasserfläche hinabstürzt, wieder und immer wieder, denn abgelenkt bleibt Theo stets am selben Satz hängen und die gedruckten englischen Worte in seinem Kopf werden von dem am Nachbartisch gesprochenen Englisch übertönt.

Es ist lächerlich: Der Hof der Pension ist bis auf ihn leer, trotzdem haben sie einen Tisch ausgewählt, der seinem so nahe ist, dass er die Schulter der jungen Schweizerin oder das Handgelenk des Kanadiers berühren könnte. Soll er sich umsetzen? Die Sonne brennt durch die Ranken über seinem Kopf, brät ihn – das ließe sich als Vorwand nutzen.

Die Beine der Schweizerin ruhen auf einem wackligen Stuhl; ihre Sandalen, abgestreift am Boden, haben die nackten Füße mit Bräunungsstreifen markiert. Ihr kanadischer Begleiter trägt einen angedeuteten blonden Schnäuzer und lange blonde Haare, attraktiv und fit, der Oberkörper nackt, die Arme hinterm Kopf verschränkt, die haarigen Achselhöhlen, die massigen Schultern unübersehbar; vom Bauchnabel abwärts führt eine Haarlinie und verschwindet in den ausgeblichenen Jeans-Shorts. Auf dem Tisch liegen zwei Schlüssel: kein Paar.

Theo gibt vor, zu lesen, lauscht aber ihrem Gespräch und erfährt, dass sie zufällig zur selben Zeit eingecheckt haben. Der junge Kanadier hat die Schweizerin daraufhin eingeladen, sich im Hofcafé ›ein Päuschen zu gönnen‹, und dort seinen gigantischen gelben Rucksack schwungvoll direkt vor Theos Füßen abgestellt. Die Schweizerin hält einen dunkelroten Rajasthani-Beutel im Schoß, darauf ihr schlanker Arm, eine Beedi zwischen den Fingern.

Der oberkörperfreie Kanadier spielt den abgebrühten Reisenden und protzt mit Katastrophen, bloß ist sein Erfahrungsfundus begrenzt – er ist gerade erst in Indien angekommen, redet also über Flüge, beschreibt einen Betrüger am Flughafen in Delhi und die Fahrt hierher nach Varanasi. Die Schweizerin bindet sich ihr krauses Haar zu einem Knoten zusammen, das Kinn gereckt, auf der linken Wange zwei kleine Muttermale. Sie ist eine erfahrene Trekkerin; vor sechs Monaten sind ihre Freunde und sie in Genua mit einem umgebauten Armeelaster losgefahren, quer durch den Iran und die Salzwüste bis nach Herat, haben in Sigi's Hotel in Kabul Touristen beim Riesenschach zugesehen, sind über den Chaiber-Pass nach Pakistan und weiter.

Theo ist auch auf dem Landweg nach Indien gekommen, hat aber nur aus dem Busfenster geblickt und ansonsten wenig gesehen. Er wurde von Dora, seiner älteren Schwester, dazu ermuntert, diese Reise zu unternehmen, da sie entschieden hatte, dass er seine Probleme in ihrer holländischen Heimatstadt zurücklassen solle. Sie kam mit dem Zug aus München, wo sie kürzlich ihren ersten Roman beendet hatte, und befahl ihrem Bruder, aus den Federn zu kommen und mit ihr nach Amsterdam zu fahren. Theo hatte Angst, sich mit seiner Schwester anzulegen, die an einer für intelligente Menschen so typischen Schwäche litt: fähig, ein Tier zu sezieren, jedes Organ zu identifizieren, seine Funktion zu benennen – doch außerstande, sich zu fragen, was dieses Geschöpf empfand. In Amsterdam versuchte sie, ihren jüngeren Bruder in Bewegung zu setzen, indem sie ihm versicherte, *sie* wisse, was er tun müsse, blätterte in einem Reisebüro dem Hippie am Schreibtisch 299 Gulden hin und steckte Theo noch ein paar gefaltete Scheine in die Brusttasche, Geld für unterwegs. »Aber, Theodor, wenn du zurückkommst, will ich Geschichten hören. Verstanden?« Ihre Augen glänzten, als sie ihm liebevoll die Hand tätschelte.

Sobald der Bus sich in Bewegung setzte, jubelten seine Mitreisenden vor Begeisterung. Theo presste die schweißnassen Hände auf seine Jeans. Während der langen Fahrt stiegen alle bei jeder nur erdenklichen Möglichkeit aus, suchten eine Pension für die Nacht, etwas zu essen und Hasch. Theo aber blieb im Bus, schlief auf seinem Platz, fettiges Haar im pickligen Gesicht, dicke Lippen, große Zähne. Da er fürchtete, seine sockenlosen Füße in den weißen Turnschuhen könnten stinken, stand er nur auf, um sich zu recken, wenn der Bus leer war. Selbst wenn niemand sonst zu sehen war, verharrte er in der leicht gebeugten Haltung des schüchternen Jungen.

Als sie endlich den Busbahnhof von Delhi erreichten, jubelten die Passagiere und machten sich grüppchenweise auf den weiteren Weg. Theo schlug sich allein zum Bahnhof durch und kämpfte gegen seine Angst an: überall Menschen. Er kaufte ein Dritte-Klasse-Ticket zur heiligen Stadt Varanasi, da Dora sie einmal erwähnt hatte, stieg dort aus und lief durch schattige Gassen, als hinter ihm ein Fahrradfahrer klingelte, woraufhin sich Theo flach an die nächste Mauer drückte. Das Sonnenlicht flackerte, und er blickte auf: Affen hangelten sich über die Stromleitungen. Er stieß den Korb eines Händlers um, gab ihm einige Rupien zur Entschädigung und bekam im Gegenzug eine Zwiebel.

Schilder wiesen den Weg zum Dharma Guest House. Theo hastete zum Eingang und lief die Stufen zum ersten menschenleeren Platz seit Tagen hoch, ein Hofcafé, geschmückt mit einem rosagelben Wandbild des Elefantengottes Ganesha vor schneebedeckten Bergen. Holztüren säumten den Hof, nummeriert und jede mit einem Vorhängeschloss versehen. Der Manager hatte seine Pension für Gäste aus dem Westen umgebaut und sorgte gewöhnlich dafür, dass man seine Eltern nicht zu Gesicht bekam, heute aber schlurfte ein knochiger, alter, Latschen tragender Herr durch den Hof, auf der Stirn ein zinnoberrotes Tika, eine Weste über den Dhoties. In Zimmer 9 testete Theo die klumpige, baumwollgefüllte Matratze und blickte sich in seiner spärlichen Behausung um.

Er blieb in Zimmer 9, benutzte das Gemeinschaftsbad nur außerhalb der Stoßzeiten und wagte sich nie auf die Straße. Seine Schwester hatte ihn davon überzeugt, dass er Hoffnung fände, wenn er um die halbe Welt reiste. Stattdessen aber wachte er voller Schrecken auf – in wenigen Wochen würde er kein Geld mehr haben. Und dann? Während er zwischen eisiger Panik und Verleugnung schwankte, brachte er sich mit Taschenbüchern, die abreisende Gäste an der Rezeption zurückgelassen hatten, auf andere Gedanken. Dreimal täglich störte ihn der Zimmerservice: immerzu Toast mit Marmelade und eine Blechkanne mit in süßer Milch gekochten Teeblättern, Kardamom und Nelken. Einmal grinste ihn ein Angestellter an, was Theo so verlegen machte, dass er die Rechnung zahlte und sein Gepäck zum Bahnhof schleppte, weil er nach Kalkutta fahren und von dort weiter zu jenen heiligen Bergen wollte, die er auf dem Wandbild im Dharma Guest

House gesehen hatte. Er würde den Rand der Welt finden, einen Blick hinüber riskieren und sich vielleicht nach vorne beugen.

Aber niemand wollte ihm einen Fahrschein verkaufen. Ein Gelehrter, der sich in seiner Nähe aufhielt, klärte ihn schließlich auf: Die Bahnarbeiter streikten. Theo lief den Weg zum Dharma Guest House zurück, schloss die Tür von Zimmer 9 hinter sich und nahm seinen Horchdienst an der klumpigen Matratze wieder auf. Alle anderen Gäste waren nur auf der Durchreise und verließen ihre Zimmer spätestens gegen Mittag, um sich die Stadt anzusehen. Dann erst ließ Theo sich blicken, setzte sich unter die Ranken, führte Selbstgespräche und las, um die Realität auf Abstand zu halten. Er bemühte sich, wieder auf sein Zimmer zu verschwinden, ehe die Gäste zurückkehrten, heute jedoch hatten ihn die ›Anchovis‹ abgelenkt.

»Man wird dich vergewaltigen.«

Verächtlich tut sie diese Behauptung des Kanadiers ab – die Schweizerin war schließlich schon durchs ganze Land getrampt und hatte überlebt. Sie prahlt mit ihrem Plan, am nächsten Tag den Ganges zu erkunden, dort ein Foto vom Sonnenaufgang zu machen.

»Was kostet das?«, fragte der Kanadier.

»Du suchst dir einen Mann mit Boot und handelst mit ihm einen Preis aus.«

»Ich bin dabei.«

»Gut – je mehr, desto billiger. Und was ist mit dem hier, der uns so aufmerksam belauscht?« Sie wendet sich an Theo, der immer noch tut, als läse er *Die Möwe Jonathan*. »Wie wär's?«, fragt sie ihn. »Kommst du mit?«

MR BHATTS SCHWIEGERMUTTER und seine Frau hören auf zu plaudern, als er die Küche betritt, und sie schalten das Radio aus. Er lungert herum, wirft einen Blick in die Schränke. »Warum sitzt ihr am Dienstbotentisch?«

Mit Mühe erhebt sich Parvati, die Füße weit auseinander, um besser das Gleichgewicht zu halten, die Hände in die Hüften gestemmt, wuchtet sie sich in die Höhe. »Was ist mit deinem Gesicht?«, fragt sie Mr Bhatt und streckt eine Hand nach ihrem Schwiegersohn aus, der daraufhin zurückzuckt.

»Was soll damit sein?« Er geht in den Flur, mustert sich im Spiegel: blaues Geschmiere im Gesicht. Ehe Ajay in sein Arbeitszimmer platzte, hatte Mr Bhatt sich die Hände mit Tinte betupft, als Beweis seiner ernsthaften Anstrengungen. Danach musste er sich ins Gesicht gefasst haben. Meera kommt mit einem feuchten Tuch und säubert sein Gesicht. Während sie wischt, flüstert er seiner Frau zu: »Wann reist deine Mutter wieder ab?« Parvati hätte schon vor Tagen nach Bombay zurückkehren sollen. Da er die Antwort kennt, gibt er sie sich gleich selbst: »Dieser verdammte Streik.«

Jedes Mal, wenn Mr Bhatts Schwiegermutter zu Besuch kommt, nörgelt er. Dabei mag er sie, und ihn rührt, wie eng ihre Beziehung zu Ajay ist, was ihn an seine Tanten und Großmütter erinnert, die er als Kind vergöttert hat. »Sie tut dem Jungen nicht gut«, flüstert er so leise, dass Parvati – noch in der Küche – ihn unmöglich hören kann. »Kennt diese Frau sich mit Mathematik aus? Kann sie Schach spielen?«

»Sie hat neun Kinder großgezogen und auch all ihre Brüder«, erwidert Meera. »Natürlich weiß sie, wie man einen Jungen beschäftigt, aber Ajay sollte wieder zur Schule gehen – du kannst ihn nicht ewig im Haus behalten. Jandhu könnte ihn nach Dehradun fahren. Darüber reden wir jetzt schon seit Tagen.«

»Und wie soll ich ohne Auto zur Bücherei kommen? Außerdem, was macht es schon, wenn der Junge noch ein paar Tage bleibt?«

»Gerade eben hast du noch gesagt, er sei eine Plage.«

»Jetzt gib doch Ruhe! Und lass tagsüber das Radio aus. Und hör auf, in meine Zeitung zu kritzeln.«

»So viele Regeln.«

Während er die Außentreppe zu seinem Arbeitszimmer hinaufstapft, geht das Radio wieder an und dudelt ›Chura Liya Hai Tumne Jo Dil Ko‹. Mr Bhatt lächelt, errötet vor lauter Liebe zu seiner Frau – ihr Trotz ebenso ein Flirt wie sein unwirsches Gebaren.

Auf dem Balkon sieht er Papierdrachen über fernen Dächern schweben, jeder an einer schwankenden Schnur, die hinab zu einer bestimmten Person führt. Überall Menschen, die essen, schlafen und sich vermehren. Ajay ist unten im Vorgarten, übt Kricket und brabbelt vor sich hin, ein Testmatch für einen einzigen Spieler.

An diesem Abend trifft Mr Bhatt seine Frau im Flur; sie kommt aus dem Bad, hat sich bettfertig gemacht. Er lauert ihr auf, fragt sich ungeduldig, was sie so lange treibt – dann zeigt er sich von seiner besten Seite, denn heute Abend will er Meera verführen, zum ersten Mal seit Monaten. »Du und deine Mutter, ihr habt euch über mich beklagt?«

»Was soll denn diese Frage?«

»Ich will es einfach wissen.«

Schlagartig fühlt sich ihr Flirtgezänk fad an. So ist es seit Langem, aber Mr Bhatt ist es leid. Sie auch. Sobald aber einer von beiden einen ernsthaften Ton anschlägt, wird er vom anderen auf den Arm genommen. Anfangs führten solche Reibereien ins Schlafzimmer. In letzter Zeit sorgen sie nur dafür, dass er allein die Treppe hinaufgeht.

Dass seine Frau mit mangelnder Leidenschaft auf Mr Bhatts Wegelagerei vor dem Bad reagiert, deutet er zu ihrer Ablehnung seiner Lebensaufgabe um. Indigniert tröstet er sich mit dem Gedanken, dass es einen Intellekt der Oberklasse und einen der Mittelklasse gibt. An alltäglichen Aktivitäten zu scheitern, gilt ihm als Beweis für die eigenen erhabeneren Bestrebungen. So sagte er ihr einst: »Man stellt sich Albert Einstein gern als schlechten Autofahrer vor, oder nicht?« Aber selbst im Gebrauch der englischen Sprache beweist Meera größeres Geschick. Sie hat einmal in einer britischen Literaturzeitschrift eine Kurzgeschichte veröffentlicht, die er mit herablassendem Lächeln pries: sich in Geschichten zu versuchen sei ein für Frauen typisches Hobby, doch geradezu ein abscheuliches Unterfangen, wenn die Menschheit am Abgrund stehe. Falls sie eine weitere Geschichte verfasse, solle sie ein Pseudonym verwenden. Außerdem dürfe keine ihrer Figuren ihn zum Vorbild haben. »Ansonsten steht dir alles frei!«, sagte er in dem Bemühen, großmütig zu klingen.

»Auch Liebesszenen?«

»Wie gesagt, ich will nicht, dass du über mich schreibst.«

Wenn sie wollte, könnte Meera ihm zum Durchbruch verhelfen. Ihr fielen die richtigen Worte für die Premierministerin ein, eine Proklamation, die dieses Problem (und damit Mr Bhatt) in die vordersten Reihen katapultierte. Der entscheidende Antrieb aber käme dann nicht von ihm. Eben deshalb erwartet er von ihr bloß Bewunderung – damit ist seine Frau jedoch sehr knauserig. Ihr Lob befeuert ihn wie nichts sonst, ihre Verachtung raubt ihm alle Kraft, fast, als würde aus einem Becken der Stöpsel gezogen. Letztlich liegt es also allein an ihr. Und er kann nur ihr die Schuld geben.

Mr Bhatt berührt sie an der Schulter, lässt die Hand ihre weiche Haut hinab zum Ellbogen gleiten.

»Was soll das denn jetzt?«, fragt sie.

»Muss ich dir das erklären?«

Aber der Stöpsel ist gezogen, Mr Bhatt winkt sie fort, sagt, sie solle auf ihr Zimmer gehen. »Und sorg dafür, dass mich der Junge morgen früh nicht stört – ich habe zu arbeiten!«

IN DER NOCH DUNKLEN Morgendämmerung fotografiert Isabelle eine knochige Kuh, im Blitzlicht erstarrt der zuckende Schweif. Ein vorbeigehendes Mädchen mit Federballschläger blinzelt geblendet, weicht ihnen aus und begutachtet dann diese drei jungen Ausländer.

»Weißt du, wo der Ganges ist?«, fragt Isabelle.

Der Kopf des Mädchens wackelt ›Ja‹ mit einer Autorität, die bereits die Frau erkennen lässt, zu der sie heranwachsen wird. »Jetzt mit mir«, sagt sie und schreitet voraus wie eine Lehrerin auf dem Schulausflug. »Hallo, hallo – mir nach. Jetzt.« Kurz darauf biegt sie in eine Gasse ein, offenbar eine Sackgasse mit einem offenen Fenster in der Mauer am Ende. Dort angekommen, tritt Isabelle hindurch. Die beiden jungen Männer folgen ihr.

Der Horizont glüht orange, steigt über dem Ganges in dunkelblauem Dunst auf, Vögel kreisen, Sandsteinstufen führen hinab zum Ghat, wo Gläubige Puja begehen in dem Fluss, der einen Hauch süßer Fäulnis verströmt. Isabelle blickt mit großen Augen Theo an und drückt seinen Arm, was seltsame Gefühle in seiner Brust weckt. Dieser Ausflug – für seine beiden Begleiter nur Sightseeing – ist für Theo das bedeutsamste Ereignis seit Wochen.

»Wenn wir auf dem Boot sind«, sagt Steve, »mach Bilder von den Leichenverbrennungen.«

»Ich glaube, das ist nicht erlaubt«, entgegnet sie.

»Tu einfach so, als wüsstest du das nicht.«

Nahe am Ufer dreht Isabelle an der Blende ihrer 35-mm-Olympus, Auge am Sucher, zweimal ein langsames Verschlussklacken, um die verschwommen sichtbaren Pandits festzuhalten, die platschend in der Schwärze versinken, einen Schwall Wasser versprühend wieder emporschnellen, nach Luft schnappen und sich mit den Fingern die Zähne bürsten. Mutter und Tochter in Saris stehen hüfttief im Wasser und lassen Kerzen schwimmen, streicheln den Fluss, fahren sich mit tropfnassen Händen durchs Gesicht. Ein dicker Mann mit nacktem Oberkörper – heilige weiße Schnüre überm Bauch, Handflächen aneinandergelegt – verbeugt sich schnaufend mit geschlossenen Augen, tunkt den Kopf unter, bringt Blumengirlanden und Abfall zum Schaukeln.

Der Bootsmann lehnt sich gegen ein Ruder und bejaht gleichgültig alles, was Isabelle wissen will. Als ihr schließlich die Fragen ausgehen, nimmt er einen kleinen Stapel Rupien an und hält den jungen Männern die flache Hand hin.

Während der nächsten Minuten kommen weitere Passagiere an Bord. Mit jeder Person sinkt das knarrende Holzboot tiefer, verdrängt Wasser, das wieder hochgurgelt und über Theos Hände schwappt, mit denen er sich am Bootsrand festklammert. Fremde reden in Sprachen, die er nicht versteht, doch er stellt sich ihre Schreie vor, wenn das Boot kippt, sie darunter gefangen sind und alle nach ihm greifen. Er dreht sich nach allen Seiten um, als erwarte er jemanden. Er muss hier raus. Doch wenn er jetzt aufsteht, könnte er das Boot zum Kentern bringen.

Der Bootsmann greift nach den Rudern, sie legen ab, das Wasser wird aufgewirbelt, blinzelt in der flachen Sonne. Der überladene Kahn gleitet an den stufenförmigen, von Mogul-Festungen gekrönten Flussterrassen entlang, an Hindu-

Tempeln mit goldenen Dächern, an Bollwerken, die jegliches Getöse der Stadt in Schach halten. Das gegenüberliegende Ufer ist überflutetes Flachland, leer im Vergleich zum architektonischen Pandämonium am nahen Gestade. Theo blickt von Ufer zu Ufer, knibbelt am pickligen Gesicht und hofft, dass ihm nicht übel wird. Ist das Nebel? Ein Holzstück schwelt. Streunende Hunde durchwühlen einen Scheiterhaufen.

Isabelle steht auf, bringt das Boot zum Schwanken, was den übrigen Passagieren ein entsetztes Keuchen entlockt, allein der Bootsmann zeigt keine Regung. Sie sucht den idealen Blickwinkel für die Verbrennungsstätten, und kneift Theo in die Schulter, als sie sich an ihm vorbeischiebt. Er will etwas sagen, bringt aber kein Wort über die Lippen. Mit einem Kopfnicken weist sie über das Wasser, während ihr Gesicht hinter der Kamera verschwindet. Sie fotografiert einen dahintreibenden Ast. Dann wird daraus das dahintreibende Bein einer Ziege. Nein, der Arm von irgendwem. Nein, der Leichnam eines Kindes mit aufgefächertem Haar.

DIE STREIKENDEN BLOCKIEREN Mr Bhatts chauffeurgelenkten Ambassador. Am Straßenrand stehen zwei beim Kopulieren gestörte Köter, die an den Genitalien noch zusammenhängen. Mr Bhatt zuckt heftig mit dem Kopf; deutlicher wird Jandhu, sein Fahrer, der den Arm so weit wie möglich aus dem Fenster streckt und einem der Streikenden einen Hieb verpasst.

Mäuse, die um Ressourcen kämpfen, denkt Mr Bhatt.

Jandhu drückt unablässig auf die Hupe, der Ambassador schubst Demonstranten beiseite, ruckelt an ihnen vorbei.

»Eines Menschen Leben hat für das Universum keine größere Bedeutung als das einer Auster«, bemerkt Mr Bhatt.

Jandhu wackelt zustimmend mit dem Kopf, obwohl er kaum Englisch versteht. Der Blick aus einem Zugfenster auf der Fahrt von Oxford nach London, ein kleiner Junge sieht Felder unter regenverhangenem Himmel, die Äcker von Hecken gesäumt, niemand weit und breit, der Junge, zu schüchtern, um auch nur einen einzigen Gedanken in Worte zu fassen, nichts als ein Reservoir für Empfindungen. Warum erinnert sich Mr Bhatt an diesen Anblick? Er hat als Kind kurz in England gelebt, weil sein Vater, Richter am Obersten Gericht in Indien, für ein halbes Jahr ein Stipendium in Oxford bekommen hatte.

Der Wagen hält vor Delhis Public Library.

»Ist geschlossen?«, fragt Mr Bhatt und fällt wieder ins Hindi.

Jandhu rennt zum Gebäude, um nachzusehen, rüttelt vergeblich an den Türen. Er fragt einen vorbeikommenden Studenten, läuft dann zurück. »Diese Eisenbahner«, sagt er.

»Leiten die jetzt auch schon die Bibliothek? Wie konnte unser Land nur so tief sinken?« Mr Bhatt redet, als wäre er bereits Politiker – vielleicht ohne Amt, doch eine graue Eminenz im Hintergrund, Ratgeber der Mächtigen. Das Thema von Mr Bhatts Sermon auf dem Rücksitz ist die Selbstaufopferung: Er erinnert an den Edelmut der indischen Truppen vor Bogra und daran, wie brüderlich wir feierten, nachdem wir den Pakis in Bengalen eine blutige Nase verpasst hatten. »Und dann? Was ist dann passiert? Jetzt gehen wir auf unseresgleichen los, auf unsere eigenen Landsleute!«

Jandhu steht im gesellschaftlichen Ansehen weit unter ihm, doch ahnt jeder Mann intuitiv, wie es um die Körperkraft eines anderen Mannes bestellt ist, und beide wissen sie, der Fahrer wäre der Stärkere. Mr Bhatt bietet ihm eine Zigarette an, tut, als sei es die letzte im Päckchen und er müsse deshalb für sich eine neue Schachtel öffnen. Jandhu akzeptiert, steckt sie sich für später in die Brusttasche – mit dem Boss zu rauchen, hieße, eine Grenze zu überschreiten.

Was die Geburtenkontrolle betrifft, erklärt Mr Bhatt seinem Fahrer, verfolgt unsere Regierung eine bestimmte Politik: den Frauen werden Spiralen eingesetzt, den Kerlen gibt man Präservative. Nur ist das nicht genug! Nicht annähernd. Wir schicken unsere jungen Menschen in die Schlacht, lassen sie ihr Leben für die Nation riskieren. Warum nicht minder riskant handeln, nämlich die Kontrolle über ihre Hosenschlitze anstreben? Der Sexualdrang, erläutert Mr Bhatt, ist des Menschen niederster Instinkt, kaum anders als eben bei den Hunden auf der Straße, die noch an den Genitalien zusammenhingen. Ist aber die Reproduktion unser primitivster Trieb, muss die Reduktion der Bevölkerung der Gipfel der Vernunft sein.

Er runzelt die Stirn, erinnert sich an etwas, das Meera gesagt hat, etwas darüber, dass er nur ein einziges Kind gezeugt hat. Dass Ajay Anfang und Ende war, darin sind sie sich immer einig gewesen. Worauf also wollte sie hinaus? Stellt sie seine Zeugungsfähigkeit infrage? Ärger lässt Mr Bhatts Rhetorik kämpferischer werden. Nur die Nachkommenschaft zu begrenzen genügt nicht! Zu lange haben wir das Problem ignoriert. Der Tapfere muss das größte Opfer in Betracht ziehen: freiwillig aus der menschlichen Rasse auszuscheiden.

»Und Ihr Sohn? Würden Sie sich das von ihm wünschen?«

»Was redest du denn da, Jandhu? Natürlich gilt das nicht für Kinder«, faucht Mr Bhatt.

»Und wenn er erwachsen ist?«

Diese Impertinenz erinnert Mr Bhatt daran, warum manche Menschen Fahrer sind und man sie auch keine wichtigeren Jobs ausüben lassen sollte. Womit sich allerdings weitere Bedenken melden: Wie das einfache Volk überzeugen? Was könnte ein schlichtes Gemüt wie Jandhu dazu bringen, das eigene Leben zum Wohle eines anderen zu opfern? Wer dieses eine Rätsel knackt, hat alle gelöst.

Zu ebendiesem Zweck sucht Mr Bhatt die Bibliothek auf und liest Bücher und Artikel über die Mysterien des Selbstmordes, stets in einer isolierten Kabine, die Schultern hochgezogen, Bücher am Bauch, als befasste er sich mit pornografischem Material. In seiner Tasche hat er heute Humes Rechtfertigung des Selbstmordes dabei, Montaignes Argumente für den edlen Selbstmord und eine fotokopierte Veröffentlichung des Birminghamer Gerichts zur Untersuchung von Selbstmordursachen, die aberhundert Abschiedsbriefe enthält.

Kummer und Elend mögen natürlich zur Selbstvernichtung führen, aber auch Mut und Verstand können Motive sein. Hin und wieder begegnet Mr Bhatt in Delhi Freunden seines Vaters, die stets ein wenig förmlich seiner Errungenschaften gedenken und sich an seinen Scharfsinn erinnern. Er war der klügste Mensch, den Mr Bhatt je gekannt hat. Was hatte er nicht alles gewusst? Mr Bhatts eigenen Launen mangelte es an Konsequenz; er würde sich niemals selbst etwas antun.

Wie Mr Bhatt feststellte, enthalten die meisten Abschiedsschreiben entweder Anweisungen (Soundso bekommt meine Anzüge), Tiraden (denen hat noch nie an mir gelegen) oder Entschuldigungen (ich habe euer Leben zerstört). Manche zielten darauf ab, den Lebenden wehzutun (*ihr* seid schuld), andere versuchten, die Wirkung ihrer Tat zu mindern (lebt wohl). Vor allem aber sind, so resümiert Mr Bhatt, Abschiedsbriefe alles andere als banal. Die Antwort fehlt, eine Leerstelle

in jedem Schreiben. Sein Vater hatte keines verfasst, die Leerstelle war somit noch größer.

Auf der Fahrt nach Hause schaut Mr Bhatt aus dem Fenster, nimmt die streikenden Bahnarbeiter diesmal kaum wahr.
Ein Plan keimt. Er murmelt eine Zeile, so oft gelesen, dass
er sie fast wortwörtlich zitieren kann. »Die Operation verlangt viele scheinbar brutale und herzlose Entscheidungen«,
schrieb Dr. Ehrlich in *Die Bevölkerungsbombe*. »Der Schmerz
könnte gewaltig sein.«

STEVE, DER BLONDE KANADIER, entpuppt sich als Kind reicher Eltern – sein Vater besitzt ein Bergwerk im Norden von
Alberta. Am Flughafen in Delhi nahm Steve sich ein Taxi
nach Varanasi, das für die Strecke zwei Tage brauchte. Jetzt
muss er zurück in die Hauptstadt, will den Anschlussflug
nach Katmandu nicht verpassen, während Isabelle eine tausend Meilen weite Tour zu ihren Freunden nach Goa plant.
Ohne Bahnverkehr der reinste Albtraum. Also macht Steve
folgenden Vorschlag: zusammen nach Delhi fahren, wo Isabelle einen Zug nach Süden nehmen kann.

»Aber wir haben kein Auto«, wirft Isabelle ein.

»Das kaufe ich uns.«

Beeindruckt lehnt Isabelle sich zurück und willigt ein –
unter der Voraussetzung, dass Theo mitkommt. Er sagt nur
wenig, trotzdem versanden ihre Gespräche, wenn Theo sich
entfernt, was Steve dazu veranlasst, Isabelle zu küssen und
ihre kleinen Brüste zu kneten, als wollte er ihr Volumen ver-
größern, weshalb Isabelle die Rückkehr des groß gewachsenen Holländers herbeisehnt. Was Theos eigene Reisepläne
betrifft, so murmelt er irgendetwas darüber, die Berge sehen
zu wollen. Nichts fürchtet er so sehr wie die Abreise seiner

Gefährten, sieht er doch erneute Einsamkeit in Zimmer 9 auf sich zukommen. Sie wollen ihn aber bei dieser Reise unbedingt dabeihaben; sie bestehen darauf.

Zwei schwedische Hippies akzeptieren Reiseschecks für ihren papaya-orangenfarbenen Käfer, mit dem sie die ganze Strecke von Frankfurt bis hierher zurückgelegt haben. Sie warnen, die Kupplung sei launisch, das Gebläse quietsche und jedes Schlagloch lasse das Handschuhfach aufklappen – aber ja, der Wagen fährt. Theo setzt sich nach hinten und merkt, dass sein Hemd über der Brust flattert, so heftig pocht das Herz. Was soll er in Delhi anfangen, wenn sie sich dort trennen? Unterwegs muss er es ihnen sagen: Ich weiß nicht weiter – bitte, helft mir.

Isabelle will das erste Stück fahren. Sie hat keinen Führerschein, aber ihr Vater hat sie in Frankreich auf dem Land ans Steuer gelassen. Als sie am Lenkrad sitzt, schiebt Steve – auf dem Beifahrersitz – eine Hand unter ihren Hintern. Sie durchkreuzt seine Pläne, richtet sich halb auf im engen VW und zieht den Rock aus, trägt nur noch ihre Unterhose.

Steve ist entsetzt. »Was, wenn Inder dich so sehen, wenn sie uns von der Straße jagen und dich vergewaltigen?«, fragt er. »Wie würdest du dich dann fühlen?«

»Nicht so gut.«

»Dann zieh dir wieder was an.«

»Du kannst mich ja beschützen, Steve.«

»Rasierst du dir nicht die Beine?«

Sobald sie sich jenseits der Vororte von Varanasi befinden, verlangt Steve eine Pinkelpause, also hält sie an. Ohne Steve reden Theo und sie über nichts anderes als über Steve. »Wohl nicht besonders welterfahren«, bemerkt Isabelle, »aber ein schöner Mann.«

»Und deshalb gefällt er dir?«, fragt Theo.

50

»Magst du ihn denn nicht?«

Sie weist darauf hin, dass die Seitenfenster zwar kleine Vorhänge haben, der VW aber sonst nicht viel Privatsphäre bietet. Und wo sollte Theo auch hin, wenn sie und Steve sich im Käfer lieben?

Steve kommt zurück, mustert sie beide misstrauisch. Er sagt, jetzt sei Theo mit dem Fahren an der Reihe, und zieht Isabelle zu sich auf den Rücksitz.

»Von hier aus kann ich nichts sehen«, protestiert sie.

»Du kennst den Spruch: Nichts ist umsonst.«

Die Sonne scheint Theo ins Gesicht, von der Windschutzscheibe noch verstärkt. Er lässt den Motor an. Das Steuer vibriert in seinen schweißfeuchten Händen, und er blinzelt heftig, konzentriert den Blick auf die Straße: Leute überqueren sie, Motorräder kurven aus dem Nichts heran, Laster donnern vorbei. Er könnte einen Fehler machen.

»Jetzt fahr schon, Mann!«

Theo fährt los, tritt zu fest aufs Gaspedal, um zu den anderen Autos aufzuschließen; sein Kopf fliegt in den Nacken. Er wird langsamer, schluckt und wirft einen Blick in den Rückspiegel. Sie sind eng umschlungen, Isabel flüstert, Steve solle einen Moment warten. Theo sieht den rissigen Asphalt unterm Wagen vorbeihuschen. Ich bin ein wertloser Mensch. Ein rosafarbener Laster hupt. Die Achselhöhlen jucken, der Mund ist trocken.

»Du hättest uns fast umgebracht!«, ruft Isabelle mit roten Wangen und lacht, klettert über den klappernden Kupplungskasten und schiebt sich auf den Beifahrersitz.

Bei Anbruch der Nacht sind sie noch Stunden von der Hauptstadt entfernt, also parken sie auf einem Sandweg, um sie herum nichts als das Zischeln der Natur, hin und wieder unterbrochen von fernem Gehupe. Beim Innenlicht des Käfers essen sie ihre letzten Samosas und trinken lauwarme, mit Old Monk Rum versetzte Cola, kleckern auf die Autositze.

Irgendwann müssen sie eingeschlafen sein, denn plötzlich ist es hell, ihre Umgebung verwandelt: nicht der kobraverseuchte Dschungel, den sie sich gestern Abend vorgestellt haben, sondern ein öffentlicher, von Büschen gesäumter Fußweg, auf dem sie unverschämterweise ihren Wagen geparkt haben. Immer wieder blicken Ortsansässige neugierig durch die Fenster auf diese haarigen Zootiere hinter Glas.

Steve fährt die letzte Strecke, öffnet den Mund nur, um Orte vorzuschlagen, an denen er halten und Sex mit Isabelle haben könnte.

»Bist du verrückt?«, erwidert sie. »Das ist ein Dorf, Steve!«

Aus den Dörfern werden Städte, dann Vorstädte, die zur Metropole anwachsen, Menschen hocken an den Straßenrändern, zerhämmern Steine, schlagen an Imbissständen nach Fliegen. Sie haben den Stadtrand von Delhi erreicht, eingekeilt von anderen Fahrzeugen, trotzdem sucht Steve weiter, richtet seinen Ärger auf den Verkehr, hupt, hupt ohne Unterlass. Sie nähern sich dem Stadtzentrum, als er an den Straßenrand fährt und auf dem Sandstreifen hält, Passanten springen beiseite, werfen ihm amüsierte Blicke zu. »Hier, gleich hier.«

»Ich verstehe nicht«, sagt sie.

»Denen ist das doch egal! Das ganze verdammte Land ist im Streik! Komm schon!« Er springt aus dem Wagen, reißt ihre Tür auf, zieht sie am Arm, aber sie wehrt sich. »Unter der Brücke!«

»Aber da sind Leute!«, ruft sie. »Die sind überall!«

Er läuft bis zu einer felsigen Landzunge am Rand des Wassers, die mit nasser Kleidung übersät ist, Wäscher blicken Steve verwundert an. Einen Augenblick später dreht er sich um und ruft Theo zu: »Du passt auf!«

Isabelle schüttelt den Kopf. »Das ist unmöglich.«

Steve joggt weiter, sucht nach einem abgeschiedenen Platz, will nicht aufgeben und bleibt irgendwo weit entfernt stehen, ehe er kehrtmacht und zu ihnen zurücksprintet, in vollem Tempo, sodass Isabelle sich gegen einen Zusammenprall wappnet und ihm vorsichtshalber die Schulter zudreht. Im letzten Moment bleibt er stehen, beugt sich vor, bis ihre Gesichter auf gleicher Höhe sind, legt ihr die Hände auf die Schultern. Er sieht zum Himmel hoch. Er schreit. Dann zieht er sich bis auf die Unterhose aus.

»Steve? Was hast du vor?«

Er lässt seine Kleider vor ihren Füßen liegen, rennt zurück zur steinernen Landzunge, weicht den Wäschern aus und bellt die zerlumpten Kinder an, die auseinanderflitzen.

»Steve!«

Er springt, scheint für zwei Sekunden zu schweben – dann landet er im Fluss, eine braune Explosion, dann wird er von den Wellen verschluckt. Isabelle und Theo behalten die Stelle im Blick, an der er in den Fluss gesprungen ist, die leere, wogende Fläche, die gegen sich selbst anplätschert.

WENN NÖTIG, WIRST DU töten, um dein eigenes Leben zu retten. »Wir selbst«, murmelt Mr Bhatt am übervollen Schreibtisch, »wir sind die Gefahr.«

Ein Schauder überläuft ihn, denn er spürt etwas Machtvolles in diesem Satz. Er spricht ihn laut mit unterschiedlicher Betonung aus, hebt jedes Mal bei einem anderen Wort den mahnenden Finger: »Wir sind die *Gefahr*.« Oder: »*Wir* sind die Gefahr.« Oder: »Wir *sind* die Gefahr.« Zuletzt: »Wir sind *die* Gefahr« – aber da hat er den Satz längst um jeden Sinn gebracht.

Wir in der Regierung (an die Mr Bhatt seine Gedanken richtet), wir in der Regierung sind nicht grausam. Wir wollen *niemandem* ein Leid antun. Im Gegenteil. Vergleichen wir es mit der Einberufung bei einem drohenden militärischen Überfall. Und damit wir uns richtig verstehen: Wir *werden* überfallen. In diesem Konflikt aber ist Selbstauslöschung kein Akt von Feigheit, sondern von Mut. Daher, Madam Premierminister, daher …

Er hat eine Sackgasse erreicht, das Ende seiner Vorstellungskraft. Mr Bhatt blättert durch das Bibliotheksbuch mit Abschiedsbriefen, sucht nach einem Durchbruch, einem Anhaltspunkt, dem Auslöser, der zu solcher Tat inspiriert. Doch in Wahrheit waren die meisten betrunken, als sie ihren Brief schrieben.

Er zieht den unvollständigen Brief an Mrs Gandhi aus der Walze, legt ein neues Blatt ein, das unterm Deckenventilator leicht flattert, und beschwört die Beredsamkeit seines Großvaters herauf, des Freiheitskämpfers, der seine historischen Streitschriften an ebendiesem Tisch verfasst hat. Schließlich hält Mr Bhatt inne, die Hände reglos über den Tasten, nur der kleine Finger bebt, wenn auch nicht so stark, dass er Stahl auf Papier schleudern könnte. Was ist es, das die Beherzten zum Handeln ermutigt? Sie wollen dem Unbedeutenden entkommen, sich aus der wuchernden Masse abheben, ihr wahres Inneres kundtun, nicht die stammelnde, verpfuschte Version des alltäglichen Lebens. Mit einer einzigen, überragenden Tat wollen sie zum Ausdruck bringen, wofür sie einstehen. Und somit ist eben das, was sie bislang am Leben festhalten ließ, genau das, was sie ermutigt, es aufzugeben. Ja, *das* ist es!

Er springt auf, dann setzt er sich hastig wieder hin. Schreib es!

Nur was?

Es entgleitet ihm aufs Neue. Was hält Mr Bhatt selbst am Leben? Wofür würde *er* alles opfern? Er stellt sich seine Liebsten vor, fragt sich, wie sie ihn in Erinnerung behalten möchten. Plötzlich füllt ein Klackern und Rattern den Raum. Schwarze Worte sammeln sich auf weißem Papier, nehmen schneller Gestalt an, als sie ihm bewusst werden, sodass Mr Bhatt erst, als er die geschriebene Seite überfliegt, von den eigenen Ansichten erfährt. Eigentlich will er nur aufzählen, wofür Menschen ihr Leben hingeben. Aber das Schreiben verselbstständigt sich, wird zu einer Auflistung derer, die er liebt, dann zu einer Entschuldigung an seine Frau und seinen Sohn wegen seiner Mängel, seiner Schwächen, die er nie laut zugeben würde, ganz besonders nicht vor denen, die er liebt. Mr Bhatt gesteht, dass er in seinem Leben nicht erreicht hat, was er erreichen wollte, dass er nicht so klug ist, wie sie meinen. Würden sie dies von ihm hören, wäre es das Ende ihrer Bewunderung für ihn. Allein bei dem Gedanken presst er die Oberschenkel zusammen – dann dreht er sich abrupt um. »Nein!«

Er zieht das Blatt aus der Maschine, klatscht es mit der Schrift nach unten auf den Tisch. »Was habe ich dir gesagt? Du hast hier *nichts* zu suchen!«

Ajay blickt auf seine Schuhe, murmelt, Maa wolle, dass das Hausmädchen hier sauber mache, sagt, sein Büro sei eine Brandgefahr.

»Habe ich nach dem Hausmädchen verlangt? Kannst du nicht sehen, dass ich arbeite?«

Ajay registriert das Gesicht seines Vaters, die feuchten Spuren auf den Wangen, also streicht sich Mr Bhatt über den Schnäuzer, stampft mit dem Fuß auf, erhebt sich verärgert, poltert die Außentreppe hinunter, ohne zu wissen, wohin er will, und steigert sich in seine Wut, nur um zu verbergen, dass es dafür eigentlich keinen Grund gibt. »Aus dem eigenen Heim vertrieben!« Er schlägt aufs Dach seines leeren Ambassadors. »Wo bist du, Jandhu?« Sein Fahrer schwatzt mit dem Hausdiener im Park und eilt herbei.

Auf dem Rücksitz wippt Mr Bhatt mit dem Bein, will ins Haus zurück. Nie weiß er, wie man sich entschuldigt. Und als Tyrann ist er auch erbärmlich. Also reagiert er sich an einer Zigarette ab, zerrt sie aus der Packung, reißt das Streichholz so heftig an, dass es zerbricht. Jandhu fragt, wohin es gehen soll.

»Moment noch!« Was für eine schreckliche Vorstellung: dieses Blatt Papier, das oben im Arbeitszimmer liegt, auf seinem Schreibtisch, Schrift nach unten. Was, wenn Ajay nicht entgangen ist, dass er es umgedreht hat, und nun seinerseits das Blatt umdreht, wenn er die ungeschminkten Gedanken seines Vaters liest? Oder wenn Meera sie zu Gesicht bekommt? Er befiehlt Jandhu zu warten, rennt wieder die Treppe hoch und stürzt atemlos in sein Büro, woraufhin das Hausmädchen erschrocken schnaubt und sich vor ihm verbeugt. Er schnappt sich die Notiz vom Tisch – muss sie beseitigen, sie radikal auslöschen.

Sobald sie fahren, kurbelt Mr Bhatt das quietschende Fenster nach unten, und das Hupen der Autofahrer dringt ins Wageninnere, das Geschrei der Händler. Der unebene Asphalt lässt die Streichholzflamme tanzen, bis sie schließlich die Zigarettenspitze küsst und ein Geruch nach verbranntem Toast den Smoggestank verdrängt. Weit stärker aber fühlt sich Mr Bhatt von dem gefalteten Blatt in seiner Tasche verschmutzt, fast, als wäre es ein obszönes Foto von ihm selbst. Und doch kann Mr Bhatt das Papier nicht einfach aus dem Fenster in die Gosse fallen lassen, in der sich Dung, Spucke und pampige Zeitungsseiten sammeln, kann nicht seine innigsten Gefühle für Meera und Ajay hinzuwerfen. Er hält sich für einen modernen Menschen, frei von jedem Aberglauben, dennoch hegt er gewisse Überzeugungen hinsichtlich Sauberkeit und Schmutz. Um dieses peinliche Blatt auszumerzen, sollte er es heiligem Wasser übergeben. Die nächste Gelegenheit dafür böte die Old Yamuna Bridge, dort kann Mr Bhatt das Fenster wieder runterkurbeln und das Schreiben dem Fluss anvertrauen.

Es kommt zum Stau, da die Fahrzeuge sich für die Brücke auf eine Spur einfädeln müssen, während sich beidseits an den Rändern ein steter Strom von Fußgängern vorankämpft. Der himmelblaue Ambassador ruckt weiter, bleibt stehen, ruckt wieder ein Stück vor, bis das Sonnenlicht schließlich schwindet, als sie vom unteren Brückendeck verschluckt werden. Mr Bhatts Augen passen sich an, nehmen die Eisenbögen wahr, einen pferdegezogenen Karren, ein spotzendes Rajdoot-Moped, Autos über Autos, Menschen über Menschen. Würde er das Blatt von hier aus werfen, fiele es niemals über den Rand der Brücke. Er muss aussteigen, sonst landet es nicht im Fluss. Als der Wagen erneut im Stau feststeckt, öffnet er die Tür. »Fahr weiter«, sagt er zu Jandhu. »Fahr einfach weiter!« Er kann nicht zulassen, dass Jandhu Zeuge dessen wird, was er jetzt macht.

Mr Bhatt hält sich das Taschentuch an die Nase, vom Gestank der Abgase sträubt sich ihm der Schnäuzer. Er drängt an den verwahrlosten Passanten vorbei zum Geländer und schnipst das Papier hindurch. Das gefaltete Blatt segelt im Sturzflug zum Gitter und bleibt daran hängen. Er tritt mit dem Fuß gegen den Zaun. Das Papier rührt sich nicht.

Glühend vor Hitze versucht Mr Bhatt, das Papier wieder an sich zu nehmen. Er scheitert. Aber er kann seine innersten Gefühle und Gedanken dort auch nicht einfach hängen lassen. Ein barfüßiger Junge bietet dem reichen Mann an, das kostbare Etwas vom Zaun zu klauben. Mr Bhatt lehnt ab, der Junge klettert trotzdem los, weshalb Mr Bhatt ihn am Hemdzipfel packt und zurückzerrt. Daraufhin schnappt sich ein unrasierter Onkel den Jungen, schlägt ihn und zerrt ihn fort. Mr Bhatt wischt sich die dreckigen Hände am Taschentuch ab. Zitternd steigt er selbst über den Zaun und lässt sich auf die äußere Brücke sinken, hält sich an riesigen Nieten im gusseisernen Bauwerk fest.

Er kann den Fluss unter sich riechen, die Abwasser der Stadt. In seinem Rücken lachen ein paar Halbstarke, was er mit beißenden Bemerkungen quittiert, ehe er sich wieder dem schwindelerregenden Ausblick zuwendet: oben friedliches Blau, unten gurgelndes Braun.

Flankiert von Bergen von Wäsche, die in der Sonne trocknet, schrubben Dhobis am Ufer Unterhosen. Einer der Wäscher klatscht ein Hemd an die Felsen, dann noch einmal. Deshalb, denkt Mr Bhatt, haben meine keine Knöpfe mehr. Er beugt sich vor – hält sich weiterhin an einer Eisenschraube fest – und rettet das gefaltete Blatt. Er knüllt es zusammen und holt weit aus, um den Papierball in den Fluss zu werfen.

Dann aber hört er unter sich ein Platschen: Ein Tourist ist in den Fluss gesprungen und brüllt auf Englisch etwas zu seinen Freunden, einer dürren jungen Frau und einem schlaksigen Kerl, die auf den Felsen stehen und die es offenbar nicht kümmert, dass die Dhobis dort zu arbeiten versuchen. Die Frau ruft dem Schwimmer irgendetwas nach, dann reicht sie ihre Beedi dem groß gewachsenen Jungen, der einen Zug nimmt und den Rauch rasch wieder ausatmet.

So enttäuschend, diese Sorte junger Leute, die nach Indien kommen. Mr Bhatts Ärger wächst an, als ihm klar wird, dass er das Blatt jetzt nicht wegwerfen kann. Ein Hippie verschmutzt den Fluss unter ihm. Was, wenn der Wind seinen Text direkt zum Schwimmer trägt und dieser ihn einsammelt? Die Gammler würden sich über seine intimsten Gefühle lustig machen! Diese verdammten Ausländer – warum gehen die nicht dahin zurück, wo sie hergekommen sind?

Vorsichtig schiebt Mr Bhatt sich am äußeren Rand der Brücke entlang, entfernt sich von dem Schwimmer. Er hält sich dabei am Geländer fest, immer eine Hand am Eisen, in der anderen das zerknüllte Blatt.

Die Sonne brennt, aber er wischt die kitzelnden Schweißtropfen nicht weg, weil er sich mit Brückendreck beschmieren könnte, und wie sollte er das zu Hause erklären? Er gluckst, erwägt seine derzeitige Lage und stellt sich vor, was Parvati, seine nervöse Schwiegermutter, von diesem Anblick halten würde. Er wird es bedauern, wenn die Züge wieder fahren und sie erster Klasse nach Hause rollt. Ajay wird dann auch zurück ins Internat müssen. Mr Bhatt versetzt es einen Stich: das Haus abermals leer.

Während Ajays Aufenthalt hat Mr Bhatt immer wieder versucht, den Jungen zu beeindrucken, so, wie er von seinem Vater beeindruckt gewesen war, dieser Eminenz am Schreibtisch – ebenjenem Tisch, an dem er sich auch das Leben nahm. Als das geschah, wurde Mr Bhatt eilends zurück ins Internat geschickt, und man verbot ihm, irgendwem vom Vorgefallenen zu erzählen, was er aber dennoch tat, um danach auf ewig zu bedauern, dass die Leute Bescheid wussten.

Eigentlich, begreift Mr Bhatt, will er nichts weiter, als dass sein Sohn bei ihm bleibt. Warum sollte Ajay zurück ins Internat, das er selbst doch so gehasst hat? Warum kann Ajay nicht zu Hause bleiben? Mr Bhatt wird schon etwas einfallen, um den Jungen zu beschäftigen – sie könnten zusammen Bücher lesen, darüber reden. Er könnte Ajay alles beibringen, was er weiß, und Ajay würde bald mehr wissen als er selbst. Er soll nicht so werden wie ich. Zitternd holt Mr Bhatt Luft, Schweiß tröpfelt, dann wird er von dem abgelenkt, was am Ufer passiert: Der triefnasse Hippie steigt aus dem Wasser, schüttelt sich wie ein Hund. Jetzt ist die Luft rein, der Fluss unter ihm bereit, Mr Bhatt kann den Brief entsorgen. Mit der freien Hand aber bemüht er sich erst noch, das zerknüllte Blatt aufzufalten, will einen letzten Blick darauf werfen.

Er starrt die verknitterte Seite an, so verwirrt, als wäre er das Opfer eines bösen Zaubers. Das hier war sein Bekenntnis gewesen. Jetzt aber steht da nur: »Madam Premierminister«.

Mr Bhatt durchforstet sein Gedächtnis: nach oben ins Arbeitszimmer gerannt, das Hausmädchen, ihr erschrockenes Keuchen, der unterwürfige Blick auf ihre nackten Füße, dann das Papier geschnappt.

Das falsche Blatt. Er hat das falsche Blatt vom Tisch genommen. Sein Bekenntnis liegt noch da, gleich neben der Schreibmaschine.

Die Bauchmuskeln spannen sich an, sein Innerstes verkrampft. Er muss nach Hause, *auf der Stelle*.

Noch etwas: Er muss Meera fragen, was sie tun sollen. Er ist noch jung. Sie auch. Und ihre größte Freude ist das Kind.

DIE DHOBIS SCHAUEN zur Brücke, reden aufgeregt. Theo schirmt mit einer Hand seine Augen ab, um besser sehen zu können. Ein kleiner Mann im Seersuckeranzug steht außerhalb des Geländers, schiebt sich langsam weiter vor, in seiner Hand flattert ein Papier. Plötzlich verliert er das Gleichgewicht und greift nach der Brücke – lässt aber das Papier los. Er greift in die Luft. Das Blatt segelt träge nach unten, landet lautlos auf dem Wasser, Sekunden später platscht der Mann in den Fluss.

Vor nervöser Überraschung lacht Isabelle auf. Die Wäscher schreien.

Unter Wasser steigen Blasen um Mr Bhatt auf, er hat die Brille verloren, auch einen Schuh, Wange und Rippen brennen vom Aufschlag auf den Fluss. Jedes Mal, wenn er die Augen öffnet, sieht er nur eklige Dunkelheit.

Der letzte Rest Luft in seinen Lungen entweicht durch gespitzte Lippen, während er mit Armen und Beinen rudert. Er weiß nicht, wo oben ist, reißt die Augen auf und sucht hektisch nach Helligkeit. Rät er falsch, paddelt er zum Grund.

Der ganze Körper schreit nach Luft, sein Verstand aber schreit zurück: Lass den Mund zu! Adern in seinem Hals schwellen an. Eine weitere Luftblase kitzelt am Ohr, treibt seitwärts davon.

Seitwärts? Die Luft steigt seitwärts auf! Seitwärts ist oben!

Er kämpft gegen das Wasser, das nachgibt und ihm zugleich widersteht. Aber er bewegt sich, die luftleeren Lungen schmerzhaft eng. Und er. Er fast. Gerade so. Heller. Viel heller jetzt.

Er bricht ins Sonnenlicht, durchstößt mit Macht das Wasser, keucht, der Blick verschwommen. Der Fluss zerrt weiter an ihm, zieht ihn nach unten. Er versucht, den zweiten Schuh abzustreifen, der, vollgesogen, wie ein schweres Gewicht an seinen Fuß geschnürt ist. Er kann die Arme in der Anzugsjacke kaum bewegen, also versucht er, sie abzustreifen, doch geht er dabei jedes Mal wieder unter; er keucht und spuckt. Ein Soldat steht oben auf der Brücke. Mr Bhatt ruft um Hilfe, schluckt Wasser.

Isabelle wendet sich an Steve, der sein nasses Haar auswringt, dann geistesabwesend beginnt, an einer grauen Blase an seinem Fuß zu knibbeln. »Er könnte ertrinken!«, sagt sie und schreit dann den Dhobis zu, die ihr auf Hindi antworten. Sie rufen zum Mann hinüber, der immer wieder verschwindet, um gleich darauf in einem Wirbel von Armen und Schaum erneut aufzutauchen.

»Von *denen* springt jedenfalls keiner in den Fluss!«, bemerkt Steve.

»Sieht nicht gut für ihn aus!«

»Dann schwimm *du* doch«, sagt er. »Die Brühe stinkt.«

»Ich kann keinen Mann aus dem Wasser ziehen! So stark bin ich nicht! Jetzt komm schon, Steve!« Sie formt ihre Hände zum Trichter und ruft: »Alles in Ordnung? Brauchen Sie Hilfe?«

Der Mann im Wasser dreht sich etwas zu ihr um, noch mehr Spucken, Husten.

»Der kann dich nicht verstehen«, sagt Steve. »Er spricht nur Indisch.«

Während Theo die Ereignisse um sich herum beobachtet, überkommt ihn das seltsame Gefühl, dass alles Bisherige zu diesem einen Augenblick geführt hat. Dass dies geschehen musste. Und dass es irgendwie um ihn geht.

»Was tust du da?«, fragt Isabelle.

Theo streift seine Turnschuhe ab, zieht die speckige Jeans aus. Ihm ist es egal: Er schämt sich nicht, sorgt sich nicht um die Akne auf dem Rücken, verschwendet keinen Gedanken an seinen Körpergeruch. Das Wasser ist so kalt, dass es ihm den Atem verschlägt.

Er spürt Scharfkantiges am glitschigen Boden, stößt sich ab, pflügt mit dem Kinn voran durch Wäscheschaum, schließt reflexartig die Lippen vor dem chemischen Geruch und atmet warme Luft durch die Nase ein. Sein langes Haar versperrt ihm die Sicht, also taucht er unter, kommt wieder hoch, wirft die nassen Strähnen nach hinten. Er spuckt aus, schwimmt schnell, bewegt sich mit kräftigen, sicheren Zügen durchs Wasser.

Nach einer Minute tritt er auf der Stelle, um sich zu orientieren, ein kurzes inneres Zittern bei dem Gedanken an das Nichts unter ihm – dann schwimmt er weiter, krault diagonal durchs Wasser, da die Strömung den Mann flussabwärts zieht. Theos Augen sind geschlossen, sein Gesicht taucht ein, der Kopf gedreht, wieder atmen, Wasser im Gesicht, Kopf drehen, noch einmal atmen, mit den Füßen schlagen.

Mr Bhatt schnappt nach Luft. Ohne seine Brille zeigt der Himmel ein strukturloses Blau. Ihm wird etwas klar: Er hat Mrs Gandhi nichts zu sagen. Er verdient kein öffentliches Amt. All seine Landsleute, all die kommenden Katastrophen – ihm fehlt die Macht, irgendetwas zu verhindern. Ein Mann allein kann die Menschheit nicht retten. Ein kleiner Mann schon gar nicht.

Sein Körper kämpft noch, sein Geist aber lässt bereits los.

Entsetzen schreckt ihn wieder auf: Wenn er stirbt, werden Meera und Ajay seine Notizen lesen, die neben der Schreibmaschine liegen, und sie werden sie wohl kaum für ein Geständnis seiner Liebe halten. Dann finden sie die Tasche mit den Büchern aus der Bibliothek, sehen, wovon sie handeln.

Aber so *ist* es nicht! Niemals würde er …!

Er stellt sich Ajay vor, wie er es von Fremden erfährt, genau wie Mr Bhatt damals, als er Worte von seinem Vater brauchte, der von da auf immer eine Abwesenheit von Worten war.

Vor lauter Panik wächst Mr Bhatts Energie, verleiht ihm mehr Kraft, als er je zuvor in seinem Leben hatte. Er weigert sich schlicht, Ajay und Meera zu verlassen. Es ist die Kleidung, die ihn nach unten zieht, also holt er Luft, so tief wie nur möglich, und lässt sich sinken, um unter Wasser das Seersuckerjackett auszuziehen, den Schuh, zuletzt die Hose. Danach wird er sich an die Oberfläche treiben lassen, wird leicht genug sein, um sich über Wasser halten zu können, kann wie ein Hund ans Ufer paddeln.

Er kann das. Jetzt gleich!

Er tut es nicht.

Mr Bhatt redet sich Mut zu. Befiehlt sich zu handeln.

Jetzt.

Jetzt!

Endlich lässt er sich sinken, die Augen geschlossen, seine ganze Aufmerksamkeit gilt dem Tastsinn: zuerst der rechte Schuh (nein, halt, wollte er nicht zuerst das Jackett auszuziehen? Zu spät – weg mit dem Schuh). Er zieht das Knie an, kämpft unter Wasser mit dem Schuhriemen. Kann den Knoten nicht lösen. Jetzt liegt Mr Bhatt kopfüber, sinkt offenbar, denn das Wasser wird dunkler.

Er zerrt am Knoten mit so steifen Fingern, als hätte er Arthritis. Lass doch den verdammten Schuh! Werde das Jackett los! Er will es abstreifen, verheddert sich aber nur in den Ärmeln.

Er braucht Luft, fast scheint es ihm die Brust zu zerreißen. Er muss zurück an die Oberfläche und es noch mal versuchen. Die Arme auf dem Rücken gefangen.

Die Zähne knirschen, knirschen, die Lippen öffnen sich endlich – Mr Bhatt schnieft. Er macht den Mund auf, atmet ein, Wasser strömt in den Hals. Instinktiv hustet er und ringt nach Luft, Wasser füllt seine Brust. Die Beine strampeln, die Fäuste sind geballt, die Kiefer knacken. Er streckt die Zunge raus, die Augen treten vor. Ein Zucken überläuft die Rippen. Mr Bhatt regt sich nicht mehr, die Arme hinter sich in den Ärmeln des Jacketts, die offenen Augen stieren in die Schwärze.

Theo sucht weiter nach diesem Mann, der von der Brücke fiel. Tritt Wasser, dreht sich zu Isabelle und Steve um, zu den beiden aus dem Rückspiegel, die ihm jetzt lautlos hinterherrufen, am Ufer auf und ab hüpfen. Die Wassertaubheit verstärkt den Puls im Ohr. Theo dreht sich auf den Rücken, lässt sich treiben, um seine Gedanken zu sammeln, hoch oben Dunst, seine Brust bebt, der Atem geht unregelmäßig.

Der gestürzte Mann ist nicht mehr zu sehen. Theos Begleiter sind verschwunden. Alle sind fort. Plötzlich ist er erschöpft, zu weit fort vom festen Land, treibt zu schnell.

Er dreht sich erneut auf den Bauch, hat für einen Moment vergessen, wie man schwimmt, sinkt kurz unter die Oberfläche – ist dann wieder mit dem Kopf über Wasser. Der Blick unklar. Im Schwimmunterricht hat der Schullehrer gesagt, man solle nicht gegen eine Strömung ankämpfen und sich verausgaben. Nur ganz allmählich die Richtung ändern. ›Keine Panik‹ laute die erste Regel. Einer der Schüler hatte erwidert: »Ist ›Keine Panik‹ nicht bei allem die erste Regel?«

Ein Reißen am Rücken und rechtem Bein – Theo schreit auf, greift nach hinten, fährt mit den Fingern das Rückgrat lang und ertastet einen Schnitt im Fleisch. Ein Streifen wurde aus ihm herausgerissen, aber noch verspürt er keinen Schmerz. Ist er an einem Unterwasserfels entlanggeschrappt? Gibt es hier unten ein Tier, das ihn angreift?

Er schwimmt flussabwärts, atmet zu schnell, zu flach, berührt zwanghaft immer wieder seinen Rücken. Stinkende Brühe schwappt ihm in den Mund, der metallische Geschmack von Blut. Er treibt an weiteren Dhobis am Ufer vorbei, die Wäsche an Steine schlagen. Ein kleiner Junge winkt, ruft »Hallo!«. Das Kind rennt am Rand des Flusses entlang, dann ist es außer Sicht.

Stromaufwärts folgt Isabelle im Eilschritt dem Ufer, hält

panisch nach Theo Ausschau, Steve zottelt hinterher. Sie begegnen immer wieder Leuten, und Isabelle fragt, ob irgendwer ihren Freund gesehen hat. Die Suche bekommt etwas Irreales: ein Notfall, von dem niemand weiß. Sie erreichen ein Fabrikgelände. Weiter geht es nicht. Sie eilen zurück, Isabelle sucht den Fluss ab, Steve sagt, wie blöd von dem Kerl, ins Wasser zu springen, wenn er nicht gut schwimmen könne.

Plötzlich schreit Steve: »Er hat den verdammten Autoschlüssel!«

»In seiner Jeans?«

»Scheiße! Im Auto ist einfach alles: mein Pass, mein Flugticket, meine Reiseschecks. Warum hast du denn nicht seine Sachen mitgenommen?«

»Und warum hast *du* das nicht getan?«

Sie rennen zurück zur felsigen Landzunge unter der Brücke, hoffen, dort Theos Sachen zu finden. Sie liegen noch auf einem Haufen: Tennisschuhe, Hemd, Schlagjeans mitsamt Autoschlüssel. »Ein Wunder, dass keiner dieser Inder meinen Wagen geklaut hat«, meint Steve und läuft weiter zum VW, öffnet den Kofferraum. »Alles noch da.« Er kommt mit Theos Rucksack zurück und sagt: »Der schafft das schon.«

»Soll das heißen, wir lassen seine Sachen hier? Willst du wirklich los?«

»Na ja, hast du was anderes vor?«

»Jedenfalls nicht abhauen.«

»Komm schon – wir können nicht für den Rest unseres Lebens hierbleiben. Aber von mir aus lass uns noch ein bisschen warten, und dann legen wir seine Sachen auf einen der Steine oder so.«

»Sei still! Ich kann nicht denken.«

»Hör mal, ich brauche eine Dusche. Du warst schließlich nicht in dieser Brühe.«

»Ausgerechnet daran denkst du jetzt?«

»Warum schreist du denn so?«

»Ich schreie überhaupt nicht!«

»Ich stinke, als hätte ich in Hundekacke gebadet, okay? Ich muss jetzt in die Stadt und mich duschen. Jedenfalls will ich mir hier draußen nicht die Cholera holen. Und mein Flug nach Katmandu geht in zwei Tagen.«

»Steve, du redest Unsinn. Wir warten hier auf ihn.«

»*Du* wartest.«

»Okay! Schön, ich warte!« Sie flucht auf Französisch, holt ihre Sachen aus dem Auto, kehrt allein ans Ufer zurück, zieht heftig an der Zigarette und zählt die letzten Beedis; ihr ist leicht schwindlig.

Steve kommt mit dem Pass ihres Freundes wieder. »Ich steck den hier in seinen Rucksack.«

»Nein! Du bringst die Sachen zur Botschaft seiner Heimat! Und zwar sofort! Du erzählst denen, was passiert ist. Und die bringen dann Leute her, die helfen. Okay?«

»Woher soll ich denn wissen, wo die Holländische Botschaft ist?«

»Die findest du schon!«

»Wetten, dass die längst geschlossen ist?«

»Die Bahnarbeiter streiken, aber nicht die Diplomaten. Jetzt mach schon!«

Steve geht, begleitet vom Klatschen der Wäsche auf Stein. Er lässt den Motor des Käfers an und fährt los.

Isabelle läuft am Ufer entlang, bis die Fabrik ihren Weg blockiert, dann wieder zurück, sucht den Fluss ab. Sie kommt jedes Mal an demselben kleinen Jungen vorbei, der »Hallo!« sagt. Irgendwann ist er nicht mehr da. Inzwischen ist es dunkel geworden und unheimlich.

Wo bleiben die Leute der Holländischen Botschaft? Sie

kann nicht länger allein am Ufer bleiben. Hier ist es nicht sicher. Zitternd läuft sie zur Straße, wo ein schlafender Rikscha-Fahrer aufspringt, sobald er ihre Stimme hört.

Während der nächsten beiden Tage streunt sie durch Delhi, wehrt aufdringliche Händler ab, die ihr einen Sari verkaufen oder Geld wechseln wollen. Sie hält Ausschau nach Steve, bekommt ihn aber nie zu Gesicht. Wird nach ihrem Freund gesucht? In einer Pension in Paharganj lernt sie eine Gruppe junger Franzosen kennen, die auf dem Weg nach Goa sind. Man bietet ihr einen Platz im Wohnwagen an, aber nur, wenn sie sich schmal macht.

Sie erwähnt den Bekannten, zu dem sie jeden Kontakt verloren hat, sagt, sie mache sich solche Sorgen. Einer der Franzosen erwidert, dafür sei das Konsulat zuständig, nicht die Botschaft – sein Vater sei im Auslandsdienst, deshalb wisse er Bescheid. Das ist nicht leicht, sagt er; sie kenne weder den vollständigen Namen des Holländers noch könne sie irgendwelche Papiere vorlegen. Aber sie dürfe ganz beruhigt sein, sagt er, die Holländer werden schon alles Notwendige unternehmen. Und falls sie möge, werde er gern bei einem Konsulatsbeamten in Goa nachfragen. Du hast getan, was nötig war, beschwichtigt sie der junge Mann.

Beruhigt lässt sie sich auf ihren Platz im Wohnwagen sinken. Was Theo betrifft, hat sie ein gutes Gefühl – sie *spürt* einfach, dass er in Sicherheit ist (weil sie ein gutes Gefühl hinsichtlich ihrer neuen Freunde hat und weil sie es angenehm findet, wieder ihre Muttersprache sprechen zu können, nachdem sie so lange jeden Gedanken übersetzen musste).

JAHRE SPÄTER GEHT für Isabelle eine lange Karriere in der Personalabteilung einer französischen Supermarktkette zu

Ende. Von ihrem Gehalt kann sie anständig leben, und ihr gehört ein geräumiges Apartment in Boulogne-Billancourt. Inspiriert von Isabelles Hippiezeit plant ihre Enkelin eine Reise nach Indien. Ob sie irgendwelche Orte empfehlen könne? Isabelle lacht. »Ach, seit ich dort war, hat sich das Land völlig verändert.«

Noch Jahre nach ihrem Trip behauptete Isabelle, die indische Kultur zu verstehen, und flocht halb verstandene Redewendungen in Gespräche ein – »*Achcha, achcha. Theek hai.*« Von den vielen Kartons mit Kodachrome-Filmen war ihr allerdings kein einziges Bild geblieben, und das wegen eines Vorfalls, der ihr bis heute nahegeht. Nach der Rückkehr aus Indien konnte sie es sich nicht leisten, mehrere Hundert Dias entwickeln zu lassen, also hatte sie die Filmrollen fortgeräumt. Dann nahm das Leben sie in Beschlag, und es folgten ihre wichtigste Liebesaffäre, eine Ehe, zwei Kinder. 1981 stritt sie sich mit Charles, dem Ehemann (jener französische Diplomatensohn, der sie überredet hatte, mit seinen Freunden im Wohnwagen nach Goa zu fahren). Sie schlug ihn, und vor lauter Angst über ihren Kontrollverlust stürmte sie aus dem Haus. Als sie zurückkam, hatte Charles sämtliche Kodachrome-Filme aus Indien hervorgekramt, die schwarzen Filmzungen herausgezogen und jede Rolle zertreten.

Isabelle recherchiert online, um ihrer Enkelin bei der Planung der Reise zu helfen, prüft Berichte über Gewaltverbrechen in Südostasien. Sie setzt ihre Bifokalbrille auf und liest die Besprechung eines Dokumentarfilms von einem holländischen Filmemacher, der sich auf die Suche nach einem Jahrzehnte zuvor in Indien verschollenen Landsmann gemacht hatte. Über das Warten auf ihren Sohn waren die Eltern des Verschwundenen gestorben. Im Film kommt ein indischer Gauner zu Wort, der mal behauptet, ein Serienmörder hätte den Mann umgebracht, dann wieder, der Mann sei jahrelang gefangen gehalten worden – schließlich musste der Kriminelle zugeben, nichts über diesen Fall zu wissen. Folgende Zeile lässt Isabelle innehalten: »Niemand hat seinerzeit das Verschwinden dieses Mannes gemeldet.«

Wie, überlegt sie, hieß noch mal der Junge, den sie in Varanasi kennengelernt hatte? Der im Dokumentarfilm erwähnte Name kommt ihr nicht bekannt vor. Wenn er noch lebt, ist er heute Mitte sechzig. Seine ältere Halbschwester wird im Dokumentarfilm interviewt, eine eher unbedeutende, in London lebende holländische Autorin, die erklärte, ihr Bruder hätte ein Jahr vor seiner Abreise an starken Depressionen gelitten, und die Reise hätte ihm helfen sollen, darüber hinwegzukommen. Sie frage sich, ob er noch irgendwo lebe – das nicht zu wissen, sei eine Qual. Zum Artikel gehört ein Foto von einem holländischen Teenager mit einer Flasche Bier in der Hand. Die Qualität ist nicht besonders gut, aber die Person kam Isabelle nicht bekannt vor.

Während all der Dinnerpartys der letzten Jahrzehnte, auf denen man sich gern weitschweifig über die Konflikte in der islamischen Welt mokierte, hatte Isabelle mit ihrer Überlandfahrt nach Indien angegeben, auch mit der Stippvisite nach Afghanistan. Das sei noch vor den Taliban gewesen, betonte sie, sogar noch vor der russischen Invasion, vor den Mujahedin. Sie habe Männer auf Mulis mit Gewehren aus dem Ersten Weltkrieg gesehen, und die Frauen trugen Burkas – *Was für ein schöner Stoff!*, habe sie damals nur gedacht. Sie erinnerte sich zudem an eine unhygienische Klinik im Iran, in der sie und ihre Freundin Blut gespendet hatten, um die Reisekasse aufzubessern, und die Frauen in Teheran hätten Miniröcke getragen – jawohl, in Teheran! Man stelle sich vor! An einem Fluss in Delhi habe sie mal ein indischer Rikscha-

Fahrer aufgelesen, und sie habe geglaubt, er wolle sie vergewaltigen, dabei wollte er ihr nur eine Pension zeigen, was ihr eine Lektion über Vorurteile war – ein demütiges Eingeständnis, stolz vorgebracht. Doch auf all den Dinnerpartys hatte sie nie jenen holländischen Jungen erwähnt, an dessen Namen sie sich nicht erinnern konnte.

Ihre Enkelin plant, genau wie Isabelle damals, frei und ungebunden durch Indien zu reisen, wollte weder ihre Mails abrufen noch WhatsApp checken. Nur hin und wieder würde sie auf Instagram posten, auf diese Weise könne ihre Familie ihre Aktivitäten verfolgen. Wie oft hatte Isabelle vom Reisen vor den Zeiten des Internets geschwärmt. Heutzutage, sagt sie, kommen Menschen nirgendwo an – das Ausland sei nur ein Gefängnis der immer selben Erfahrungen. (Sie selbst hat Europa in diesem Jahrhundert noch nicht verlassen und hat, um ehrlich zu sein, auch nicht vor, je wieder arme Länder zu bereisen.) Jedenfalls hat sie vor, wie instruiert, einen Instagram-Account zu eröffnen, und hofft, ihre Enkelin wird oft zum Handy greifen.

Isabelle streicht über den Bildschirm ihres iPads, um sich den Artikel und das Foto noch einmal anzusehen. Sie erinnert sich an eine Bootsfahrt über den Ganges, auf der sie in den Dunst ruderten. Als könnten sie jeden Moment kentern, umklammerte der Holländer am anderen Ende das splittrige Dollbord. Sie stand auf, um ein Foto von den Verbrennungsstätten zu machen, weil sie wusste, dass so ein Bild wirklich jeden beeindrucken würde. Der Sohn dieses kanadischen Bergwerksbesitzers – wie hieß er noch mal? Der mit der grauen Blase am Fuß und dem langen blonden Haar? Sie hatten doch nicht wirklich miteinander geschlafen, oder? So viel von ihrem Leben hatte sie vergessen.

Auf der Brücke dieser Inder, der in den Fluss fiel. Aber war das wirklich ein Mensch gewesen? Hätte es nicht auch irgendetwas sein können, das wie ein Mensch aussah? So wie damals bei der Bootsfahrt über den Ganges, als sie hinterher alle davon überzeugt gewesen waren, sie hätten einen toten Jungen im Wasser gesehen, dabei wusste das wahrheitsgetreue Bestandsbuch ihrer Erinnerung, dass es sich nur um einen angekohlten Baumstamm gehandelt hatte, vielleicht um eine Ziege, auch wenn sie bis heute erzählt, sie hätte bei Varanasi eine Leiche im Wasser vorbeitreiben sehen.

Der Inder auf der Brücke – wie ein Schauspieler aus einem Stummfilm hatte er ausgesehen, ein kleiner Mann im Seersuckeranzug, der auf Zehenspitzen über die Tragbalken balancierte, ein flatterndes Papier in der Hand. Die Verzögerung zwischen Aufprall und platschendem Geräusch, dann war er verschwunden, das Wasser schloss sich über ihm. Und die Welt drehte sich weiter, als hätte es ihn nie gegeben.

TAGEBUCH: MÄRZ 2020

Vorbei an ausgedörrten Landschaften fährt mein Taxi vom Flughafen Almería in eine Stadt, die auf den ersten Blick wenig reizvoll wirkt, trostlose Wohnblöcke, die Uferpromenade aus Beton. Hier im Süden Spaniens habe ich ein Apartment gemietet, da ich mich mit nostalgischen Gefühlen daran erinnere, wie es war, damals, als ich in jüngeren Jahren unter ähnlichen Umständen geschrieben habe. Ich fuhr irgendwohin ins Ausland, fort von allen, die ich kannte, begleitet von nichts weiter als einigen Plot-Schnipseln und Figurenansätzen. Daraus habe ich dann die Konturen eines Buches zusammengekratzt. Zehn Tage bleibe ich, um es noch einmal zu versuchen.

Am Esstisch klappe ich den alten Laptop auf, Sonnenlicht glitzert über silberne Tasten. Früher konnte ich schnell tippen, inzwischen wollen meine Finger nicht mehr recht; ich drücke einen Buchstaben, und ein anderer erscheint auf dem Bildschirm. Daran gebe ich der Maschine die Schuld. Dafür sind Maschinen ja auch da.

Immerhin komme ich damit klar, nehme vermurkste Wörter nachsichtig hin, führe holprige Sätze zu Ende, ein harter Bruch am Ende jeder Zeile und weiter zur nächsten. Um das Chaos kümmere ich mich später.

Bis auf den leuchtenden Bildschirm ist es plötzlich um mich herum dunkel. Auf dem Balkon finde ich zurück in die Ge-

genwart, die Nacht unter mir durchzogen vom Scheinwerfer-
lichtstreifen der wie Mücken sirrenden Mopeds. Während die-
ser Stunden voller Konzentration habe ich kaum bemerkt, wie
unbequem der Küchenstuhl ist. Als wäre ich im Rausch: Ich ar-
beite und bin allein.

Mit dieser einsamen Angewohnheit habe ich nach einem
Streit in Paris angefangen; ich muss um die zwanzig gewesen
sein. Ein Jahr zuvor war ich dorthin gezogen und hatte einen
deutschen Bildhauer kennengelernt, mit dem ich mir in einer
Mansarde an der Rue Saint-Denis eine Matratze teilte.

Klaus fand meinen Körper anziehend und meine Sprach-
fehler amüsant (ich spreche Deutsch, da ich nahe der Grenze
aufgewachsen bin), weshalb er sich vornahm, den Sommer mit
mir in seiner bayerischen Heimat zu verbringen, wo wir wan-
dern und ungenießbare Würstchen essen würden. Kurz vor un-
serer Abreise aber provozierte ich im Bahnhof einen Streit. Mei-
nen Argumenten konnte ich selbst nicht glauben, also wurde ich
immer lauter. Die eigentlichen Einwände blieben unausgespro-
chen: dass er nämlich beabsichtigte, in Lederhosen und unter
dem langwimprigen Blick peinlich berührter Kühe hohe Berge
hinaufzustapfen, ich aber nichts dergleichen wollte. Ich war in
den Niederlanden in einer Gegend voller Bauernhöfe groß ge-
worden, überall der Brodem nach Mist und der Blick auf end-
loses Land – ein solcher Urlaub käme einer Regression gleich.

Resultat war, dass er beleidigt den Zug bestieg (»Dann geh
doch!«) und ich ihm den Gefallen tat und verschwunden war,
noch ehe der Zug pfiff. Ich schleppte meinen Lederkoffer (stets
die starke junge Frau) den ganzen Weg vom Gare de l'Est zu-
rück und wuchtete ihn auf der ächzenden Wendeltreppe sechs
Stockwerke hoch. Schwitzend, schwer atmend, schloss ich die
Tür und riss die Fenster auf, so weit, dass ich Tauben einzu-
laden riskierte. All dieser Sauerstoff, ganz für mich allein.

Was aber sollte ich tun? Schräge Dachwände machten in dieser Wohnung Regale unmöglich, folglich lagen seine Bücher überall verstreut herum. Nachdem ich mehrfach über die Größen der deutschen Literatur gestolpert war, hockte ich mich hin, um mir anzusehen, was einige von ihnen zu sagen hatten. Da saß ich also im Schneidersitz und las. Irgendwann bettete ich einen Notizblock auf die Knie und versuchte mich selbst an einer Geschichte. Die Zeit verlor jede Bedeutung, gewann dafür unwahrscheinliche Dichte. Als ich den Stift absetzte, saß ich reglos da, blieb aber an einem anderen Ort, die Wangen heiß, der Verstand umwölkt.

Ich wurde leicht verrückt. Wochenlang beschrieb ich ein Blatt nach dem anderen, las aber kein Wort aus lauter Angst, den Bann zu brechen. Ansonsten lief ich durch die Straßen, beobachtete die Menschen und aß Brot. Wie lange konnte ich durchhalten, ohne mit jemand anderem als mir selbst zu reden? Vielleicht war ich ja eine Schriftstellerin – vielleicht sogar eine bedeutende! Nach und nach machte mir die Einsamkeit jedoch zu schaffen. Der prüfende Blick auf meine Figuren kehrte sich um, richtete sich auf mich, offenbarte, wie erbärmlich, verschlagen und falsch ich war. Ich ertappte mich dabei, die über der Deckenlampe angebrachte Stuckrosette zu studieren, und stellte mir vor, selbst dort oben zu hängen.

Heute halte ich düstere Gedanken in Schach, indem ich ihnen in einem Londoner Park davonlaufe, jeden Tag aufs Neue. Abends stimuliere ich meine Stimmung mit Wein. Vor allem aber muss ich arbeiten, sonst folgt ein neuer Absturz.

Um in Spanien nicht verrückt zu werden, unternehme ich tagtäglich einen Ausflug, stapfe flott Almerías Uferpromenade entlang zum fischmiefigen Hafen, über mir Palmen, ihre abgefallenen Datteln klebrig unter meinen Funktionsschuhen.

Ein arabischer Straßenmusiker – glatzköpfig und zahnlos,

dabei kaum dreißig – spielt eine Singende Säge, streicht den Bogen übers Blatt und entlockt ihm eine wimmernde Version von ›Nessun Dorma‹; aus blechernen Boxen dröhnt orchestrale Begleitung. Auf einem Fels am Meeresufer lauscht eine Familie streunender Katzen, eine Welle rollt auf sie zu, ändert im letzten Moment aber die Richtung.

Der Straßenmusiker bemerkt mich, die alte Spaziergängerin, die mit steifem Schritt über die Promenade eilt. Mir zuliebe wechselt er den Song – ›Fools Rush In‹ von Elvis –, bemerkt mein Lächeln und ist sichtlich zufrieden. Er ruft etwas.

»Tut mir leid«, erwidere ich im Vorbeigehen und winke mit zu freundlicher Faust geballter Hand, »kann kein Spanisch.«

Bei meiner Rückkehr spricht er mich erneut an, diesmal auf Englisch: »Sie! Kommen Sie!« Er fragt nach meinem Namen, faltet die Hände wie zum Gebet und deutet mit der Fingerpyramide nach unten zu einem Becher auf dem Gehweg. »Sie können mir helfen, Miss Dora?«

»Ich habe kein Kleingeld.«

Er zeigt mir sein Handy: Über eine App kann man eine Spende schicken. Er pingt mir die Details, und ich setze meinen Spaziergang fort, verspreche ihm, mich später anzumelden – und dann auch zu spenden.

Ich sitze wieder am Laptop, hacke auf falsche und ein paar richtige Tasten, den Zeilen so nahe, dass sie zu Orten mit Menschen werden, die bislang aber nur gestikulieren und grimmig blicken. Stunden später stehe ich auf, versuche mein gekrümmtes Rückgrat zu richten, indem ich meine Ellbogen nach hinten schiebe. Ich bin von Hoffnung wie beschwipst (könnte dieses Buch gut werden?), von Tatsachen ernüchtert (wenige wird es kümmern) und will mehr, setze mich also wieder, knotige Finger auf der Tastatur, schwächelnde Augen am Bildschirm.

Schließlich geht meine Zeit in Spanien zu Ende, und ich war-
te auf die Maschine nach Hause, sitze am Flughafen auf einer
Außenterrasse. Wie im Rausch habe ich geschrieben, ohne
Menschen um mich herum Menschen in Worte gefasst. Jetzt
bin ich wieder in einer Menge, sehe eine ältere Engländerin mit
rosafarbenem Haar und konfusem Blick eine Marlboro rau-
chen, ihr weißhaariger Mann spielt mit seinem Nasenring. Sie
haben nach all den Jahren keinen Grund mehr, zu reden. Die
Reise ist vorbei.

Warum halte ich mein Handy in der Hand? Ach, richtig –
diese Spende-App. Ich wollte dem Straßenmusiker ein biss-
chen was überweisen. Eine Nachricht auf Twitter lenkt mich
ab. Meine Agentin hat mir geraten, mit dem Twittern anzufan-
gen. Soll sich die Öffentlichkeit für uns interessieren, müssen
Schriftsteller (wir auf den unteren Rängen) sie anbetteln und
umgarnen. Nur habe ich noch nie zu denen gehört, die Dinge
über sich herausposaunen. Also scrolle ich lieber durch Kultur-
kriegswortgefechte oder lese Updates über dieses Virus in Chi-
na, das sich auch in anderen Ländern ausbreitet. In Los An-
geles wird ein Todesfall gemeldet, ein Stand-up-Comedian hat
darüber einen Witz gemacht, und alle sind wütend, nur jene
nicht, die wütend auf die Wütenden sind. Wie bei mittelalter-
lichen Seuchenausbrüchen wurde in Norditalien über ganze
Städte Quarantäne verhängt. Ein Opernsänger schmettert eine
Arie, und alle sehen mich verärgert an, während ich versuche,
die Lautstärke des YouTube-Clips herunterzuregeln: ein italie-
nischer Tenor, der im Lockdown vom Fenster aus seinem Land
eine Serenade singt.

»… Passagiere der Reihen sechzehn bis sechsunddreißig wer-
den nun gebeten …«

Vor dem Boarding ziehe ich meine Rolltasche auf die Toilet-
te, zwänge mich in die winzige Kabine, setze mich, pinkle und

sehe mir den Clip zu Ende an, das Bild ist unscharf, weshalb ich das Handy weiter von mir forthalte, dann wieder näher heranrücke, wobei es fast in die Toilette fällt.

»… alle verbleibenden Passagiere für den easyJet-Flug 8164 nach London Gatwick werden gebeten, sich umgehend …«

Kaum auf meinem Fensterplatz, erwecke ich den Laptop erneut zum Leben und gehe die Arbeit der letzten Tage durch. Sofort verschwinde ich durch eine Rettungsluke ins Schriftstellerprivileg des Anderswo – bis mein Magen himmelwärts ruckt, das Flugzeug die Nase nach oben richtet und meine warmen Schultern an die Rückenlehne gepresst werden.

Über dem glitzernden Iberischen Meer schwenkt die Maschine Richtung England, und ich spähe nach unten, versichere mir, dass man nicht durch Plexiglas fallen kann, mein Innerstes flatterig vor lauter Höhenangst, aber auch vor Hoffnung, denn ich weiß jetzt, wie das Buch funktionieren könnte.

Ich wende meinen Blick von den Wolken ab und wieder dem Bildschirm zu, bastle am Anfang von Kapitel drei.

~~Eine Autotür schlägt zu. Sie kann nicht hören, was draußen geredet wird.~~

Oder

~~Ihre nackten Schenkel fühlen sich kalt an.~~

Oder

Sie sitzt auf der Toilette, liest auf Twitter.

3

Die entfremdete Tochter
der Autorin

(BECK FRENHOFER)

SIE SITZT AUF der Toilette, liest auf Twitter. Beck twittert nie – das hieße, Material zu verschwenden, oder sie sähe sich genötigt, Position zu beziehen. Sie selbst folgt 3246 Usern, scrollt eine unendliche Liste popkulturellen Gejammers und emotionaler Ergüsse herunter.

Lesen Männer auch auf ihrem Handy, wenn sie doch im Stehen pinkeln? Wie können sie auf den Bildschirm gucken, ohne dass etwas daneben geht? Na ja, tut's sowieso – und den Boden haben sie auch schon lange vorm digitalen Zeitalter vollgespritzt.

Sie fragt sich, ob das was für einen ihrer männlichen Stand-up-Kollegen sein könnte: ein Dulli mittleren Alters am Pinkelbecken, der Nachrichten checkt; er, weitsichtig, streckt den Arm aus, kommt mit dem Handy in den Strahl, die Pisse prallt ab, er spritzt sich an. Die Hose ist nass, und er hat gleich ein Date.

Von draußen ein dumpfes Geräusch. Beck verhält sich still, lauscht. Nichts weiter.

Was, um das Ganze lustiger zu machen, würde sich der

Typ auf seinem Handy angucken? Er pinkelt zum Video von ›Baby Shark‹? Nee, zu billig. Wie wäre es mit einem Spendenaufruf für im Krieg verwundete afghanische Mädchen? Wenn er die anpinkelt und dann versucht, das seinem politisch engagierten Date zu erklären? Verdammt – jetzt hat sie den Refrain von ›Baby Shark‹ im Ohr.

Eine Autotür schlägt zu. Vor ihrem Haus unterhalten sich Männer auf Spanisch. Was ist das für ein Gejaule?

Ihr Handy klingelt, Becks Hand entgleitet es zwischen die Beine, sie schnappt die Schenkel gerade noch rechtzeitig zu, klemmt das iPhone ein, warmes Gehäuse zwischen den Haxen. Allerdings hat sie es nur an einer Ecke erwischt. Der Rest baumelt über gelbem Wasser.

Es klingelt noch, ihr Beinspeck zittert, eine Hand schiebt Beck unter ihre Schenkel. Sie hebt die zusammengekniffenen Knie an, grunzt, aber ihre Bauchmuskeln sind zu schwach. Die Füße fallen auf den Boden, danach ein Platschen, kühle Spritzer an den Pobacken. Der Klingelton wird zu einem Gurgeln.

Durch leicht schwappendes Wasser erkennt sie den Namen des Anrufers – *Adam* – und schnappt sich Toilettenpapier: Knie gespreizt, abgewischt, nur wohin damit? Nicht auf Adam. Sie entscheidet sich fürs Waschbecken, zieht ihre kurzen Boxer-Shorts hoch, die Jogginghose, Todesröcheln des iPhones in der Porzellanschüssel. Es muss sein: Sie greift mit der Hand hinein, der Ärmel ihres Hoodies triefnass. Beck wischt das Handy an ihrer Brust ab. »Hi. Kannst du mich hören?«

»Nicht besonders. Wo bist du?«

»Hab mein Handy ertränkt. Ist 'ne Klosache.«

»Will ich gar nicht so genau wissen«, sagt ihr Manager. »Ich melde mich nur noch mal bei all unseren Klienten, ehe wir schreiend aus dem Büro stürmen. Für den Rest der Woche arbeiten wir nämlich im Homeoffice – ein Probelauf für den Fall, dass wir wegen Lockdown zu Hause bleiben müssen.«

»Damit sollte iPhone Werbung machen, findest du nicht? ›Fällt's ins Nass, klingelt's noch.‹ Muss ich das jetzt abspülen?«

»Wie? Hast du noch nicht? Sprichst du gerade in ein Piss-Phone?«

»Hab's abgetupft. Darf ich es unter fließend Wasser halten?«

»Scheiße, woher soll ich das wissen, Beck? Arbeite ich neuerdings für Apple? Frag einen von deren Genies. Ich ruf wegen J. J. an.«

»Hörst du auch dieses Knistern?«

»Das Special – wir müssen darüber reden.«

»Ich sehe es schon kommen, dass ich den Tag bei Verizon zubringe.«

»Haben die denn geöffnet?«

»Besser wär's. Handy-Techniker üben schließlich einen systemrelevanten Beruf aus.«

»Ich habe mich noch nicht entschieden, ob *ich* systemrelevant bin«, sagt Adam.

»Bis auf die Lieferanten sind alle unnötig.«

»Sieh dir das J.J.-Special an, okay? Wir müssen darüber reden.«

Das Gejaule draußen wird lauter. Beck zieht die Jalousie im Bad hoch.

Am Straßenrand steht der Truck einer Gartenbaufirma, Türen offen. Drei Arbeiter sind ausgestiegen und blicken, Hände in die Hüften gestemmt, auf etwas, das auf der Straße liegt. Beck läuft zum Fenster auf dem Treppenabsatz, um besser sehen zu können. Auf dem Asphalt windet sich ein Körper. Es ist Rodney.

SIE STÜRMT AUS dem Haus, die Gärtner weichen einen Schritt zurück. Einer steigt in die Fahrerkabine des Trucks und ruft die anderen zu sich.

Beck kniet vor dem Bullterrier, seine Hinterbeine zucken, wie sonst im Traum, wenn er auf dem Sofa schläft. Nur stimmt etwas nicht, der Bewegungsablauf wirkt gestört. Die Unterlippe hängt schlaff herab, entblößt schwarzes Zahnfleisch, Sabber tropft auf die warme Straße.

Die Gärtner legen den Rückwärtsgang ein, fahren um die Ecke. Mutterseelenallein auf ihrer Wohnstraße in Venice Beach trägt sie Rodney aufs Gras, tröstet ihn mit zittriger Stimme.

Minuten später rollt ein burgunderfarbener Prius auf sie zu. Das Fenster auf der Fahrerseite surrt nach unten, und eine Iranerin mittleren Alters nimmt ihre FFP2-Maske ab, vorsichtig, um den Lippenstift nicht zu verschmieren. »Uber?«

»Können Sie die Tür öffnen?«

»Wo geht's hin?«

»Habe ich doch geschrieben, als ich einen Wagen angefordert habe. Zur Tierklinik oben am Broadway. Öffnen Sie jetzt bitte die Tür?«

»Mag sein, aber kein Wort ›Tier‹.«

»Wie soll ich in der Anmeldung denn ›Tier‹ schreiben?«

»Geht durchaus.«

»Er muss jetzt wirklich zum Arzt. Es eilt.«

»*Sie* können mit, kein Problem. Hund nicht.«

Beck versucht, sich zu beherrschen. »Sind Sie völlig bescheuert?« Das lief nicht so gut. Sie braucht die Hilfe dieser Frau. Aber es ist nicht zum Aushalten, und sie kann sich nicht bremsen. »Sie wollen *mich* zum Tierarzt bringen? Ohne meinen Hund? Haben Sie den Verstand verloren?«

»Können die Fahrt stornieren, bitte?«

»Warum? Damit Sie ein Ausfallhonorar kriegen? Nie im Leben. Und jetzt bringen Sie mich zur Klinik.«

»Sie mich nicht beschimpfen. Heutzutage jeder steht unter Druck wegen irgendwas.« Die Fahrerin zieht sich die Maske wieder übers Gesicht. »Sie mir helfen, bitte?« Sie steigt aus dem Prius, geht den längeren Weg um den Wagen herum, öffnet den Kofferraum und nimmt zwei pinkfarbene Strandtücher mit dem Bild einer Cartoon-Prinzessin und dem Logo *LOL Surprise* **heraus**. »Nur ein Tropfen Blut auf Rücksitz, und Sie zahlen neuen Bezug. Außerdem kostet extra, weil ich gerade nicht fahre. Ist okay?«

»Können Sie jetzt bitte losfahren?« Beck wickelt das pinkfarbene Tuch um ihren Hund und steigt hinten ein, Rodney auf dem Schoß; er ist ganz schlaff, aber seine Augen blinzeln langsam.

Die Fahrerin nimmt Becks Handy und liest laut die neuen Corona-Regeln der Klinik hinsichtlich Patienten-Aufnahme vor. Sie lässt den Motor an. »Warum stinkt Ihr Handy wie Klo?«

AUF DEM BÜRGERSTEIG vor der Tierklinik steht eine Warteschlange: ein Frettchen an der Leine, eine Katzenkiste, ein Wellensittich im Käfig. Ihre Besitzer sehen zu, wie Beck sich aus dem Prius kämpft. »Er wurde überfahren«, sagt sie.

»Stell dich hinten an«, entgegnet der Frettchenmann.

»Das hier ist ein Notfall.«

»Alles ist ein Notfall, wenn es deiner ist.«

»Nein. Manchmal ist es ein echter Notfall.«

Die Besitzer von Katze und Sittich rücken für sie beiseite. Der Besitzer des Frettchens streicht sich nur über seinen langen Pferdeschwanz. Von Rodneys Gewicht zittern Beck die

Arme. Auf einem Schild an der Kliniktür steht: *Zum Schutz von Personal und Besucher können wir in dieser Zeit einer globalen Pandemie nur jeweils einer Person Zutritt gewähren! Danke für Ihr Verständnis!*

Aufgebracht wie sie ist, liest sie das Schild wieder und wieder. Sie steht weiterhin an zweiter Stelle, als ihr Hund stirbt. Vor Schmerz schnappt sie nach Luft, die anderen versuchen, sie zu trösten. Sie wird Rodney keinesfalls aufs Pflaster legen. Sie kann nicht klar sehen, ihre Augen brennen. Wenig später zückt sie ihre Kreditkarte, füllt einen Antrag aus, übergibt ihren Freund, aber selbst, nachdem sie ihn fortgegeben hat, zittern die Arme noch immer von seinem Gewicht. Draußen wartet der Sittich, seine Besitzerin wendet den Blick ab.

Beck öffnet die Tür zu ihrem Haus nur einen Spaltbreit – eine nun sinnlose Angewohnheit, die Rodney daran hindern sollte, nach draußen zu stürmen. An den meisten Abenden hockten sie zusammen auf dem Sofa, sie kraulte seinen Bauch, drehte sich zu ihm um, sah ihn an. Warum war sie nicht einfach in die Klinik gestürmt, statt sich einem Frettchen zu fügen?

Um sich auf andere Gedanken zu bringen, stellt sie den Fernseher an. »Ich *weiß*, Kelly! Das musst du mir nicht sagen, Mädchen!« Die Hände zu Fäusten geballt, wird sie von diesem und jenem abgelenkt: eine zerschlissene Leine, eine Quietscheente. Sie geht über die Hintertreppe in den verwilderten Garten, findet die Lücke unterm Holzzaun, durch die Rodney entwischt sein musste. Beck fragt sich, was mit ihr nicht stimmt, was an ihr so abstoßend ist: Er bekam Liebe und zu fressen, trotzdem hat er sich von ihr davongescharrt.

Sie füllt den Tunnel, stampft die Erde fest, aber damit gehen ihr die Aufgaben aus. In einer Minute wird sie nichts mehr ablenken. Sie schaltet das Handy ab, spült es unten im

Bad, in der Kloschüssel noch drei Blatt Klopapier. Als sie das iPhone wieder hochfahren will, tut sich nichts. Sie lädt es. Nichts. Kein Lebenszeichen, aber auch nicht vollends tot; alle, die sie kennt, sind darin eingesperrt.

Ein schwerer alter Laptop ist jetzt ihr einziger Internetzugang. Sie hat ihn seit Wochen nicht benutzt und muss feststellen, dass sie von Instagram, Facebook und Twitter ausgeloggt wurde. Der Aktivierungscode für *Passwort vergessen?* geht an ihre Gmail-Adresse – dort aber wird sie auch erst wieder zugelassen, sobald sie ihre Anmeldung auf dem jetzt leblosen Handy bestätigt. Beck hängt also fest, bleibt an die Peripherie des Internets verbannt und hat nur Zugang zu Nachrichtenseiten mit ihren altmodischen ›Schlagzeilen‹, die von italienischen, auf Balkonen auftretenden Opernsängern berichten oder von wütenden Chinesen, die vor Krankenhäusern warten. Kalifornien meldet den ersten Todesfall.

Ihr Blick wandert zu den Sofakissen, auf denen Rodneys Abdruck noch zu sehen ist; sie stellt den Fernseher lauter. Soll sie noch heute Abend allen von Rodney erzählen oder lieber gar nichts sagen, niemals ein Wort darüber verlieren – sie kann sich nicht entscheiden. Beck hört immer noch sein Jaulen, sieht sich aus dem Fenster am Treppenabsatz blicken, o Gott!

Arbeit ist, was sie braucht, sich mit den Auftritten von Stand-up-Comedians ablenken. Heute Abend will sie im Club einen der Gen-Z-Opener bitten, ihr Handy wieder zu aktivieren. Nur gibt es da ein Problem: kein Handy, kein Uber. Wie soll sie irgendwohin kommen? Die einzige Comedy-Bühne, die sie zu Fuß erreichen kann, ist ein mittelmäßiger Schuppen in Santa Monica.

Beck nimmt ihr öffentliches Aussehen an: das kurze Haar zu steifen kleinen Haifischflossen gegelt und verwuschelt, nerdige Brille, weite Bluejeans und grüne Fluevog-Schuhe, ein Button-Down-Männerhemd mit zu großer Kragenweite, was ungewollt den Eindruck von einem zu kleinen Kopf auf zu breiten Schultern macht. Sie tapst über die Straße, Haut kühl, Innerstes brandheiß. Nur wenige Autos sind unterwegs. Die Läden ausnahmslos geschlossen. Das Theater auch, aber sie sieht einen Kellner bei der Inventur. Er schließt für sie auf.

»Was ist?«, fragt sie. »Hat einen von euch die Pest erwischt?«

»Nee, die haben unseren Scheiß dichtgemacht. Sind alle raus: das Improv, der Store, die Factory, Largo.«

Es gibt nichts weiter zu sagen, wenn man nicht über Line-ups reden kann. »Mein Hund ist gerade gestorben«, platzt es aus ihr heraus.

»Scheiße. Wieso?«

»Mexikanische Gärtner haben ihn überfahren.«

»Wie jetzt, mit Absicht?«

»Gott, nein! Mit ihrem verdammten Truck.«

»Einfach so?«

»Also das ist wirklich nicht das Gespräch, mit dem ich gerechnet habe, als ich sagte, dass mein Hund gerade gestorben ist.«

»Sorry, Beck. Hab's nicht so mit Sympathie. Oder meine ich Empathie?«

»Beides. Dir fehlt's an beidem.«

Vor langer Zeit, als die Wall Street sich (kurzzeitig) für die Finanzkrise schämte und Comedians ihre ersten Social-Media-Accounts eröffneten, machte Beck noch Stand-up in New York, watschelte in weißen Reeboks zum Mikro, wich Tischen aus, wurde von den Blicken des spätnächtlichen Publikums erdolcht, war sich wie seit der Schulzeit nicht mehr ihres Gangs bewusst und begriff, dass sie noch nicht mal richtig laufen konnte. Sie kann es bis heute heraufbeschwören: den metallischen Geruch des Mikros, feucht von der Spucke ihrer Vorgänger; Staubkörner im Scheinwerferlicht, und ihre Lunge macht schlapp, als hockte das gesamte Publikum auf ihr und hüpfte auf und ab, wie um einen übervollen Koffer zu schließen.

Sie war hoffnungslos, nichts als Angstschweiß und gehetztes Gerede, der Mund so trocken, dass man sie kaum verstehen konnte. Bei ihrem letzten Open Mic schluchzte jemand im Publikum während ihres gesamten Auftritts. »Warte mal«, sagte ein Comedian Jahre später. »Soll das heißen, es war so still, dass du jemanden *schluchzen* hören konntest?«

Sie hat seit Jahren nicht mehr auf der Bühne gestanden und ist in der Öffentlichkeit unbekannt. Trotzdem ist Beck Frenhofer eine der einflussreichsten Comedians ihrer Generation.

ALS DIE COMEDY CLUBS noch geöffnet hatten, schlug Beck tagsüber die Zeit zu Hause tot, futterte Snacks und trieb sich online herum, bis irgendwer das Licht über Los Angeles ausknipste, woraufhin sie sich einen Barhocker neben den nach Chlor stinkenden Toiletten suchte, an einem Wodka-Orange nippte, gesalzene Erdnüsse einwarf und zusah, wie ein weiterer Talentloser das Mikro malträtierte.

Jeden Auftritt zerpflückte sie im Kopf, notierte die Übergänge von Set-up zu Punchline zu Tagline und bewertete die Bühnenpräsenz der Comedians. Für Beck ist Comedy fast ein mechanisches Objekt: Punchlines, die man wie ein Ingenieur vom Ende her zusammenbaut, Prämissen, die man gnadenlos verschraubt, verbale Irreführungen, die man den Leuten einhämmert, Call-Backs, die man anzieht. Sie lacht nur selten, gegen Witze ist sie immun. Aber sie ist süchtig danach,

Losern dabei zuzusehen, wie sie ihre schlimmsten Erfahrungen zum Amüsement von Betrunkenen auf der Bühne ausbreiten. Sie studiert auch das Publikum, all die gackernden Gesichter – selbst die wenigen, die nicht lachen können, die sich umsehen und zusammenzucken, wenn sie ihren Blick treffen.

Comedians kreuzen in Generationen auf, dieselbe Truppe bei denselben Open Mics, denselben Try-out-Shows, später das Veranstalten eigener Abende, nur um auf der Bühne stehen zu können, für Miete und Soundsystem blechen, obwohl sich kein Mensch blicken lässt, was vielleicht noch das Lustigste am ganzen Abend ist. Und trotz alledem gehen die Frischlinge – die zu den aberwitzigsten Uhrzeiten auftreten, das Mikro erwürgen, gegen Espressomaschinen anreden – mit wildem Blick von der Bühne, aufgeputscht von einem Mix aus Ruhm und Schmach, wollen boxen, ficken, eine zweite Runde. Es ist ein Kampf gegen das Publikum, und der Stand-up-Comedian *muss* gewinnen.

Wer durchhält, saugt Jahre der Erniedrigung in sich auf, was die Stand-up-Comedy zur höchsten Kunstform macht: das eigene Innenleben für den Applaus von Fremden preisgeben. Irgendwann findet ein Mitglied jeder Generation dann einen Manager, bucht Werbespots, entwickelt das Konzept für eine Sitcom und hat ein paar Freunde im Schlepp, während der Rest Panik schiebt, da keiner ihre Podcasts runterlädt; und dieser Scheiß, der ihr Leben ruiniert, läuft schon fast ein Jahrzehnt, weshalb sie jetzt nicht mehr aufhören können. Sie begrüßen einander mit vorgetäuschter Sympathie auf dem Parkplatz vorm Club, tratschen darüber, wer wen vom Personal vögelt, und lächeln über den Star von gestern, der auf dem Sunset Boulevard seinen Elektroroller geschrottet hat.

Nach und nach dünnt jede Generation aus, verschwindet hinterm Bühnenvorhang – jene, die wieder Vollzeit Webseiten designen oder den Abschluss in Philosophie nachholen oder irgendwo ein Kind großziehen, da, wo's Rasensprenger gibt, und die sagen, Beck solle sie unbedingt besuchen, mit einem Ernst, den sie nicht ernst meinen. Einige wenige werden Amateure, Straßenkomiker, plötzlich übergewichtig, allmählich alt. Frau und Kind von einem dieser Typen starben im Feuer, während er einen Auftritt außerhalb der Stadt hatte, und als er nach der Doppelbeerdigung wieder auftrat, witzelte ein Kollege: »Hey, Leute – Mr Jammerlappen ist zurück.« Am Tisch der Comedians haben sie alle gelacht. ›Zu laut‹ zu sagen wäre Verrat.

Andere Comedians beneiden Beck um ihre Connections, ihr Wissen, ihr Einkommen. Niemand aber will ihre Karriere. Recherchiert man online den Namen ›Beck Frenhofer‹, erhält man nur wenige Treffer: Um die Jahrtausendwende ein Jahr Arbeit für die Sketch-Show eines Bezahlsenders; einen Gig in der Schreibschmiede für die Oscar-Verleihung; Produzentin des Films *Bad Baby*, der erst verrissen, dann zum Kultphänomen wurde (was ihr dieses Haus eingebracht hat).

Vertraulichkeitsvereinbarungen verheimlichen ihre wahre Karriere. Hinter den Kulissen hat Beck für viele der größten Comedians geschrieben, die selbst zu gefragt oder zu deprimiert sind, um ein neues Programm zusammenstellen zu können. Sie wird angefordert, wenn etwa Netflix einem Stand-up-Star viel Geld für ein Special bietet, der aber nicht monatelang mit einer neuen Show tingeln kann, vor allem nicht, wenn irgendwer im Publikum den Abend filmt, den Streifen auf YouTube hochlädt und so den Gags die Wirkung nimmt. Also werden die Sets von Beck geschrieben, denn sie hat das Talent, Material zu liefern, das exakt zur Masche vom jeweiligen Comedian passt. Sie beherrscht alle Tricks, genau wie Skriptdoktoren, die Drehbücher flicken und die Hälfte aller Filme in Hollywood schreiben, deren Namen aber in keinem Abspann vorkommen.

Sie spielt in der Comedy-Welt noch eine zweite Rolle, diese unbezahlt, nämlich als Kummerkastentante für alle mit verletztem Ego. Neulingen zu helfen bereitet ihr größte Genugtuung. Allerdings gibt es nicht wenige Comedians, die sie höchst ungern sehen und es nicht mögen, wenn sie am Tresen sitzt und sie analysiert. Vor einigen Monaten beriet sie in The Comedy Store eine junge Komikerin, als ein männlicher Headliner im Vorbeigehen sagte: »Hey, hey, hey – was haben wir denn da? Die Lesbo-Casting-Couch?«

Als Beck daran denkt, greift sie zum Handy, wie immer, wenn sie sich noch schlechter fühlen möchte. Ein schwarzer Bildschirm starrt sie an. Über Laptop erreicht sie Verizons Chatbot und verlangt ein Ersatzhandy, ihr Ton schroffer als gegenüber jedem Menschen. Sie fragt sich, ob darin nicht auch eine Nummer schlummert: Wie grob und unverschämt kann man zu einem Roboter sein?

Sie hasst die Angewohnheit, jede noch so kleine Geistesregung in Stoff umzuformulieren. Als junge Komikerin war ihre Nummer ein Flickwerk der Stile anderer Comedians. Sie wollte bewundert werden, ohne selbst etwas preiszugeben. Ihre Arbeit heute – die Marotten anderer verkörpern, das Publikum vor Bewunderung für einen Typen brüllen hören, von dem kein einziges Wort stammt – hat sie einen Preis gekostet, hat sie zerfressen, zu einer Zynikerin werden lassen, die denkt, dass die Öffentlichkeit blöd ist, dass ihre Kollegen verblendete Ego-Maschinen sind, dass wir die Politik nie richten werden, dass das Klima im Eimer ist, dass alles übel endet. Sollte sie doch einen Funken Hoffnung hegen, hat sie darüber mit Rodney geredet, der sie mit seinem kleinen Kopf fragend anblickte, sie dann abschleckte. Gerade musste sie für seine Einäscherung bezahlen. Beck kommen die Tränen, und sie kneift sich fest in den Bauch. Ist es zu spät, die Verbrennung noch aufzuhalten? Könnte sie ihn im Garten vergraben?

Sie googelt »Hundeleiche im Garten«, stößt als Erstes aber auf eine Anzeige von Dogsbody, ein Online-Marktplatz, der Freiwillige für jegliche Art von Hausarbeit vermittelt. Die Homepage zeigt eine schöne Frau undefinierbarer Herkunft mit einem Pömpel in der Hand; sie strahlt, denn die Wahl einer Klempnerin ist eine moralische. Dogsbody bietet auch moralisch einwandfreie Zimmerleute und moralisch einwandfreies Putzpersonal an, jeder Mitarbeiter bewertet auf einer Skala von eins bis zehn. Beck klickt einen Namen mit einer derartigen Vielzahl von Emojis an, dass sie sich fragt, ob ›Rosa 😊😄😊😎😊😊😍😝😊😇😊😊😵‹ geistig beeinträchtigt ist. Sie hat jede nur erdenkliche Fähigkeit angekreuzt, ist also entweder der fähigste Mensch auf Erden – oder der unfähigste.

Beck schließt die Website und sucht das Kontaktformular für die Tierklinik, doch folgen ihr Anzeigen von Dogsbody durchs Internet. In dem Versuch, diesem ein Ende zu machen, klickt sie eine an. Minuten später hat sie eine Preisanfrage geschickt.

Hallöchen! Wie läuft's denn so?, kommt es von Rosa zurück. **Was steht an?**

4 Std. Hausarbeit, tippt Beck.

?4 Leute?

vier STUNDEN

Dienstag okay///??

Fast hätte Beck gefragt, ob sie gerade einen Strichanfall erlitten habe, löscht ihren Kommentar aber wieder und zwingt sich aufzustehen, schaut aus dem Fenster in den Hinterhof. Nach der Trennung – vielmehr, um genau zu sein, nachdem Laura sie verlassen hat – legte Beck sich mit der Haushälterin an und hat der Frau gekündigt. Seither verkommt ihr Haus zur Müllhalde, da, wo der Teppich an die Wände stößt, ist er grau von Staub; der Garten gleicht einem Dschungel.

Überfall Verfall, denkt sie. Die weltweite Pandemie ist nur der Anfang. Warum überrascht uns das? Der eigentliche Schock ist doch, dass die Menschen den Planeten bisher nicht mit Nuklearwaffen vernichtet haben. Aber noch ist Zeit.

Sie wartet auf der vorderen Veranda, bis der nächstbeste Typ vorbeikommt, und bietet ihm ihren Breville-Entsafter im Austausch für ein Telefonat mit seinem Handy an.

»Hast du den irgendwo mitgehen lassen?«, fragt er.

»Ob ich meinen Entsafter gestohlen habe? Nein, bei Amazon gekauft. Mein Handy hat nur gerade den Geist aufgegeben, und ich muss jemanden anrufen.«

Zögerlich zieht er ein ramponiertes Handy aus der hinteren Hosentasche. Sie ruft ihren Manager an.

Adam antwortet misstrauisch, da er die Nummer nicht kennt, dann hört er ihre Stimme. »Hey, du hast mitten im Gespräch aufgelegt«, sagt er. »Was sollte das denn?«

»Ich habe nicht aufgelegt. Ich habe geschrien, und dann war die Leitung tot. Du hast nicht mal versucht, mich zu erreichen. Meine Leiche könnte längst in drei Koffern stecken.«

»Würde ich jedes Mal, wenn ein Klient schreit und auflegt, die Bullen rufen …«

»Rodney ist gestorben.«

»O Gott, nein! Das tut mir ja *sooo* leid, Beck. Habe ich diesen Rodney je kennengelernt?«

»Mein Hund, du Arschgeige. Wurde von einem Truck überfahren.«

»Ach herrje, was ist passiert?«

»Er ist krepiert, verdammt! Hatte ich das nicht schon gesagt?«

Das ist ein Problem im Lach-Business: der Übergang vom Ironischen zum Ernsthaften. Nur wenige kriegen das hin. Adams Antwort besteht darin, einem Praktikanten zu simsen (sein gesamtes Team ist im Homeoffice, ein Albtraum), er solle mit Toilettenpapier zu Beck fahren und ihr defektes Handy zu Verizon bringen.

»Warum Toilettenpapier?«

»Wann warst du zuletzt einkaufen?«

»Wie jetzt, gibt es im Großraum Los Angeles kein Toilettenpapier mehr? Nur noch das, was im Besitz deiner Praktikanten ist?«

»Korrekt. CAA beherrscht den Markt.«

»Könnte dein Praktikant mein Handy auch abholen und es *nicht* zurückbringen? Ich glaube, ich habe genug Nachrichten erhalten. Ich fühle mich benachrichtigt.«

»Hast du dir das J.J.-Carmelo-Special angesehen, das ich dir geschickt habe?«

»Noch nicht, nein.«

»Beck!« Adam liegt ihr damit schon seit Wochen in den Ohren, braucht ihre Kommentare zur Rohfassung. Sie hat es gehasst, diesen Gig zu schreiben, und es bestehen für sie keinerlei vertragliche Verpflichtungen, sich das Ergebnis anzusehen. Vor dem Live+-Special hatte sie J.J. nur flüchtig gekannt. Der Mann pflegt eine ziemlich arschige Attitüde, auf der Bühne, aber auch abseits davon. Manchmal verbirgt sich hinter arschig ja ein schüchterner Mensch. Manchmal auch nur ein Arsch. In seinem Fall definitiv ein Arsch.

Er stammt aus der Bronx, hat in den 1980ern Zoten-Comedy gemacht, ist halb Italiener, halb Puerto Ricaner und spezialisiert auf das, was früher ›ethnisches Material‹ genannt wurde. Ketterauchend gockelt er durch Kalauer, in denen er Coke vom nackten Rücken dominikanischer Nutten schnieft, seinen protzigen Sportwagen crasht oder sich nach einer Szene häuslicher Gewalt aus dem Staub macht. In seinen späteren Jahren beginnt er dem alternden Leonard Cohen zu ähneln, nur ohne dessen Würde, Tennis-Shorts, weiße, lange Baumwollstrümpfe, Air Jordans und in den Ohren Haarbüschel. Er sieht aus wie ein Herzinfarkttoter auf einem Rennbahnklo, unvermisst bis zum Sankt Nimmerleinstag. Hätte dann nicht etwas begonnen: die Ära unbeabsichtigter Konsequenzen.

Bezahlsender brauchen frischen Content, und Stand-up ist am billigsten. Ein Special filmt man an ein, zwei Abenden; das Material ist bereits von einem Publikum getestet, die Produktionskosten sind gering, ein Intro zeigt den Performer auf einer Straße in der Stadt, wie er das Theater betritt, drei Kameras filmen die Lachsalven des Publikums, das Bildmaterial geht direkt zum Schnitt, noch ein PowerPoint-Marketingkonzept, Freigabetermin, Hochladetermin, fertig. Etwa zur selben Zeit wurden Podcasts von Comedians plötzlich sehr gefragt, stundenlanges Insider-Gerede begann Hinz und Kunz zu faszinieren. Über Nacht wurde so eine bis dato eher abgetakelte Nische des Showbiz hip. Außerdem waren viele Podcaster mit den Sketchen von J. J. groß geworden und luden ihn jetzt zu sich ein, versorgten ›Onkel Jay-Jay‹ mit einer jungen Gefolgschaft für seine Alt-Herren-Vulgarität. Live+, ein neuer Streaming-Dienst, kaufte zwei Stunden seiner auf Video aufgenommenen Klassiker und gab das Special in Auftrag. Da kam Beck ins Spiel.

Aus J. J. Carmelos Act ist schon seit Jahren die Luft raus, weshalb er die Lücke mit Crowdwork füllt und über die Angesäuselten im Publikum zum Amüsement der übrigen Gäste herzieht. Unter Konzertbedingungen würde das niemals funktionieren, da das Publikum die Opfer seiner Gags nicht sehen kann. Also wurde Beck engagiert, um Jokes zu schreiben, die so gut sind, dass die Leute diesem emotionalen Wrack applaudieren können. Gefilmt wurde in einem kleinen Theater in New Jersey, aber Beck weigerte sich, zur Show zu kommen. Laut allem, was sie zuletzt gehört hatte, war der Abend eine Katastrophe gewesen; man wusste nicht mal genau, ob man von dem Material überhaupt etwas gebrauchen könne. Adam mailte ihr einen Link. Normalerweise hätte sie professionell reagiert und sich diese Aufnahme angesehen, aber die Mail kam, kurz nachdem Laura sie verlassen hatte.

»Der Deal lautet wie folgt«, sagt Adam. »Ich sorg dafür, dass dein Handy repariert wird, und du guckst dir das verdammte Special an. Einverstanden?«

Kurze Zeit später kommt Adams Handlanger und bringt Toilettenpapier. Er nimmt das defekte Handy, fischt eine Nadel aus seiner Tasche, puhlt Staub aus der Ladebuchse und ignoriert ihre Fragen, als wäre sie seine Mom. Eine Minute später schließt er ihr Handy ans Ladegerät. Der Bildschirm leuchtet auf – doch nicht tot.

An diesem Abend blickt Beck von ihrer Dachterrasse über die abgesperrte Santa-Monica-Pier, der Strand leer, kein Flugzeug am Himmel, kein Hubschrauber. Sie kommt sich vor wie in einem postapokalyptischen Film, in dem sich die Hauptfigur der neuen Realität stellt: *Ich bin der einzige Mensch, der überlebt hat; außer mir gibt es weit und breit niemanden mehr.*

Adam sagte, all seine Comedians seien wie gelähmt, haben seit dem Shutdown null Einkommen und sehen nirgendwo Möglichkeiten, sich frisches Material zu erarbeiten. Sie hocken daheim, getrennt von jenen, von denen geliebt zu werden sie lieben; der soziale Kollaps droht, ihr Lebenswerk frivol wie nie zuvor. Auf allen Handys rückt die Seuche näher, Landesgrenzen werden geschlossen, Warnungen über das Händewaschen ausgegeben, Familien blicken durch Glasscheiben auf Krankenschwestern in Schutzanzügen.

Beck hielt die Gesellschaft bereits für kaum geschützt, Optimismus für aufgeschobene Enttäuschung, und sie wusste, uns geht das Toilettenpapier aus. Endlich kapierten alle, was sie längst wusste. Die Dinge werden am Ende *nicht* besser. Man *kann* nicht schaffen, was man sich vornimmt, wenn man nur daran glaubt. Alles geschieht *nicht* aus einem guten Grund. Manchmal passiert es bloß wegen einer Fledermaus in China.

ROSA 😊😄😌😎🙂😊🤭😳😇🙂😌😇 lehnt ihr Zehn-Gang-Rad an die Hecke vorm Haus. In diesem ersten Lockdown-Monat war Beck mit niemandem in Kontakt, höchstens mit Lieferanten. Reden? Sie kann sich kaum daran erinnern, wie das geht.

Die Worte platzen nur so aus ihr heraus: »Sie können Ihr Rad auch hinterm Haus abstellen wenn Sie wollen Platz genug sollte es da geben auch wenn sich draußen kaum wer rumtreibt der was stehlen könnte keine Ahnung weiß nicht was immer Ihnen lieber ist.«

»Hey!«, sagt Rosa. »Sie sind Rebecca?«

»Beck, jup. Möchten Sie Wasser?«

»*Wahnsinnig* gern!«

Rosa ist eine kleine Frau, die den Inbegriff eines Handwerker-Kostüms aus marineblauem Tanktop und orangerotem Carhartt-Overall trägt und aussieht, als wollte sie jeden Moment Süßes oder Saures fordern. Sie rollt mit den Schultern, lächelt und wischt sich über die Stirn, die Hand schwarz vom

Griff ihres Zehn-Gang-Rads. Ein Schluck leert zur Hälfte das Glas mit kaltem Wasser; sie schnappt nach Luft und trinkt den Rest. Dann ein atemloses Dankeschön.

»Sind Sie ganz aus Los Feliz hergefahren?«

»Hab nur eine Stunde gebraucht!«

Im Haus bittet Beck, sie möge doch so viel Abstand wahren, dass man sich nicht gegenseitig mit Mikroorganismen umbringe. »Das Haus braucht eine Grundreinigung; und ein paar andere Sachen wären auch noch nötig. Ich mache Ihnen eine Liste.« Sie kann nicht aufhören, mit dieser irren Intensität zu reden: Isolationsgeplapper. Muss einen Gang runterschalten.

Rosa notiert sich die zugewiesenen Aufgaben, rafft ihr Haar zusammen, streift ein Gummi drüber und präsentiert dabei kurz die Stoppeln in ihren Achselhöhlen.

Irgendwas irritiert Beck an den Gesichtszügen dieser Frau, sie wirken seltsam scharf und klar. Was *ist* das nur? Dann kapiert sie: ein junger Mensch bei Tageslicht.

Technisch ist das, was sie machen, illegal; ein Verstoß gegen die Lockdown-Regeln. Rosa ist dazu bereit – die Produktion wurde eingestellt; ihr bleibt nicht mal die Fantasie eines Vorsprechens. Auch Dogsbodys Einnahmen sind im freien Fall, und bei Rosas Zweitjob – Entertainerin auf Kindergeburtstagen – sieht es noch schlimmer aus. Im Augenblick aber ist alles besser, als weiterhin mit ihren sechs Mitbewohnern Sardinen in der Dose zu spielen, doppelt so viele wie ursprünglich vorgesehen: drei Frauen, die Miete zahlen, plus drei unbedeutende Zuzügler, Typen, die aufgetaucht sind, als die Corona-Maßnahmen drohten, sie ins Zölibat zu drängen. Seit Wochen bedeutet Lockdown für Rosa folglich: Arbeitslose Schauspieler streiten sich in ihrem Wohnzimmer über Videospiele und rauchen Gras.

Während sie Rosa das Haus zeigt, merkt Beck, dass sie versucht, diese junge Frau zu beeindrucken. Weil sie unerwarteterweise plötzlich als Mittelklasse, weiß und gebürtige Amerikanerin wahrgenommen wird? Beck würde es nie zugeben, aber so ist es. Sie rebelliert dagegen, indem sie sich kurz angebunden gibt, behauptet, sie habe zu arbeiten, und ihren Laptop ins obere Schlafzimmer trägt, während sie zuhört, wie Rosa den Rasen mäht und dabei laut singt, völlig unmusikalisch, aber mit großer Inbrunst.

»Sie machen doch auch so was wie Umzüge, nicht?«, ruft sie nach unten. »Oder arbeiten Sie dafür mit einer anderen Firma zusammen?«

»Mach ich alles ganz allein.« Sie spannt den Bizeps ihres ästchendünnen Arms. »Bin stärker, als ich aussehe.«

»Das will ich hoffen.« Beck erklärt, was alles abtransportiert werden soll, und die Liste wird immer länger, sämtliche DVDs kommen dazu, die Musikanlage, diverse Küchengeräte.

Rosa schlägt vor, eine Liste aufzustellen und die Sachen später mit einem Transporter abzuholen. »Ich lade alles auf, nur keine Leichen!«

»Könnten Sie heute schon den Hundekrams mitnehmen? Meiner ist gerade gestorben.«

Rosa schlägt die Hand an den Mund. »Tut mir schrecklich leid.«

»*Sie* sind ja nicht gestorben.«

»Wie hieß er denn?«

»Lassen wir das lieber.«

»Oh, verstehe. Sorry.« Rosa durchkämmt das Haus, sammelt Näpfe und quietschendes Spielzeug ein, auch die Hundehütte im Hof. Behutsam nähert sie sich Becks Schlafzimmer und fragt durch die geschlossene Tür. »Wollen Sie noch einen letzten Blick drauf werfen, ehe ich alles mitnehme?«

»Lassen Sie es einfach verschwinden.« Das klang vielleicht ein bisschen grob, also setzt sie hinzu, falls Rosa etwas essen wolle, solle sie sich bedienen, sie könne sich aus dem Kühlschrank und den Schränken nehmen, was immer sie wolle – Adams Handlanger hatte ihr jede Menge Packungen Reis gebracht sowie andere Lebensmittel, deren Haltbarkeitsdatum bald ablief. »Alles Gemüse gehört Ihnen.«

»Zum Jetzt-gleich-Essen, meinen Sie?«

»Zum Mitnehmen, dachte ich. Aber klar – Sie können auch gleich essen, wenn Sie wollen.«

»Ehrlich gesagt, ich verhungere. Ich berechne die Zeit auch nicht.«

»Können Sie ruhig, schließlich sind Sie auf Arbeit.«

»Darf ich wenigstens was für uns beide brutzeln? Meine Familie hatte in Sacramento früher ein Restaurant.«

»Und Ihre Familie käme zum Kochen?«

»Nee, aber ich habe einen Sommer lang im Lokal gejobbt.«

»War es gut, dieses Restaurant?«

»Hat nur einen Sommer lang überlebt.«

»Klingt ja toll.«

»Wer nichts riskiert …!«

Ehe sie eine Zutat aussucht, fragt Rosa nach ihrer Erlaubnis, was Beck zum Anlass nimmt, zu ihr in die Küche zu gehen und zuzusehen, obwohl sie Rosa wiederholt versichert, sie könne tun, was immer sie wolle.

Am langen Esstisch sitzen sie weit auseinander. Beck blickt auf ihren Löffel, von der Gazpacho leuchtend rot gefärbt. So seltsam, wieder jemanden im Haus zu haben.

Rosa erzählt von ihren liebsten Imbisswagen in L. A. und davon, dass sie in der Bay Area früher mal als Food-Stylistin gearbeitet hat. Während der Schulzeit habe sie sich fürs Musical begeistert und sich deshalb gedacht, warum nicht mal ausprobieren?

»Muss man nicht nach New York, wenn man es im Musical zu was bringen will?«

»Ach, Mensch, wieso hat mir das denn früher niemand gesagt?«

Rosa ist nicht unbedingt auf Ruhm aus, was Beck verrät, dass sie es nie weit bringen wird. Während sie von den Showrunnern plappert, mit denen sie gern arbeiten würde, hört Beck wortlos zu, so als würde ihr ein dicklicher Junge begeistert von den Profisportlern erzählen, in deren Mannschaft er aufgenommen werden möchte.

Beck geht ins Schlafzimmer zurück, legt sich auf den Boden und mustert mit scheelem Blick ein auf dem Teppich liegendes Kissen. Einige Stunden lang lässt sie ihre Gedanken treiben. Sollte sie Laura anrufen und ihr von Rodney erzählen, den sie damals zusammen adoptiert hatten? »Lügnerin«, murmelt sie, malt sich ihr Gespräch aus, was sie sagen, wie falsch sie klingen würde.

Rosa ruft die Treppe hoch, und Beck blickt zum Fenster, stellt fest, dass es draußen dunkel ist. Mit einiger Mühe kommt sie auf die Beine, die Knie tun ihr weh, vor Anstrengung atmet sie schwer.

»Bin hier unten mit allem fertig!«, sagt Rosa. »Falls Sie also nicht noch was wünschen …?«

»Und wie bezahle ich Sie jetzt?«, fragt Beck, obwohl sie es weiß.

»Wird von der Karte abgebucht, die Sie online angegeben haben. Ist also alles okay.«

»Wie viel kriegen Sie noch mal?« Alles nur, um den Abschied hinauszuzögern.

»Vierzig Tacken die Stunde.«

Beck würde auch gern dafür bezahlen, dass sie noch ein wenig bleibt, aber das kann sie ihr schlecht sagen. »Und die Quittung kommt per Mail?«

»Ich kann sie Ihnen gleich schicken. Aber vergessen Sie nicht, mich online zu bewerten!«

Beck bittet Rosa, noch eine Sekunde zu warten, und rennt allein auf die Dachterrasse. Sie tippt die Nummer ein, ihr Herz wummert. »Hey!«

»Selber hey! Sie wissen schon, dass ich noch unten bin, ja?«

»Ich habe nur nachgedacht, und mir ist da eine Idee gekommen. Sie sitzen mit all diesen Leuten in Ihrer Wohnung fest, was nicht besonders gesund ist. Und ich habe ein Gästezimmer. Das ist doch blöd.«

»Woa, wollen Sie …?«

»Erst die Grundregel.«

»Nur eine Grundregel?«

»Nur eine: Keine Attacke mit Coronaviren. Ansonsten können Sie umsonst hier wohnen.«

BECKS ALTER SILBERNER LAPTOP ist aufgeklappt, ein Weltraumbildschirmschoner wartet auf Anweisungen, ohne recht zu wissen, was er auf dem Küchentisch anderes soll, als Milchspritzer von ihren Froot Loops abzubekommen. »Hast du das hier gesehen?«, fragt sie und spielt einen Clip ab, in dem Präsident Trump behauptet, Ärzte hätten gesagt, die Pandemie lasse sich mit Bleichmittelinjektionen erfolgreich bekämpfen.

Rosa schnaubt, schüttelt den Kopf. Sie ist einer dieser seltenen smarten Menschen, die leben, als würde es den verrückten König von Amerika gar nicht geben. Ein leichter Schauder, mehr nicht, wenn der Name des Präsidenten fällt. Lieber redet sie über Filmklassiker, über Midcentury-Möbel, oder sie erzählt ausufernde Anekdoten über ihre Kindheit in Sacramento und die irren Jobs, die sie seither gemacht hat.

Sie besitzt das Charisma einer Enthusiastin, malt sich aus, wie man das Haus verschönern könnte (»… wenn man hier die Wand rausnimmt und da ein Oberlicht einbaut und …«). Bei Geschmacksfragen sind sie vehement unterschiedlicher Meinung, fallen sich gegenseitig ins Wort, schwelgen in Illusionen. Wegen der Illusionen ist Rosa auch nach L. A. gezogen: Sie wollte Schauspielerin werden. Dabei fällt es schwer, sie sich als jemand anderes vorzustellen. Sie bleibt immer sie selbst, eine Eigenschaft, der Beck bislang nur mit äußerster Distanz begegnet ist. Sie sieht Rosa in dreißig Jahren, zum Beispiel als Besitzerin eines Trödelladens in New Mexico, wo sie, von der Sonne gebräunt, Gurkenwasser trinkt und sich über einen Shaker-Stuhl freut, der gerade hereingekommen ist.

Keine von beiden wird ihr gemeinsames Refugium während der Pandemie je vergessen.

Becks Handy klingelt; sie drückt den Anruf weg.

»Du gehst nie ran, oder? Das finde ich so cool.«

»Ist nur mein Agent.« Eigentlich ist Adam ihr Manager, aber ›Agent‹ klingt beeindruckender. Sie hasst ihre eigene Angeberei, trotzdem macht sie damit weiter. »Der will unbedingt, dass ich ihm meine Anmerkungen zu einer Arbeit schicke, die ich gemacht habe.«

Rosa möchte Details wissen, aber Beck bleibt vage, schon aus rechtlichen Gründen, aber auch, weil sie sich wichtigmachen will. Rosa hat schon von J. J. Carmelo gehört. »Wie ist der so?«

Auf Skype-Gesprächen blickt J. J. kaum in die Kamera, was Beck nötigt, auf den Rand seiner Brooklyn-Dodgers-Mütze mit dem stilisierten ›B‹ zu starren; selbst über Bildschirm ist bei seinen Seufzern der schwarze Kaffee zu riechen. J. J. passt es nicht, dass ihm eine Schreiberin aufgedrängt wurde. ›Political Correctness‹ war seine Idee für das Special, was (aber das hat Beck ihm nicht gesagt) längst völlig out ist. Wer nannte das überhaupt noch ›PC‹? Als J. J. sein Material mit ihr durchging, hat er nicht mal ansatzweise versucht, es vorzutragen, hat es nur wie eine Einkaufsliste runtergelesen. »Dann der Gag übers Vagina-Museum, das immer geschlossen hat, wenn ich hinwill.« Er schwieg. »Ich höre kein Lachen. Stimmt mit Skype heute was nicht?«

»Ich warte nur ab, wo es hinführt.«

»Der Riesentampon.«

»Ist der im Museum ausgestellt?«

»Himmelherrgott. Google das, ok?«

Er interessierte sich nicht im Mindesten dafür, wer Beck war, trotzdem hörte sie sich ihn anfeuern, spielte ihre bezahlte Rolle. Kein Wort davon erzählte sie Rosa. Nur, dass J. J. exakt so war, wie man ihn sich vorstellte.

»Aber was genau hast du eigentlich gemacht?«

»Ich war eine Art Beraterin.«

»Und warum will dein Agent unbedingt, dass du dir das Special ansiehst? Musst ja eine ziemlich große Nummer sein.«

»Wenn es dich interessiert, können wir es uns anschauen.« Ein Vorschlag, den Beck gleich wieder bereut. Ihr sinkt das Herz bei dem Gedanken, sich diesen Müll erneut anzugucken, ihr altes Ich, ihr Comedy-World-Ich. Rosa aber will unbedingt eine professionelle Vorschau sehen.

Das Special *J. J. Carmelo: Cancel das!* beginnt im Dunkeln auf leerer Bühne. Geräusche, im Publikum einige Hundert Leute. Auf der Bühne erscheint die Silhouette eines Mannes, und das genügt: Die Menge springt auf, johlt und klatscht. Eine Frau schreit: »Ich liebe dich, J. J.!« Alle jubeln. Das Opening immer noch nur als Silhouette: »Ich habe nachgedacht, Leute. Was fangen wir mit all diesen Schwachköpfen an?«

Die Menge brüllt vor Lachen.

Rosa dreht sich zu Beck um, fragt sich, ob sie ihre Meinung äußern darf. »Was ist daran so lustig?«

Beck zuckt die Achseln und beugt sich vor – dieses Opening kennt sie nicht, hat sie nie ausgearbeitet. Während der nächsten fünf Minuten improvisiert J. J., ergießt sich in einem Wortschwall darüber, dass in der Gesellschaft niemand so unterdrückt wird wie die Blöden. Kein Elite-College nimmt sie auf, sie kriegen die miesesten Jobs, haben eine beschissene Gesundheitsvorsorge – und all das nur, weil sie geboren wurden, wie sie nun einmal sind. »Dieses Vorurteil, Leute, ist das Allerletzte. Denn, Gott verdammt noch mal«, schimpft er abschließend. »Was bleibt uns, wenn wir uns nicht mit Vollpfosten anlegen? Wir müssen als Volk zusammenfinden. Müssen eins werden, uns auch in unserem Hass einig sein. Lasst euch das eine Lehre sein, Bitches!« Im selben Moment setzt die Musik ein, der blechbläserne Beginn von ›Crazy in Love‹ mit Jay-Z donnert irgendwas über ›history in the making‹, Spotlights kreisln durch den Konzertsaal. Das Publikum reißt es erneut von den Sitzen. Endlich gehen die Scheinwerfer an, und da ist er: J. J. Carmelo, Mikro in der Hand, Mittelfinger zur Decke gereckt, ein heterosexueller Weißer, das Gesicht schwarz gefärbt.

Die Menge wirkt verwirrt: da und dort ein Kichern, ein verlegenes. J. J. lässt es sacken, während die Plätze wieder eingenommen werden, dann sagt er dem Publikum, es solle sich besser an den Anblick gewöhnen – mit diesem Gesicht wird er sein Special geben.

»Was zur Hölle?«, murmelt Beck. »An *nichts* von dem habe ich gearbeitet.«

»Ähm«, sagt Rosa. »Ich bin mir nicht sicher, ob ich verstehe, worum es geht.«

Beck bleibt stumm, zu überwältigt von diesem grottenschlechten Special. J. J. Carmelo versucht nichts zu erklären, provoziert das Publikum nur. Kein einziger Gag kommt an (auch die wenigen nicht, die sie geschrieben hat). Buhrufe werden laut, auch empörte Kommentare sind zu hören. In jedem Club kann man an jedem beliebigen Abend die Bruchlandung eines Comedians erleben, das gilt aber nicht für gefilmte Specials. Einige Hardcore-Fans bleiben, aber in dem Tempo so vielen Leuten vor den Kopf zu stoßen, das ist eine echte Leistung. Jetzt pöbelt er einzelne Leute im Publikum an, sagt, sie sollen sich verkrümeln, wenn es ihnen nicht passt. Manche folgen seinem Rat, andere rufen über die Reihen hinweg, sie wollen ihr Geld zurück, worauf J. J. antwortet, sie könnten ihre stinkenden Schekel gern behalten. Nach vierzig Minuten sind mehrere Hundert Sitze leer. Denen, die geblieben sind, sagt J. J., sie sollen sich endlich verpissen, um dann selbst abzugehen. Die Letzten im Saal können es nicht fassen. Noch mehr Buhrufe. Abspann.

»Also gut«, sagt Beck, die das alles erst mal verkraften muss. »*Daran* habe ich nicht gearbeitet.« Sie unterlässt eine zusätzliche Bemerkung, die kein Nicht-Komiker verstehen würde: Es dermaßen zu verkacken, das ist geradezu ein Triumph.

Sie ruft Adam an. »Was soll denn *der* Scheiß?«

»Schätze, du hast dir J. J.s Meisterwerk angesehen.«

»Dafür wird's wohl kaum ein Ausstrahlungshonorar geben, oder?«

»Das wäre das geringere Übel! Diese Idioten bei Live+ haben es nämlich gesendet.«

»Wie war das? Sie sind *damit* auf Sendung gegangen?«

»Bist du denn gar nicht auf den sozialen Medien unterwegs? Es wurde Donnerstag gezeigt und ging sofort viral. Aber nicht auf die gute Weise, eher so nach Al-Qaida-Art.«

Im Lauf der letzten Wochen hat Beck das machtvolle Getöse von Hits und Flops vergessen. Adam zieht sie wieder hinein in dieses kulturelle Chaos. »Die von Live+ sind Wall-Street-Typen mit null Ahnung, wie so was rüberkommt«, erklärt er. »Sie wussten nur, im Lockdown gibt's kein neues Material; und da sie gerade erst angefangen haben, wollten sie was Heißes. Also haben sie das hier ins Programm genommen.«

»Weil Blackfacing schon keinem auffallen wird?«

»Es kommt noch schlimmer. Im Netz kursiert eine Reihe alter Clips, in denen J.J. über Tunten herzieht. Aus dem Jahr 1983, muss man fairerweise hinzufügen. Trotzdem, wenn ich das als Tunte so sagen darf: ›Tunten‹, das kommt 2020 gar nicht gut an. Super cringe.« Adam klingt jetzt ziemlich angespannt, will ihr etwas sagen, das ihr nicht gefallen wird. Beim Kriegsrat mit den Leuten von Live+ hat J.J. Carmelo alles noch schlimmer gemacht, sich mürrisch und unzugänglich gezeigt, weshalb zur Zoom-Runde ein Anwalt hinzugezogen und J.J. darüber informiert wurde, dass man das Special, aber auch seine aufgekauften alten Auftritte nicht mehr senden würde. »Sein Lebenswerk – *kaputt!*«

»Eine Tragödie.«

»Und dann haben sie dich ins Spiel gebracht.«

»Mich?«

»J.J. ist ausgerastet, behauptete, er sei kein Rassist und hätte es außerdem nicht nötig, sich zu verteidigen.«

»Während er sich verteidigte.«

»Ganz genau. Und die kommen ihm mit: ›Weißer malt sich das Gesicht schwarz – purer Rassismus. Ende der Geschichte.‹ Dann J.J.: ›Warum engagiert ihr mich, wenn ich nicht J.J.

Carmelo sein darf?‹ Und sie: ›Wir dürfen damit nicht in Verbindung gebracht werden.‹ Gleich darauf lässt J.J. die Beck-Bombe platzen.«

»Wovon redest du, Adam?«

»Dieses Special kann gar nicht rassistisch sein, erklärt J.J., weil es von einem LGBT PoC geschrieben worden ist.«

Es dauert einen Augenblick, bis sie begreift. Beck denkt nicht in solchen Kategorien über sich selbst, wird hier aber im Nachhinein als Alibi missbraucht. »Bring meinen Namen nicht mit diesem Müllhaufen in Verbindung!«, sagt sie. »Gilt ein Geheimhaltungsvertrag nicht für beide Parteien?«

»Beck, hol mal tief Luft.«

»Mach du das doch! Dieser Scheiß hat nichts mit mir zu tun!«

»Genau das war auch meine Reaktion. Der Mann ist ein Dreckskerl. Wir lassen ihn fallen. Mit ziemlicher Sicherheit. Aber ich habe da eine Idee.«

»Egal, wie man es dreht und wendet, Adam, das ist nicht okay.«

»Jetzt hör doch mal zu! ›Beck Frenhofer‹ – wer kennt schon den Namen!«

»Besten Dank auch!«

»All diese Geheimhaltungsverträge haben dafür gesorgt, dass du immer im Schatten geblieben bist. Diese Sache hier würde dich aber mit einem Schlag bekannt machen.«

»Sie würde meinen Namen in den Dreck ziehen. Die canceln mich, ehe sie auch nur wissen, wer ich eigentlich bin.«

Während sie diskutieren, hasst Beck ihre Schultern. Sie ist aus dem Wohnzimmer ins Bad gegangen und steht jetzt vor dem Spiegel, hat ihr schwarzes XXL-T-Shirt ausgezogen und versucht, den grässlichsten Blickwinkel auf ihren Rücken zu finden. Früher hat sie mal Antidepressiva genommen und dabei fünfzig Kilo zugenommen, die sie nie wieder losgeworden ist. Heute Morgen schrieb sie den Mietern ihrer Wohnung in East Village, zwei Comedians, sie bräuchten die Miete erst nach Ende des Lockdowns zu zahlen. Statt sich zu bedanken, schrieben sie zurück: »Soll heißen, wir müssen die Monate nachzahlen, wenn der Lockdown vorbei ist???«

Was passiert, wenn alles vorbei ist und die Normalität zurückkehrt? Sie darf es nicht laut sagen, aber die Pandemie ist für sie bisher die beste Zeit seit Jahren: keine Panik, nicht so gut wie andere zu sein, keine Depri-Laune, weil sie sich unfähig fühlte, dass Leben so wie die anderen zu genießen.

»Wir drehen den Spieß um«, sagt Adam. »Dieser Schisser will dich in den Schmutz treten? Tja, dann lass uns ihn in den Schmutz treten.«

SIE SITZT MIT ROSA auf der Dachterrasse und trinkt Bourbon. Wie erklärt man jemandem – insbesondere einem jungen Menschen, der noch an Ruhm glaubt –, dass man keine Bewertungen mehr will, keine Wettbewerbe? Beck hört sich selbst zu, wie sie sich an ihre Jugend erinnert, in der sie wie besessen die Comedy-Platten ihres Vaters gehört hat; und sie erzählt von den Tücken des Erwachsenwerdens. Sie nimmt noch einen Schluck Whiskey, ihr Rachen brennt, und ihr ist unwohl, weil sie jemandem von sich erzählt, was höchstens alle paar Jahre vorkommt. Sie sollte damit aufhören, doch einmal angefangen, ist es, als würde man auf einen Flecken Land zuschwimmen – erreicht man es nicht, geht man unter. »Willst du hören, wie ich eine ganze Reihe von Geheimhaltungsklauseln breche?«

»Klar doch!«

Sie klärt Rosa über die wahre Natur ihrer Arbeit auf, über

ihre Rolle im J. J.-Debakel und darüber, wie man versucht, sie da reinzuziehen, weil ihr Vater schwarz war. Dazu der Extra-Bonus, dass sie nicht heterosexuell ist. »*Deine* Persönlichkeit hätte ich gern«, sagt Beck. »Diese Ruhe.«

»Aber eins kapiere ich nicht. Wenn du so gute Comedy schreibst, warum machst du dir dann nicht selbst einen Namen?«

»Schreiben können hat mit ernsthaftem Erfolg nicht viel zu tun. Du musst jemand sein, mit dem die Menschen gern lachen.« Um sich bei Rosa ins rechte Licht zu rücken, bricht Beck sämtliche Vertraulichkeitsvereinbarungen, redet sich selbst aber gerade klein. Also reißt sie das Steuer herum. »Hast du eine Ahnung, was diese Typen mir bieten, wenn ich vor denen zu Kreuze krieche? Zweihundert Riesen. Dafür muss ich nur behaupten, ich hätte diesen einen Text geschrieben, der *nicht* von mir ist.«

»Zweihundert Riesen? Das könnte das ganze Leben verändern.«

Beck verschweigt, dass sich für sie nicht so viel ändern würde. Denn sie erinnert sich nur zu gut daran, wie sie in New York ums Überleben gekämpft hat, an ihre Bleibe am äußersten Stadtrand, sie selbst fast mager, daran, wie sie Essensreste aus den Clubküchen mitgehen ließ.

»Du wärst toll auf der Bühne«, beharrt Rosa. »Du hast so eine Art, Dinge zu sehen und zu sagen. Nicht krampfhaft ha-ha-ha-lustig, eher richtig düster, aber immer gleich auf den Punkt.«

»Ehrlich gesagt, ich habe nie aufgehört, meine eigenen Sachen zu schreiben. Ich habe tonnenweise Material.«

»Also kriegst du einen Auftritt zusammen?«

»Zig Stunden.«

»Lass hören! Nur für mich.«

Beck beugt sich vor, Kopf in Händen. »Nie im Leben.« Ihre Schläfen pochen. Adam hat schon mit Live+ eine Videokonferenz darüber abgehalten, was J. J. die »Perspektive einer farbigen Lesbe« nennt. Sie spürt wieder dieses mulmige Karrieregefühl, als käme sie für irgendetwas zu spät, als redete man über sie, als würde sie jemanden enttäuschen. Allein der Gedanke, vor Fremden zu stehen, zu sprechen – sie möchte, dass Rosa ihre Worte zurücknimmt: »Eigentlich will ich doch lieber nichts hören.« Dass sie sagt: »Wir machen unser eigenes Ding.«

Stattdessen vereinfacht Rosa die ganze Angelegenheit: »Sie bezahlen dich, du wirst berühmt. Dann kannst du tun, wozu immer du Lust hast.«

Würde sie wirklich wieder auf die Bühne gehen, bliebe den anderen Comedians die Spucke weg. Wenn die Clubs in L. A. erst wieder öffnen, könnte sie überall auftreten. Nur ein Anruf, und von Netflix käme ein Scout. Beck malt sich aus, wie das Publikum sie anstarrt. Ihr wird der Mund trocken.

»Wen kümmert es, wenn die Leute an dir rummeckern?«, sagt Rosa. »Du bist denen doch haushoch überlegen.«

»Weißt du, was die große, kürzlich verstorbene Mitzi Shore mal gesagt hat? ›Erst wenn man dich hasst, weißt du, dass du Erfolg hast.‹«

»Absolut!«

Becks Oberlippe juckt vor Schweiß: Sie wischt mit der Hand drüber. Zum ersten Mal seit Wochen hat sie ein Publikum im Kopf. »Ich weiß nicht.«

»Aber *ich*.« Rosa umarmt sie von der Seite, streicht ihr über den Rücken.

Beck versteift sich. »Abstand halten!«

»Oh, sorry. Mein Fehler.« Rosa weicht einen Schritt zurück. Beck hält sich am Terrassengeländer fest und kneift die

Augen zusammen, als würde sie von etwas Unsichtbarem da draußen abgelenkt.

»Wenn du wirklich mal auftrittst«, sagt Rosa, »bringst du den Saal zum Kochen.« Sie geht nach unten in ihr Zimmer.

Beck bleibt auf dem Dach, wippt mit dem Bein und schaut auf einen Ozean, der zu dunkel ist, um etwas erkennen zu können.

NÄCHTELANG ARBEITET SIE an ihrem Auftritt, beugt sich über alte Notizbücher, hat eisige Angst, weil sie so erbärmlich ist – große Hoffnung, dass sie umwerfend sein wird, dass sie sich offenbart und von den Leuten gesehen wird.

Sie läuft zwischen Bett und angrenzendem Bad hin und her, probiert diverse Möglichkeiten aus, ihren Text vorzutragen, Schultern durchgedrückt, Augen weit aufgerissen, während sie zugleich versucht, sich selbst mit objektiver Distanz zuzuhören, so als säße sie am Tresen und beobachtete sich, was helle Panik in ihr auslöst. Sie scrollt durch Twitter, will herausfinden, ob sie wegen ihrer Rolle in J. J. Carmelos Special schon ein Aufreger ist – wie beängstigend, wenn die Masse dich ohne jede Vorwarnung hasst, dabei macht es sie an, wenn man sie wissentlich provoziert. Beck möchte, dass Rosa jetzt bei ihr ist. Kaum verlässt ihre Mitbewohnerin das Zimmer, möchte sie, dass sie zurückkommt, auch wenn sie gerade erst gegangen ist, ihr Gespräch sich erschöpft hat und Beck ihren Schlaf braucht. Auf der Stelle sehnt sie sich nach mehr.

Aber spiel es einmal durch. Wenn der Skandal explodiert, stellen Comedy-Nerds auf Reddit eine Liste mit allen Shows zusammen, in deren Abspann ›Besonderer Dank an Beck Frenhofer‹ steht. Das *New York Times Magazine* druckt ein

Porträt von ihr, stellt ihren Fall als ein weiteres Beispiel für all das dar, was falsch läuft. Nicht J. J. mit seinem schwarzen Gesicht ist der Skandal, nein, der Skandal ist, wie die Comedy-Szene sie ausgenutzt hat.

Auf Twitter gibt es jede Menge Diffamierungen gegen J. J. Carmelo, sogar eine Kampagne, die dazu aufruft, Live + zu boykottieren. Beck Frenhofer aber wird nirgends erwähnt. Diese Manager zahlen, um ihren Namen zu diskreditieren. Dann macht doch auch endlich!

Sie geht nach unten. In der Tür zu Rosas dunklem Schlafzimmer bleibt Beck stehen, bis ihre Augen sich angepasst haben, dann tritt sie leise ein. Sie beugt sich vor, das Gesicht nahe am Atem der Schlafenden, dann zieht sie sich nach oben zurück.

Wieder in ihrem Zimmer probt sie erneut, nimmt im Morgengrauen einige kräftige Schlucke Jack Daniels, um schlafen zu können, wacht in ihrer Jogginghose auf, zieht sich den Hoodie über, schlüpft in ihre Havaianas und stolpert fast die Treppe runter. Rosa hat eine Nachricht hinterlassen: *Bin einkaufen!*

Seit dem Lockdown hat Beck kein einziges Mal das Haus verlassen. Sie beschwört erneut das Bild von Rosa in dreißig Jahren herauf, in ihrem Antiquitätenladen – Beck möchte dann und dort sein, nicht hier und jetzt.

Diesen Skandal aber gibt es wirklich, oder? Sie ruft ihre Online-Banking-App auf; das Geld von Live + ist eingegangen. Alles ist offiziell. Eine weitere Kontobewegung fällt ihr auf: 320 Dollar für Dogsbody LLC.

Jeden Tag derselbe Betrag, seit Rosa eingezogen ist: 320 Dollar an Dogsbody. Jedes Gespräch, das sie hatten, jede Mahlzeit, sogar die Wochenenden – alles bezahlt.

»WENN DU MIT den Gebühren nicht einverstanden bist, überweis ich dir das Geld zurück«, sagt Rosa mit erhitztem Gesicht. »Weiß nicht genau, wie, aber gut.«

»Ich will mein Geld nicht zurück.«

»Ich muss einen Anruf machen«, meint Rosa und geht in ihr Schlafzimmer. »Und keine Angst«, ruft sie über die Schulter. »Für heute berechne ich nichts.«

»Kannst du nicht einen Moment warten?!«

Den Rest des Tages verharrt Beck auf dem Treppenabsatz und versucht, etwas von dem zu verstehen, was im Gästezimmer am Telefon geflüstert wird.

Am nächsten Morgen zieht Beck ihre Augenmaske ab und sieht auf ihrem Handydisplay eine Textnachricht: **bin weg. pass auf dich auf.**

Das Gästebett ist abgezogen, Handtücher gestapelt, Schlüssel obenauf.

Ihr Telefon klingelt.

»Und? Wie war *dein* Tag?« Wenn Adam gute Nachrichten hat, redet er immer wie ein überengagierter Personal Trainer. »*Ich* habe jedenfalls ein Pläuschchen mit den Leuten von Live+ gehalten.«

»Warum hängen die es nicht an die große Glocke? Das wird doch langsam lächerlich.«

»Becky, meine Liebe, es ist was Interessantes in jenem glorreichen Gefilde passiert, das von mir liebevoll das Interweb genannt wird: eine Gegenreaktion auf die Reaktion. Erst haben alle behauptet, J. J. sei ein glühender Rassist, richtig? Ist natürlich Blödsinn, aber was soll's. Klappe, Teil zwei: Rechte Spinner mischen sich ein, und damit meine ich Bewohner aus dem Trump-Country, die drohen, Live+ zu boykottieren, wenn J. J. gecancelt wird. Und jetzt hängt sich auch noch die Bewegung für Meinungsfreiheit rein.«

»Kannst du mir nicht einfach sagen, was los ist?«

»Die Zuschauerzahlen für das J. J.-Special – exklusiv auf Live+: Hurra! –, sie gehen durch die Decke. Halb Amerika hasst ihn, aber wen juckt das schon! Die andere Hälfte glotzt sich die Glubscher wund«, sagt er. »Also fragst du dich sicher: Was springt für mich dabei raus? Und jetzt kommt der Hammer. *Ich* habe mit Live+ ausgehandelt, dass dein Name im Zusammenhang mit diesem Vollstuss nicht erwähnt wird – *und* du kannst dein Honorar behalten. Zweihundert Riesen für niente, Darling, für verdammt noch mal null Arbeit. Aber warte, das war noch nicht alles. Jetzt kommt das Beste, Beck. Ich. Habe. Dir Ein. Special. Besorgt.«

Ihre Hände werden kalt. Sie stellt auf Lautsprecher, legt das Handy auf den Tisch. Mit einem Mal ist es das, was sie will. Unbedingt. Jahrelang nur zusehen, es den anderen verübeln, sich danach sehnen, es selbst zu probieren. *Sie* hat etwas zu sagen. Ihr schlimmstes Inneres. Aller Welt zum Lachen dargeboten. Auch Rosa. Damit Rosa es sieht.

»Und nur damit du Bescheid weißt«, fährt Adam fort, »das mit den zweihundert Riesen ist noch nicht alles. Für deine Nennung als Regisseurin erhalten wir gesonderte Konditionen. Eigentlich war nämlich niemandem so richtig wohl dabei, dass du in die Schusslinie gestellt werden solltest. J. J. hat sich letzten Endes dazu bekannt, für seine Texte selbst verantwortlich zu sein. Sogar er hat kapiert, dass es besser war, sich der Kritik zu stellen, statt wie Milli Vanilli zu enden. Okay?«

»Moment mal. Jetzt bin ich verwirrt. Du hast für mich ausgehandelt, dass ich die *Regie* bei einem Special führe?«

»Und das mit dem größten Vergnügen, meine Liebe.«

»Aber wer sagt dir, dass ich für J. J. Carmelo arbeiten will? Ich dachte, bei alldem hier ginge es um *meine* Karriere?«

Er schlägt einen anderen Ton an, klingt plötzlich hart.

»Hey, Moment mal! Für Ärger bin ich nicht zuständig. Lass den an jemand anderem aus. Du willst keine Regie für ein Live+-Special? Dann schick das Geld zurück. Und wenn du das machst, verzichte ich auch auf meine Provision.« Er meint, er lässt sie fallen. »Du solltest dich mit J. J. zusammensetzen und Ideen durchgehen. Dazu kann ich dir nur ernsthaft raten. Sein Vorschlag war, das neue Special in einer Haftanstalt zu filmen: ›J. J. – Live at San Quentin‹. Aber mit Corona, wer weiß? Ich denke eher an ein ausgewähltes Publikum auf Zoom, dazu ein paar Schwenks über Fans daheim. Du kennst seine Wohnung in Brooklyn. Die ist – wie soll ich sagen? – ziemlich *eigen*. Da das Intro filmen, das könnte funktionieren. Oder eine Wohnung mieten und als seine ausgeben? Egal, letztlich musst du das entscheiden.«

»Ich? Klingt, als wäre alles schon entschieden.«

»Ich habe ein bisschen mehr Enthusiasmus erwartet, Beck. Immerhin kannst du das Geld *und* deinen Ruf behalten. Du weißt doch, wie es läuft, oder?« Er bedauert, er habe es eilig, noch ein Meeting – Hollywood-Sprech für ›Du kannst mich mal!‹.

Nachdem er aufgelegt hat, ertappt Beck sich dabei, wie sie auf die Liste ihrer letzten Anrufe starrt. Sie tippt den Namen an, betrachtet dieses klingelnde Ding in ihrer Hand. Acht Mal, dann Voicemail. »Hey, ich bin's. Lass uns nicht …«, beginnt Beck. »Weißt du, ich habe so viel Platz hier! Und wo ich doch sowieso von allen isoliert lebe … Okay? Und du suchst eine Bleibe. Es ist verrückt. Echt jetzt.«

Es gibt Menschen, die nie ihre Voicemail abhören. Beck schickt eine SMS hinterher, ihre Antwort auf Rosas Abschiedsnotiz, die längste Nachricht, die sie je in ein Handy getippt hat. Immer wieder korrigiert sie, formuliert um – bis sie den Text dann versehentlich abschickt. Entsetzt überfliegt sie ihn. Zum Glück nichts Schlimmes, nur ein paar Schreibfehler und zu viel Ehrlichkeit. Laut iMessage tippt *Rosa Dogbody*.

Aber ihre Antwort kommt nie an.

Also nimmt Beck ein Audiofile auf, wenige Minuten Material – die peinlichsten Momente ihres Lebens in Pointen verpackt.

Sie starrt auf den leeren Bildschirm.

Nichts ist fair verteilt, denkt sie und überweist ihr gesamtes J. J.-Carmelo-Honorar – nach Abzug der Provision fast hundertachtzigtausend Dollar – an Rosa.

IN DER FOLGENDEN WOCHE beschränkt sich Beck darauf, Rosa nicht öfter als sechs Mal am Tag anzurufen und immer aufzulegen, sobald sich die Voicemail meldet. Adam schickt ihr Neuigkeiten zum J. J.-Special, das jetzt im Irvine Drive-In gedreht werden soll. Die Leute von Live+ wollen das provokante politische Material weiter zuspitzen, und irgendwer vom Management hat einen Titel ausgebrütet, den alle lieben: *J. J. Carmelo: Das Große Erwoken.*

Becks Handy klingelt. Sie schnappt es sich, ein Blick aufs Display. Es ist ihre Mutter aus London. »Ich habe mir gerade einen Radiobeitrag über Leute angehört, die im Lockdown versuchen, ihre Kinder zu unterrichten, und musste dabei an dich denken«, sagt Dora.

»An mich?«, raunzt Beck. »Wieso das denn?«

»Weil ich dir doch das Lesen beigebracht habe.«

»Was redest du denn da? Lesen habe ich in der Schule gelernt.«

»Nein, hast du nicht. Auf meinem Schoß. Weißt du nicht mehr?«

»Warum rufst du an?«

»Ich wollte einfach mit dir reden, Beck. Haben wir während dieser ganzen Zeit, dieser Pandemie, überhaupt schon miteinander geredet? Ich weiß nicht mal, was du so treibst. Dabei überlege ich ständig, wie du da drüben wohl lebst.«

Beck checkt eingehende Nachrichten und hört nur mit halbem Ohr zu. Ihre Banking-App zeigt eine neue Zahlung an: Rosa hat den gesamten Betrag zurücküberwiesen.

Die Türklingel scheppert.

»Ich muss los«, sagt Beck.

Ein energiegeladener Typ steht vor ihr, hält ihr etwas hin. »Erkennen Sie's nicht?«, fragt er. »Frisch gewaschen!« Es ist das rosafarbene Strandtuch mit dem Logo *LOL Surprise!*, das ihr die persische Uber-Fahrerin gegeben hatte, um den darin eingewickelten sterbenden Rodney zu tragen. Der Typ steigt wieder in den Van der Tierklinik und fährt davon.

Beck bleibt in der offenen Tür stehen. Ein Surfer-Trio stolziert an ihrem Haus vorbei, mitten auf der Straße. Die Jungs sind unterwegs zum Strand, mit nacktem Oberkörper – joggen jetzt, laufen um die Wette: Wer als Erster da ist! Sie sind, wie Beck nie sein konnte: Volleyball bis Sonnenuntergang, ein Bier auf dem Sand, brüllend vor Lachen über irgendwelche Witze.

Eine Zeit lang haben sich alle versteckt, gemeinsam isoliert, haben begriffen, wie kurz das Leben und was für ein Irrsinn Wettbewerb ist, auch, dass man ruhig ein bisschen über die Stränge schlagen sollte. Eine Zeit lang hatte sie sich menschlich unter Menschen gefühlt.

Aber die Normalität kehrt zurück. In Innenhöfen finden Stand-up-Gigs statt. Sie sollte sich ein Uber rufen und sehen, wer auftritt. Alles in ihr verkrampft sich.

Beck steht in der Haustür, das Handtuch unterm Arm. Der Käfig ist offen. Das Tier bleibt, wo es ist.

TAGEBUCH: APRIL 2020

Eine lange ausländische Nummer blinkt auf dem Display meines stummgestellten Handys. Ich habe den Vormittag damit vertan, verstörende Nachrichten zu lesen. Irgendwann fing ich schließlich mit der Arbeit an – bis ich angerufen wurde.

Es knistert in der Leitung, ein Mann spricht eine Sprache, die ich nicht verstehe.

»Falsch verbunden«, sage ich.

Sein Ton wird drängender – dann schreit er. Der Anruf bricht ab.

Das Display bleibt noch einige Sekunden hell. Dann wird es dunkel. Irgendjemandem ist etwas passiert. Ich sollte das melden. Nur was genau? Und wem?

Ich setze mich erneut an den Computer. Kann mich nicht konzentrieren. Ich lese dieselbe Zeile wieder und wieder.

In letzter Zeit fällt es mir schwer, mich nicht ablenken zu lassen. Seit Wochen sind wir im Corona-Lockdown, aus dem Haus darf man nur, um Lebensmittel zu kaufen oder Sport zu treiben: Man darf zunehmen oder abnehmen, viel mehr nicht. Wer mit Kindern im Lockdown lebt, geht auf dem Zahnfleisch. Und wer von uns nicht mit Angehörigen zusammenwohnt, sollte Sauerteigbrot backen oder Yoga-Stellungen üben. Ich versuche nur, bei Laune zu bleiben, stecke aber mitten im Satz fest.

Wenn man sich zu Anfang traf, sagte man noch: »Wir sehen uns, wenn das hier vorbei ist.« Nur kann ich mir nicht vorstellen, dass diese Pandemie mit Paraden endet; vielmehr glaube ich, dass der Planet immer noch auf eine Katastrophe zurast, die Gesellschaft sich weiter in Stücke reißt. Welche Aussichten bestehen unter diesen Umständen für ein Manuskript wie meines? Dann wiederum scheint es mir allzu trivial, mich um die Zukunft eines Romans zu sorgen, was an sich schon bezeichnend ist. Nach alldem hier wird der Triumph des Displays unaufhaltsam sein.

Ich betrachte das stumme Handy auf dem Tisch. Es blinkt wieder, dieselbe Nummer verlangt nach mir.

»Wer sind Sie?«

»Miss Dora?«

»Wer sind Sie?«

Im Hintergrund erkenne ich eine zweite Stimme, ebenfalls männlich, aber tiefer; sie beschimpft den Anrufer, der den Hörer beiseitehält, um ihn in einer Sprache anzuflehen, die ich nicht kenne. Ein Klatschen, mein Anrufer heult auf. »Miss Dora?!«

»Was wollen Sie von mir?«

»Sie können mir helfen? Bitte?«

Entweder ist meine Batterie leer, die Verbindung wurde getrennt, oder ich habe aufgelegt. Ich bin mir nicht sicher, welche Version Sie was über mich denken lässt. Die Stimme habe ich aber erkannt.

Als ich die Wohnung in Almería gemietet hatte, hat mir der Straßenmusiker eine App gezeigt, damit ich ihm digital Geld in den Hut werfen kann. Er hat mir seine Nummer geschickt, aber ich habe nie etwas gespendet.

Ich habe von Betrügern gelesen, deren Zielgruppe die Älteren sind und die vorgeben, in Gefahr zu schweben, entführt worden zu sein und brutal misshandelt zu werden – man wird sie nur *verschonen, wenn irgendwer die Kidnapper bezahlt. Wirst du? Für was für eine Art Mensch hältst du dich?*

Der Anruf muss getürkt gewesen sein. Wer würde schließlich – wenn er wirklich in Gefahr wäre – eine unbekannte Person anrufen? Deshalb habe ich aufgelegt.

Mein Blick ruht auf dem Handy, seine unsichtbaren Drähte verbinden mich mit fast jedem Menschen auf diesem Planeten. Wie käme ich mit dieser Pandemie zurecht, wenn Beck noch ein kleines Mädchen wäre, wenn sie hier noch wohnen würde und in mein Arbeitszimmer stürmte, wie sie es mit vier Jahren so oft gemacht hat, die Tür aufgerissen und gegen die Wand geknallt, sodass ich von meinem großen Bildschirm zu ihr herumfuhr. Sie sollte im Bett sein, aber sie kichert wie verrückt, rennt im Kreis, wirft sich im Schlafanzug auf den Teppich und springt wieder auf.

»Dafür ist es viel zu spät«, habe ich ihr gesagt. »Und Spielen in meinem Arbeitszimmer ist eine Belohnung, Becky. Außerdem haben wir heute noch nicht zusammen Lesen geübt.«

»Fünf Minuten? Nur fünf, Mumma? Bitte?«

»Habe ich dich nicht gerade erst ins Bett gebracht? Die Antwort lautet Nein. Geh wieder nach unten. Sofort.« In jenen Tagen war ich schrecklich mies gelaunt. Nicht gerade wütend auf Beck, eher auf eine Leere in mir, die ich nur ihretwegen bemerkte. Heute würde ich eine solche Störung begrüßen, also ändere ich meine Antwort: *»Okay, wie wäre es damit? Du liest fünf Seiten aus deinem Buch, dann spielen wir fünf Minuten, aber danach gehst du* sofort *wieder ins Bett. Einverstanden?«*

Die plumpe Hand der Vierjährigen liegt auf dem Bilderbuch, daneben der Zeigefinger einer Erwachsenen (meiner, damals noch gerade und schlank), der Beck zum nächsten Wort dirigiert. Ich kann mich nicht daran erinnern, wer mir das Lesen beigebracht hat, aber ich weiß noch, wie ich die Buchsammlung meiner Mutter durchgeblättert habe, ihre Lieblingsbände verschont, alle anderen im Krieg verbrannt, damit wir es warm hatten. Damals konnte ich nicht fassen, dass es so kleine Schrift gab. Später, während meiner frühen Jugend, bewunderte ich Bücher eher aus der Ferne. Nur in Paris habe ich viel gelesen. Mein Interesse war aufrichtig, aber ich wollte auch andere beeindrucken, wollte jemand sein, der alle Anspielungen verstand. Ich las Kostproben verwirrender französischer Philosophie, edler russischer Poesie und respektloser amerikanischer Romane – eine langsame Leserin, die viel nachzuholen hatte und sich von einer auf dem Land vertanen Jugend distanzieren wollte. Nur habe ich nie die Werke gelesen, die ich hätte lesen sollen. Als Jahre später mein erster Roman erschien, fürchtete ich, literarisch Gebildete könnten mich nach den großen Romanen fragen, mich als Hochstaplerin entlarven. Aber sie haben nie gefragt, keiner weiß Bescheid.

Als ich selbst dann eine Tochter hatte, legte ich großen Wert aufs Lesen, damit sie sich niemals so unbedeutend fühlte, wie ich mich gefühlt hatte. Literatur war mir heilig geworden – nicht nur, weil ich sie zu meinem Beruf gemacht hatte, sondern auch, weil Bücher die Gedanken der klügsten Köpfe enthielten, Erkenntnisse über unsere Spezies boten. Was zu einer Frage führt.

Warum handeln die meisten Kinderbücher von Tieren? Ein weiteres vorherrschendes Thema in diesen Geschichten ist die wohlverdiente Strafe, was womöglich leichter zu verstehen ist. Damals, als ich Beck laut von tierischen Justizsystemen vorlas, fragte ich mich immer wieder, ob Literatur wirklich den Menschen zur Güte erziehen kann. Wurde das eine Thema (Moral) nicht durch das andere (Tiere) untergraben? Wir erzählen in der Vorlesezeit von knuffigen Figuren und ziehen unsere Kinder *zugleich in einer Gesellschaft auf, die Tiere nur zur Arbeit nutzt oder sie zum Mittagessen auf den Teller bringt.*

Ein weiteres Genre der Kinderbücher handelt, wie ich herausfand, vom charmanten Schlitzohr. Solche Geschichten sind schon immer beliebt gewesen, was Unheilvolles in Kindern vermuten lässt – vielleicht aber brauchen sie auch nur eine kleine Verschnaufpause nach all den Predigten darüber, dass man seinen kleinen Bruder nicht mit dem Armleuchter verdreschen darf. Als jemand meiner Tochter ein Bilderbuch mit einem hämisch grinsenden Fuchs schenkte, der auf ein Kostümfest ging und Seite für Seite einen der Gäste verschlang, fürchtete ich, ein blutrünstiges Raubtier großzuziehen. Andererseits aber werden Kinder, die Piraten und Einhörner lieben, selten zu Piraten oder Einhörnern. Und falls doch, wäre es vermutlich sowieso passiert; die Geschichten sind reizvoll, weil sich die Kleinen mit Kapitän Blackbeard identifizieren können.

Seit einiger Zeit befeuert auch die Kultur für Erwachsene eine moralische Mission, die auf dem Verdacht fußt, dass Erwachsene Bildung brauchen angesichts der chaotischen Lage einer Welt, in der verletzende Worte zu Gewalt führen und Unterdrückung von denen bekämpft wird, die ein Theater leiten oder einen kleinen Verlag führen. Hätten wir jedoch wirklich solche Macht – könnten Romane Gangster entwaffnen –, sollte sich die Literatur vielleicht um nichts anderes mehr bemühen. Nur, verpufft eine Story nicht, wenn sie erklärt, was die Menschen tun sollten? Der wahre Schock besteht schließlich darin, zu sehen, wie die Menschen wirklich sind.

Wie auch immer, Beck wurde kein Bücherwurm. Vor dem Lockdown sah ich einen Beitrag über die ehrgeizigen Eltern von heute, die ihre Kids für ›Programmieren mit Lego‹ einschreiben. Ich bin mir nicht sicher, ob ich eine Programmiererin im Haus hätte haben wollen. Zu den Erfahrungen, die ich beim

Aufziehen eines Kindes gemacht habe, gehört die, dass der Mensch, der einem gefallen würde, nicht unbedingt einer ist, dem dies auch gut tut. Ich selbst sah mich zum Beispiel immer als Außenseiterin, also habe ich meine Tochter ermutigt, Menschenmengen mit Misstrauen zu begegnen. Konformisten aber scheinen oft erfülltere Leben zu führen. Ebenso wenig hätte ich jedoch ein Kind gewollt, das sein gesamtes Leben am Bildschirm klebt. Nun, die Zukunft kommt, welche auch immer.

Ich starre auf den Teppich in meinem Arbeitszimmer, sehe dort meine vier Jahre alte Beck – ehe sie zurück nach unten ins Schlafzimmer flitzt. Als sie klein war, ist sie immer nur gerannt. Jetzt bin ich wieder allein und wende mich erneut dem Computer zu.

Rufe mir in Erinnerung: Was passiert noch mal in dieser Szene? Ich sehe erste Entwürfe durch, und mir zieht sich der Magen zusammen, als mir klar wird, dass das, was ich für eloquente Prosa hielt, keine ist. Ich darf nicht fürchten, dass das Geschriebene schlecht sein könnte. Schreib einfach und urteile später. Ich versuch's.

Aber mein Handy funkelt mich an. Wieder checke ich die Nummer, die lange Vorwahl, Verbindung zu einer Möglichkeit, die ich mir lieber nicht ausmalen möchte. Selbst wenn diese Schreie nicht real waren, basieren sie doch auf einer Realität. Irgendwo in ebendiesem Moment, in dem ich schreibe und Sie lesen, werden Menschen in einen Raum gezerrt und verletzt, und nicht nur von erbärmlichen Gedanken gequält.

Ich rufe die Spenden-App auf, drücke SENDEN und weiß, dass ich reingelegt wurde. Immerhin kann ich mich jetzt wieder an die Arbeit machen, habe der Moral mein Schmiergeld gezahlt. Bald gehe ich erneut in der Szene auf, dann aber lenkt mich irgendetwas ab.

Mein stummes Handy. Es blinkt wieder.

~~Ein Display, du trittst drauf, aber es funktioniert noch, und du trittst wieder zu, es bekommt einen Riss, aber es funktioniert noch, und du trittst wieder zu, und es funktioniert noch, und du trittst wieder zu, und es funktioniert immer noch — ein Gesicht ist auch so.~~

Oder

~~Amir wird in eine schrankgroße Zelle gesperrt.~~

Oder

Er folgt einem schmalen Flur und starrt wie befohlen auf seine Füße.

4

Der Mann, der die Bücher abgeholt hat

(AMIR)

ER FOLGT EINEM schmalen Flur und starrt wie befohlen auf seine Füße. Amirs linke Schulter pocht – nach hinten gezerrt von den Fesseln –, das rechte Knie ist geschwollen und droht jeden Moment nachzugeben. Trotzdem belastet er beide Beine mit seinem ganzen Gewicht. Niemand soll ihm eine Schwäche anmerken.

Ein massiger Arm dreht ihn zur Wand um; eine Tür öffnet sich und er wird in eine schrankgroße Zelle geschoben. Amir stolpert über einen großen schwarzen Seesack, der auf dem Boden liegt, reißt die Arme hoch, um sich an der Zellenwand abzustützen. Der Seesack schlägt an seine Knöchel. Irgendetwas ist da drin.

Der Soldat nimmt ihm die Handschellen ab und befiehlt Amir, in den Sack zu kriechen, der sich unter ihm ausdehnt und zusammenzieht, die Kreatur, die da drinnen steckt, atmet. Es ist dunkel in der Zelle, Amir hockt sich hin und tastet nach dem Reißverschluss, fährt mit der rechten Hand den Seesack entlang, dessen Konturen ihn verwirren.

Damit er besser sehen kann, knipst der Soldat ein rotes

BIC-Feuerzeug an, so nahe vor Amirs Gesicht, dass er verbrannte Brauen riecht, die Flamme schwenkt beiseite, ein Schatten flackert über den Sack, er findet den Reißverschluss. Die linke Schulter schmerzt zu sehr und ist keine große Hilfe, also benutzt er die linke Hand nur, um nach dem Stoff zu greifen und festzuhalten; er öffnet den Reißverschluss wie eine lange schwarze Naht.

Er kann das Gesicht der Kreatur im Sack nicht ausmachen, nur einige silberne Bartstoppeln. Es scheint unmöglich, dass Amir auch noch in diesen Sack passt, in dem schon jemand ist. Die Wache tritt ihm ins Kreuz, zwingt ihn nach unten, Amirs entzündetes Knie wird in die weiche Haut des Mannes im Sack gepresst, der keucht, aber nichts sagt.

Amir unterdrückt ein angestrengtes Grunzen, schiebt sich in den Sack, kann ihn aber nicht von innen schließen. Ungeduldig zerrt die Wache den Reißverschluss hoch, tritt mit Polizeistiefeln auf den doppelten Inhalt, Hartgummisohlen auf Amirs Rücken, an seinem Ohr. Die Zähne des Reißverschlusses beißen über seinen Augen ineinander. Seine Knochen reiben sich an denen des anderen Mannes. Die Wache sichert den Reißverschluss mit einem Vorhängeschloss; die beiden Männer sind im Sack gefangen. Die rostige Zellentür fällt scheppernd zu.

Nur flache Atemzüge sind möglich. Wem welche Gliedmaße gehören, ist nicht unmittelbar klar, erst wenn sie schmerzhaft aneinanderstoßen. Amir kaut auf den Lippen, und der metallische Geschmack verrät ihm, dass sie bluten.

Wenn der andere Mann ausatmet, drückt ein warmer Schwall in Amirs Nase. Der Geruch widert ihn an. Er will diesen anderen auslöschen. Wieder geht die Tür auf, jemand greift nach dem Sack. Mit einem Kugelschreiber sticht die Wache auf den Sack ein, versucht, das Segeltuch zu durchbohren. Als es ihm schließlich gelingt, trifft der Stift den anderen Mann, der zusammenzuckt. Die fette Wache gerät außer Atem, verliert nach dem vierten Luftloch den Stift im Sack und gibt auf. Die Zellentür scheppert wieder zu.

Das unendliche Schwarz wird jetzt von Zylindern hellerer Dunkelheit durchstanzt. Amir presst den Mund an eines der Löcher, rissige Lippen an zerrissenem Segeltuch, ein Ringen nach frischerer Luft. Beide Männer hängen an ihrem Loch. Zu Atem gekommen, verharren sie reglos.

Der andere Mann drängelt, will mehr Platz, was Amir dazu veranlasst, sich zu wehren, Anstrengungen, die den Puls beschleunigen, beide drücken gegeneinander, wortlos, an die Zellenwände gepresst, kneifen dem anderen ins Fleisch, damit er endlich aufhört. Der lautlos gefochtene Kampf ist vorbei. Beide Männer haben verloren, sind in Positionen eingezwängt, die ihre Körper nicht halten und denen sie nicht entkommen können.

Amir hat jetzt kein Luftloch mehr. Panik packt ihn. Er drückt gegen den Mann, der nur umso fester zurückdrückt.

VATER HATTE EINEN Herzinfarkt. Amirs Tante rief an, betrunken, behauptete mit gelalltem Nachdruck, er müsse hinfliegen, sie selbst könne nicht über die Grenze zu ihrem kranken älteren Bruder, da sie körperlich zu schwach und die politische Gefahr im Land ihrer Geburt zu groß sei. Sie fragte, ob er schon seinen Vater im Krankenhaus angerufen hätte. Amir hatte es vorgehabt. Amir hatte so vieles vorgehabt.

Mit neunundzwanzig hielten ihn die Jungen für alt, die Alten für jung. Seine Familie aber sah in ihm nur jemanden, der immer auswich, dessen einst strahlende Augen sich stets abwandten. Seine Tante wusste, Amir konnte kurzfristig aus

London abreisen, ohne berufliche Konsequenzen fürchten zu müssen – er hatte keinen richtigen Job, arbeitete nur für eine Entrümpelungsfirma, die versprach, alles zu recyceln, sich aber bloß Brauchbares raussuchte und den Rest, die Kassetten, Aktenschränke und Bücher, zur nächsten Müllkippe brachte.

Noch am Flughafen in der Stadt seiner Tante schaltete Amir das Handy ein und erfuhr, dass sein Vater gerade gestorben war. Jetzt musste er sich beeilen, denn die Beerdigung würde innerhalb von vierundzwanzig Stunden stattfinden. Er fuhr mit dem Taxi zur Wohnung seiner Tante in der Stadtmitte, drückte auf die Klingel, bis sein Finger wund war, schlüpfte schließlich hinter einem anderen Bewohner ins Haus, raste zu ihrem Stockwerk hoch und hämmerte an die Tür. »Wo *bleibst* du denn?«, fragte sie.

Außer Atem warf er sich in einen Sessel. »Kann ich es überhaupt noch rechtzeitig schaffen?« Am schnellsten kam man mit einem Bus hin. Um die Roaming-Gebühren zu sparen, die astronomisch waren, wenn man die Grenze erst einmal überquert hatte, gab ihm seine Tante ein uraltes Nokia mit lokaler SIM-Karte und stopfte auch ein Ladegerät in sein Gepäck.

»Und«, fragte sie, »willst du noch was zu lesen?«

»Was redest du denn da? Ich muss jetzt gleich los, wenn ich pünktlich ankommen will.«

Bereits vor dem Mittagessen hockte er in einem rappelvollen Bus, der Rücken schweißnass. Auf der anderen Seite des Gangs saß ein junges Paar, beide mit Mundschutz; sie unterhielten sich laut, jeder mit einem Earbud im Ohr, und immer, wenn der Deckenventilator sich in eine andere Richtung neigte, war ein tickender Beat zu vernehmen. Ein kleiner Junge hatte Einkaufstüten mit gebrauchten Schuhen dabei. Eine hutzlige alte Frau scrollte über das gesprungene Display ihres Handys, rieb sich die Augen. Amir vertraute ihr den Grund für seine Reise an; er suchte das Mitleid von Fremden.

Der Bus passierte die Grenze, fuhr ins Land seiner Geburt, aber Amir nahm die Umgebung kaum wahr: redete, redete, schlief ein. Er schlug die Augen erst wieder auf, als der Bus stand und die letzten Passagiere nach draußen gingen. Eine staubige Straße schlängelte sich über die Hügel, vorbei an einem Checkpoint des Militärs, unten ein ödes Tal, in dem Bauarbeiter einen Bagger zurückgelassen hatten. Wegen der Unruhen dürfte diese Strecke noch vor wenigen Wochen unpassierbar gewesen sein. Die Regierung aber hatte die Gegend »befriedet« und die Straße wieder geöffnet.

Noch schlaftrunken stieg Amir aus dem Bus, blickte blinzelnd ins Tageslicht, hüpfte auf die Straße und verrenkte sich dabei den Knöchel. Er massierte ihn, während zwei junge Soldaten die Dokumente prüften. Seine Papiere waren im Gepäckfach, was er den Soldaten zu sagen versuchte, sie aber befahlen ihm zu warten, bis er dran sei. Sie gingen der Reihe nach vor, die Passagiere, mit denen sie fertig waren, stiegen zurück in den Bus. Nur drei blieben übrig, da es noch Fragen zu klären gab. Amir gehörte dazu. Der Motor wurde wieder angelassen, Dieselqualm quoll aus dem Auspuff, Hitze versengte Amir den Rücken. Eifrig öffnete er seinen Rucksack und kramte darin herum, zeigte ihnen: Seht her, nichts drin. Wenn sie dem Fahrer bitte sagen würden, er solle die Gepäckklappe öffnen, dann könnte er ihnen seine Dokumente zeigen. Ein Soldat herrschte ihn an, den Mund zu halten, und verschwand mit Amirs billigem Handy in einem provisorischen Büro, dessen Tür weit offen stand. Drinnen hockte ein bulliger Offizier mit Schnäuzer und trank Mate, saugte mit gespitzten Lippen an einem Metallstrohhalm, Grübchen auf einer Wange.

Amir und die anderen beiden Passagiere warteten, die Sonne brannte auf sie herab. Er konnte ins Büro sehen; niemand tat etwas. Schließlich tauchte ein weiterer junger Soldat auf, ein Offizier, und klopfte an die Bustür; sie öffnete sich. Er ordnete an, weiterzufahren. Die drei Hinterbliebenen protestierten. Ein Offizier kam aus dem Büro und befahl ihnen, Ruhe zu geben. Mit einem Zischen schlossen sich die Bustüren. Amir wollte zu einer weiteren Beschwerde ansetzen, wartete aber noch, weil ein anderer – ein alter Mann, dessen junge Frau und kleine Tochter im Bus saßen – lauthals aufbegehrte. Der Offizier holte aus und traf den Mann am Kopf, der mit steif ausgestreckten Armen seitwärts zu Boden fiel und hart aufprallte. Der Busfahrer legte einen Gang ein und blinkte, obwohl sie mitten im Nirgendwo waren. Der Offizier hielt einen Hammer in der Hand. Sanft rollte der Bus die Straße hinauf und verschwand um die nächste Kurve.

Der alte Mann am Boden blutete aus seiner Wunde am Kopf, ein dunkler Fleck breitete sich über die Kiesel aus, kroch auf Amirs Halbschuhe zu. Der Verwundete setzte sich auf, dann stand er, schwankend, halbseitig gelb vom Straßenstaub, am Kopf verklebtes Blut. Der Soldat mit dem Hammer ging wieder ins Büro und scherzte mit seinem schnauzbärtigen Befehlshaber, der die Beine auf den Tisch gelegt hatte und sich mit der Fernbedienung durch die Programme zappte. Zunehmend ärgerte er sich über diesen unkooperativen Apparat und war sich dabei bewusst, dass die drei Zivilisten ihn beobachteten, ihrerseits von der Sonne beobachtet wurden. Er kam nach draußen, Fernbedienung in der Hand, trat dem noch blutenden Mann in den Hintern und sagte, er solle verschwinden. Der Mann erkundigte sich nach dem Bus. Ein junger Soldat sah zum befehlshabenden Offizier, der ihm zu verstehen gab, dass dies ja wohl die dümmste Frage war, die er je gehört hatte – unterstand ihm etwa der Bus? Der junge Soldat schubste den alten Mann, sagte, er solle sich vom Acker machen. Der Alte hielt sich den verletzten Kopf und folgte hastig dem sich schlängelnden Weg, immer parallel zu den Reifenspuren des lang verschwundenen Fahrzeugs.

Der befehlshabende Offizier zeigte mit der Fernbedienung auf die Frau im Business-Kostüm neben Amir. Sie senkte den Kopf, redete zu schnell und streckte dem Offizier die gespreizte Hand hin, als wollte sie durch ein Spinnennetz greifen, ohne die Fäden zu zerstören. Während sie ihn anflehte, hieb der Offizier Amir den Ellbogen ans Kinn und schlug ihn zu Boden; Amirs Ohren dröhnten, das Denken versiegte. Von jenem Moment an übernahm eine andere Version seiner selbst, als hätte sich die Überwachungskamera seines Bewusstseins ausgestellt, als wäre er nur noch Körper, ein Insekt, ganz aufs Überleben konzentriert, obwohl es langsam von einer Eidechse verschlungen wird.

Am Straßenrand schnürten sie ihm die Handgelenke mit Kabelbinder zusammen. Er fragte sich, ob er den Männern sagen sollte, dass der Binder zu eng saß, stattdessen krümmte er seine Finger zu Schnäbeln, was den Druck ein wenig minderte. Ein Metzgerlaster fuhr vor, die Rolltür wurde hochgezogen. Männer hockten darin auf dem Boden, manche im Anzug, andere in Shorts und Flipflops. Mit den Armen auf dem Rücken hatte Amir Mühe hinaufzugelangen, weshalb er schließlich in den Wagen gestoßen wurde. Er landete auf dem Steißbein. Lang ausgestreckt zwischen den anderen Männern sah Amir, wie die Tür mit metallischem Rattern herabgelassen wurde und das Tageslicht Stück für Stück mit sich nahm, bis nur noch ein horizontaler Streif übrig blieb. Der Motor grollte laut auf, und der Laster fuhr an, die um ihn sitzenden Männer wurden gegeneinander geworfen. Wie in der Toilette eines Umkleideraums roch es nach getrocknetem Urin und Bleiche. Amir bewegte unaufhörlich sein Kinn – es fühlte sich an, als passten die Zähne nicht mehr richtig aufeinander. Sein Handy war fort. Auch sein Gepäck und der Pass. Er würde die Beerdigung seines Vaters verpassen.

Nach langer Fahrt hielt der Metzgerlaster. Von draußen waren Rufe zu hören, die lauter wurden, ohrenbetäubend laut, bis sich schließlich die Metalltür öffnete. Gegen das plötzliche Licht schloss Amir die Augen zu schmalen Schlitzen, Gesicht und Kleider wurden von grabschenden Händen betatscht, die eigenen noch immer hinterm Rücken gefesselt. Man zerrte ihn heraus, er fiel über den Rand der Ladefläche, krachte zu Boden, wirbelte Staub auf; die Schreie klangen jetzt lauter, ein Gefangener aus dem Laster landete auf ihm, noch einer. Ein Schlagstock traf ihn wiederholt am Rücken, zweimal am Mund. Er rollte sich zusammen, zog das Kinn ein. Wer schrie, wenn er geschlagen wurde, bekam gleich noch einen Hieb. So lautete die Lektion: Schrei nicht. Wer aber nicht aufhören konnte, wurde zum Schweigen gebracht. Bald versiegten die Schläge. Nur noch die Rufe der Angreifer waren zu hören. Die Angegriffenen blieben stumm.

In der ersten Haftzelle fuhr sich Amir mit der Zunge über den abgebrochenen Zahnstumpf, konnte nicht aufhören, ihn abzutasten. Es pochte an diversen Stellen, am Kinn, der Hüfte, am Knie. Die leiseste Bewegung der linken Schulter tat höllisch weh. Seine schon zu lang gefesselten Hände waren steif und geschwollen, als würde er an Arthritis leiden. Als man ihn rief, erhob er sich mit Mühe und ermahnte sich, nicht zu humpeln. Gefangene mussten Sichtbinden tragen, aber die waren den Wachen ausgegangen. Also wurde ihm befohlen, die Augen zu schließen. »Machst du deine Augen auf, reißen wir sie dir raus.«

In einem Büro sagte ihm eine Stimme, er dürfe sich jetzt umsehen. Amir weigerte sich. Die Stimme beharrte, es sei in Ordnung – öffne deine Augen! Amir sah einen kleinen Mann in Zivil mit einem halbherzigen Schnäuzer wie dem des Präsidenten auf dem Bild an der Wand. Der Mann befahl den Soldaten, Amir den Kabelbinder abzunehmen, und bot ihm einen Stuhl an. Amir setzte sich, wollte den Bürokraten aber immer noch nicht ansehen. Die Fragen beantwortete er ausnahmslos wahrheitsgemäß, nur von einem gelegentlichen Schniefen unterbrochen, was den Mann schließlich aufblicken ließ. Amir tropfte Blut aus der Nase, der Bürokrat wandte sich angewidert ab. Als Amir sagte, er sei französischer Student, lebe aber in London, wirkte der Mann besorgt und bat, seinen Pass sehen zu dürfen. Der sei im Bus. Der Mann fragte, wohin der Bus fahre, und machte sich eine Notiz. »Aber du sprichst wie einer von hier«, sagte er misstrauisch.

»Ich wurde hier geboren.«

Der Mann verließ das Büro und blieb fünf Stunden fort, überprüfte vermutlich Amirs Geschichte. Kontakt mit den französischen Behörden aufzunehmen, das dürfte eine Weile dauern, sagte sich Amir. Schließlich kehrte der Mann zurück. »Alles ausgefüllt?«

»Ausgefüllt? Was denn?«

Der Mann hatte jedes Wort von Amir vergessen, hatte sogar vergessen, dass es ihn gab. Man brachte ihn zurück in die Zelle. Die Soldaten hatten eine schweißfeuchte Augenbinde aufgetrieben, die ihm umgebunden und viel zu fest zugezogen wurde. Amir richtete den Blick nach unten auf die Füße für den Fall, dass man ihn, nur so aus Spaß, eine Treppe hinunterlaufen lassen wollte. Den Bürokraten bekam er nie wieder zu Gesicht.

Um den Gefangenen Angst einzujagen, schlichen sich die

Wachen zur Tür und rissen sie unvermittelt auf. Alle Gefangenen hatten dann sofort die Sicherheitsposition einzunehmen: Gesicht zur hinteren Wand, auf den Knien, Hände hinterm Kopf. Selbst eingesperrt mussten sie ständig mindestens sechs Fliesen Abstand zur Tür wahren.

Die Zelle war für vier Gefangene gedacht, tatsächlich aber waren vierzig darin untergebracht, manche angekleidet, manche nicht, außer den Neuankömmlingen allesamt ausgemergelt, und sie blieben stumm, bis die Wachen gegangen waren, dann wurde leise geflüstert, begleitet vom fernen Gemurmel des TV-Apparates. Die Zellenwände waren oben weiß, dunkel überall da, wo die Gefangenen sie berühren konnten. Ein Neonlicht sirrte die ganze Nacht.

Geweckt wurde um halb sechs, nachdem draußen ungesehene Vögel gesungen, ungesehene Zweige geraschelt hatten. Während die Sonne über den Himmel wanderte, schnürte eine Lichtraute über eine der Wände, zu weit oben, um sie berühren zu können. An heißen Tagen zogen die Gefangenen ihr Hemd aus und wedelten sich damit Luft zu. Wochen vergingen, die Jahreszeiten wechselten, das Sonnenlicht tauchte immer kürzer an der Wand auf, fiel schräger, blieb eines Tages ganz aus. Jeden Morgen mussten die Decken in der Mitte der Zelle gestapelt werden. Wenn keiner hinsah, stellten sich Gefangene auf die Decken und versuchten, über das Außengitter zu sehen. Meist aber blieben sie sitzen, da ihnen im Stehen vor Hunger schwindlig wurde.

Einmal am Tag wurde zur Essenszeit die Zellentür geöffnet, und alle huschten an die Wand, um die Sicherheitsposition einzunehmen. Eine Wache schob mit dem Fuß eine Aluminiumschüssel in die Zelle, Reis, zusammengerührt mit Oliven und gekochten Eiern (weniger als ein Ei pro Mann). Sie mussten sofort essen – man durfte Essen nicht aufsparen, wurde man dabei erwischt, gab es Schläge. Sie schluckten selbst Eierschalen und Olivenkerne. Das Zellenklo durfte einmal pro Tag benutzt werden; man hatte eine Minute. An eisigen Tagen überschütteten die Wachen sie mit Eimern voll kaltem Wasser; beim Schlafen klebten die Kleider nass am Körper. Einige Häftlinge sagten Gebete auf. Andere erzählten von ihren Familien. Die meisten tauschten Rezepte aus.

Amir registrierte hellhörig jedes Geräusch: Das ›Empfangskomitee‹, das Wagenladungen neuer Gefangener begrüßte; in alten Rohren gurgelndes Wasser, das signalisierte, es wurde Zeit, die Toilette zu benutzen; der elektronische *Klick* einer Digitalkamera, mit der man den Tod eines Gefangenen dokumentierte.

Die Verhöre verfolgten kein Ziel, vertrieben nur die Zeit und boten Ertüchtigung für gelangweilte Soldaten. In jedem Raum der Anstalt hing ein Foto des Präsidenten, und Häftlinge mussten davor zu Kreuze kriechen, ihn ihren Herrn nennen. Sie mussten auch die Namen ihrer Frauen, ihrer Mutter und Kinder nennen, sie beschreiben und die Wachen bitten, sie zu ficken.

Die verschiedenen Arten und Weisen, einen Körper zu verletzen, sind uralt, Teil einer atavistischen Tradition. So wie Teenager gern einen defekten Fernseher zerschlagen, wollten die Wachen unbedingt die einzelnen Komponenten eines Menschen sehen. Sie folterten nur selten zu Tode. Müdigkeit ließ sie aufhören; Folter ist anstrengende Arbeit.

An den Schmerz selbst erinnert man sich nicht. Vor drohendem Schmerz aber hatte Amir panische Angst. Dauer war letztlich auch nicht zu begreifen. Wie bei einer medizinischen Operation, redete er sich ein, nur noch eine Minute, dann hast du es geschafft. Unterdessen schwitzte er wie nie zuvor, Spucke sammelte sich im Mund, als müsste er kacken oder sich übergeben. Er fragte sich, ob er laut sagen sollte, dass er, wenn sie so weitermachten, bald sterben würde oder ob er die Wachen damit nur animierte, noch heftiger vorzugehen, ihm zu zeigen, dass *sie* über das Ende Bescheid wussten, nicht er. Amir machte sich durch Gehorsam zu einem langweiligen Opfer.

Während der Verhöre erfuhr er, weshalb man ihn verhaftet hatte: Auf dem von seiner Tante geliehenen Nokia waren satirische Songs gespeichert, in denen man sich über den Präsidenten lustig machte, außerdem ein Video, das über einen Sandweg watschelnde Enten zeigte, darunter der Kommentar: »Der größte Pro-Regierungs-Marsch«. Er erklärte, er habe sich das Handy nur geliehen, und gab den Namen seiner Tante an, ihre Adresse im Nachbarland.

Laut Vorschriften hatten die Wachen in Zeiten der Pandemie einen Mundschutz zu tragen, was aber nur die wenigsten taten. Gefangene, die sich ansteckten – also alle, die ohne Virus ankamen –, verbargen ihre Symptome. Amir hatte bereits in London einen leichten Corona-Anfall gehabt und wusste nicht, ob er sich erneut infiziert hatte. Schniefte ein Häftling oder wurde er von Mitinsassen gemeldet, kam er in ›Quarantäne‹, worauf er nie wieder gesehen wurde.

Einige Gefangene hofften darauf, dass Verwandte sie freikauften. Manchmal geschah das auch. Allerdings hatte Amir in London absichtlich niemandem vom wahren Ziel seiner Reise erzählt, einem Land, das alle nur mit Krieg und Terrorismus in Verbindung brachten. Und seine alkoholkranke Tante, nun, sie dürfte inzwischen gehört haben, dass Amir nicht zur Beerdigung seines Vaters erschienen war. Allerdings hatte sie sich schon oft über Amirs Verantwortungslosigkeit beklagt und würde daher, genau wie der Rest der Familie, annehmen, dass er ihr aus dem Weg gegangen und nach London zurückgekehrt war. Doch selbst wenn sie wüsste, wo er steckte, würde sie ihm nicht helfen können.

Einige Gefangene »verabschiedeten« sich – verloren den Verstand. Amir aber starrte nur ins Nichts, dachte an nichts, lebte im Nichts, so, als gäbe es nur den Fliesenboden. Nachts rangelten alle um einen Schlafplatz. Das Aufwachen war am schlimmsten, die Last, dies hier nicht zu wollen. Amir hielt die Lider so lange wie möglich geschlossen, schindete einige zusätzliche Sekunden heraus, versuchte, nicht in Selbstmitleid zu verfallen, und lenkte sich dann mit dem Anblick der anderen Leiber und Gesichter ab, die ausnahmslos alle überschrieben waren von animalischen Trieben: Hunger, Durst, Schmerz, Hunger, Angst, Erschöpfung, Hunger, Furcht, Hunger, Hunger, Hunger.

Wie lange war er schon hier? Er war sich nicht sicher. Ein Land könnte untergehen, er würde nichts davon erfahren. Manchmal litt er unter dem Gefühl zu fallen, so als würde der Boden unter ihm wegsacken. Dieser Ort hier, das wusste er, hatte ihn für immer verändert.

Jetzt schluckt er, spürt den dicken Pelz auf dem faulen, kaputten Zahn, der Atem des anderen vermengt mit seinem. Er versteht nicht, warum er in diesem Sack ist. Oft kennt man die Gründe nicht, man hält einfach nur durch.

Er versucht, von dem anderen abzurücken, sein Becken schurrt Sackleinen über den Boden, das geschwollene Knie drückt in fremde Schenkel. Er kann sich nicht umdrehen, die vergebliche Mühe treibt ihn zur Weißglut. Der Bart des Fremden kitzelt in seinem Gesicht. Er will diese Kreatur töten. Seine Adern schwellen an, Blut rauscht. Das widerliche Tier neben ihm öffnet die Lippen, beugt sich zu Amirs Ohr vor: »Hast du Schmerzen?« Amir erkennt die Stimme: sein Bruder.

VERWANDTE IM GEFÄNGNIS zu entdecken ist gefährlich. In den Händen der Wärter werden sie zum Druckmittel, zum Folterinstrument oder Werkzeug. »Verdammt, warum bist du nur zurückgekommen?«, fragt Khaled.

Sie kamen mit wenigen Wochen Abstand auf die Welt, lernten sich aber erst Jahre später kennen. Amirs Mutter – eine Französin, die in der Hauptstadt für eine internationale Hilfsorganisation arbeitete – sorgte dafür, dass es ihm in seiner Kindheit an nichts fehlte. Khaleds Mutter dagegen musste außer ihrem Sohn noch drei Töchter vom bescheidenen Beamtengehalt des Vaters durchbringen. Amir war sieben, als seine Mutter mit ihm nach Paris zog, aber sie wollte, dass er mit seiner Heimat weiterhin in Verbindung blieb. Also schickte sie ihn jedes Jahr zu seiner gutbürgerlichen Tante, einer modernen Frau, die bei einem Radiosender arbeitete, Kette rauchte und aus dem Nachbarland importierten Wein trank (ebenjenem Land, in das sie sich selbst exportierte, als der Krieg ausbrach).

Während der Ferien, die er als Kind im Land verbrachte, ließ sich sein Vater jedes Mal wenigstens kurz bei ihm blicken. Er war stolz auf seinen französischen Sohn, insgesamt zu stolz. Er schämte sich dafür, Französisch mit starkem Akzent zu sprechen, und verbrachte nur wenig Zeit mit Amir. Wenn die Tante im Radiosender arbeitete, lieferte sie Amir im Hof eines nahen Mietshauses ab, wo Jungen seines Alters Fußball spielten und auf Mauern kletterten und herunterfielen. Sie ließ ihn dort, damit er Freunde fand und sich etwas zu essen besorgte; abends holte sie ihn wieder ab. Am ersten Tag wurde Amir von einem größeren Jungen getriezt. Er erzählte seiner Tante davon; sie fand es amüsant und bestand darauf, dass er sich mit dem Jungen anfreundete. Erst später begriff Amir, dass sie ihren Neffen, wenn sie ihn in den Hof brachte, gleichsam vor den Füßen seines Vaters ablud, der dort mit seiner Frau und seinen übrigen Kindern wohnte, zu denen auch dieser größere Junge gehörte, sein Halbbruder Khaled.

Anfangs hatte Amir den Eindruck, sein Verwandtschaftsverhältnis sei ein Geheimnis, bald aber wussten alle Bescheid, auch seine Halbschwestern, die kamen, um Amir kennenzulernen und zu inspizieren, bis er wie ein Teddybär von Khaled fortgeschleppt wurde. War ihr Vater anfangs stolz auf seinen heimlichen Sohn gewesen, ging er jetzt, da ihre Beziehung bekannt geworden war, auf Distanz – und schien Khaled zu verachten. Einmal hatte Amir gesehen, wie Khaled von ihrem Vater getreten wurde. Die Erwachsenen hatten weggesehen.

Amir ging am Stadtrand von Paris auf eine Schule für Kinder gutbürgerlicher Eltern, die in Museen arbeiteten, bei Zeitungen oder im akademischen Bereich. In einem solchen Milieu besaß eine nicht-französische Identität einen gewissen Status, weshalb Amir seine arabische Herkunft betonte. In den Sommerferien aber kehrte sich das um. Khaled – der körperlich lang vor Amir heranreifte – fungierte während der Ferien als Anführer und Aufpasser, stellte seinen Bruder vor, wo immer sie hingingen, und warf ihm dann ein erwartungsvolles Lächeln zu, als sollte Amir nun bitte den Franzosen geben.

Während des Studiums wohnte Amir im 10. Arrondissement in einer Mansarde mit schrägen Dachwänden, die Holzdielen übersät mit leeren Weinflaschen, deren Hälse rotes Kerzenwachs verstopfte. Mitten im Zimmer ein Floß: sein ungemachtes Bett mit einem Kristallaschenbecher, der so manches Mal umkippte, wenn er dort Taschenbücher las, was zu heftigen Flüchen führte und dazu, dass das Laken ausgeschüttelt wurde und Asche aus dem Fenster auf die ältlichen Prostituierten in der Rue Saint-Denis herabregnete.

Als Khaled mailte, er wolle nach Paris kommen, antwortete Amir nicht sofort und suchte nach einer Ausrede. Dann schrieb er zurück, er habe wahnsinnig viel zu tun und dass es für Khaled sicher nicht leicht werden würde, da er nicht gerade fließend Französisch spreche. Ging Amir mit seinem Halbbruder aus, rief er vorher bei seinen Freunden an und entschuldigte sich. Khaled baggerte Amirs Freundinnen ausnahmslos an – alles gestandene Feministinnen. Für Amir war es ein Schock, dass sie mit Khaled lachten, ihn unterhaltsam fanden, sein schiefes Grinsen, dessen Unernst ernst gemeint war und der sich nicht allzu streng an die Regeln in diesem Land hielt.

Im nächsten Sommer kam Khaled wieder zu Besuch. Gemeinsam liefen sie durch Paris, und Amir zeigte ihm die unterschiedlichen Viertel, zitierte große Intellektuelle, von denen sein Bruder noch nie gehört hatte. Sobald aber junge Frauen vorbeikamen, war Khaled abgelenkt, sein Blick folgte ihnen, was Amir ärgerte, da er doch gerade vom sterbenden Foucault erzählte, von Derrida, der hier wohnte, oder davon, was Houellebecq falsch sah. Geld und Luxus waren die einzigen Themen, für die Khaled sich begeisterte. Mit dem Handy fotografierte er teure Sportwagen und vertraute sein Schicksal dem Gott professioneller Athleten an, diesem heiligen Torschützen und Trophäenverteiler. In Khaleds Augen waren Muslime menschlicher als Christen, er misstraute Schwarzen und fand Juden widerlich (hatte aber Respekt vor den Israelis – wegen ihres Militärs). Vieles davon vertrug sich nicht mit den Ansichten in Amirs Freundeskreis, der ethnische Authentizität befürwortete – vorausgesetzt, es war die korrekte Authentizität: anti-rassistisch, pazifistisch, konsumkritisch.

Amir mied seinen Halbbruder schließlich und versteckte sich in der Bibliothek, aus der er in Cafés schlich oder zu

Trinkgelagen mit Freunden. Aus schlechtem Gewissen rettete er Khaleds Besuch im letzten Moment und sorgte für ein mehrere Nächte währendes Sauffinale, sodass sie sich für ein Selfie umarmen konnten und es mit ganzem Herzen meinten.

Beide hielten sie danach keinen nennenswerten Kontakt bis auf gelegentliche kurze Lebenszeichen und eine aufrichtige, Beileid bekundende E-Mail vor wenigen Jahren, als Amirs Mutter an Krebs starb. Khaled war selbst bereits verheiratet und hatte einen Sohn und eine Tochter. Amir betrachtete die Bilder, aber Kinder sahen für ihn alle gleich aus.

Sein eigenes Leben war nicht nach Plan verlaufen. Ein respektables amerikanisches College hatte seine Promotionsbewerbung angenommen, und er war davon ausgegangen, dort unterrichten zu können, hatte von amerikanischen Studentinnen geträumt. Dann aber wurde sein Visaantrag ohne weitere Erklärung abgelehnt. Nur Anwälte hätten dagegen vorgehen können, für die aber fehlte ihm das Geld. In aller Hast fand er eine drittklassige Universität in London, an der er sich mit Französisch sprechenden Studenten abgab und so wenig Englisch wie nur möglich sprach, meist mit Verkäufern, die selbst kaum Englisch konnten. An besseren Tagen sah er sich als einen der künftigen Intellektuellen, an den meisten Tagen bloß als Videospiele zockenden Niemand, dessen Blicke Frauen zu Boden starren ließen. Die Immigranten, an denen er in den ärmeren Vierteln von London und Paris vorbeilief (Leute, die keinen Schimmer hatten, was der neuste Hype, was der jüngste Skandal war) – sie kamen ihm immer so unkultiviert vor, eher wie Khaled, nicht wie er selbst. Aber sie hatten verstanden, was Amir erst viel später lernen sollte, nämlich die Konsequenzen von Schwäche und Macht.

Er rechnete damit, Khaled auf der Beerdigung ihres Vaters zu treffen, und hatte vor, sich wegen Paris zu entschuldigen, auch wenn sein Bruder vorgeben würde, nicht zu verstehen, wovon die Rede war. Er wollte zugeben, wollte laut aussprechen, dass aus seinem Leben nichts geworden war, dass er das Promotionsstudium aufgegeben und einen schlecht bezahlten Job in London hatte, dass er Müll aus den Häusern reicher Leute räumte und nicht wusste, was in seinem Leben Bestand hatte.

Amir greift nach Khaled, ist sich nicht sicher, ob er Haut oder Kleidung in Händen hält, nur dass sie feucht ist. »Du bist hier.«

DIE WACHEN HATTEN herausgefunden, dass zwei Insassen Brüder sind. Also wurde für eine brüderliche Zusammenkunft gesorgt, erklärt Khaled. Morgen Vormittag sollen sie beide gegeneinander kämpfen. Der Gewinner muss den Verlierer totschlagen. Zu diesem Spektakel haben die Wachen Freunde eingeladen. Amir ist der kleinere Bruder und der schwächere. Er hat sich noch nie geprügelt. »Können wir das irgendwie verhindern?«, fragt er, kennt aber die Antwort bereits. Widerstand bedeutet nur schmerzerfüllten Aufschub. Allerdings könnten die Wachen auch bluffen, könnten abwarten, ob zwei Brüder wirklich aufeinander losgehen – um sie dann, sobald sie anfangen, zu beschimpfen, anzuspucken und ihnen wehzutun. »Khaled, ich habe keine Chance gegen dich.«

»Wir werden sehen.«

»Nein, das ist doch offensichtlich.«

Dieses Eingeständnis brüderlicher Unterlegenheit ist immer noch beschämend. Amir regt sich, will sich selbst entkommen, bohrt den spitzen Ellbogen in seinen Bruder, der ihn zurückdrängt. Während der Haft hat Amir versucht, jemandem oder etwas die Schuld zu geben: dem Idealismus seiner Mutter zum Beispiel, der dafür gesorgt hat, dass er nie die Sprache verlernte. Seine Abneigung gegen das Arbeiten aber hat ihn zum Reisen verführt; außerdem hatte er gehofft, dass sein Vater ihm etwas vererbte. Nun, an diesem Morgen erbt er den Tod. Amir presst seine Knöchel gegen das Segeltuch, aber ihn verlässt die Energie. »Würde man mir jetzt einen starken Drink anbieten, ich glaube, ich würde ablehnen.« Ihn packt eine Welle des Bedauerns für all das, was er in seinem Leben nie getan hat. Ihm wird mulmig, er findet ein Luftloch, der zerfranste Stoff, sein Puls zu schnell.

»Du hast mir noch gar nicht gesagt, warum du in dieses beschissene Land gekommen bist«, bemerkt Khaled.

»Wegen der Beerdigung.«

»Was für eine Beerdigung?«

Ihr Vater war im April gestorben. Khaled wurde zwei Monate zuvor verhaftet – vom Tod erfährt er erst jetzt, was ihn aber kaum aus der Fassung bringt. Nur für einen Moment bleibt er stumm. »Ich habe mich schon gefragt, warum er niemanden dafür bezahlt hat, mich hier rauszuholen. Um mir eine Lektion zu erteilen, habe ich mir gesagt.« Ihr Vater hatte vorgegeben, Khaled wegen seiner Geschäfte zu verachten – jemand, der Sachen besorgen konnte, der Elektronisches und vieles mehr über die Grenze holte. Khaled besaß den Ruf, für jeden zu arbeiten, unabhängig davon, auf welcher Seite man im Krieg stand. Alle mochten ihn, keiner traute ihm. Auch wenn Khaled von seinem Vater abgelehnt wurde, hat er ihn deswegen nie gehasst, er war ihm nur gleichgültig geworden: Der Tote war bloß jemand, den er mal gekannt hatte.

»Du musst kämpfen, musst dich wehren«, befiehlt er Amir. »Das sage ich dir.«

Amir wendet sich vom Luftloch ab. »Damit du keinen Ärger kriegst?«

»Es gibt Kämpfe, da setzen alle darauf, dass der größere Kerl gewinnt, aber dann stellt sich raus, dass der Kleinere ein echter Fighter ist.«

»Ich bin der Kleinere, der wirklich *nicht* kämpfen kann. Ich weiß nicht, wie man boxt, kann es mir nicht mal vorstellen.«

»Wir können jetzt ein bisschen üben«, witzelt Khaled. »Aber wie auch immer, *ich* werde jedenfalls mein Bestes geben, also sieh dich vor.«

»Was bist du doch für ein Idiot.« Das Vergnügen brüderlichen Geplänkels. Amir lächelt, wischt sich den Schweiß am Segeltuch ab.

Khaled fragt, ob er eine Freundin hat.

»Eine Freundin?«, sagt Amir. »Wieso fragst du nicht, ob ich eine Frau habe?«

»Du? Nie im Leben bist du verheiratet.«

»Warum nicht?«

»Du bist zu soft. Da müsste sie ja dir einen Antrag machen.«

»Nimm deinen Ellbogen weg, du Arsch.«

Khaled verflucht ihn auf Französisch.

Amir macht es ihm nach. Es tut so gut, in der eigenen Sprache zu fluchen.

Seit seiner Verhaftung muss Amir immer wieder an etwas aus der Schulzeit denken. Die Klasse hatte einen Dokumentarfilm über die Deportationen von Drancy gesehen, und eine ältere Frau, eine Überlebende des Konzentrationslagers, hatte dem Interviewer gesagt: »Unseren Körpern konnten sie alles antun, unseren Geist aber konnten sie nicht anrühren.« Das stimmt nicht, denkt Amir. Mein Geist herrscht jedenfalls über nichts.

Er versucht, einen Arm hochzuziehen, will sich am Kopf kratzen und ahnt, dass dort kahle Stellen sind. Er fürchtet seinen Anblick im Spiegel. Sie alle drei – Mutter, Vater und er – wird es ab morgen und bis in alle Ewigkeit nicht mehr geben. Vor drei Jahren hätten sie sich nicht vorstellen können, dass ihnen nur noch so wenig Zeit bleibt; sie hätten geweint. Khaled wird sich an uns erinnern, denkt Amir. Aber was bringt das? Er gehört zu denen, die nicht mal eine verständige Zusammenfassung der Ereignisse dieses Vormittags liefern könnten, geschweige denn die des Lebens eines anderen Menschen. Er würde gar nicht daran denken, wüsste nicht, warum.

Einmal, als er von einer Zelle in eine andere geführt wurde, war Amir an einem Haufen Menschen vorbeigekommen, die Augen offen wie die von Fischen, eine Zahl mit Filzstift auf die Stirn gekritzelt. Denk nicht an morgen. Nur hier, nur jetzt.

Er würde Khaled auftragen, niemandem zu sagen, was passiert war, nur zu erklären, er habe Amir im Gefängnis gesehen und der habe nicht überlebt. Amir bringt es nicht über sich, ihm diese Anweisung zu geben. Jedes Mal, wenn er sich dem Gedanken nähert – seine bevorstehende Verwandlung, ewige Blindheit, Taubheit, Verlust von Tast- und Geschmackssinn, keine Meinung mehr, keine Wörter, keine Enttäuschungen, Möglichkeiten, Erinnerungen: ausgelöscht, für immer – wird ihm schwindlig, als schlüge er wieder und wieder eine Rolle rückwärts; er öffnet die Augen, schließt sie. Irgendwie schläft er einige Minuten, hört im Hintergrund seinen Bruder reden.

Am Tag vor seiner Abreise aus England hatte Amir einen Entrümpelungsjob in Nordwestlondon zu erledigen, konnte in der baumbestandenen Straße mit Reihenhäusern aber keinen Parkplatz finden. Er musste seinen Van in einiger Entfernung parken, weshalb er ziemlich angesäuert war, als er klopfte und dann heftig an die rote Haustür hämmerte. Die Arbeit war anstrengend, und er hasste sie, aber er konnte sie beliebig einteilen. Meist hockte er in seinem Einzimmerapartment in Hounslow mit Kochnische, PlayStation, Junkfood von der nahen Tankstelle und billigem australischem Wein, dazu Pornos online und sein Handy. Hatte er kein Geld mehr, rief er die Entrümpelungsfirma an, akzeptierte den nächstbesten Job und räumte den Plunder aus dem Leben irgendwelcher fremder Leute fort.

Hinter der roten Tür ließ sich eine groß gewachsene alte Frau in dunklen Jeans und kastanienbraunem Pullover blicken, die knorrigen Hände verschränkt, eine über der anderen. Sie blickte auf ihn herab, Wangenknochen wie die Ellbogen eines Dränglers, Grübchen an den Schläfen, mattgrüne Augen. Sie trat zurück, bat ihn ins Haus, schwankte kurz, sobald sie einen ihrer Füße vom Boden hob, um ihn dann mit fester Gewissheit wieder aufzusetzen, weshalb es aussah, als würde sich ein Turm bewegen.

Sie hatte viele Sachen loszuwerden, zog aber nicht aus, sie ›rationalisiere‹ nur, wie sie sagte, was Amir das falsche Wort zu sein schien. Sie redete mit Akzent, daher zweifelte er an ihren sprachlichen Fähigkeiten, so wie sie an seinen – eine dieser typischen Großstadtunterhaltungen, bei denen Nicht-Muttersprachler stumm gegenseitig ihr Englisch korrigieren. Sie zeigte ihm die drei Stockwerke, deutete anfänglich auf jeden einzelnen Gegenstand, wurde es dann aber leid und sagte, er solle einfach alles mitnehmen, was zum Leben nicht unbedingt nötig sei.

»Ich kann doch nicht wissen, was Sie zum Leben brauchen«, erwiderte er.

»Ich würde sagen, unten sind der Kühlschrank, der Herd und der Küchentisch lebensnotwendig.«

»Und der Rest soll weg? Auch die Möbel?«

»Warum nicht.«

»Mir hat man gesagt, dies sei ein kleinerer Job, aber hierfür brauche ich mehr Leute.«

»Nicht *alles*. Nur den Müll, meine ich.«

»Aber was ist Müll?«

Sie zeigte auf die Anlage, und während Amir darauf zuging, fragte er sich, ob er sie verkaufen könnte: ein alter CD-Player mit einem Stapel klassischer Aufnahmen, die nichts wert sein dürften. Die Regale waren halb leer, einige Hundert Bücher lagen herum. Verkaufswert gleich null.

»Das hier?«, fragte er und zeigte auf ein großes gerahmtes Poster.

»Der Bosch?«

Der Druck selbst war wertlos, ein Bild mit dem Himmel auf der einen, der Hölle auf der anderen Seite, dazwischen eingeklemmt die menschliche Verderbtheit. Der Rahmen aber könnte etwas einbringen.

Wie weit fort ihm dieses Haus nun vorkommt, die rote Tür aber musste es noch geben, sie dürfte in ebendiesem Moment noch existieren.

Die alte Frau prahlte mit ihrer Aufräumaktion: Regal um Regal, Woche um Woche hatte sie Bücher entsorgt, die meisten einfach in die Papiertonne geworfen. Müllmänner rollten jeden Donnerstagmorgen mit ihrem Laster lärmend die Straße lang und kippten einen weiteren, alphabetisch geordneten Abschnitt ihrer Vergangenheit in dessen hungriges Maul. Sie zog ein Hardcover aus dem Regal. »Erkennen Sie die Person auf der Rückseite?« Er hatte es erraten, ehe er sie erkannte. Autorenfotos fand er schon immer peinlich: Die bald Vergessenen posierten als lang in Erinnerung Bleibende, Hand am Kinn, nachdenklicher Blick aus Restbestandstonne. Dass es sie nicht beschämte, sich vor einem gelangweilten Fremden mit Umzugskartons im Arm produzieren zu müssen. Pflichtschuldig betrachtete er das Foto – sie, Dora Frenhofer, vor Jahrzehnten auf einer Podiumsveranstaltung, Nadelstreifenjackett mit Schulterpolstern, eine attraktive Frau mittleren Alters, roter Lippenstift, das mahagonifarbene Haar mit Essstäbchen hochgesteckt.

»Eine andere Frisur«, bemerkte er. Ihr Haar war jetzt weiß und schlecht geschnitten.

»Habe ich selbst gemacht, mit einer Stoffschere in den ersten Wochen des Lockdowns.«

Er faltete die Kisten auf und verstaute langsam die restlichen Bücher – langsam nicht aus Vorsicht, sondern weil er stundenweise bezahlt wurde. In andere Kisten kam Krimskrams. Anfangs fragte er, was er nehmen solle. Da sie aber nie Einspruch erhob, räumte er schließlich wahllos ein. Beim Arbeiten musste Amir an seinen Vater denken, der gerade ins Krankenhaus eingeliefert worden war und zu dem er am nächsten Tag fliegen wollte, was wiederum Gedanken an seine Mutter weckte. Er fragte sich, wie es die beiden überhaupt miteinander ausgehalten hatten, und kam schließlich zu einem harschen Urteil über die eigenen letzten Jahre, wie unattraktiv er jetzt auf Frauen wirken musste, dieser demütigende Job, und wie seltsam es war, mitten in der Pandemie Räumungen durchzuführen.

Sie aß zu Mittag und bot ihm vom Eiersalat an. »Sie können Ihre Maske ruhig abnehmen. Mir macht das nichts aus.«

Sie sprachen kaum ein Wort, bis sie erfuhr, dass er in Frankreich aufgewachsen war, woraufhin sie die Sprache wechselte. Was immer er auch über Paris sagte, veranlasste die alte Frau, etwas über ihre Zeit dort zu erzählen, von Anfang neunzehn bis in ihre Zwanziger, als böte sein Leben lediglich Anlass zur Konversation. Während sie von den Künstlerkreisen im Paris der 1960er-Jahre schwärmte, unterbrach er sie, weil er rauchen wollte, und bestand darauf, nach draußen zu gehen, obwohl sie sagte, er dürfte sich auch im Haus eine anstecken. Als er zurückkam, bedankte sie sich für seine Gesellschaft und bemerkte, sie hätte gar nicht gewusst, wie sehr sie das in den vielen Wochen vermisst hätte. In all der Zeit habe sie kein einziges Mal mit jemand anderem zusammen gegessen.

»Keine Familie in der Nähe?«

Sie hatte eine Tochter, Beck, die in Los Angeles wohnte. Dann aber wechselte die alte Frau brüsk das Thema – das war nichts, was sie vertiefen wollte. Amir machte sich wieder daran, die Kisten zu füllen und zum Lieferwagen zu bringen. Er kam ein letztes Mal herein, fragte, ob er noch etwas tun könne, und gab ihr ein Formular zum Unterschreiben.

»Ich muss zugeben«, gestand sie, »mir ist plötzlich nicht mehr wohl bei dem Gedanken, all diese Bücher fortzugeben. Nicht so sehr die, die ich selbst geschrieben habe, mehr die Bücher, die von meinen Eltern sind.« Amir wollte los und gab zu verstehen, dass ein Umladen außer Frage stand.

»Wann haben Sie zuletzt geschlafen?«, fragte sie Amir, unterschrieb und gab ihm den Stift zurück. »Sie sehen aus wie der müdeste Mensch, den ich je getroffen habe.«

Er mochte sie nicht, aber er träumte von dieser alten Frau, die sich um ihn kümmerte, stumm am Tisch saß, ihr Essen aß und oben in einem dieser leeren Zimmer wohnte.

»Ich muss pinkeln«, sagt Khaled jetzt. »Ich habe es lange zurückgehalten, aber jetzt kann ich nicht mehr.«

»Warum fragst du mich um Erlaubnis, wenn du es schon versucht hast?«

»Ich frage nicht um Erlaubnis. Ich sage nur, dass ich pinkeln muss.«

Ungewollt bricht Amir in Gelächter aus.

Khaled stimmt ein, das gedämpfte Lachen von jemandem, der nicht weiß, was lustig ist. Er drückt das Knie seines Bruders – das schlimme, und Amir flucht.

»Mein Bruder!«, sagt Khaled. »Was haben wir für einen Spaß.«

»Immer wieder. Bring mich noch mal zum Lachen.«

»Ich weiß nicht, wie ich das geschafft habe.«

Eine Zellentür scheppert, nicht ihre. Eine Wache hustet und schnieft.

»Bruder«, flüstert Khaled. »Wie traurig, dich zu sehen.«

DIE WACHEN ZERREN den Seesack in den Flur und fummeln am Schloss – niemand kann sich an die Zahlenkombination erinnern. Sie rauchen. Jemand findet eine Schere; die Klingen zerteilen den Stoff direkt vor Amirs Augen, schnippeln nach unten.

Wie befohlen setzt er sich auf. Seine Finger berühren etwas: Unter ihm liegt der Stift, mit dem Löcher in den Sack gebohrt wurden. Sie sollen aufstehen. Er gehorcht. Zitternd konzentriert er sich darauf, die Sekunden zu zählen. Eine Wache mault, weil Amir sich eingenässt hat. Jemand schnüffelt und gibt vor, sich übergeben zu müssen.

Weitere Wachen treffen ein; sie unterhalten sich über ein Restaurant in Dubai, das in Gold getunkte Steaks serviert. Sie schubsen Amir und Khaled in Richtung einer größeren Zelle, die auch Platz für Zuschauer bietet, aber sie haben den Schlüssel vergessen, also muss jemand zurück zur Wachstube, und sie streiten sich, wer gehen soll. Amirs Hirn verarbeitet nichts mehr, hängt fest und wiederholt nur: Jetzt ist es so weit.

Jetzt ist es so weit Jetzt ist es so weit Jetzt ist es so weit

Die Wachen beklagen sich über die Zuteilung von Parkplätzen. Sie schließen die größere Zelle auf. Irgendwer redet von »der kleinen Schwuchtel« und meint damit Amir. Sie fragen sich, wie viele Minuten er durchhalten wird. Die Spannung steigt, Gewalt liegt in der Luft.

Amir fällt auf, dass er den Stift umklammert.

»Jemand hat den hier verloren«, sagt er.

Einen Moment lang sind sich die Wachen nicht sicher, was er will, dann schlägt ihm jemand auf die Hand und der Stift fliegt an die Wand; irgendwer sagt, das sei sein Stift, und er will, dass Amir ihn zurückholt und ihm gibt. Diese Unterbrechung dämpft die Begeisterung der Wachen.

Einer der Männer wird laut, stachelt sie wieder an, schreit etwas über den Kampf. Er schlägt Amir ins Gesicht. Amir – den Blick immer noch zu Boden gerichtet – sagt nichts. Sie schubsen ihn, er stolpert und fängt sich wieder.

»Mach schon!«, sagt einer der Soldaten.

»Jetzt!«, verlangt ein anderer.

Amir zieht den Kopf ein, beißt die Zähne zusammen und wartet auf Khaleds ersten Schlag.

»Jetzt!«, wiederholt der Soldat, stößt Amir an, verzieht das Gesicht und schreit ihm ins Ohr: eine schallende Taubheit. Amirs Körper ist nur ein Gefäß, in dem er steckt. Die Augen brennen vom Schweiß. Er blinzelt, blickt zu seinem Bruder am anderen Ende der Zelle.

Früher war Khaled ein Athlet, jetzt ist er nur noch ein Skelett, der rasierte Schädel voller Wunden und Kerben, ein zottliger grauer Bart. Er hält die Arme ausgestreckt, die Finger gespreizt, als wäre das Licht aus. Seine Lider ähneln schwarzen Nacktschnecken. Aber das sind nicht seine Lider. Die Augenhöhlen sind leer, die Augen herausgerissen.

Mit ausgestreckten Armen wartet Khaled auf den ersten Schlag und murmelt etwas.

Amir hört, was er sagt. Es ist kein Gebet. Es ist nur ein einziges Wort. Auf Französisch, für ihn. Sein Bruder wiederholt es. »*Merci*.«

TAGEBUCH: MAI 2020

Ich schaue auf die Uhr. Meine Veranstaltung findet jetzt statt. Ich muss aufhören zu schreiben, muss die Schriftstellerin spielen.

Ein Literaturfestival auf dem Land, und ich hatte zugesagt. Man versprach eine Nacht Glamping, und selbst das hat mich nicht abgeschreckt, da ich hoffte, meine scheiternde Karriere zu retten, indem ich Kontakte knüpfte, worin ich unsäglich schlecht bin. Alles sah jedoch vielversprechend aus, da ich mit zwei prominenten Autoren die Bühne teilen sollte: einer hippen jungen Frau aus Brooklyn, bekannt für dystopische Fiktion von solch politischer Evidenz, dass sie damit Preise abräumt, sowie einem Iren, einem ehemaligen Türsteher, der kleine, vor sich hin plätschernde Romane für eine kleine Leserschaft schrieb, ehe er zum Fernsehen wechselte und Episoden für Succession *verfasste, eine Serie, in der es um Erbfolge geht, womit er Erfolg in dem die Literatur beerbenden Medium hatte. Ich selbst würde den Leuten hinter der Bühne Honig ums Maul schmieren und mich folglich mit voller Absicht blamieren.*

Dann die globale Epidemie.

Jetzt treffen wir via Zoom aufeinander, sind weder hier noch da, haben angeblich ein Publikum von mehreren Dutzend Zuschauern an diversen Endgeräten. Während die Moderatorin ihr Bestes gibt, klebt mein Blick am Bildschirm, und ich regis-

triere, wie alt ich im Vergleich aussehe und wie sehr mein ent-
spanntes Gesicht – schlaff und geistesabwesend – einer Toten-
maske gleicht. Wenn meine Aufmerksamkeit wandert, was
längst der Fall ist, muss ich eine andere Miene aufsetzen. Ein
angedeutetes, respektvolles Lächeln vielleicht? Ein nachdenk-
liches Stirnrunzeln?

Es ist unsinnig, wenn ich andere Leute ständig ›jung‹ nenne.
Fast alle sind jung, die ›Berühmten‹ ausgenommen. Für jene,
die weder ›jung‹ noch ›berühmt‹ sind – nur weißhaarig und sor-
genvoll –, gilt ein anderes Wort: ›unsichtbar‹. Heute bin ich allerdings überaus sichtbar auf diesem geteilten Bildschirm und
nicke weise, während die Moderatorin die Auszeichnungen, Ge-
nie-Stipendien und Filmverträge der übrigen Gäste auflistet, ehe
sie mein einziges, fast erfolgreiches Buch erwähnt (mit falschem
Titel, aber was macht das schon). Auf dem Videobild sehe ich
hinter mir ein paar dreckige Socken und die auf der IKEA-Kom-
mode liegende, verknäulte Unterhose von gestern. Ich hätte mich
wie alle anderen auch vors IKEA-Bücherregal setzen sollen.

Nachdem wir alle einen Ausschnitt gelesen haben, wird das
Publikum gebeten, Fragen einzureichen. Die erscheinen auf
dem Bildschirm. Die Moderatorin siebt aus, übergeht die spin-
nerten und wählt schmeichelhafte Fragen, meist für die Autorin aus Brooklyn, einige auch für den TV-Autoren.

»Leute?«, wendet sich die Moderatorin ans Publikum. »Lasst
unseren dritten Gast nicht im Stich! Irgendwelche Fragen?«

Eine halbe Minute vergeht.

»Jetzt kommt schon.«

Die beiden anderen Autoren sehen nach unten, ihr Blick
wandert hin und her; offenbar lesen sie auf ihren Handys.

»Tja, das nenne ich Glück«, fährt die Moderatorin fort, »jetzt
darf ich selbst der Autorin eine Frage stellen. Also«, fragt sie,
»was steht als Nächstes für Sie an, Nora?«

Nachdem wir uns abgemeldet haben, bin ich mit meiner Re-
flexion im Bildschirm konfrontiert, was mich den Blick abwen-
den lässt, der am Stapel ungelesener Bücher auf meinem Tisch
hängen bleibt. Wie, frage ich mich, sollte sie (die Literatur) mit
dem da (Bildschirm) koexistieren können?

Weitermachen ist absurd. Aber vielleicht bin ich auch nur
ein Algorithmus mit Wespenhirn, jemand, der die vorprogram-
mierte Aufgabe zu Ende bringt. Und: Aufgeben hieße zugeben,
dass ich gescheitert bin, dass ich mich nicht freiwillig zur Ruhe
gesetzt habe, sondern von der Bücherwelt gefeuert wurde.

Ich muss mich einfach auf das Schreiben konzentrieren.
Trotzdem plagt mich der Gedanke an die Phantome dieser
Menschen, die mich auf ihren Geräten beobachten.

Hör auf, dich zu sorgen, was andere über dich denken könn-
ten! Dann wiederum: Geht es nicht genau darum in Romanen?
Um das, was andere Leute denken?

Es ist der Akt des Schreibens, der mich fasziniert. Außerdem
gehören Bücher weiter zu meinen Vergnügungen, die Vorfreu-
de, wenn man den Buchdeckel öffnet und alles enthalten sein
könnte und sich nichts vorhersagen lässt. Und ich staune noch
immer über das Handwerk anderer Autoren, wie sie Worte zu-
sammenstückeln und Menschen erschaffen.

All diese Schriftsteller aber, all dies Verlangen danach, etwas
Bedeutsames zu kreieren, obwohl es unmöglich scheint – fragen
diese Leute sich nie, ob es noch angebracht ist?

~~Sie hält selten länger als eine Stunde vor dem Fernseher aus,~~
~~weshalb er sich jede Folge zweimal ansehen muss.~~

Oder

~~Vor der Tür zum Schlafzimmer bleibt er stehen.~~

Oder

Erstaunt streicht er sich über den Bart angesichts der neuen Nachtschränkchen, die sie aus Exemplaren seines jüngsten Romans zusammengebaut hat.

5

Ein Schriftsteller auf dem Festival

(DANNY LEVITTAN)

›ERSTE EPISODE‹

FADE-IN:

DRINNEN: DANNYS UND ZOEYS SCHLAFZIMMER —
ABENDS

Brooklyn, Park Slope, das chaotische
Schlafzimmer von Autor DANNY LEVITTAN (um
die 40) und Bankergattin ZOEY (gleichfalls
um die 40). Sie liegt in ihrem Freizeit-
jogginganzug auf der Matratze, angeleuchtet vom Fernseher am Fuß des Bettes. Danny
bleibt in der Tür stehen, ihm ist etwas aufgefallen. Sie drückt auf PAUSE.

ZOEY
Was ist? Ich will mir das ansehen.

ERSTAUNT STREICHT ER sich über den Bart angesichts der neuen Nachtschränkchen, die sie aus Exemplaren seines jüngsten Romans zusammengebaut hat. An der Schlafzimmerwand eine angehaltene Szene von *Succession* – Danny hat die Folge schon am Abend zuvor gesehen, aber Zoey ist dabei eingeschlafen. Sie hält es selten länger als eine Stunde vor dem Fernseher aus, weshalb er sich jede Folge zweimal ansehen muss und bis in seine Träume hinein von Nebendarstellern verfolgt wird, die schreien: »Ihr könnt mich alle mal!«

Als sie sich vor zwei Jahrzehnten kennenlernten, studierte Danny im Hauptfach Englische Literatur, Zoey Afrikanistik, und es schien eher unwahrscheinlich, dass ihnen jemals eine Immobilie in New York City gehören würde, schon gar nicht eine solche Fünfzimmerwohnung in einem der gefragten Stadtteile von Brooklyn, nur einen kurzen Spaziergang vom Prospect Park entfernt. Doch nach ihrem Abschluss nahm Zoey – eine grobknochige, irisch-amerikanische Fußballspielerin mit Gewissen und Rechenhirn – probehalber eine Stelle bei der Vermögensverwaltungsfirma des Dads ihrer besten Freundin an. Siebzehn Jahre später ist sie Vizepräsidentin für das soziale Engagement des Unternehmens und betritt die Zentrale in Connecticut jeden Tag mit einem Ankh-Anhänger unter der Business-Bluse und dem Tattoo einer gefährdeten Schildkrötenart auf der Schulter. *Sie* ist es, die sich diese Wohnung leisten kann.

Dannys Beitrag ist die Hausarbeit, was Zoey zu der Bemerkung veranlasste, dass Heteromänner offensichtlich unfähig seien, zwischen sauber und gewischt unterscheiden zu können. Zu Dannys jüngsten Aufgaben hatte es gehört, Nachtschränkchen für sie aufzutreiben. Da Zoey aber dazu neigt, wählerisch zu sein, und er dazu, sich Zeit zu lassen, hatte Zoey die Sache schließlich selbst in die Hand genommen und

160

die gebundenen Ausgaben seines jüngsten Romans, die lange in Penguin-Random-House-Kisten im Flur gelegen hatten, zu Nachtschränkchen gestapelt.

»Das Gute daran ist«, sagt Danny, »du hast jede Nacht zwanzig Exemplare in Reichweite, falls dich der Drang überkommt, mein Buch tatsächlich lesen zu wollen.«

»Glaubst du nicht, dass ich mit deinem Schreiben mittlerweile ziemlich vertraut bin? Das wäre, als würdest du dein Hemd ausziehen – ich weiß, wie das aussieht. Aber muss ich das noch mal sehen?«

»So geht es dir mit meiner Arbeit?«

»Damit wir uns nicht missverstehen: Es *stört* mich nicht, deinen Oberkörper zu sehen.«

»Das ist nicht ganz, was ich hören wollte.«

»Dann hilf mir auf die Sprünge.«

»Ich dachte, du hättest gesagt, Dialog sei nicht gerade meine Stärke.«

Ihr Blick klebt weiterhin am erstarrten Bildschirm. »Kann ich?« Sie drückt auf Play.

Dannys Problem mit ihrer finanziellen Unterstützung ist nicht sein Stolz, den konnte er mit der allwöchentlichen Delikatessenlieferung von Zabar runterschlucken. Sein Problem ist, dass sie jedes Gefühl dafür verloren hatten, eine gemeinsame Mission zu haben. In ihren Zwanzigern teilte Zoey seine Sorgen, einen Literaturagenten zu finden, und drängte ihn, das Schreiben auf keinen Fall aufzugeben. Sie war begeistert, als er eine Geschichte in *Harper's* veröffentlichen konnte, die zu seinem Debütroman führte, den sie über alles liebte, dann zum zweiten Buch, zu dem sie bemerkte: »Ich kann vollauf verstehen, was du damit sagen willst.« Das dritte Buch war ein Band von Erzählungen, für deren Lektüre sie ein Jahr brauchte, und jeden Abend im Bett sah er aus den Augenwinkeln, wie das Buch auf ihr Gesicht sank. »Es ist ja nicht so, dass es mir *nicht* gefällt«, sagte sie. »Ich bin einfach nur zu erledigt.« Da ihre Erschöpfung die Wohnung ermöglichte, konnte er sich nicht beklagen.

Das nächste Jahrzehnt plagte sich Danny mit *Babylon Lullaby* ab, seinem Roman-plus-Nachtschränkchen, ein Werk so tief empfunden wie keines zuvor. Dachte er abends vor dem Einschlafen an den Plot, entfalteten sich hinter geschlossenen Augenlidern ganze Passagen, und in den frühen Morgenstunden rollte er aus dem Bett, kritzelte rasch Notizen, passte die Namen der Figuren an, verbesserte seine Wortwahl. Jahrelang legte er sich auf diese Weise ins Zeug, gewann allem, was er sah, Szenen ab, jedem Glauben an die Menschheit – ein Roman, über den er, wenn gefragt, wie lange er daran geschrieben habe, großspurig antworten konnte: »Mein Leben lang.« *Babylon Lullaby* war sein Innerstes, seine Essenz, für die Nachwelt destilliert, und er tagträumte davon, dass seine Essenz ihm eine Lehrstelle einbringen würde. Als sein Agent die Auslandsrechte vermarktete, griff ein australischer Verleger zu und mailte ihm, *Babylon Lullaby* sei ›phänomenal‹, und er lud Danny zu einem zwei Jahre darauf stattfindenden Literaturfestival ein.

Seit jenen aufregenden Tagen hatte niemand mehr das Phänomenale an seinem Buch entdeckt. Der Tag der Veröffentlichung von *Babylon Lullaby* war auch nicht gerade förderlich: der 19. Januar 2017, ein Tag vor Donald Trumps Amtsantritt, eine Zeit, in der sich nur wenige für magisch-realistische Geschichtsromane interessierten, da magisch-realistische Geschichte live auf CNN stattfand. Der Roman wurde kaum besprochen – nicht in *The New York Times*, nicht in *The Guardian*, nur eine halbherzige Erwähnung im Branchenblatt *Kirkus*. Als sich die Juroren für die Literaturpreise trafen, hatten sie von diesem Roman noch nie gehört, und Danny kannte kein Jury-Mitglied persönlich, weshalb man sich Zeit für die unfassbar lange Leseliste sparte und *Babylon* ungeöffnet aussortierte. Es gab eine Zeit, in der er hoffte, die Bewunderung der Kritiker würde Zoey veranlassen, das Buch zu lesen, das ihm so viel bedeutete. Nun, wenigstens hatten sie jetzt Nachtschränkchen.

Ein Exemplar des gebundenen Buches zu essen wäre Danny gewiss auch nicht schwerer gefallen, als sich mit dem sang- und klanglosen Untergang von *Babylon Lullaby* abzufinden. Monatelang blies er Trübsal, dann schrieb er Nell eine Mail. Sie hatte den Job einer Literaturagentin mal mit den Worten »Ein Drittel Kontakte, ein Drittel Kontrakte, ein Drittel Therapie« beschrieben. Er brauchte das dritte Drittel, und sie schlug ein Mittagessen in einem Bistro in Midtown vor. Ihr Rat war simpel: Hör auf, ernsthafte Literatur zu schreiben; schreib für Geld. Es muss ja nicht für immer sein. Sieh Erfolg einfach als Notnagel an.

Ein solcher Rat – zu schreiben, was die Leser wollten – hätte ihn früher beleidigt, doch wuchs in ihm der Verdacht, dass der Name ›Daniel Levittan‹ es nie bis in die Riege der großen Autoren schaffen würde. Es verletzte ihn, dass er es nicht mal in die literarischen Kreise geschafft hatte, in denen er mit gleichgesinnten Durchschnittsautoren gemeinsame Sache hätte machen können. So aber tröpfelte sein Glück dahin, sammelte sich in Säcken unter seinen Augen und sprenkelte den Bart weiß – Folgen, die in der Ära, als er sich aufmachte, Ruhm zu suchen, gebieterisch gewirkt hätten, die ihn jetzt aber so gar nicht aussehen ließen, wie ein Schriftsteller auszusehen hatte. Gefangen im richtigen Körper zur falschen Zeit fand sein Selbstmitleid Ausdruck in einem übertriebenen Interesse für die korrekte Art, Kaffeebohnen zu mahlen, aber auch in einer Sehnsucht nach analoger Vergangenheit, die größtenteils Gegenwart blieb, wenn man nicht allzu träge war. Nur war er genau das: ein Mann mit einer Armbanduhr zum Aufziehen, der zum Handy griff, wenn er wissen wollte, wie spät es war.

Beim Mittagessen gingen Danny und seine Agentin mögliche profitable Plots durch: die britische Upper Class während des Zweiten Weltkrieges; tapfere Flüchtlingskinder; widernatürlicher Sex; auch Leuchttürme waren ziemlich angesagt und Sprachfehler. »Aber nur liebenswerte«, erklärte Nell. »Keine von der abartigen Sorte, falls ich das so sagen darf.« Zwischen Happen vom Balsamico-besprenkelten Wolfsbarsch skizzierten sie in dreißig Minuten Dannys Schema-F-Roman, den er in fünfmonatiger Trance schreiben sollte, ein Haufen dermaßen schauderhaften Hirnquarks, dass er fürchtete, damit Erfolg haben zu können. Er mailte Nell das Manuskript *Dame im Leuchtturmfenster*.

»LIEBE den Titel!«, kam postwendend ihre Antwort. Wochen später las sie den Roman und schwärmte hymnisch, brauchte aber Wochen, um ein Rundschreiben mit Leseprobe fertigzustellen – sie wollte die Sache groß aufziehen. Nur gab es da ein Problem: Craig, sein früherer Verleger, besaß das Vorkaufsrecht auf den nächsten Roman. Aber Craig sei ein Intellektueller, sagte Nell, und deshalb rechne sie nicht damit, dass er davon Gebrauch machen wollte. Falls doch, würde sie unter den Verlagen eine Bieterschlacht lostreten. Und wenn das Buch herauskam, würde sich Danny vielleicht ein bisschen schämen, aber er könnte dann immerhin vom Schreiben leben. »Danach dürfen Sie wieder schreiben, was Sie wollen«, erinnerte sie ihn.

Vor Schriftstellerkollegen äußerte sich Danny nur recht vage über sein laufendes Projekt. Mit Einzelheiten wollte er erst herausrücken, wenn er den großen Vorschuss eingesackt hatte. Unterdessen schickte Nell das Manuskript von *Dame im Leuchtturmfenster* zur Begutachtung an seinen ehemaligen Verleger, und Danny entdeckte im Kalender plötzlich diesen Termin: das Literaturfestival.

Allerdings war Danny als Autor ernsthafter Romane eingeladen worden, ein Image, das er in den letzten Monaten mit großer innerer Qual abzustreifen versucht hatte. Jetzt sollte er seine frühere Rolle also wieder aufnehmen. Zum Glück würde er dies weit fort von jeglicher Realität tun, in Australien. Bloß weiß er nicht so recht, wie es ihm damit geht, und um sich abzulenken, checkt er sein Handy, packt unsinnig früh und tigert in der Wohnung auf und ab. »Ich glaub, ich mach mich besser auf den Weg zum Flughafen.«

»Ist dein Flug nicht erst morgen?«

»Ich habe beschlossen, zu Fuß hinzugehen.« Er schultert seinen Reiserucksack.

»Nach Australien?«

»Zum JFK. Um den Kopf freizukriegen.«

Eine lange Wanderung sollte den Künstler in ihm wiederbeleben. Mittelmäßige Autoren fahren Auto, literarische Größen gehen zu Fuß. (Warum, fragte er sich, müssen berühmte Autoren immer mit ihren Wanderungen angeben? Kommen ihnen nur in Wanderschuhen gute Ideen? Oder liegt es schlicht daran, dass erfolgreiche Romanciers auf dem Land leben?)

Seine eigene Wanderung – durch Bed-Stuy, Cypress Hills, Woodhaven und Jamaica – führt durch alles andere als pastorale Auen, zwei Stunden Beton, vorbei an Ampeln und schmutzigen Lieferwagen. Wenn er nicht die Route auf dem Handy checkt, denkt er an Autoren, die er um ihre Karriere beneidet, und fragt sich, ob sie zu den Wanderern gehören.

David Foster Wallace schien ihm eher stundenlang übers Wandern nachzudenken, als tatsächlich loszulaufen. Zadie Smith würde vermutlich aus einem Fenster in Manhattan hinabschauen und in freier Assoziation über die Schrulligkeit der Passanten sinnieren. Ging Kafka wandern? Oder lief er nur auf und ab? Virginia Woolf gehörte definitiv zu den Wanderern: Im funzeligen Licht seiner College-Erinnerung stiefelt sie durch London und entdeckt einen Zwerg. Am Ende geht sie dann direkt ins Wasser, Steine in den Taschen.

Danny hat seine vor Kälte tauben Hände in die Taschen gestopft. In Queens sind die Schneewehen noch nicht geschmolzen. Er hat sich verlaufen, dreht sich im Kreis. Ein Streifenwagen hupt und hält an, der Beamte fragt, ob alles in Ordnung sei. Danny – mit der runden Metallrahmenbrille eines viktorianischen Botanikers, buschigem Bart, stockfleckigem Dreiteiler und neonfarbenem Rucksack – brabbelt irgendetwas von urbanem Wandern. Wiederholt reden ihn die Cops mit ›Sir‹ an, was als Beleidigung gemeint ist. Als sie gehen, murmelt einer der beiden, »Verdammtes Arschloch«, und Danny ist schockiert. Benimmt er sich wie ein verdammtes Arschloch? Ist er im Grunde genau das?

Er erreicht die Ausläufer vom Flughafen JFK, die trübseligen Hotels, den Anti-Terror-Zaun. Ein Autor auf der Suche nach dem Eingang; irgendwann findet er das Terminal, sucht sich einen Platz, macht es sich bequem und beginnt zu lesen. Er hat sich *Die Brüder Karamasow* gekauft und will das Buch auf seiner 34 Stunden und 45 Minuten währenden Reise nach Australien von der ersten bis zur letzten Seite lesen. Es ist ein stattlicher Band; er schlägt ihn auf und räuspert sich, als wollte er den versammelten Passagieren die Familiengeschichte von Fjodor Pawlowitsch Karamasow vorlesen.

Bewegung und Stimmen dieser Passagiere aber sind wie

eine Hand, die den Buchdeckel wieder zuklappt: Er hebt den Kopf, muss sehen, woher sie kommen. Die Antwort lautet: von überall – reizbare Menschen, gefangen zwischen Gepäckaufgabe und Abflug, ebenso bereit für die Warnung »Alle auf den Boden!« wie für den Aufruf ihres Namens in einem Starbucks – die Kosten-Nutzen-Effizienz eines amerikanischen Flughafens. New York aber ist nicht gleich Amerika, wie beide Parteien nur zu gern bestätigen. Danny pickt sich einige Glücksritter aus dem Trump-Country heraus: ein Typ mit einem T-Shirt, auf dem eine halbautomatische AR-15 prangt; eine Frau, aus deren hinterer Hosentasche ein Konföderiertentaschentuch hängt.

Er wendet sich wieder den Brüdern Karamasow zu, Seite 3, schaut auf sein Handy, wirft einen Blick auf den Monitor mit den Abflugzeiten. Zoey hatte recht: blödsinnig früh. Er muss noch Stunden totschlagen und nimmt die Hilfe von Snacks und Internet in Anspruch. Am nächsten Morgen ist er auf Seite 5 und vertilgt zum Frühstück müde ein Burrito, als sein Flug angezeigt wird. Endlich; er kann einchecken.

»Ihr Pass, bitte.«

»Moment mal. Was?«

Plötzlich rasen die Zeiger der Uhr, er sprintet zum Taxistand, ruft Zoey auf der Arbeit an, sagt ihr, was für ein *Idiot* er sei. Es folgt ein überraschend warmherziges Gespräch; sie erklärt, wo im Schlafzimmer sich sein Pass befindet, recherchiert, dass er den Flug noch schaffen kann, ermahnt ihn, sich nicht zu sehr unter Stress zu setzen. Er wird schon rechtzeitig ankommen. Die Leute vom Festival werden sich rührend um ihn kümmern, seine australischen Fans begeistert sein. »Und der Umgang mit Büchermenschen wird dich daran erinnern, warum du das Ganze überhaupt auf dich nimmst.«

»Hab dich lieb«, sagt er und listet gedanklich auf, wie viel er Zoey verdankt, wie sehr sie eine Familie wollte, wie oft seine Launen sie ausgebremst haben, wie sehr er das Beste für sie im Leben will. Er beschließt, dass er, wenn er in neun Tagen zurückkommt, sich eine eigene Wohnung suchen wird.

FADE-OUT.

ENDE DER ERSTEN EPISODE

›ZWEITE EPISODE‹

FADE-IN:

DRINNEN: HOTELZIMMER IN AUSTRALIEN —
ABENDS

Jetlag, der Wecker zeigt 8:17 an. Er öffnet
den Vorhang, die Sonne steht niedrig über
dem Horizont. Er wählt die Nummer der Rezeption.

                    DANNY
                 (am Telefon)
      Hallo. Von wann bis wann ist Frühstück?

                  REZEPTION
      Frühstück ist ab 6 Uhr.

                    DANNY
      Bis wann?

                  REZEPTION
      Sie meinen morgen?

                    DANNY
      Nein, heute. Jetzt.

                  REZEPTION
      Ähm, tut mir leid, Sir, Frühstück wird
      bei uns nur morgens serviert.

DANNY KONSULTIERT ERNEUT das Fenster, macht den Morgen zum Abend. Er spritzt sich Wasser ins Gesicht. So warm hier. Im Winter ist er losgeflogen und im Sommer angekommen, der Koffer voll mit dreiteiligen Anzügen, Cordhosen, Wollsocken.

Er überfliegt seinen Festivalablaufplan: Das erste Event ist morgen, 9 Uhr abends, eine Lesung in einem Buchladen. Er blickt prüfend auf sein Handy, findet eine Mail von seiner australischen Presseagentin Nousha vor, die ihm für den heutigen Abend Glück wünscht.

Heute Abend? Er prüft das Datum auf seinem Handy. In vierzig Minuten soll er auf der Bühne sitzen.

Danny sprintet zum Lift, ungeduscht, voller Panik, springt in ein vor dem Hotel wartendes Taxi, kämpft sich vor Broken Shelf wieder nach draußen, stößt sich das Schienbein an einem Aufsteller auf dem Bürgersteig: *Lesung! Heute Abend! Mit Daniel Levittan, Autor von* BABYLON LULLABY/ *Kommt alle – jeder Einzelne ist herzlich willkommen*!

Alle konnten nicht kommen. Nicht mal ein Einzelner. Von innen sicht Broken Shelf wie eine Scheune mit einer kleinen Bibliothek aus, fünfzig leere Stühle vor einem Stehpult, niemand da, nur die Kassiererin.

»Hey!«, sagt er und geht auf sie zu. »Ich bin Daniel Levittan?«

»Sie scheinen sich da nicht ganz so sicher zu sein. Moment, ich rufe die Veranstalterin. Ronda!«

Verlegenes Warten.

»Veranstalten Sie hier viele Lesungen?«

»Ronda kommt gleich. Deins hab ich noch nicht gelesen.«

»So viele tolle Bücher, die man lesen sollte, nicht?«

Sie wählt eine interne Nummer und flüstert hörbar laut: »Ist nicht mein Job, hier den Babysitter zu spielen, okay?«

Augenblicke später trifft Ronda ein, um die zwanzig, mit

grau gefärbtem Haar, rosafarbener Cateye-Brille und in einem bodenlangen Kleid mit Harry-Potter-Blitzen. »Geben wir Ihren Zuhörern noch ein bisschen Zeit, in Ruhe anzukommen.«

»Klingt nach einem guten Plan!«, erwidert Danny und verbirgt seine Enttäuschung hinter stummen Ausrufezeichen.

»Wann sind Sie angekommen?«

»Heute Morgen erst.«

»Zu früh für einen kleinen Ankurbler?«

»Wie bitte? Für was?«

Sie deutet auf ein Tablett mit fünfzig Gläsern Rotwein. »Bedienen Sie sich.«

Ein Paar betritt den Laden, eine klapprige Dame, die ihren prähistorischen Mann stützt. Ronda eilt auf sie zu, zeigt auf die gestapelten Exemplare von *Babylon Lullaby*, dann auf Danny, der sich strafft, als nähme er an einer polizeilichen Gegenüberstellung teil. Das ältliche Paar schlurft näher heran, mustert ihn, die zittrige Frau nimmt sich ein Buch, betrachtet beide Seiten des Einbands mit Interesse und klemmt es sich unter den Arm. Sie nehmen direkt vor dem Pult Platz.

»Meine australische Fangemeinde in voller Stärke!«

»In dieser Stadt treffen die Leute gern zu spät ein. Die anderen kommen sicher bald.«

Bald kommt, die anderen nicht.

Danny – Halt suchend (obwohl er längst jeden Halt verloren hat) – greift nach seinem Handy und prüft, ob er neue Mails hat. Er findet eine von Nell, die ihm schreibt, sie habe seinem früheren Herausgeber bei PRH mitgeteilt, ihr Klient würde für seinen trashigen Bestseller vermutlich ein stärker kommerziell orientiertes Verlagshaus bevorzugen. Eine Winwin-Situation. Falls Craig *Dame im Leuchtturmfenster* doch haben will, wird er für ein Pre-empt ordentlich Geld hinblättern müssen. Und wenn nicht, will Nell sich möglichst breit aufstellen und ihre Verlegerfreunde zu einer Auktion bitten. »Das könnte richtig abgehen!«, schreibt sie. »Lassen Sie Ihr Handy unbedingt auf LAUT!«

Ronda fragt, ob sie beginnen können. Er gibt vor, sein Handy auf stumm zu stellen, und steckt es wieder ein, ganz begeistert von Nells Plan. Ja, stimmt schon, es ist das Ende seiner Hoffnungen auf eine Karriere als anspruchsvoller Schriftsteller, aber die Aussicht auf das Geld eines weniger anspruchsvollen Autors und – vor allem – auf den Erfolg macht ihn high. Hätte er doch nur früher gewusst, wie angenehm Korruption sein kann. Ein weiterer Vorteil besteht darin, dass ihn heute Abend nichts mehr treffen und er dieser absurden Situation sogar eine komische Seite abgewinnen kann: der Gang zum Galgen, ein gebundenes Exemplar seiner letzten zehn Jahre auf dem Stehpult. Ronda hinter Reihen leerer Stühle, die ihm ihren gereckten Daumen hinhält. Danny – overdressed im Wollanzug – wird rot und grinst vor sich hin.

Aber er muss die ihm zugedachte Rolle spielen, also faltet er den Text mit den vorbereiteten Bemerkungen auf und streicht mit verschwitzter Hand das Blatt glatt. »Wie schön, bei Ihnen in Australien zu sein!«, liest er. »Und wie wunderbar, dass Sie so zahlreich der Einladung gefolgt sind.« Er schnaubt, fast ein wenig hysterisch, und setzt für das ältere Paar hinzu: »Freut mich, dass Sie noch einen Platz ergattern konnten!« Ein wenig gönnerhaft reckt Ronda erneut ihren Daumen, während sich die Kassiererin unüberhörbar auf ihrem Handy Clips auf YouTube ansieht – es klingt, als würden Skater sich absichtlich verletzen; alle paar Sekunden fährt ihre Hand erschrocken an den Mund.

Danny erklärt der versammelten Ansammlung von zwei Leuten plus einer Angestellten des Hauses, welche künstlerischen Absichten er mit *Babylon Lullaby* verfolgt und dass eine Version der Anfangsszene – die Spinne im Kinderwagen – tatsächlich passiert ist (was nicht stimmt, aber mittlerweile ist er selbst fast davon überzeugt). Und nun, warnt er sein Publikum, werde er ihnen die ersten Seiten seines Romans vorlesen. Er räuspert sich, wischt sich über die Stirn. Jetlag-Schweiß? Hör auf, so nervös zu sein. Lies einfach, was da steht.

Laut ausgesprochen scheinen die Worte nahtlos ineinanderzukrachen. Danny spricht, hört sich zugleich aber diesen linguistischen Auffahrunfall an und stellt fest, dass der Autor offenbar nicht besonders gut schreiben kann. Also improvisiert er, lektoriert den Text beim Vorlesen, eine katastrophale Entscheidung, da Zeilen abrupt enden und ihn zwingen, zurückzugehen und zu erklären. Er räuspert sich immer wieder, gestikuliert zu Ronda hinüber, er hätte gern ein Glas Wasser, nippt daran und krächzt: »Meinen Dank an Sie alle für Ihre Geduld.« Ronda missversteht dies als das Ende seiner Lesung und klatscht; die Kassiererin blickt von ihrem Handy auf und schließt sich an, woraufhin auch das alte Paar in der ersten Reihe einstimmt; ein Haut klatschendes Quartett, das langsam verebbt.

»Denken Sie«, fragt Ronda, »wir haben noch Zeit für Publikumsfragen?«

Eine Kundin kommt herein, eilt zu Ronda, fragt, wo die Reisebücher stehen, laut geflüsterte Entschuldigungen.

»Falls niemand eine Frage stellen möchte«, sagt Ronda, »dann mache ich den Anfang. Daniel Levittan – wie sieht der Arbeitsalltag eines Schriftstellers aus?«

Der Arbeitsalltag eines großen Künstlers mochte durchaus interessant sein. Den Arbeitsalltag eines Versagers zu beschreiben aber hieße, das Privatleben eines Schwachkopfs in

Worte zu fassen. Also bedient er die Erwartungen mit einer gefälschten Version und übergeht stillschweigend seine den Sportberichten und dem Betrachten von Wasserschweinaufnahmen gewidmeten Morgenstunden. Da keine weiteren Fragen gestellt werden, wollen die ältere Dame und ihr prähistorischer Mann sich erheben. Danny verlässt das Pult, um ihnen zu helfen. Sie danken ihm und schlurfen zum Signiertisch mit den Stapeln seines Romans und drei schwarzen Filzstiften.

Er setzt sich, nimmt das Exemplar der Dame entgegen, die trüben Augen ihres Mannes blicken in verschiedene Richtungen, keines zu Danny. Sie ist hocherfreut, als der Autor nach ihrem Namen fragt, und erzählt, wie gut sie Südafrika kennt (sie scheint anzunehmen, dass er von dort kommt) und dass ihr der Teil über den Arzt besonders gut gefallen habe, da sie selbst viele Jahrzehnte im medizinischen Bereich tätig gewesen sei, im Büro ihres Mannes, eines Podologen.

»Füße!«, sagt Danny. »Sie haben bestimmt tolle Geschichten zu erzählen!«

Während er ihr Exemplar signiert, staunt er für einen Moment darüber, dass die 867 Seiten unter diesem Stift von ihm sind – vertane Zeit vielleicht, in seinem Leben aber bedeutungsvoll, ein Roman, beendet an einem Tag, an dem er von Hand korrigierte Druckfahnen in die Luft geschleudert hat, sodass sie auf ihn herabregneten, wovon Zoey Fotos machte, und als er sich dann setzte, hat sie ihn geküsst. Danny betrachtet das dick aufgetragene Make-up der älteren Dame, und ihn überkommt eine Woge der Zuneigung für diese Fremde, die lesen will, was er geschrieben hat. Seine Anstrengungen waren nicht vergebens, selbst wenn dieses Buch nur für sie war. Und falls sein neuer Roman ein Erfolg wird, entdecken seine Leser im Nachhinein vielleicht auch *Babylon Lullaby*. Es ist noch nicht vorbei. Er reicht Edith das mit freundlichen Worten signierte Buch.

»Ach, das ist schon okay«, sagt sie, ehe sie es ihm zurückgibt. »Aber ein wunderbarer Vortrag!« Sie führt ihren Mann in Richtung Ausgang, hält nur kurz inne, um die Weingläser zurückzubringen.

Ronda kommt zu Danny, legt die Hände zusammen und deutet eine Entschuldigung an. »Falls es ein Trost ist: *Ich* fand Sie toll!«

»Gut, jedes bisschen Zuwendung hilft«, antwortet er. »Wäre es übrigens hilfreich, wenn ich einige der übrig gebliebenen Exemplare signiere? Ich weiß, dass sich signierte Bücher besser verkaufen.«

»Wissen Sie, die Verlage bei uns sind da ein bisschen eigen. Sie nehmen keine Bücher zurück, die signiert sind. Also sollten wir sie vielleicht lieber so lassen, wie sie sind, meinen Sie nicht? Nur für den Fall, dass sie sich nicht verkaufen?« Sie sammelt sie so schnell ein, als fürchtete sie, Danny könnte die Bücher gegen ihren Willen signieren. Ronda kommt mit meinem Kreditkartenlesegerät zurück und tippt 29,95 $ ein.

»Wofür das?«, fragt er.

Sie tippt auf das letzte, auf dem Signiertisch verbliebene Exemplar von *Babylon Lullaby*.

»Was jetzt? Für das Buch, das ich signiert habe?«

»So können wir es nicht zurückgeben …«

Die Kassiererin ruft quer durch den Laden: »Nicht den vollen Preis, Ronda.«

»Ich kann Ihnen den Mitarbeiterrabatt einräumen?«, fragt Ronda und ruft zur Kassiererin zurück: »Junioren- oder Seniorrabatt?«

»Zehn Prozent.«

»Junior also.«

Im Taxi zum Hotel ist Danny bereit, seinen Vormittag zu beginnen, bedauerlicherweise, da es auf zehn Uhr abends zugeht. Er betritt die Lobby und stellt fest, dass die Willkommensparty des Festivals bereits in vollem Gang ist, ein Geplapper von Autoren, die sich alle extrovertiert geben. Eine junge Frau – rasierter Kopf, lange Nase, dunkelroter Lippenstift – hält ein Exemplar von *Babylon Lullaby* in der Hand. Bestimmt Nousha, die Presseagentin seines australischen Verlags. Sie geben sich die Hand, und Nousha dankt ihm dafür, den weiten Weg nach Oz gekommen zu sein. »Wie war Ihre Lesung heute Abend, was meinen Sie?«

»Ziemlich gut! Nicht das größte Publikum, aber auch nicht das kleinste.«

»Ich habe gerade mit Ronda telefoniert.«

»Wie gesagt, keine riesige Menge, dafür aber waren die Leute begeistert.«

»Erst einmal muss man eine kritische Masse aufbauen.«

»Stimmt, der kritischen Masse war ich heute Abend ziemlich nahe«, witzelt er, nicht halb so verärgert, wie er es noch vor Monaten gewesen wäre. Die lausige Lesung hat ihn nur ermahnt: Verabschiede dich von deinem früheren Ich.

Nousha listet seine Termine in den kommenden Tagen auf, darunter eine von ihm zu unterrichtende Schreibwerkstatt; sein großer Bühnenauftritt, bei dem er von einem Fernsehjournalisten interviewt wird; einige noch zu vereinbarende Presseinterviews sowie ein privates Abendessen mit Gavril Osic.

Als er den letzten Punkt hört, tritt Danny verblüfft einen Schritt zurück. Die frühen Romane von Gavril Osic gehören seiner Meinung nach zu *den* größten Werken der Nachkriegsliteratur – perfekt konstruiert, unvergänglich. Osic ist für Danny aber nicht nur wegen seiner Bücher ein Held, sondern auch, weil er dem Despoten trotzt, der sein Land regiert. Danny wusste, dass Osic neuerdings in Australien im Exil lebt, aber niemand hat ihm gesagt, dass er sein literarisches Idol kennenlernen wird. Nousha erklärt, Osic lade jedes Jahr eine Gruppe ausgewählter Schriftsteller zu sich zum Essen ein. Die Liste wird von den Verlagen erstellt, die namhafte Autoren vorschlagen. Sie hatte Dannys Namen genannt.

Mit überschwänglichem Dank lädt er sie an die Bar ein, um mit ihr zu feiern. Zwei Proseccos und ein Geständnis folgen – vielleicht aus Müdigkeit, vielleicht auch wegen des manisch-depressiven Abends. »Wissen Sie was, Nousha? Ich glaube, diese Reise wird mein Abschied vom literarischen Leben sein.«

»Sagen Sie so etwas nicht«, erwidert sie. »Sie haben einen wunderbaren Roman verfasst, Daniel. Allein *darauf* kommt es an.«

Sie dürfte kaum älter als vierundzwanzig sein, spricht aber mit so ungeheurem Selbstvertrauen, als ginge es um Kunst und nicht um Ruhm – ein Ideal, dem er als Amateur diente, das er aber als Professioneller aufgab. »Laut BookScan hat *Babylon* insgesamt siebenundfünfzig Exemplare verkauft«, erzählt er. »Das ist wohl kaum zu unterbieten. So oft wurde es jedenfalls auf Amazon versehentlich bestellt.«

»Ich wette, es hat auch Leute gegeben, die es mit Absicht bestellt haben.«

Er lacht, und sie lächelt zurück, ihre schwarzen Augen sehen ihn so direkt an, als wüssten sie etwas über ihn, das niemand sonst weiß, doch als sei Nousha so höflich, ihre Gedanken für sich zu behalten, damit sich andere als Experten ausgeben können.

FADE-OUT.

ENDE DER ZWEITEN EPISODE

```
FADE-IN:

DRINNEN: HOTEL, SPEISESAAL — MORGENS
DANNY fühlt sich noch ein bisschen benebelt
nach zu viel Alkohol und zu wenig Schlaf in
der Nacht zuvor. Er treibt sich beim Früh-
stücksbuffet herum, irritiert vom Lärm an
den Tischen, der ihm viel lauter vorkommt,
als es am Morgen zulässig sein sollte.
```

WOHER KENNEN SICH nur all diese Autoren?

Sie müssen sich gestern Abend auf der Willkommensparty gefunden und gleich Freundesgruppen gebildet haben. Die unterschiedliche Mode – übergroße Herzchensonnenbrille neben grauem Anzug neben gepiercter Zunge – deutet auf eher frische Bekanntschaft hin, das Geschrei darauf, dass sie noch nie Menschen begegnet sind, die sie so sehr lieben wie diese.

Sie schließen Wetten darüber ab, ob Trump schlimmer ist als Bolsonaro und der schlimmer als Boris, woraufhin sie mit falscher Bescheidenheit über ihre Festivaltermine reden und letztlich Zitate der bewunderten Werke obskurer Autoren aus armen Ländern vorbringen. Ein älterer philippinischer Hilfskellner runzelt die Stirn – dort, wo Keksplatte auf Kaffeestation trifft, haben sie ein gottloses Chaos hinterlassen. Danny hebt einen Stahldeckel an: schweinefleischiger Dampf steigt über schlammbraunen Würstchen auf.

Er nimmt an einem Einzeltisch Platz, nippt aus dem weltweit winzigsten Glas Orangensaft und hört Gespräche mit, ohne es zu wollen.

»Vier Jahre seit Jaipur? Ich bin ja so verflucht alt!«

»Warte, habe ich dich nicht in Cartagena gesehen?«

»Oh, stimmt ja.«

»Ich sag's ja nur ungern, aber so gern ich euch auch habe, ich muss euch jetzt verlassen. Bin in einer halben Stunde bei ABC.«

»Radio oder Fernsehen?«

»Mein Gott – Radio, hoffe ich, so dermaßen beschissen, wie ich aussehe.«

»Unsinn, Babes, du siehst absolut zum Anbeißen aus.«

»Hotelbar? Heute Abend?«

»Ich bin der mit der Flasche in der Hand.«

»Küsse in die Runde! Und allen viel Glück heute!«

Danny sitzt in seinem Hotelzimmer, leidet an Verstopfung und ruft immer wieder seine Mails auf. Er wartet auf die entscheidende Nachricht von Nell. Was würde Gavril Osic von der krassen Literaturszene hier halten? Dannys Aufmerksamkeit wandert zu dem Dutzend neuer Romane im Festivalstoffbeutel – um die Teilnehmer miteinander bekannt zu machen, wird jedem traditionell eine Auswahl der Werke der eingeladenen Autoren geschenkt. Danny leert die Tüte in den Abfalleimer im Bad und fühlt sich gereinigt.

In der Hotellobby tratschen drei Schriftsteller in Dannys Alter: ein parfümierter, glatzköpfiger Schotte im Pullunder; eine aufgedrehte Dramatikerin im Schmetterlingskleid aus dem ländlichen Neufundland und eine turmhohe ehemalige WNBA-Spielerin, die zum Schreiben von Kurzgeschichten wechselte. Schon als Danny die Zimmertür hinter sich zuzieht, bemerken sie sein Festivalband.

»Und *Sie* sind …?«, fragt der glatzköpfige Schotte und reißt die Augen auf, als Danny den Titel seines Buches nennt. »Oh, davon habe ich gehört!«, lügt er. »Es soll sich supergut verkaufen, heißt es.«

Danny hält es keinesfalls für unter seiner Würde, sich einzuschleimen oder selbst zu verleugnen, lässt sich vielmehr bereitwillig auf beides ein. Stimmt, er ist eine talentlose Hure, der mehr an der eigenen Größe als an der anderer Leute liegt. Jetzt aber befindet er sich in genau jener Situation, die er Zoey zufolge suchen soll. Vernetzt sein, darum ginge es in der Kunst, behauptet sie. Also merkt er sich die Namen der anderen, täuscht Vertrautheit mit ihrem Werk vor, erkundigt sich nach ihren Veranstaltungen und lauscht mit stirnfaltiger Besorgtheit, wenn sie mit nervösem Schauder von ihrem Lampenfieber erzählen.

»Ich bin auf der Bühne *so* schlecht«, behauptet die neuseeländische Dramatikerin, »mir fällt einfach nichts ein, was ich sagen könnte.«

»Sie machen das bestimmt ganz *großartig!*«

»Fertig«, murmelt das Zimmermädchen, verlässt Dannys Zimmer und trägt den Abfall in einer durchsichtigen Tüte nach draußen.

»Hey! Hey!«, ruft der glatzköpfige Schotte. »In der Tüte da, das ist mein Buch!«

Die ehemalige WNBA-Spielerin entdeckt ebenfalls ihr Buch in der Tüte. »Haben Sie die weggeworfen?«

Danny richtet sich an das Zimmermädchen. »Aber die sollten doch in meinem Zimmer bleiben!«

Der Schotte genießt die Szene und kräht: »Er findet, unsere Bücher sind Müll!«

Die drei Autoren fischen ihre Bücher aus der Abfalltüte, wischen Schokoladenpapier beiseite und die Schnapsfläschchen, die Danny nachts ausgetrunken hat.

»Ich habe die Bücher *neben* den Abfalleimer gelegt, nicht reingeworfen.«

»Sir«, beharrt das Zimmermädchen. »Das hier war *im* Eimer.«

»Verstehe ich nicht. Aber, Leute, ich hätte die Bücher wirklich gern zurück. Ich habe sie ungefähr bis zur Hälfte gelesen – und das mit dem größten Vergnügen.«

Danny verabschiedet sich von seinen neuen Freundfeinden, schleppt ein Dutzend verschmierter Bücher zurück auf sein Zimmer und wirft sich aufs Kingsize-Bett. Die Bücher purzeln zu Boden, wo er sie liegen lässt. Ein Blick auf den Wecker verrät ihm, dass er jetzt nach unten gehen sollte, wenn er den Bus zum Festivalgelände noch erwischen will. Die drei fahren bestimmt auch mit, also wird er den nächsten nehmen. Er streckt sich lang aus, und eine Welle der Erschöpfung überkommt ihn. Er kann nicht wach bleiben. Muss. Er setzt sich auf.

Um nicht einzuschlafen, checkt er immer wieder seine Mails und findet schließlich vielversprechende Neuigkeiten. Craig, sein Verleger bei PRH, dem Verlag für anspruchsvolle Literatur, hat in seinem neuen Programm keinen Platz für einen Bestseller – aber das Buch hat ihm gefallen und er sagt ihm großen Erfolg voraus. Jetzt ist das Feld eröffnet: Nell kann nun offiziell die Werbetrommel rühren, und drei große kommerzielle Imprints haben bereits Interesse bekundet, neun dürften noch hinzukommen.

Zoey hat auch geschrieben. Wegen der Betreffzeile: Was zur Hölle!? zögert er, ihre Mail zu öffnen.

Sie vermisse ihn, schreibt sie, deshalb habe sie sich den Ausdruck von *Dame am Leuchtturmfenster* auf seinem Schreibtisch angesehen. Eigentlich wollte sie nur den Anfang lesen – konnte aber nicht mehr aufhören. »Heilige Scheiße, Babe. Das ist das Beste, was du in JAHREN geschrieben hast.«

Er schreit vor Freude, springt auf und karatekickt sich durchs Zimmer.

Die drei aus der Lobby sind mit dem früheren Bus gefahren, also kann er gefahrlos den nächsten nehmen, den er gleich nach Marlin Bratt betritt, einem quirligen englischen Historiker, der Dokumentarfilme für die BBC moderiert und gern in roten Shorts und offenem Safarihemd über den Parthenon stapft. Für jene, die schon im Bus sitzen, erzählt Marlin, wie es dazu kam, dass er eingeladen wurde, und er erzählt so ironisch wie vor einem Fernsehpublikum. Die bereits sitzenden Schriftsteller lachen pflichtschuldig. Danny ist der Letzte, der zusteigt und nickt mit aufgesetztem Lächeln Marlin zu, der zwei Plätze für sich beansprucht. Der Mann streckt eine Hand aus und schnappt sich Dannys Exemplar von *Babylon Lullaby*. »Sie haben das hier geschrieben? Gut gemacht«, sagt Marlin, schlägt es auf und wirft einen Blick auf das Autorenfoto. »Mann, wollen Sie uns auf den Arm nehmen? Das sollen *Sie* sein?«

»Ich war's mal.«

»Ohne Ihnen zu nahe treten zu wollen«, sagt Marlin, »aber dieses Foto hier lässt Sie ein bisschen wie einen Geistesgestörten aussehen.«

»Ist vor längerer Zeit gemacht worden.«

»Wie einen geistesgestörten Sexualverbrecher.«

Während der Bus sich in den Verkehr einfädelt, nimmt Danny das Buch wieder an sich und lässt sich auf einen der Sitze fallen, einige Reihen weiter hinten, aber nicht zu weit weg, da es nicht aussehen soll, als würde er schmollen. Schließlich erreichen sie den Campus der Universität, wo die Festivalleiterin sie erwartet und alle begrüßt, allerdings nur Marlin mit einem Wangenküsschen, um ihn dann gleich zu entführen, da er seine Schreibwerkstatt zu unterrichten hat. Studentische Freiwillige an Klapptischen kümmern sich um die übrigen Schriftsteller und bringen sie zu ihren jeweiligen Kursen.

Danny ist der Letzte; er nennt seinen Namen und den Titel seiner Schreibwerkstatt: »Freaks und Geeks: Wie man literarische Figuren nach eigenem Vorbild schafft.« Sie prüfen die Liste, können den Kurs aber nicht finden. Danny zückt zum Beweis seinen Ablaufplan, aber die studentischen Freiwilligen verziehen nur bekümmert ihr Gesicht. Er verlangt, mit einem ihrer Vorgesetzten zu sprechen, und aus einem Zelt, Grüner Salon genannt, dem Aufenthaltsbereich für die Mitwirkenden, taucht schließlich die entsprechende Person auf und findet heraus, dass Daniel Levittans Workshop wegen mangelnder Teilnahme abgesagt wurde. »So was kommt leider schon mal vor.«

»Wäre nett gewesen, wenn Sie den Leiter des Workshops informiert hätten.«

»Haben wir doch.«

Danny behauptet das Gegenteil und erklärt sich in der Frage dessen, was er weiß oder nicht weiß, zur alleinigen Autorität.

»Tja«, sagt der leitende Festivalangestellte, »wenn Sie das so sehen …«

Ihm bleiben zwei Stunden bis zum Interview auf der Bühne, also vertreibt er sich die Zeit im Grünen Salon, diesem riesigen Zelt mit Bagels, Karottenstiften und Tafelwasser. Andere Autoren kommen und gehen, noch aufgeputscht von der in ihren Workshops erhaltenen Anerkennung, schwatzen gedrechselt und wünschen einander Glück für die kommenden Veranstaltungen. Distanziert schaut Danny ihnen zu, fast, als verfolge er ein Theaterstück, in dem alle eine Rolle spielen, ihren Text beherrschen, und er selbst sich auch auf der Bühne befindet, obwohl alle übrigen Schauspieler sich fragen, ob er überhaupt dazugehört. Danny wollte in seinem Workshop ausführen, dass fiktionale Figuren den Konflikt brauchen und darauf mit Verwandlung reagieren. Das aber, denkt er, deckt sich nicht mit der Realität. Im wahren Leben sehen sich die Menschen Konflikten ausgesetzt, reagieren darauf jedoch nicht mit Verwandlung, sondern mit Wiederholung. Nach und nach wird man so, was man ist. Nämlich hungrig.

Er greift nach einem Bagel, obwohl er sich vom Frühstück noch wie aufgebläht fühlt und sein Verdauungstrakt weiterhin New York verhaftet bleibt. Er spaziert über den Campus und setzt sich auf eine Bank, besänftigt vom exotischen Gezwitscher aus dem Geäst über ihm. Seit dem College hat Danny sich in der eigenen Wahrnehmung nicht sonderlich verändert – nur, wenn er Studenten begegnet, die er schockierend jung findet. Noch sind sie nicht in jedermanns Zukunft gestolpert. Am liebsten würde er sie warnen.

Ein Pfau schreitet über den Rasen. »Wie heißt denn *dein* Buch?«, fragt Danny.

Das Tier dreht sich um, stolziert näher heran.

»Und deine Agentin? Ach, ja, *die* ist großartig. Von der habe ich auf jeden Fall schon gehört.«

Der Pfau kommt näher. Plötzlich fühlt sich Danny bedroht, rückt ans andere Ende der Bank und hebt schützend seinen Snack.

Der Vogel holt mit dem Schnabel aus, will jeden Moment picken. Danny fuchtelt wild herum und schaut sich um, weil er fürchtet, gesehen zu werden, wie er einen Kampf mit einem Pfau verliert. Ist der Pfau eine geschützte Spezies? Jedenfalls will der Pisser seinen Bagel. Danny springt auf, verzichtet auf sein Essen, hastet zurück zum Grünen Salon und winkt Nousha zu, die ihn dort erwartet. »Wie gut, dass Sie hier sind«, sagt er. »Ich wurde gerade von einem Pfau angegriffen.«

»Grundlos?«

»Wir hatten einen politischen Disput.«

Sie hat eine Lücke in ihrem Terminkalender, also gehen sie spazieren. »Was«, fragt er, »war Ihre schlimmste Publicity-Erfahrung?«

»Sie wollen sichergehen, dass Sie es nicht sind?«

»Ganz genau.«

Sie erinnert sich an einen amerikanischen Pazifisten, einen Sänger der 1960er-Jahre, der ein Woodstock-dann-Drogen-dann-Entziehungskur-Memoir geschrieben hatte, mit einem orangefarbenen, die Glatze verdeckenden Stirntuch nach Australien reiste und riesige Werbeveranstaltungen machte, unter anderem in einer Kathedrale. Er bestand jedoch darauf, dass die bunten Bleiglasfenster abgehängt wurden, weshalb man mehrere Stockwerke hohe Gerüste errichten musste. In der Anforderungsliste stand zudem, ihm müsse ein Bügelbrett zur Verfügung gestellt werden. Als Nousha das Gewünschte anschleppte, schimpfte er, warum sie da mit einem verdammten Bügelbrett herumstünde, wo er doch Zahnpasta brauchte. Pflichtbewusst eilte sie durchs lange Kirchenschiff zurück, um Zahnpasta zu besorgen. Gerade als sie den Ausgang der Kathedrale erreicht hatte, blaffte der Sänger, sie solle zurückkommen. Also sprintete sie zurück: »Ist es denn wirklich so gottverdammt schwer, ein bisschen *Zahnpasta* aufzutreiben?«, fragte er. »Echt jetzt?«

Noushas Eltern waren nach Australien ausgewandert, ihre Mutter eine Lehrerin aus Bosnien, der Vater ein Ingenieur aus dem Iran. Sie hatten sich in Melbourne niedergelassen, wo Nousha noch heute wohnt, jetzt in einem kleinen Haus, in dem sie mit ihrem Freund lebt, einem Keramiker, und im Hinterhof Hühner hält.

Sie arbeitet nicht nur als Presseagentin für den Verlag, sie schreibt auch Gedichte. Dany drückt seine Bewunderung für diese Kunstform aus, erwähnt Wordsworth – der einzige Dichter, der ihm einfällt. In Wahrheit hat er gewöhnlich nur Spott für jene übrig, die heute noch Gedichte veröffentlichen, die Verse für eine Welt schmieden, die sich nicht das Geringste darum schert. Was Nousha angeht, sieht er sie jedoch als Romantikerin, auch wenn gegen dieses Bild die viele Zeit spricht, die sie damit zubringt, Nachrichten in ihr Handy zu tippen. Aber was soll's, Kommunikation ist eben ihr Job. Und sie muss sich beeilen – ein weiterer verwaister Autor zieht einsam wie eine Wolke umher.

»Ehe Sie gehen, sagen Sie noch rasch: Wo finde ich Ihre Gedichte? Wurden sie veröffentlicht?«

»Ich habe ein paar schmale Bändchen herausgebracht.«

»Das ist nicht gerade wenig! Und es gefällt Ihnen, dieses Dichten?«

»Muss ja.«

»Wenn Sie erst mal von einem Fasan angegriffen werden, wissen Sie, dass Sie es geschafft haben.«

»War das nicht ein Pfau?«

»Gerade *Sie* sollten sich doch mit literarischer Freiheit auskennen. Aber egal, Vögel stammen von Dinosauriern ab, nicht? Ist also keine Schande, einen Kampf gegen ein Tier zu verlieren, das gestern noch ein Dinosaurier war.«

Eine Festivalangestellte läuft mit einem Klemmbrett an Nousha vorbei, die ihr nachruft: »Melanie, ein Pfau hat einen meiner Schriftsteller angegriffen.«

»Das sind Schneehühner. Verdammt aggressiv, oder?«

Nousha bittet sie, Daniel Levittan zu übernehmen, der zu seinem großen Bühneninterview gebracht werden muss. Melanie geleitet ihn durch die Menge, und Danny gesteht, aufgeregt zu sein.

»Was haben Sie denn schon zu verlieren?«, fragt sie. »Wenn

die Ihnen blöd kommen, sagen Sie ihnen, sie sollen sich zum Teufel scheren. Schließlich haben Sie das Mikro. Sie haben die Macht.«

»Nur soll ich mich heute als netter Mensch präsentieren.«

Sie lacht, und er fühlt sich ermutigt. Australier finden ihn witzig. Was, wenn dies die unvermutete Wende in seinem Schicksal bedeutet? Wenn seine literarische Karriere *hier* stattfindet, wenn sie gar nicht zu Ende ist und ihn nur der Brooklyner Klüngel abblitzen ließ, die Literati in Australien ihn aber für etwas ganz Besonderes halten?

Während Melanie ihn zu den Außenbühnen des Festivals führt, wird die Menge immer größer. Verwundert runzelt sie die Stirn und bleibt stehen, um eine Kollegin zu befragen. »Tja, Mr Bescheiden«, sagt sie zu Danny. »Ein Ansturm auf die Tickets. Wie's aussieht, haben Sie das Glückslos gezogen.«

FADE-OUT.

ENDE DER DRITTEN EPISODE

```
FADE-IN:
DRAUSSEN. COLLEGE CAMPUS — TAG
Eine Festivalangestellte eilt mit Danny
an der endlosen Schlange all derer vorbei,
die ein Ticket kaufen wollen. Er weiß, die
Leute sehen ihn an, also meidet er jeden
Blickkontakt und setzt eine todernste
Schriftstellermiene auf.
```

DANNY HAT EINMAL von einem kaum bekannten Romancier gelesen, der zu einem Literaturfestival nach Japan kam und herausfand, dass man ihn dort als berühmten Autor verehrte. Was, wenn Danny hier das gleiche Schicksal blühte? Nousha hatte einen wichtigen Beitrag erwähnt, der heute Morgen in der Zeitung erschienen sei, nur hatte er nicht angenommen, dass Zeitungen noch von Bedeutung waren. Wo in Australien würde er wohnen? War Melbourne eine coole Stadt?

Einen Großteil des letzten Jahres hatte er damit verbracht, seine Hoffnungen herunterzuschrauben und sich selbst zu retten, indem er der Bücherwelt entsagte. Jetzt fühlt er sich wie ein Incel, der merkt, dass jemand Sex mit ihm will: Er ist entsetzlich verliebt.

Nur noch Minuten, bis er auf die Bühne muss. Danny lässt seinen Blick über die Menge schweifen und wird vor lauter Dankbarkeit ganz rührselig. Dann drängt sich ihm ein beunruhigender Gedanke auf. *Dame am Leuchtturmfenster*, sein trashiges Manuskript, zirkuliert gerade in allen New Yorker Verlagen. Warum hat er kein Pseudonym benutzt? Nichts ruiniert den Ruf eines ernsthaften Schriftstellers so sehr wie ein lesbares Buch. Wie spät ist es jetzt in New York? Hastig schreibt er Nell eine Mail: »Irgendwas Verrücktes geht hier ab. Irrer Wirbel um *Babylon*. Mega Event! *Leuchtturm* ein Fehler? Bitte SOFORT melden. Und vorläufig kein Angebot annehmen!!!«

Jetzt sieh sich einer diese Menge an. Noch ist es mit ihm nicht vorbei.

Cleo Kleeber wird auf der Bühne seine Interviewerin sein, eine der prominentesten Kulturkritikerinnen Australiens, die sich ihm im Backstagebereich mit breitem Grinsen vorstellt und sich dann Luft zufächelt. Aus einer schäbigen Handtasche zieht sie sein Hardcover. »Ich habe es geliebt. Absolut geliebt!«

»Wow! Freut mich sehr, das zu hören. Und, Cleo? Wollen wir vorher über unser Gespräch reden? Oder warten wir einfach ab, wie es so läuft?«

»Gehen wir es locker an. Ist mir immer eine Freude, Debütautoren zu interviewen.«

»Genau genommen ist dies mein viertes Buch.«

»Was Sie nicht sagen«, erwidert sie. »Echt jetzt?«

Bühnentechniker schließen ihre Headsets an. »Und los geht's.« Zu zweit laufen sie durch die Festivalmenge, überall Leser, die mit frisch gekauften Büchern herumschwirren, Öko-Junkfood in der Hand und Cleo mit Namen rufen, da man sie aus dem Fernsehen kennt.

»Hier entlang«, sagt ein freiwilliger Festivalmitarbeiter, der sich diagonal einen Weg durch die Menge bahnt. Und da ist sie, die riesige Bühne, davor tausend Sitzplätze. Einen Veranstaltungsraum solcher Größe für eine Lesung hat Danny noch nie gesehen. Aber er ist verwirrt. Kaum ein Dutzend Plätze sind besetzt, umgeben von einem Meer leerer Klappstühle. War da nicht dieser ungeheure Andrang für Tickets gewesen? Er hatte die Warteschlange doch gesehen.

Der Typ von der Technik dirigiert ihn und Cleo zur Couch auf der Bühne, und sie setzen sich, er viel tiefer als sie, was ihn zwingt, himmelwärts zu reden.

»Mehr kommen nicht?«, flüstert er Cleo zu, Hand überm Mikro.

Ein massenhafter Aufschrei rollt über sie hinweg, Jubel und Gebrüll. Danny setzt sich aufrecht hin und bemüht sich, die Quelle des Lärms auszumachen.

»Würden Sie nicht auch gern Malala hören?«, fragt Cleo.

»Liest sie jetzt?«

»Haben Sie nicht die Schlange gesehen?«

»Die war nicht für mich?«

Cleo lacht, zeigt dem Sound-Typen den gereckten Daumen und heißt ihr Publikum willkommen (Danny zählt: ganze neunzehn Zuhörer). »Geht es euch gut, Leute?«, fragt Cleo und liest dann Wort für Wort den Klappentext von *Babylon Lullaby* vor, ehe sie sich an den Autor wendet. Danny hat immer noch Mühe, seine Enttäuschung zu verkraften; außerdem schwitzt er, Flecken zeigen sich auf dem blauen Anzugshemd.

»Daniel Levittan, willkommen in Australien.«

Er knöpft seine Weste auf. »Herzlichen Dank, Cleo.«

»Erste Frage: Warum sollten die Leute, die heute zu dieser Feier großartiger Autoren und großartiger Bücher hier versammelt sind – warum sollten die unbedingt *Ihr* Buch kaufen? Kommen Sie. Rühren Sie die Werbetrommel!«

Mit wachsender Verzweiflung mustert er die vierzehn Zuhörer im Publikum (fünf sind während der Einführung gegangen) und gibt dann einige banale Sätze zum Besten, seine Worte im Lautsprecherlärm der angrenzenden Bühne kaum zu verstehen: »… jüngste Mensch, der jemals den Nobelpreis erhalten hat, Autorin von *Ich bin Malala: Die Geschichte des*

Mädchens, das die Taliban erschießen wollten, weil es für das Recht auf Bildung kämpft sowie die erste …«

»Ich denke«, sagt Danny, »im Grunde könnte man es einen Roman über die Erinnerung und den Kampf um …«

»… ist es mir eine ganz besondere Freude, Ehre und ein ausnehmendes Vergnügen, nun unseren Stargast auf die Bühne bitten zu dürfen: Malala Yousafzai!«

Was Danny sagt, geht im Applaus unter, also schließt er den Mund und wartet, ein Platzhalterlächeln im Gesicht. Die Gebärdendolmetscherin auf der Bühne schüttelt den Kopf und hält sich eine Hand ans Ohr – *Kann Sie nicht verstehen!*

Kurz darauf wendet sich Cleo wieder ans Publikum und sagt:»Nur damit ihr einen Eindruck davon bekommt, Leute, wie es bei uns so zugeht: Uns Moderatoren werden die Veranstaltungen vom Festival zugeteilt; und von der hier habe ich erst gestern erfahren. Das reinste Chaos, mal sind es Kochbücher, mal Selbsthilfebücher, mal Jugendbücher. Aber genau das ist ja ein Teil des Vergnügens!«

Wollte sie damit andeuten, dass *Babylon Lullaby* ein Jugendbuch ist? Wenn überhaupt, dann ist es für alte Leute – für Erwachsene. Nur klingt ›Roman für Erwachsene‹ irgendwie unanständig. »Ich frage mich gerade, Cleo, ob wir diejenigen unter unseren Zuhörern, die mein Buch gelesen haben, nicht auf die Schnelle mal bitten könnten, eine Hand zu heben, damit ich beim Antworten entsprechend darauf Rücksicht nehmen kann.«

Ein gewaltiger Aufschrei von der Bühne nebenan. Malala ergreift das Wort.

»Ich selbst«, antwortet Cleo, »bin knapp zur Hälfte durch und kann behaupten, dass ich durchaus ein wenig angetan bin.«

Er wirft einen Blick auf ihr Exemplar, bis auf die ersten Seiten unberührt, auf Seite 9 ein Eselsohr. Cleo ändert seine Publikumsfrage ab und sagt stattdessen, jeder möge die Hand heben, der kein Ticket mehr für Malala bekommen habe. Alle zeigen auf. »Tja, wenn Sie die Ohren spitzen, können Sie auch von hier aus einiges aufschnappen.« Sie wendet sich an Danny. »Machen wir weiter?«

Er nimmt einen Schluck Wasser und nickt.

»Also *ich* habe erfahren«, sagt Cleo, als teilte sie etwas Vertrauliches mit, »dass dies gar nicht Ihr Debütroman ist, was viele überraschen dürfte. Sagen Sie, Daniel Levittan, warum haben wir noch nie was von Ihnen gehört? Was sich allerdings, vermute ich, für manche dank der Besprechung heute Morgen in *The Australian* geändert haben dürfte! Wie geht es Ihnen als Autor, wenn Sie so etwas lesen?«

»Ehrlich gesagt, ich habe die Rezension noch gar nicht zu Gesicht bekommen. Muss ich mir jetzt Sorgen machen?«

»Ich lese Ihnen daraus vor.«

»Warten Sie – wenn sie nicht so toll ist, sollten wir sie dann nicht lieber überspringen?«

»Wie wollen Sie besser werden, wenn Sie nicht auf Ihre Kritiker hören? Beginnen wir mit dieser Stelle hier«, sagt sie und tippt auf den Bildschirm ihres iPads, »in der es heißt, Ihr Schreibstil falle, und ich zitiere: ›in ein männliches, quasi autistisches Register‹.«

Danny setzt ein gezwungenes Lächeln auf.

»Soll ich weiterlesen?«, fragt sie.

»Ich weiß ja nicht, was als Nächstes kommt! Wird vielleicht auch noch behauptet, auf dem Autorenfoto sähe ich wie ein Sexualverbrecher aus?«

»Was?«

»Ach, wissen Sie, heute hat sich jemand mein Autorenfoto

angesehen und gesagt, das Bild erinnere ihn an einen Sexualstraftäter. Ein blöder Witz, vergessen Sie ihn einfach.«

»Ziemlich krass, über sexuellen Missbrauch Witze zu machen.«

»Ja, fand ich auch.« Er nippt nervös an seinem Wasser.

»Ihr Name steht in den Staaten doch nicht auf einer Fahndungsliste, oder?«

»Um Himmels willen, nein! Auf keinen Fall!«

»Mir ist unbegreiflich, Daniel Levittan, was es da zu lachen gibt. An Vergewaltigung ist nichts lustig.« Einige Sekunden lang schweigt sie, das Wort ›Vergewaltigung‹ hängt in der Luft.

Er blickt zur Gebärdendolmetscherin, dann wieder zu Cleo. »Ich wollte das überhaupt nicht verharmlosen, und selbstverständlich habe ich mich keineswegs über Vergewaltigung lustig gemacht.«

»Ich weiß nicht, wie es Ihnen geht, verehrtes Publikum«, sagt Cleo, »aber ich muss sagen, ich fühle mich jetzt wirklich ein bisschen getriggert.« Die wenigen Zuhörer sind inzwischen ganz Ohr und beugen sich vor, um trotz des Lärms von der Nachbarbühne etwas verstehen zu können.

»Falls ich eine unangebrachte Bemerkung gemacht haben sollte, tut mir das sehr leid.«

Cleo atmet tief ein. »Okay, dann reißen wir uns jetzt zusammen und machen weiter. Ihre Recherche«, nimmt sie das Gespräch wieder auf. »Erzählen Sie uns doch, wie Sie da vorgegangen sind.« Er setzt zu einer Antwort an – aber sie unterbricht ihn: »Denn Ihr Buch ist doch ganz offensichtlich mit jeder Menge Recherchematerial vollgestopft, oder?«

»Hoffentlich nicht mit zu viel!« Er schnieft und täuscht zugleich ein Lächeln vor, um dann von seiner Arbeit in der New Yorker Stadtbücherei zu erzählen, in der er sich über die Texte aus dem Archiv gebeugt hatte.

Cleo gibt vor zu schnarchen. »Ja, Professor«, sagt sie, und das Publikum bricht in Gelächter aus.

Sie lädt Danny ein, doch etwas aus seinem Buch vorzutragen, eine Lesung, die immer wieder von begeistertem Beifall für Malala unterbrochen wird, was sich nicht besonders gut mit der von ihm ausgewählten Passage über einen entstellten Hofnarren im Wien der 1730er Jahre verträgt, dessen Begleiter, ein Kanarienvogel mit nur einem Flügel, Kantonesisch spricht, zu diesem Zeitpunkt im Roman ein noch ungeklärtes Rätsel. Während Danny liest – und sich dabei um unterschiedliche Akzente bemüht –, wird ihm nur zu deutlich bewusst, wie sentimental der Text ist, wie konstruiert, wie falsch. Er ist ebenso wenig Künstler wie all die übrigen Hochstapler.

Ein surrendes Geräusch lenkt ihn ab. Er schaut ins Publikum. Eine Frau rollt mit einem Elektromobil durch den Gang. Sie ruft einer Freundin etwas zu, die vor Freude juchzt. Beide unterhalten sich lauthals, ohne auch nur die geringste Rücksicht auf seine Lesung zu nehmen. Endlich verabschieden sie sich, die Frau wendet ihr Elektromobil und surrt davon. Mit verschwörerischem Lächeln wendet sich Danny ans Publikum. »Endlich! Sie ist weg!«

Von hinten ruft jemand: »Die ist verdammt noch mal behindert, Alter!«

Neuer Applaus für Malala und das Echo ihrer Stimme: »Dank an euch alle, dass ihr gekommen seid. Ich danke Australien! Danke!«

Wilder Jubel brandet auf, den Malalas Moderatorin mit den Worten übertönt, dass ihr Stargast gern auch Bücher signiert – aber bitte keine Selfies.

»Ihr könnt Selfies machen«, korrigiert Malala sie. »Habe ich nichts gegen.« Erneuter Jubel.

Cleo kommt ebenfalls zum Ende, sagt zu den versammelten wenigen: »Er hier wird auch im Signierzelt sein«, lässt das Headset auf die Couch fallen und geht ohne ein Wort des Abschieds.

Danny steht auf, ist sich nicht sicher, wie er mit Anstand die Bühne verlassen kann, einzelne Mitglieder des Publikums behalten ihn im Blick. Er sieht Nousha, die ihm zuwinkt, und geht die Stufen hinab; ihre Miene mitleidig, vielleicht auch nur ernst, die Wahl liegt bei ihm.

»Haben Sie das verfolgt?«, fragt er.

»Lang genug, um mir ein Bild machen zu können.«

Er beschließt, das Ganze auf die leichte Schulter zu nehmen. »Warum will nur irgendwer eine Friedensnobelpreisträgerin lieber hören als mich?«, witzelt er. »Fuck Malala!«

Der Techniker, der Danny das Headset abnimmt, murmelt angewidert: »Die Taliban haben auf sie geschossen, Alter!«

Er kommt zum Signiertisch, auf dem drei Exemplare von *Babylon Lullaby* warten; nebenan Stapel von *Ich bin Malala*. Vor einer immer länger werdenden Schlange von Bewunderern schlagen Freiwillige hektisch die Bücher auf, damit sie gleich signiert werden können. Einer von Malalas Fans beugt sich zu Danny vor: »Wie ist sie denn so?«

»Malala? Ich arbeite nicht mit ihr; ich bin wegen eines anderen Buches hier.«

Schließlich kommt sie und nimmt neben Danny Platz, lächelt ihn an und reicht ihm die Hand. Sie fragt, ob dies dort sein Buch sei, und greift nach einem Exemplar.

»Sie lesen Romane?«, fragt er und krümmt sich innerlich, weil er weiß, wie wichtigtuerisch er klingt.

»Ich nehme mir jedenfalls vor, Ihren zu lesen.« Sie wirft einen Blick auf die Warteschlange, wackelt entschuldigend mit dem Kopf und beginnt zu signieren.

Warum sollte sich irgendjemand für das interessieren, was er geschrieben hat? Wie demütigend, dass er es ihnen unbedingt aufdrängen will. Malalas Bewunderer geben vor, ihn nicht zu sehen, diesen Loser mit seinen drei Exemplaren. Nousha hockt sich neben ihn. »Tun Sie einfach so, als seien wir in ein wichtiges Gespräch vertieft. Sagen Sie was Denkwürdiges.«

»Was Denkwürdiges.«

»Bedeutsame Kommentare.«

»Verblüffende Meinungen.«

»Faszinierende Erwiderungen.«

»Erstaunliche Offenbarungen.«

»Mit Nachdruck, doch respektvoll ergreift sie den Arm des Autors und führt ihn zum nächsten Pressetermin.«

Er folgt ihr durch die Menge, ein Körper unter vielen. Die ein, zwei Romanciers, die seine Generation repräsentieren, wurden längst erwählt, die aberhundert anderen, die den nächsten offenen Brief gegen das Böse unterzeichnen – zu denen wird er auch nicht gehören. Er würde auch gern moralisch Stellung beziehen, ohne dass dies irgendwelche Konsequenzen hätte. Nur setzt ihn niemand ins CC.

Er tippt eine Nachricht an Nell, schreibt bloß die Betreffzeile: »Bitte die letzte Mail vergessen«.

Nousha versucht ihn aufzumuntern und erinnert ihn an das, was für heute Abend ansteht: ein Essen mit Gavril Osic, dessen Romane sie alle überdauern werden.

FADE-OUT.

ENDE DER VIERTEN EPISODE

```
FADE-IN:

DRINNEN. HOTELZIMMER — NACHTS
Danny liegt auf dem Teppichboden seines
Hotelzimmers, hört sich einen Meditations-
podcast an, murmelt mit, schließt die
Augen, atmet durch die Nase ein, durch den
Mund wieder aus und bereitet sich innerlich
auf die große Dinnerparty vor.
```

GAVRIL ERTRÄGT KEINE IDIOTEN. Danny schon. Es ist ja nicht so, dass manche Menschen keine Probleme mit Idioten hätten. Wer jedoch keine Idioten erträgt, gibt damit zu verstehen, dass er es geschafft hat. Idioten ertragen müssen ist das Schicksal gewöhnlicher Menschen. Vielleicht, denkt Danny, der aufrecht auf dem Teppichboden sitzt, bin *ich* aber der Idiot, und die müssen *mich* ertragen.

Er schwört sich, beim Essen heute Abend kein Wort zu sagen. Wie heißt es doch: »Besser den Mund halten und alle glauben lassen, man sei ein Idiot, als ihn aufmachen und so bestätigen, dass man tatsächlich einer ist.« Er folgt weiterhin dem Meditationspodcast, murmelt irgendetwas über ein im Sonnenstrahl schwebendes Staubflöckchen.

Ein Minibus wird die acht auserwählten Autoren vor der Hotellobby abholen. Sie warten, einige überdreht vor lauter Nervosität, andere blicken stumm auf ihre Schuhe. Jedem Autor wurde eine Liste mit Themen ausgehändigt, die sie *nicht* ansprechen sollen – vor allem sollen sie mit Osic nicht übers Schreiben reden. Frühere Teilnehmer haben diese Vorschrift verletzt, und das ist nie gut ausgegangen. Sie outeten sich als Fans, und die kann Gavril Osic nicht ausstehen.

Die lauteste Stimme im Bus ist die von Marlin Pratt, dem gestikulationsstarken BBC-Historiker, der mit einer vollbusigen Millennial flirtet, einer Köchin mit Tattoos im Gesicht, die gerade ein Jahr auf einem Boot vor der Küste von Neuseeland verbracht hat. Marlin prahlt, schon mal mit Osic zu Abend gegessen zu haben, und erklärt: »Der Mann benutzt Schweigen wie eine Keule.« Die gesichtstätowierte Millennial – auf Werbetour für ein Kochbuch, das zugleich die Geschichte ihrer eigenen Essstörung ist –, hofft, sich mit Osic über vegane Kochkunst austauschen zu können.

»Ihr Veganer, verdammt, von euch kann doch keiner kochen!«, sagt Marlin. »Man kann einfach nicht beides zugleich haben, Moral und leckeres Essen. Das ist schlicht unmöglich.«

Die Millennial, die auf YouTube eine Kochschule leitet, entgegnet schlagfertig, wie toll man überall in diesem Land vegan essen kann. Das Problem sei nur, gesteht sie, als der Minibus losfährt, dass sie in den Restaurants mittlerweile erkannt werde, weshalb man stets versuche, sie mit überkandidelten Gerichten zu beeindrucken. »Foodfucking nennt Bourdain das.«

Mit einem Feixen erkundigt sich die mausgraue Intellektuelle aus Peru neben Danny, ob er der Mann sei, der bei seiner Veranstaltung eine Frau im Rollstuhl zum Weinen gebracht habe. Andere hören ihre Frage und drehen sich mit erwartungsvollem Lächeln zu ihnen um. »Niemand saß im Rollstuhl«, antwortet Danny. »Die Frau saß in einem Elektromobil. Und sie hat nicht geweint.«

Sie halten in der Vorstadt vor einem schicken Anwesen, und alle beeilen sich, ins Haus zu kommen, dabei zugleich aber ganz nonchalant zu wirken. Danny, der als Letzter eintritt, steht im Flur und weiß nicht recht weiter. Ein Diener nimmt ihm schließlich den Mantel ab und bringt ihn zu den anderen, woraufhin er sich an ein Glas Weißwein klammert und Ausschau nach einer kleinen Gesprächsgruppe hält, der er sich anschließen könnte, oder nach jemandem, der auch wie ein Außenseiter herumsteht.

Danny hat sich immer gefragt, ob große Künstler anders sind, wenn man sie privat kennenlernt. In Brooklyn ist er vielen Autoren begegnet, die meisten aber waren so langweilig wie er selbst, vor allem die erfolgreichen. Osic bewegt sich jedoch auf einem anderen Level, ein Mann, dem ein Platz in der Literaturgeschichte sicher ist. Dieser Abend kommt Danny vor, als wäre er von Dostojewski persönlich zum Dinner eingeladen worden, sofern Dostojewski denn jemand war, der sich weigerte, Tiere oder tierische Produkte zu essen.

Danny läuft rot an und steht mitten in einem Raum voller Fremder kurz vor einem Nervenzusammenbruch. »Der Wein ist doch vegan, oder?«, fragt er die nächstbeste Kellnerin und hebt sein Glas. Sie bietet ihm an, sich die Flasche anzusehen, und Danny folgt ihr in die Küche, nur um vorher aufs Bad zu huschen und sich dort zu beruhigen.

Er ruft immer wieder seine Mails ab, braucht etwas, das ihn aufbaut, und findet schließlich eine von Nell. Zum Glück gibt es gute Neuigkeiten: Sie hat *Leuchtturm* breiter angeboten und ein Dutzend Belletristik-Lektoren verschlingt gerade das Manuskript. Sie rechnet bald mit ersten Angeboten.

Wie diese Meute ihn verachten würde, wenn sie über seinen trashigen Bestseller Bescheid wüsste! Sein geheimer Regelverstoß macht ihm Mut. Die können mich alle mal, die mit ihren Essays in der *New York Review of Books,* ihren Künstlerkolonien in New Hampshire. Jemand klopft an die Tür. Er öffnet einer elegant gekleideten Frau in den Sechzigern, deren fragender Blick ihn unvorbereitet trifft. »Alles okay?«, fragt

sie und mustert Danny dabei so aufmerksam, dass er ihr ehrlich antwortet.

Sie versteht, schimpft auf dieses Theater der Werbetouren
für Bücher, das in letzten Jahren so nervig geworden ist und
Schriftsteller zwingt, zu ihrer eigenen Marketingagentur zu
werden. Er würde sie wahnsinnig gern fragen, wer sie ist. Im
Minibus war sie nicht. Sie unterhalten sich so leichthin, dass
er fürchtet, sie könnte gehen und ihn aufs Neue gestrandet
zurücklassen.

»Ich frage mich immer«, sagt er, »wie Dostojewski wohl
reagieren würde, wenn man ihn auf eine Werbetour für *Die
Brüder Karamasow* schicken wollte.«

»Ja, ganz genau! Gabe macht überhaupt keine Lesever-
anstaltungen mit.«

Er folgert: ›Gabe‹ ist Gavril Osic, also muss sie seine Frau
sein, sie, die den künftigen Nobelpreisträger im Bett dazu gebracht hat, dem alljährlichen Treffen mit der Außenwelt zu-
zustimmen.

»Gabe hat einen Lieblingsspruch: ›Literatur lügt, um wahr
über Falsches zu sprechen.‹ Nur ist der Beruf eines Schriftstellers heutzutage selbst falsch. Lassen Sie mich Ihnen daher
einen Rat geben«, sagt sie. »Legen Sie sich ein paar exzen-
trische Verhaltensweisen zu und stellen Sie die heraus. Ehe
Sie es sich versehen, werden Sie zur Parodie Ihrer selbst und
haben viel mehr Spaß. Wie auch immer: Im Alter werden wir
ja doch alle zu Karikaturen unserer selbst, Sie wären uns also
nur ein wenig voraus.«

»Vielleicht sollte ich das wirklich versuchen.«

»Übrigens ist Gabe gar nicht so, wie es immer über ihn
heißt – er ist nicht stumm wie eine römische Statue«, sagt sie.
»Sind Sie ihm schon begegnet?«

»Noch nicht.«

»Er würde Sie bestimmt gern kennenlernen.«

Sie führt Danny ins Speisezimmer, wo die übrigen Gäste bereits am langen Esstisch Platz genommen haben, muss sich dann aber um einen Kellner kümmern, der Fragen zum Dinner hat. Nur ein einziger Platz am Tisch wurde von den anderen Gästen gemieden und ist daher freigeblieben: der direkt neben Osic. Danny hatte angenommen, dass seine Kollegen diesen Mann belagern würden, aber die meisten (Marlin Pratt ausgenommen, der auf der anderen Seite neben Osic Platz genommen hat), wirken ebenso eingeschüchtert, wie Danny sich fühlt. Da ihm keine andere Wahl bleibt, setzt er sich.

Nach einer Weile ist Osic den salbadernden Fernsehhistoriker zu seiner Rechten leid, und Danny spürt, dass der Blick des großen Autors nun auf ihm ruht. Osic bleibt stumm, die Hände auf der Serviette in seinem Schoß. Dies könnte Dannys letzte Gelegenheit sein, mit einem der bedeutendsten Schriftsteller seiner Zeit zu reden. Also macht er den Mund auf.

Nur steht er unter einem solchen Druck, dass er kaum weiß, was er sagt, während er es sagt, schwatzt also dem ausdruckslosen Gesicht etwas vor, den nicht blinzelnden Augen. Danny schwafelt irgendwas darüber, dass ihm Literaturveranstaltungen nicht behagen, vergleicht Festivals, sucht nach Entsprechungen, wagt sich vor, rudert zurück, wiederholt den Spruch über Dostojewski auf Buchtour, der eben noch so witzig klang, sich jetzt aber vermessen anhört. Danny betont, er wolle sich *keineswegs* mit Fjodor vergleichen, weiß aber auch nicht, warum er Dostojewski nur mit Vornamen erwähnt, so als würden sie sich gut kennen, was nicht stimmt. Wie ein Totenschädel starrt Osic ihn strafend an, was Danny veranlasst, weiterzubrabbeln und Osic Fragen zu stellen, nur um sie sofort selbst zu beantworten. Er platzt damit heraus, dass er für sein nächstes Buch den Verlag wechseln will, und fragt Osic, worauf man bei der Wahl eines Lektors achten sollte.

Nach einer stillen, stillen, stillen Stille, fast, als müsste Osic erst den Sargdeckel beiseiteschieben, antwortet er, nicht jedoch, ohne vorher bedächtig einen Löffel voll von der Suppe zu sich genommen zu haben: »Früher einmal, da hatte ich einen Lektor. Und der hat mir gesagt, ich solle den Anfang in die Mitte setzen. Und die Mitte ans Ende. Und das Ende an den Anfang.«

»Ein Lektor sollte also nicht eingreifen? In Ihrem Fall, meine ich. Was mich angeht, so bräuchte ich wahrscheinlich jede Menge Lektoratsarbeit! Aber das gilt sicher bloß für mich. Nicht für Sie. Nur, ist das ideal? In Ihrem Fall? Oder …?«

Noch ein Löffel Suppe.

Vielleicht ist ihr Gespräch gerade zu Ende gegangen und Danny sollte den Blick abwenden.

»Da war einmal ein Buch«, nimmt Osic den Faden wieder auf, »in dem kam eine Fahrt mit einer Fähre vor.«

»Ist das ein Rätsel?«

Osic starrt diesen Trottel an. »In einem meiner Romane gibt es eine Szene, in der eine Fähre vorkommt.«

»Ach ja – ich erinnere mich. Übrigens liebe ich Ihr Werk!«

»Mein Lektor prüfte den Fahrplan dieser Fähre und fand heraus, dass die im Text erwähnte Abfahrtszeit nicht stimmt. Er hat es mir gesagt, und ich habe sie korrigiert. Also das«, schloss Osic, »das nenne ich einen guten Lektor.«

»Sollte das auch für Busabfahrtzeiten gelten? Oder nur für Fähren?«

Osic mustert ihn mit dräuendem Blick: »Ich habe bereits zu viel gesagt.«

Schon ist ein anbiederndes Glucksen halb seinem Mund

entwichen, doch starrt Danny nur noch auf einen Hinterkopf.

Im Hotelzimmer haut er sich wiederholt auf die Schenkel, stellt das Handy auf Lautsprecher und klingelt Zoey an. Sie ist im Büro, willigt aber ein, ihr Sandwich früher zu essen. Kauend erzählt sie von unfähigem Personal und ihrem ziemlich eigenwilligen Boss. »Bist du noch da?«, fragt sie. »Du bist so still geworden.«

»Dies könnte durchaus der schlimmste Tag in meinem Leben als Schriftsteller sein.«

»Vielleicht weiß ich da was, das dich wieder ein bisschen aufmuntert.«

Nachdem sie es ihm erzählt hat, geht er nach unten, um wie vereinbart Nousha zu treffen – zur Festivalabschiedsfeier. Im Fahrstuhl sieht er die Zahlen abwärts wandern, die Tür geht auf, das Geschnatter dienstfreier Literaten. Seine Teilnahme wird erwartet, und Nousha hat sich freundlicherweise bereit erklärt, ihn zu begleiten. Ein Fotograf geht um, bittet Danny, beiseitezutreten – er will ein Foto von Nousha Papazian, allein.

Danny hält ihren Drink, ist in Gedanken woanders. Zoey war so enttäuscht, nachdem sie es ihm erzählt hatte, seine Laune sich aber nicht besserte. Er greift nach seinem Handy – er will ihr eine Nachricht schreiben, es ihr erklären. Er wird vorgeben, ganz aufgeregt zu sein. Eine Mail von seiner Agentin ist eingegangen: »Update in Sachen Angebote.«

Die Wi-Fi-Verbindung ist grauenhaft, das Rädchen dreht sich wie in Zeitlupe. Selbst wenn das beste Angebot niedrig ausfällt, wird er es annehmen. Er könnte Nousha davon erzählen, könnte tun, als wäre es nichts Besonderes, als wäre ihm all das nicht wichtig.

Die E-Mail wird geöffnet: Wörter und Wörter, die er nicht

sinnvoll aneinanderzureihen vermag. Fünfzehn Verlage, schreibt Nell, hätten das Vergnügen gehabt, sein Manuskript zu prüfen. Fünfzehn haben es abgelehnt.

FADE—OUT.

ENDE DER FÜNFTEN EPISODE

FADE-IN:

INT. FLUGHAFEN, BUCHHANDLUNG — TAG

NOUSHA durchsucht die Bücherstapel und
hofft, ein Exemplar von   für
ein spontanes Autorenautogramm zu finden.
DANNY hat sich seinerseits auf die Suche
nach einem Band ihrer Gedichte gemacht. Als
er nach dem schmalen Band greift, sagt die
BUCHVERKÄUFERIN hinter ihm:

              BUCHVERKÄUFERIN
Ich LIEBE dieses Buch.

              DANNY
Tja, wie es der Zufall will, steht die
Autorin gleich neben mir.

DAS PERSONAL HUSCHT durch den Buchladen, sucht alle
verfügbaren Exemplare von Noushas Gedichten zusammen. Nachdem sie die Bücher signiert hat, gehen Danny und
Nousha zu ihren Abfluggates – sie fliegt zurück nach Melbourne, er via Dubai nach New York. Er mustert sie von der
Seite. »An der Wand hing die Bestsellerliste«, sagt er. »Und
Ihr Name steht drauf.«

»Ich weiß.«

»An erster Stelle. Das ist Ihnen klar, oder?«

»Ich hatte mit diesem Buch ziemliches Glück.«

»Warum zum Teufel betreuen Sie dann einen Komiker wie
mich? Ich hätte mich um *Ihre* Publicity kümmern sollen!«

»Das Ganze war eine ziemliche Überraschung. Eines kam zum anderen. Ein paar Monate bin ich aber noch an meine Stelle in diesem Verlag gebunden.«

»Und dann?«

»Mache ich so eine Fellowship-Sache.«

»Was denn? Studieren Sie Lyrik?«

»Nein, ich unterrichte Creative Writing. Nur so ein Ding in Iowa.«

»Das ist einfach unglaublich, Nousha. Sie stehen in Australien auf der Bestsellerliste! Und wie viele Exemplare verkauft man dann so?«

»Es ist verrückt, ich weiß, aber auf der New Yorker stehe ich auch.«

»Auf der New Yorker *was?*«

»Der Bestsellerliste der *New York Times*. Ab nächste Woche und seltsamerweise in der Sparte ›Romane‹.«

»*Deshalb* hat mein Buch es nicht geschafft! Ihre verdammten Gedichte haben mir meinen Platz gestohlen.«

Sie lächelt.

Er ist gerührt, ohne zu wissen, warum. »Meinen Glückwunsch! Im Ernst.« Er nimmt den Gedichtband, den er sich im Buchladen gekauft hat. »Sie müssen das hier für mich signieren.«

Sie leiht sich seinen Stift, schlägt das Buch auf und schaut Danny direkt in die Augen, als würden sie sich zum ersten Mal begegnen. Nousha signiert. Sie verabschieden sich.

Er wartet vor seinem Abfluggate, Noushas Gedichtband im Schoß. Er kann ihn nicht öffnen. Er fürchtet sich.

Er aktiviert sein Handy und googelt Nousha, sieht sich erst die Bilder an. Ein Foto ist mit einem Artikel in der *New Yorker* verlinkt, den sie offenbar für die Onlineausgabe des Magazins geschrieben hat. Er klickt den Link an – aber der Artikel ist nicht *von* ihr. Er ist *über* sie. Wie es aussieht, ist Nousha ein echtes Phänomen mit einer riesigen Online-Gefolgschaft und ungeheuren Verkaufszahlen. Danny, der von den sozialen Medien nie viel gehalten hat, findet ihren Twitter-Account mit 97 500 Followern, 340 000 auf Instagram. Während seiner Zeit in Australien hat Nousha ständig irgendetwas in ihr Phone getippt, und er hatte geglaubt, es handle sich um lästige Öffentlichkeitsarbeit. Jetzt liest er einen ihrer Posts: Verse klassischer Lyrik; witzige Wortspiele; messerscharfe politische Ansichten. Jedes Mal, wenn sie SENDEN drückt, lesen sie weit mehr Menschen, als je auch nur ein Wort von Daniel Levittan lesen werden.

Er spürt keinen Neid. Auf eine unernste Weise hat er sich verliebt, so wie mit neun Jahren, als er sich nach einem Kuss von der Vierzehnjährigen sehnte, die ihn im Ferienlager betreute. Die Großen verbringen Jahre unter Narren, ehe sie die nicht länger erdulden müssen. Offenbar ist er einer der Narren gewesen. Bislang hatte er geglaubt, er sei einer der Protagonisten, dabei gehörte er nur zu den Komparsen in Noushas Show.

Er fürchtet sich vor New York, fürchtet sich davor, nach Hause zurückzukehren, also ruft er Zoey an, entweder, weil er sich vergewissern will, was ihn erwartet – oder um es schlimmer zu machen. Sie ist noch sauer, weil er sich nicht über ihre Schwangerschaft freut. Wenn die Schreiberei dich so miesepetrig macht, sagt sie, solltest du dir eine andere Beschäftigung suchen.

»Und wenn ich noch ein Buch schreibe? Das wird auch ein Flop, aber dann kann ich wenigstens im Frieden mit mir selbst aus dem Fenster springen.«

»Aber warum? Jetzt im Ernst, Danny. Warum das noch mal durchmachen? Warum sollte *ich* das noch mal durchmachen?«

Wenn er früher über seine Schriftstellerkarriere klagte, hatte sie ihn stets gedrängt, doch durchzuhalten, denn sein Streben sei edel, die Öffentlichkeit würde schon noch auf ihn aufmerksam werden.

»Ich kann jetzt nicht darüber reden«, sagt sie. »Ich bin auf Arbeit.«

»Ich auch.«

»Was hast *du* denn schon für eine Arbeit?«

Nachdem sie aufgelegt hat, stiert er mit leerem Blick das Handy an, auf dessen Bildschirm noch immer der Artikel über Nousha Papazian zu sehen ist. Er fragt sich, ob sie ihn attraktiv fand, und kennt die Antwort.

Das Klischee der Midlife-Crisis zeigt einen erfolgreichen älteren Herrn, der einer temperamentvollen jüngeren Frau nachsteigt, sich einen Sportwagen kauft und alle abstößt, die früher zu ihm gehalten haben. Was aber, wenn sich der von der Midlife-Crisis gebeutelte Mann keinen eigenen Wagen leisten kann, wenn er in seinem Leben nichts erreicht hat und niemanden dazu überreden kann, eine Affäre mit ihm anzufangen?

Das ist die wahre Midlife-Crisis: Man ist unbedeutend.

FADE-OUT.

ENDE DER SECHSTEN EPISODE

FADE IN:

INT. FLUGHAFEN. ABFLUGGATE — TAG

DANNY erkennt eine Kollegin, eine Roman-
schriftstellerin, die auch beim Dinner
mit Osic war, DORA FRENHOFER, eine hochgewachsene Frau um die siebzig. Sie sitzt
am Abfluggate, rollt die linke Schulter,
die arthritischen Hände gefaltet im Schoß.
Offenbar hat sie vergessen, ihr Festival-
schild abzumachen. Laut liest er ihren
Namen vor.

DORA BLICKT AUF, mustert ihn aus zusammengekniffenen
Augen. Er zeigt auf das Namensschild, entdeckt einen Abfalleimer und entsorgt es für sie.

»Wie haben Sie ihn gefunden?«, fragt sie.

»Den Abfalleimer?«

»Den Abend mit Osic, aber wenn Sie was Interessantes
über den Abfalleimer zu erzählen haben ...«

Er versucht, beiläufig zu klingen, gibt aber zu, dass seine
Reise nicht gerade ein rauschender Erfolg war.

»Literaturveranstaltungen sind eklatant langweilig«, sagt
sie. »Ich kann nur jeden bedauern, der beschließt, zu einer
von meinen Lesungen zu gehen.«

Ihr zum Gefallen schmückt er seine unangenehmen Festi-
valerfahrungen aus. Sie hört zu, lächelt.

»Sagen Sie«, fragt Dora, »lesen Sie eigentlich noch Romane?
Ich meine, ich weiß, Sie *haben* Romane gelesen, aber lesen Sie
immer noch welche?«

»Aber ja.«

»Ich nicht«, gesteht sie. »Das nämlich ist das dunkle Geheimnis der literarischen Welt: Keiner, der sie nicht lesen muss, liest heute noch Bücher. Warum auch? Meine Theorie lautet, dass es moderne Romane bloß noch gibt, weil sie verkauft werden. Aber wer hat schon Zeit, sie zu lesen? Lustig ist, dass manche Leute – eine bestimmte Klasse von Leuten – immer noch Literatur verehren, weshalb sie bei Amazon Bücher kaufen, sie einige Monate auf ihr Nachtschränkchen legen, dann ungelesen ins Regal stellen und überaus mit sich zufrieden sind.«

»Ach, kommen Sie – die Gegenwartsliteratur ist doch sehr lebendig«, entgegnet er. »Haufenweise Leute schreiben Romane; denken Sie nur an all die Creative-Writing-Kurse. Bloß lesen die nicht mehr *unsere* Bücher – zumindest meine nicht. Könnte es also sein, dass wir nur jammern, der Roman sei tot, weil wir uns dann besser fühlen, eigentlich aber nur sagen: ›*Mein* Roman ist tot‹? Was denken Sie?«

»Sie reden vom *Schreiben*. Stimmt, die Menschen wollen immer noch schreiben. Bei jeder Lesung sind alle unter sechzig Möchtegern-Autoren. Sie kabbeln sich um die letzten Reste des literarischen Status, ehe er völlig bedeutungslos geworden ist, um die Möglichkeit, endlos das eigene Leid beklagen und damit auch noch Reibach machen zu können. Mehr als die Hälfte des Publikums will eigentlich nur unseren Platz einnehmen. Übrigens«, sagt sie und dreht sich steif nach ihm um, »habe ich Ihren Namen noch nie gehört. Sollte ich?«

Er zählt seine Bücher auf.

»Nein, kenne ich nicht«, bemerkt sie und fährt fort: »Allerdings dürfen wir uns nicht beklagen. Eine Reise nach Australien, Flug und Hotel bezahlt. Haben Sie eine Ahnung, was viele Menschen für nur eine Woche unseres Lebens alles anstellen würden?«

Er schaut sich um, weil er fürchtet, ein anderer Autor könnte in der Nähe lauern und Zeuge seiner Ketzerei werden. Dann bekennt er, während des Festivals die Angewohnheit gehabt zu haben, spätabends die Wörter ›Umschulung‹ und ›Mann Mitte vierzig‹ zu googeln. Dann zählt er einige Suchresultate auf: Fahrlehrer, Hundesitter, Life-Coach. »Was ist das überhaupt?«, fragt er. »Ein Life-Coach? Ein *Lebenslehrer?*«

»Das ist jemand, der sein eigenes Leben vermasselt hat und nun anderen Leuten erzählt, wie sie es besser machen können.«

»Und was für Romane schreiben Sie so?«, fragt er.

»Die der traurigen Sorte, in denen lange nichts passiert und dann sind sie zu Ende.«

»Ich könnte eine Figur in einem Ihrer Bücher sein.«

»Oh, aber das sind Sie. Fällt Ihnen das jetzt erst auf?«

»Vielleicht sind Sie auch eine in einem meiner Romane.«

»Schreiben Sie aus Frauenperspektive?«

»Natürlich.«

»Können Sie Frauen gut?«

»Können Sie Männer gut?«

»Sehr gut. Männer am Rande eines Nervenzusammenbruchs. Geschrieben für Frauen, die mit einem von denen verheiratet sind.«

Er schlägt einen Waffenstillstand vor – keiner benutzt den anderen als Figur. Sie lehnt ab.

»Gehen Sie oft auf solche Literaturveranstaltungen?«, fragt er. »Oder meiden Sie die?«

»Die meiden mich.«

»*Mein* Problem ist«, sagt er, »dass ich den an einen Schriftsteller gerichteten Erwartungen nicht entspreche.«

»Entschuldigen Sie meine Unverblümtheit, aber ich bin Holländerin, wir reden nun mal, wie uns der Schnabel gewachsen ist. Andererseits ist nichts von dem, was wir sagen, auch wirklich wichtig. Also: Besäßen Sie großes Talent, würde es sich durchsetzen, nur fürchte ich, Sie haben kein großes Talent.«

»Nein, habe ich nicht.«

»Ich auch nicht.«

Elite-Club-Passagiere werden an Bord gebeten. Bekannte Autoren bekamen vom Festival Business-Class-Tickets. Sie warten weiter.

Fast hätte Danny vorgeschlagen, sich im Flieger nebeneinander zu setzen, aber Dora Frenhofer spricht wie mit ausgestrecktem Arm. Außerdem ist der Flug nach Dubai lang, er muss dann weiter nach New York, sie weiter nach London. Danny fürchtet, ihre Komplizenschaft zu gefährden, will aber in Kontakt bleiben. Wenn sie in Dubai aus dem Flugzeug steigen, wird er ihr seine Karte geben.

Endlich können sie zur Ticketkontrolle vorgehen. »Vielleicht ist es für uns an der Zeit, aufzuhören und diese Welt anderen zu überlassen«, sagt sie.

Kaum hat er Platz genommen, steckt Danny Noushas Gedichtband vor sich in die Rücksitztasche, sieht, während sie ihre Reisehöhe erreichen, wie der Sitz zurückgelehnt und die Gedichte an seine Knie gedrückt werden und wie sie wieder zurückschnellen, als der Geruch nach aufgewärmter Pasta mit Huhn durch die Maschine wabert. Schließlich schlägt er das Buch auf und wappnet sich für Noushas Widmung – sicher wird sie ihn ermuntern, weiterzuschreiben, die Hoffnung nicht aufzugeben. Er blättert zur ersten Seite, sieht ihre Schrift. Da steht nur: *War schön, Sie kennengelernt zu haben!*

Danny sieht die vielen Passagiere auf engen Sitzen vor klei-

nen Bildschirmen hocken. Zoey dürfte jetzt in ihrem Bett liegen. Ein neues Leben erwartet ihn. Er versucht, Dora auf der
anderen Gangseite auszumachen, und fragt sich, was sie liest.
Er hatte ihr ein Exemplar seines Buches geschenkt. Sie schaut
sich eine Folge von *Succession* an.

Als sie landen, erhebt sich Danny rasch. Er will noch etwas
von Dora wissen – muss sie fragen, wie seine Geschichte ausgehen könnte. Über zerzauste Passagiere hinweg sieht er, wie
sie mit schmerzverzerrtem Gesicht aufsteht, ihre Bluse glatt
streicht. Hochgestreckte Arme und offene Gepäckfächer be-
hindern Danny. Er reckt den Kopf, verliert sie aber aus den
Augen.

Endlich drängt er sich an den letzten Nachzüglern vorbei,
nähert sich den Zähne bleckenden, Bye-Bye-sagenden Flug-
begleitern, hastet an ihnen vorbei, schleppt seine Tasche in
den langen Tunnel zum Terminal, aber diese Figur ist fort. Er
ist auf sich allein gestellt.

FADE-OUT.

ENDE DER SHOW

TAGEBUCH: MÄRZ 2021

Ich gehöre nicht zu denen, die lauter reden, wenn keiner mehr zuhört. Warum also die Arbeit am Manuskript beenden, wenn sich doch niemand dafür interessiert?

In letzter Zeit habe ich diese Frage öfter gehört, am aggressivsten wurde sie vom blinkenden Cursor gestellt. Trotzdem habe ich weiter am Text gefeilt, auf meiner Tastatur herumgehämmert. (Wie ein anderer alter Schriftsteller einmal über seine Arthritis bemerkte: »Würde ich meine Hand wie eine Pistole auf Sie richten und auf Ihre Nase feuern, würde die Kugel Ihr linkes Knie durchschlagen.«) Wer hat das noch mal gesagt? Wir vergessen fast alles, nur fürchte ich, dass meine Aussetzer nicht mehr normal sind.

Wenn mir früher etwas entfallen war, habe ich in meinem mentalen Archiv gewühlt, die Seiten durchgeblättert und nach der gewünschten Notiz gesucht. Oder jemand hat die fehlenden Fakten geliefert und: »Ach ja! Natürlich!« Heutzutage geht es jedoch um mehr als nur vergessene Namen. Ich wache nachts auf, gefangen zwischen Wachsein und Schlaf, verängstigt. Bis durch die Vorhangschlitze Tageslicht sickert und ich meinen Mut wiederfinde. Ich komme zurecht.

Ich blicke aus dem Fenster meines Arbeitszimmers unterm Dach: Vögel zwitschern da draußen, ein Baum wedelt mir mit einem Ast zu. Ich stehe auf, öffne das Fenster und höre von un-

ten, von der Straße, Worte heraufdringen, ein Mann am Handy. Kann man den Redner nicht sehen, wird einem bewusst: Gesprochenes dreht sich selten um etwas, schon gar nicht um das, was man sagt. Worte erinnern nur daran, dass es dich gibt.

Während des Lockdowns war es still auf dieser Straße, also ging ich online, um zu lauschen. Da mussten Milliarden etwas offenbaren. Vielleicht hatten die Menschen schon immer lauthals ihre Meinungen kundtun wollen, waren dazu aber erst jetzt in der Lage – was ich hasse. Wie auch immer, diese Zeit des Hinausposaunens hat auf mich jedenfalls die gegenteilige Wirkung: Ich will den Mund halten. Und das ist der Grund, warum ich vor einigen Monaten die Arbeit an meinem Manuskript gänzlich aufgegeben habe.

In der zerfetzten, seither vergangenen Zeit habe ich verfolgt, worüber alle Welt sich sorgt. Und nach und nach wurde es mir klar. Ich fürchtete nicht länger, ich könnte bedeutungslos sein; jetzt war ich davon überzeugt. Ich bin nicht so wichtig, wie ich es mir gewünscht hatte.

Als ich noch klein war (aber groß genug, um bis zehn Uhr im Bett zu liegen), hat mir mein Vater eines Morgens mal die Bettdecke weggezogen und mich gewarnt: »Du vergeudest dein Leben; schlafen, schlafen und dann bist du tot!« Als Erwachsene sagte mir meine Angst vor dem Müßiggang: Wenn du nichts zuwege bringst, solltest du dich schämen. Folglich ging es während eines Großteils meines Lebens eben darum: Erfolg haben. Ich habe es mit Schreiben versucht.

Was aber, wenn mein jugendliches Ich recht gehabt hätte? Womöglich sollte ein jeder einfach nur das Beste aus seinem Kapitel machen. Im Bett herumlümmeln und alle Bücher lesen. Vielleicht ist es genau meine Herangehensweise, die – dem immerwährenden Ziel Ehrgeiz verpflichtet – in einem verpfuschten Leben gipfelt.

Warum also habe ich heute die Arbeit am Manuskript wieder aufgenommen?

Ich könnte eine Seelenverwandtschaft mit großen Künstlern behaupten, jenen mythischen Misanthropen, die immer weiterrackern, angeblich gleichgültig gegenüber der Öffentlichkeit. Aber so tapfer bin ich nicht. Mir haben einfach nur die Wonnen der Konzentration gefehlt, meiner Anstrengung, meiner Seiten. Außerdem wollte ich wissen, wie es mit diesem Buch ausgeht. Deshalb werde ich jetzt die zweite Hälfte schreiben.

Den ganzen Vormittag habe ich im Morgenmantel getippt und mich erst vor wenigen Minuten angezogen, weil es zu schütten begann. (Wie Schnecken komme ich gern bei Regen raus.) Jetzt gehe ich nach draußen, laufe am Fluss entlang, während Regentropfen – alte Freunde, die mir auf den Kopf klopfen – meinen weißen Haarwust benetzen. Wem sollte das schon auffallen? Ich komme zur beprasselten, randvollen Themse, die bis auf den Gehweg schwappt. Meer und Himmel rücken näher. Irgendetwas hat sich geändert, Menschen aber können das nicht.

Jahrzehntelang habe ich mich aufgeführt wie eine Wettkämpferin in dieser Welt, mich mit Ellbogeneinsatz durchgesetzt. Alles nur Einbildung? Schau dich doch um: kein Mensch weit und breit.

Ich trete auf die stille Straße, schließe die Augen und atme aus – nur schießt ein Fahrradkurier um die Ecke, streift mich am Ellbogen, den ich an mich drücke.

Er hält an und flucht, blickt aber nicht mal zurück, als wäre ich nur eine Pfütze. Dann fährt er weiter, stemmt sich hoch aufgerichtet in die Pedalen; von seinen Hinterreifen spritzt Regenwasser über meine Entschuldigung.

~~Er jagt mit hohem Tempo durch den Londoner Verkehr, mit wehendem grauen Haar, ohne Helm, von der eigenen Rücksichtslosigkeit befeuert.~~

Oder

~~Er umkurvt das Hindernis, flucht auf Englisch und Deutsch, erhebt sich, um wieder Tempo zu gewinnen, eine hagere, langgliedrige Gestalt, die in den Pedalen steht und aussieht, als würde sie eine endlose Treppe erklimmen.~~

Oder

Auf seinem Klapprad fädelt er sich durch Londons verlassene Straßen.

6

Der Lieferbote,
der im Regen stand

(WILL DE COURCY)

AUF SEINEM KLAPPRAD fädelt er sich durch Londons verlassene Straßen, flatterndes graues Haar, die Hände verkrampft, die dieses Ding zu halten versuchen, das, auf eBay gekauft, ständig unter ihm zusammenzubrechen droht. Er fährt um eine Ecke, vorbei an einer älteren Frau, die geistesabwesend auf die Straße tritt. »Im Haus bleiben rettet Leben«, murmelt Will im Vorbeifahren. »Blöde Nuss.«

Vor Westerley Business Park steigt er ab und rollt das Rad durch einen Gebäudekomplex, vorbei an einem künstlichen Teich, um den herum Bäume wie deprimierte Wachleute stehen. Während Will das Rad an den Outdoor-Bürokabinen vorbeischiebt, sieht er hinter getönten Scheiben ein leidenschaftlich ineinander verschlungenes Pärchen. Das Land befindet sich in einem weiteren Corona-Lockdown, Kontakte bleiben auf Haushaltsangehörige beschränkt, Ehebruch ist de facto illegal. Ehebrecher aber müssen schließlich irgendwo sündigen können, und Will hat nichts dagegen. Er kann sich nur selten zu Empörung durchringen. Außerdem tränen seine Augen vom Rauch – ohne hinzusehen hatte er sich eine

Zigarette gerollt und angezündet. Blinzelnd, mit feuchten Augen, nimmt er zu seinen Füßen eine Bewegung wahr und zuckt zusammen. Noch eine Ratte? Bei näherem Hinsehen aber hüpft eine Krähe die Hecke entlang. »Ihr habt den ganzen Himmel für euch«, ermahnt er sie und hustet, ein tiefes Grollen. »Das hier ist für uns.«

Will entdeckt Gebäude 6 und zieht aus seinen Cargo-Shorts eine Maske, dieselbe, die er seit Wochen benutzt, die babyblaue Vorderseite mit Taschenfutterfusseln bespickt. Er läuft die Treppe hoch in den vierten Stock, wo er die geschlossenen Geschäftsräume eines Steuerbüros und einer Fernsehproduktionsgesellschaft findet sowie jener Firma, für die sein Päckchen bestimmt ist: RCN Ltd. Hinter einer verschlossenen Glastür steht ein stiernackiger Mann in schwarzem, bis oben zugeknöpftem Fred-Perry-Polohemd mit gelb gerändertem Kragen. Er lehnt sich an den Empfangstisch und textet einen glatzköpfigen Mann am Computer zu, dessen Lächeln so falsch ist, dass die Wangen vor Erschöpfung zucken. Erleichtert bemerkt der Glatzköpfige den Besucher und drückt auf den Türsummer.

»Devin Doyle?«, fragt Will.

»Das nenne ich keinen guten Start. Dev, freut mich«, erwidert der stiernackige Mann und will ihm die Hand schütteln.

Stattdessen gibt Will ihm das Päckchen.

»Sie sind nur der Lieferbote? Verfluchter Mist«, sagt der Stiernacken und wendet sich dann an seinen glatzköpfigen Kollegen: »Ich *will*, dass der Typ hier auftaucht, jetzt sofort, bloß damit ich ihm sagen kann: ›Wer sich so spät blicken lässt, kann sich gleich wieder verpissen!‹«

Will zückt ein Tablet mit Stift. »Wenn Sie hier unterschreiben könnten, wäre das ganz fantastisch.«

Der stiernackige Mann bemerkt Wills Akzent, grinst, silberne Brackets glitzern an den Zähnen. »Das wäre ganz fantastisch, ja? Was sind Sie denn für einer? Erst Eton, dann Deliveroo?«

»Nein, ich bin nicht bei Deliveroo.«

»Wie auch immer, jedenfalls sind Sie tief gefallen.«

»Im Vergleich zu Ihnen?«

»Oho – kleine Sticheleien vom Lieferjungen, wie?«

Mit sechsundfünfzig wird Will nur noch selten ›Junge‹ genannt, auch wenn er für sein Alter recht jugendlich aussieht, groß gewachsen und fit, eine krumme Nase vom Rugbyspielen in der Schule, Fältchen um die Mundwinkel. Er ist immer schon sportlich gewesen, hat einen niedrigen Ruhepuls und wirkt meist entspannt.

»Nun, immerhin sprechen Sie Englisch. Wollen Sie einen Job?«

»Eigentlich nicht, nein. Was ist das hier überhaupt für eine Firma?«

»Reality Check News.«

»Ich fürchte, mit Journalismus kenne ich mich überhaupt nicht aus.«

»Wir sind auch kein richtiger Nachrichtensender. Eher eine Klitsche für verdammte Rechtschreibprüfung.«

»Zahlen Sie gut?«

»Nennen Sie mir Ihren Vornamen.« Er wischt sich die Nase am fülligen, haarlosen Unterarm ab und führt Will zu seinem Büro im hinteren Teil. Dev lässt sich in seinen Schreibtischstuhl fallen, beginnt auf den Fingernägeln zu kauen und googelt Wills vollständigen Namen. »Kumpel, Sie existieren nicht.«

»Ich bin mir ziemlich sicher, dass es mich gibt.«

Dev deutet auf ihn. »Nehmen Sie die verdammte Maske

ab. Ich stelle keinen ein, den ich nicht sehen kann. Oder sind Sie beim MI5?«

»Stimmt, ganz genau. Undercover bei Deliveroo.«

»Ich dachte, Sie sind nicht bei Deliveroo.« Dev bemerkt in der Hosentasche von Wills Cargo-Shorts eine Packung Golden-Virginia-Tabak. »Die Gesundheits- und Sicherheitsvorschriften verbieten, hier drinnen zu rauchen. Also kommen Sie.« Er geht zum Aufzug, und schweigend fahren sie ins Erdgeschoss. Ehe sie die leere Plaza betreten, stößt Dev schon Rauch aus, eine graue, in der Drehtür hinter ihnen gefangene Wolke, die sich nur langsam auflöst. Draußen bibbert Dev, schlürft an einer Dose Coca-Cola light und hält Will eine Packung Silk Cuts hin. »Nehmen Sie schon – gönnen Sie sich eine richtige.«

Will hört nur halb hin, während Dev sich paffend über zwei Mitherausgeber ärgert, die gerade gekündigt haben, weshalb er jetzt alles selbst umschreiben muss. RCN verfasst keine eigenen Nachrichten, erklärt er, übersetzt nur ausländische Blogs, verpasst den Texten einen reißerischen Titel und stellt sie als Originalbeiträge ins Netz.

»Also sind Sie Übersetzer?«

»Wie, ich? Ich kann kaum Englisch! Nein, der andere Typ.«

»Der mit dem Haarproblem?«

»Genau der. Ein echter Albtraum«, sagt Dev. »Diese Ausländer, die ich habe – die können kaum schreiben. Also hocke ich mich hin und versuche schlau aus dem zu werden, was da steht. Selbst mit Google-scheiß-Translate wären wir besser dran. Der absolute Horror. Ich kann Ihnen vierhundert die Woche bieten, was mehr ist, als Amir kriegt, mein Araber da oben.«

»Ich bin mir immer noch nicht sicher, worin mein Job genau bestehen würde.«

»Wir und die übrigen Büros haben zusammen sechs Dolmetscher, die rund um die Uhr arbeiten und uns ihren Scheiß liefern. Aus dem machen wir dann Artikel.«

Für Bürojobs hatte Will noch nie viel übrig, aber er ist seit einiger Zeit leider ziemlich arm, was bei näherem Hinsehen auch auffällt: der Kragen zerschlissen, Fäden kitzeln am Hals, am Hosenschlitz fehlt ein Knopf. Gestern Abend hat er die Schubladen im Schlafzimmer durchwühlt und sich gefragt, ob er damit zurechtkäme, nie wieder Klamotten zu kaufen. Vielleicht noch zwanzig Jahre? Selbst Tabak zum Selbstdrehen ist heutzutage alles andere als billig, und sein Erspartes hat noch nie gereicht. »Letzten Endes geht's also um Korrekturlesen?«

»Korrigieren Sie das Englisch der Leute, von mir aus auch ihr Latein.« Dev nimmt einen letzten Zug und schnipst die Zigarette auf den Gehweg; in einem Sternenregen fliegt die Asche nieder. »Morgen zehn Uhr. Ich zeige Ihnen dann, wie's läuft.«

IN WILLS HAUS kocht ein Pärchen. Er weiß nicht, wer die beiden sind.

»Würstchen und gebackene Bohnen«, erklärt die Frau, der drei pinkfarbene Dreadlocks bis auf den Gürtel ihres Sarongs fallen. Auf dem grünen T-Shirt steht:

Extinction

=

Everything.
Everyone.
Gone.

»Soll das so riechen?«, fragt Will.

Ihr Begleiter – ein haariger junger Mann mit ironisch gemeintem Zylinder, ohne Hemd unter dem wollenen Mantel – erwidert: »Das sind vegetarische NotDogs. So riecht die Rettung des Planeten.«

»Viel zu aufgedreht.«

»Wer?«

Will verkleinert die Flamme unter der Pfanne. Das Zischeln und Brutzeln lässt nach.

Er hat ein halbes Dutzend Mieter, engagierte Halbwüchsige mit aussagekräftigen Tattoos. Nur ist Will sich nicht sicher, ob diese zwei dazugehören. Außerdem lenkt ihn ein hörbares Getrippel unter den Dielen ab. Ein Kammerjäger hatte sich erboten, den Boden aufzureißen und sämtliche Schlupflöcher zuzubetonieren. Das würde ihn zwanzigtausend kosten, was viele Tausend mehr wäre, als Will auf dem Konto hat.

Das Einzige, was Will in diesem Haus hält, ist dieses Haus. Soll heißen, die Mieter zahlen Miete. Mitte der Achtziger hatte sein Vater, Gutsbesitzer in Somerset, die Weitsicht besessen, dieses Reihenhaus im Nordwesten Londons für sein schlaksiges Kind zu kaufen, das gerade einem enttäuschenden Abschluss in Cambridge entgegentrödelte. Dieses Haus aber, als Sicherheitsnetz gedacht, wurde zum Fundament von Wills Phlegma und gestattet ihm das Herumlungern nun schon seit drei Jahrzehnten. Zum typischen Tagesverlauf gehören ein Quäntchen Hauswirtschaft, einige Stunden Niedriglohnarbeit, dann ein moderates Zechgelage bis spät in die Nacht und zum Abschluss ein ausgiebiges Bad sowie ein Buch. (Will gehört zu jener seltenen Spezies Männer, die ernsthaft lesen; er erinnert sich sogar an den Inhalt der Bücher, dabei bleibt sein Wissen völlig ungenutzt – eine Tatsache, die ihm noch nie zu schaffen gemacht hat.)

Er hat einige Hausregeln aufgestellt und versäumt es, sich

selbst daran zu halten, bietet jedem, der bei ihm aufkreuzt, einen Schluck aus der nächstbesten Flasche an, gibt, ohne im Gegenzug etwas dafür zu erwarten, und ist tolerant ohne jeden Vorbehalt – bis es ihm alle paar Monate zu viel wird und er explodiert. Diese Wutausbrüche sind wie Hagelschauer: heftig und schnell wieder vergessen.

Sein Hauptversagen als Vermieter besteht jedoch darin, dass er sich einfach nicht merken kann, wer im Haus wohnt und wer nur das Bett mit einem seiner Mieter teilt. Folglich hat das Haus eine Bewohnerschaft von schmuddeligen Piercings angezogen, die Exctinction-Rebellion-Sticker an die Fensterscheiben zur Straße kleben, gegen den amerikanischen Imperialismus kämpfen, indem sie möglichst oft zum fahrbaren Imbiss eines Irakers in der Kilburn High Road gehen, und sich für ihre Privilegien als Weiße bei Menschen entschuldigen, die gar nicht da sind. Es ist leicht, sich über sie lustig zu machen, aber Will bewundert sie. Die meisten seiner Freunde haben als Jugendliche ihre politische Überzeugung dadurch zum Ausdruck gebracht, dass sie Poster von The Clash an die Wände ihres Schlafzimmers hängten, sich die Single ›Do They Know It's Christmas?‹ kauften, gleich nach ihrer Zeit in Oxbridge eine imposante Berufskarriere starteten und sich dann mit dreißig Ehefrau, Babys und Besitz zulegten.

Politische Anliegen gab es damals natürlich auch schon. Will erinnert sich an die Veranstaltungen von Rock Against Racism, und er hatte eine Freundin mit einem Anti-Atomkraft-Ring. Jahre später lief Will im Februar 2003 bei der riesigen Demo gegen den Irak-Krieg mit; sie brüllten sich durch Whitehall, eine Million sammelte sich im Hyde Park und hob die Fäuste gen Himmel. Wie lebhaft er die Szene noch vor Augen hat, wie oft er sie schon geschildert hat. Ein unterdrückter Teil seines Hirns aber argwöhnt, dass er gar nicht dabei gewesen ist, nur Bilder gesehen hat. Allerdings konnte die Demo den Krieg auch nicht verhindern, ist also wohl kaum die beste Demonstration einer Demonstration. Wills Großvater – ein Filou, dessen Leben in der zweimaligen Teilnahme am Rennen von Le Mans gipfelte – behauptete stets, die schlimmsten Vorhersagen hinsichtlich der Menschheit würden sich nie bewahrheiten, weil der Mensch so teuflisch klug sei. Vergiss nie die Pferdemistkrise im Jahr 1894: Jede große Stadt der Erde drohte unter haufenweise Pferdedung begraben zu werden, allerorten breitete sich Panik aus – dann aber erfand der Mensch das Auto und rettete so den Planeten.

Wie auch immer, Katastrophen scheinen in letzter Zeit drohender geworden zu sein, weshalb Will durchaus Mitgefühl für die Klagen seiner Hausbewohner aufbringt und es geduldig hinnimmt, wenn Mietzahlungen verspätet eingehen, vor allem während der Pandemie. Viel länger kann es so aber nicht weitergehen.

Was das Coronavirus betrifft, so ist er bislang glimpflich davongekommen. Er hat sich früh angesteckt, aber nur vierzehn reichlich unangenehme Tage verbracht. Zwei Mieter leiden mittlerweile an Long Covid, ein anderer zog zurück zu seinen Eltern. Stipendien wurden verschoben, »Einmal-im-Leben«-Reisen aus dem Leben gestrichen, Stellenangebote zurückgezogen. Eingepfercht, mit ihrer Geduld am Ende und Erben eines in Flammen stehenden Planeten, sehnten sich die Hausbewohner nach Revolution und neigten immer öfter dazu, ihre Wut an Will auszulassen und ihn als *Rentner*-Kapitalisten zu beschimpfen.

Dabei hielt er sich selbst durchaus für einen Arbeiter, für jemanden, dem selbst erbärmlichste Plackerei nichts ausmachte. Er hatte sich sogar schon einen Fünfer damit verdient, Katzenkot im Vordergarten des Nachbarn einzusammeln, hatte jahrelang in einem Burger-Restaurant Geschirr gespült und mit einem Laster Pommes-Kisten ausgefahren. Als das Restaurant wegen des Lockdowns schließen musste, wurde er Lieferbote und genoss die Leere des alten rußigen Londons, das zum ersten Mal seit der Großen Pest von 1665 wieder verlassen war.

Anfangs fuhr Will den Wagen einer Weinhandlung, schleppte Flaschen zur im Homeoffice arbeitenden Bourgeoisie, die vor lauter Panik mehr Alkohol zu trinken begann. Sobald sich das Wetter besserte, kaufte er sich ein gebrauchtes Klapprad, begann, Essen auszuliefern und begegnete auf seinen Runden den ehemals Unsichtbaren: den Bangladeschern auf ihren Motorrollern mit KFC-Kisten, den nigerianischen Krankenschwestern, die auf den nächsten leeren Doppeldeckerbus warteten, der mürrischen Rumänin, die immer wieder aus ihrem Grinse-Amazon-Van hüpfte. Systemrelevante Arbeiter kümmerten sich um die nicht so Relevanten, die ihre Badezimmer mit antibakterieller Seife vollstopften, sich hinter verriegelten Türen versteckten und durch den Briefschlitz riefen: »Stellen Sie das Curry einfach vor die Tür! Und treten Sie bitte einen Schritt zurück! Ihr Trinkgeld überweise ich per App!« Sobald die ersten Büros wieder öffneten, stieg Will in der Hierarchie auf und machte nur noch Kurieraufträge, lieferte wichtige Dokumente, nicht länger wichtige Kebabs aus.

Während der Pandemie radelt er durch die Panikwelt und fragt sich, ob es wirklich so tragisch wäre, wenn die Menschheit unterginge. Manchmal fragt er sich aber auch, ob ihm nicht etwas entgeht, weil ihm der Zusammenbruch der Zivilisation so wenig bedeutet. Er neigt dazu, die Gesellschaft für einen klapprigen Konvoi zu halten, der nicht nur nach Karten fährt, sondern auch von Gerüchten gelenkt wird und dessen Passagiere überwiegend bloß einen bequemen Sitz wollen, auch wenn einige wenige den Fahrer anbrüllen. Nur die Mittelklasse, Heilige und Despoten glauben, dass sie die Welt verändern können. Und was die Aktivisten-Generation in seinem Haus betrifft, so unterscheidet sich ihr Ziel nicht groß vom Nihilismus, fast, als würde sie versuchen, die Kontrolle über den klapprigen Konvoi an sich zu reißen und dabei voller Entsetzen bemerken, dass sich das Lenkrad nicht bewegen lässt. Also gibt man sich eine Überdosis Internet, verletzt sich selbst oder zieht sich NotDogs rein.

Dieses Pärchen verschlingt die Würstchen jedenfalls direkt aus der Pfanne; der Zylinder-Kerl schnippt die Asche seines Joints in eine Teetasse. Weil diese Welt so deprimierend ist, planen sie, sich aus Protest dagegen an ein Londoner Denkmal zu kleben. Allerdings gibt es da ein Problem. Sollen sie lösbaren Klebstoff kaufen?

»Ist das nicht ein Problem der Polizei?«, fragt die Frau mit den pinkfarbenen Dreadlocks.

»Hängt vom Regierungssystem ab«, antwortet Zylinder. »In einer Diktatur ist es dein Problem, wenn der Klebstoff nicht lösbar ist. In einer Demokratie ist es deren Problem.«

Will stellt sich diesen Typen – ohne Zylinder, gewaschen und rasiert – in ein paar Jahren als Gast der BBC News vor, wie er, live aus einer Denkfabrik zugeschaltet, ständig allen ins Wort fällt.

»Also, was *ich* gern gewusst hätte«, wagt Dreadlock sich vor, »ist, ob …«

»Im Grunde aber«, fährt Zylinder fort, »müssen wir uns doch fragen, ob wir dies hier noch eine Demokratie nennen können?«

»Es gibt einen einfachen Weg, das herauszufinden«, sagt Will. »Klebt euch an irgendwas fest.«

DEVIN DOYLE HASSSCHAUFELT sein Frühstück aus einer Greggs-Tüte in sich rein, kaut kaum, schiebt sich das Würstchen im Schlafrock in den Rachen, krümelt auf Bauch und Tastatur. Er kam heute Morgen zu spät zu RCN, Will aber erschien pünktlich und wurde von den Nachtmitarbeitern eingelassen – Übersetzern aus dem Türkischen, aus Tagalog und Russisch, die beim Kartenspiel kiebitzten, bis der Boss hereinspazierte. Als sie ihre Sachen zusammenpackten, traf Amir ein, der Übersetzer aus dem Arabischen und Französischen, setzte sich an den Tisch des gerade gegangenen türkischen Mitarbeiters, verstellte mit Mühe die Stuhlhöhe, indem er fest auf die Rückenlehne schlug, und kämpfte dann mit einem störrischen Mauskabel.

Dev fordert Will auf, in der Tür stehen zu bleiben, dabei sieht er sich nur ein Video auf Facebook an, in dem behauptet wird, George Soros und Hillary Clinton seien die eigentlichen Besitzer von Facebook, Jeffrey Epstein sei nicht tot und Bill Gates würde Fledermäusen Mikrochips einpflanzen. »Warum haben wir darüber keine Story?«

»Ich bin mir nicht sicher, wie ich auf diese Frage reagieren soll.«

»Indem Sie mir eine Tasse Tee machen«, sagt Dev und grinst süffisant, verliert seine Chuzpe aber beim ersten Augenkontakt. In strengerem Ton erklärt er dann den Arbeitsablauf und erzählt, wie Suchmaschinen in der Zentrale eingängige Blog-Posts aufspüren, Übersetzer sie in leidliches Englisch übertragen und die Tagesschicht sie zu einer quasipublizierbaren Version verarbeitet, die von Twitter-Bots vervielfacht wird.

Will versteht kaum die Hälfte. »Na schön. Soll ich anfangen?«

»Ihr erster Auftrag, wie gesagt, der Wasserkessel.«

Will tunkt Teebeutel ein und sieht, wie sich das Wasser mahagonibraun färbt. Amir murmelt ihm irgendetwas zu – er greift nach der Nespresso-Maschine und bittet Will, ihm Platz zu machen. Von Nahem hat Amir Ähnlichkeit mit einem Mathematiklehrer im Jahr 1983: Brille mit Metallrahmen, Kassenmodell, Kinnriemenbart, Rasurbrand unterm Kinn. Er hat einen kranken Fuß und humpelt, bewegt sich wie ein Sechzigjähriger, dabei ist er vermutlich nur halb so alt, hängende Unterlippe, Riss im Vorderzahn. Will besitzt eine Schwäche für die Schwachen; als er mal ein Fuchsjunges sah, das auf der Goldhawk Road in den fließenden Verkehr laufen wollte, sprang er vom Rad, bedeutete den Autofahrern anzuhalten und eskortierte den Welpen von der Fahrbahn, woraufhin der junge Fuchs unter ein parkendes Auto huschte und Will seine Fahrt wiederaufnehmen konnte.

Er stellt sich Amir vor, dessen Handschlag nur eine federleichte klamme Berührung. Als Dev sieht, dass die beiden sich miteinander bekannt machen, ruft er: »Was zur Hölle ist ein ›zweischneidiges *Messer*‹?«

»Ist doch eine Redewendung, oder?«, fragt Amir und humpelt zu ihm.

»Nein, verdammter Idiot.«

Will sagt: »Muss es nicht ›zweischneidiges Schwert‹ heißen?«

Dev – der das ganz offensichtlich gewusst hat – reagiert, als wäre dies eine Offenbarung, und Amir bestätigt, dass er genau das gemeint habe.

»Ja, warum *schreiben* Sie es denn nicht?«, erwidert Dev. »Ein zweischneidiges *Messer* kennt doch verdammt noch mal kein Mensch.« Er blickt mit rollenden Augen zu Will, der ihm eine dampfende Tasse auf den Tisch stellt. »Na, dann Prost.«

Während der Vormittag seinen Lauf nimmt, fällt Will auf,

dass sein Boss mit ihm anders spricht als mit den Übersetzern. Dev hat es vor allem auf Amir abgesehen, dessen Fehler er laut in die Redaktion trompetet. Außerdem behandelt er Amir, als gehörte er zum technischen Support, lässt ihn zu sich humpeln, um gelöschte Dateien aufzuspüren oder die Wett-App auf seinem Handy wieder einzurichten. Macht man sich über ihn lustig, setzt Amir ein unterwürfiges Lächeln auf, das ausdrückt, wie sehr er diesen Job braucht; dann nennt er der Reihe nach die Texte, die er übersetzt, während Dev Unverständnis mimt.

»Husten Sie sich nicht die Lunge aus dem Leib, Amir. Das wird mit einem ›haitch‹ ausgesprochen. *Hhhhhhhaitch.*«

Während der nächsten zwei Stunden korrigiert Will die Syntax von Bloggern, die sich eine Inversion der Realität zusammenreimen: dass die Klimawissenschaft ein Plot gegen die Armen ist, ethnische Säuberung zum Kampf gegen Terrorismus gehört und Menschenrechtsgruppen in Wahrheit Kinderschänderringe sind. Jeder Artikel endet mit einer Version des Satzes: »Und jetzt fragen Sie sich: Warum wird das von den Eliten verschwiegen?«

Will findet es halbwegs amüsant, geistesgestörte Ergüsse daraufhin zu lesen, ob sie die Kommaregeln einhalten. Der Schwachsinn ist dermaßen lächerlich, dass ihn kein Mensch ernst nehmen kann. Auf ihrer Website schaltet tatsächlich auch niemand Reklame, was die Frage aufwirft, wie RCN sich finanziert. Dev bleibt vage und schimpft über die Zentrale, die immer das Unmögliche will. Als Will wissen möchte, wo denn diese Zentrale sei, murmelt Dev nur irgendwas über ›reiche Ausländer‹. Bevor er hier anfing, hat er Telefonmarketing in Salford gemacht, war Makler bei Foxtons in West-London und hat danach Immobilienanzeigen für eine Zeitschrift in Dubai verkauft, wobei er online dann diese

Stelle fand. »Der Rest ist Geschichte.« Er reckt den Daumen, als wollte er trampen, zeigt zum Fahrstuhl. Kaum draußen lehnt Will die dargebotene Zigarette dankend ab und holt sein Rad.

»Warum klappen Sie das auf?«

»Dieser Job ist nichts für mich«, sagt Will. Sein stiernackiger Ex-Boss verflucht die leere Plaza, kehrt ihr den Rücken zu und schimpft noch, als Will längst fortgefahren ist.

VERMUTLICH HÄTTE ER das nicht tun sollen.

Zu Hause angekommen, stellt Will fest, dass seine Mieter ihm drohen, die Monatsmiete einzubehalten, da schon wieder eine Ratte gesichtet wurde, diesmal hinter der Abfalltonne in der Küche. Der Kammerjäger könnte Fallen und Gift auslegen, schlägt Will vor. Das würde das Problem nicht lösen, wäre aber bezahlbar. Wenige Wochen später wird zu einer Vollversammlung in seinem Wohnzimmer aufgerufen. Die Mieter sind sich einig, dass niemand einem Tier wehtun möchte, dass sie nur gefangen und umquartiert werden sollen.

»Ratten umquartieren?«, fragt Will. »Wohin denn?«

»Gibt es hier in der Gegend keinen Wald?«

Ein anderer Mieter: »Also ich weiß nicht, hinter jeder Ecke rechne ich neuerdings mit einer Leiche. Das gefährdet echt das psychische Gleichgewicht.«

»Wir reden hier von zwei Ratten, die zu himmlischeren Gefilden gewechselt sind«, sagt Will. »Habt ihr eine Ahnung, wie viel es kostet, das Problem endgültig zu beseitigen? Zwanzig Riesen, Minimum. Und wie soll ich die aufbringen, wenn keiner von euch Miete zahlt?«

»Könnten wir uns nicht Katzen anschaffen?«

»Und glaubst du, Katzen sind sanfte Tiere?«, fragt Will. »Glaubst du, die locken unsere Rattenfreunde höflich in den nächsten Wald?«

»Eine Katze wäre zumindest eine natürliche Lösung.«

»Jetzt hört mal, die meisten von euch wohnen doch gar nicht hier!« Sie zucken zusammen – die wenigsten von ihnen haben bisher erlebt, dass Will die Geduld verliert. »Ihr alle! Jetzt sofort! Schreibt eure Namen auf ein Blatt Papier!«

»Was soll das denn werden? *1984?*«

»Wer nicht zahlt, bleibt nicht – und darf schon gar nicht abstimmen. Hiermit werdet ihr freundlichst aufgefordert, euch umgehend nach Hause zu verpissen. Oder sucht euch einen Wald, in den ihr euch auf humane Weise umquartieren könnt.«

»Jetzt komm mal wieder runter!«

»Doofe Nüsse, das seid ihr, ihr alle!«

Will hat seinen Ausraster vergessen, sobald er auf die Straße tritt. Sie ist leer, hell. Seine Mieter haben recht mit ihren Beschwerden: Die Ratten müssen weg. Er hätte den Schreibtischjob behalten sollen.

Will loggt sich in seine Courier-App ein und klickt IM DIENST an. Eine Privatnachricht wartet auf ihn – eine Klientin hat ihn angefragt. Er akzeptiert und radelt los, um etwas abzuholen. Vor Monaten hatte er ihr bei Regen ein Päckchen gebracht. Er brauchte eine Unterschrift, hatte an die rote Haustür geklopft und war dann zurückgetreten, so wie es die Firmenregeln vorschrieben. Eine hochgewachsene ältere Frau hatte ihm aufgemacht, den durchnässten Lieferboten gemustert, das graue, tropfnasse, an der Stirn klebende Haar, die Regenrinnsale, die hinab auf seine Zickzacknase mäanderten. Er vergewisserte sich, dass sie die Empfängerin der Sendung war: »Dora Frenhofer?«

Sie nahm das feuchte Päckchen entgegen, zögerte aber, gleich zu unterschreiben, und fragte stattdessen: »Wollen Sie sich nicht unterstellen?«

Er dankte ihr und trat unter das Vordach.

»Sagen Sie«, fuhr sie fort, »wie ist es so in der Hölle?«

»Welche Hölle meinen Sie?«

»Die Fallzahlen steigen rapide, die Krankenhäuser sind überfüllt. Ich hocke hier geschützt in meinem Haus, Sie aber radeln durch die Hölle da draußen. Also? Wie wäre es mit einem Bericht aus erster Hand?«

»Im Augenblick regnet es in der Hölle.«

Ihre Augen lachten; sie trat einen Schritt zurück in den dunkleren Flur und drängte ihn, auf einen Kaffee hereinzukommen.

»Ist leider nicht erlaubt«, sagte er. »Aber wenn das für Sie okay ist, rauche ich gern eine Zigarette unter Ihrem Vordach.«

Sie war einverstanden und leistete ihm Gesellschaft, redete mit einer ungewöhnlichen Intensität, fast, als probierte sie aus, wie es war, wieder Worte zu benutzen. Sie musterte ihn mit zusammengekniffenen Augen, ließ ihren abschätzigen Blick über diesen triefenden Mann wandern und erklärte, weil sie ihn Folgendes fragen wolle, sei sie sicher ein ganz schrecklicher Mensch, doch dürfe sie das, weil sie nun einmal eine Holländerin sei, und Holländer redeten immer frei von der Leber weg. »Warum ist ein Mann in Ihrem Alter und von Ihrem Format ein Lieferbote?«

»Wegen der frischen Luft.« Er musste die lange Aschespitze an seiner Zigarette abstreifen und trat deshalb auf den Bürgersteig, wobei er ihre blaue, bis über den Rand mit Büchern gefüllte Papiertonne sah. »Was Gutes dabei?« Er inspizierte den Inhalt. »Balzac, Kundera, Böll.«

»Sie sind ein Leser?«

»Und Sie eine Schriftstellerin«, erwiderte er und griff nach einem Buch mit ihrem Namen auf dem Einband. »Wäre das nicht so durchweicht, würde ich Sie fragen, ob ich das haben darf.«

»Das lohnt die Mühe nicht! Und ich bin auch keine Schriftstellerin mehr. Habe vor Kurzem damit aufgehört. Danach ist übrigens was wirklich Lustiges passiert: Mich hat das Verlangen gepackt, *alle* meine Bücher loszuwerden. Mein Leben lang habe ich sie geliebt, und jetzt? Ich kann mich nicht mal mehr erinnern, wovon sie handeln! Colette, Woolf, de Beauvoir, Nabokov, Gogol und was weiß ich wer noch. Worüber haben die eigentlich geschrieben? Ich schätze, es ist nicht mehr wichtig. Aber verdammt, sie haben mich ausgetrickst!« Ein angedeutetes Lächeln. »Nicht doch einen Kaffee?«

Er drückt jedoch seine Zigarette aus und steigt wieder aufs Rad.

»Wissen Sie, was ich mache«, sagt sie, »wenn Sie fort sind?«

»Was denn?«

»Ich starre zwei Stunden auf meine Tastatur und versuche, das Wort ›Wiegenlied‹ zu buchstabieren.«

»Ich dachte, Sie hätten mit dem Schreiben aufgehört?«

»Habe ich auch gedacht.«

Fast ein Jahr ist es her, und er nimmt an, dass sie sichtlich gealtert ist, eingesperrt in ihrem schmalen, dreistöckigen Haus. Doch öffnet sie die Tür in Hose und Kostümjacke und duftet nach Parfüm, die Lippen sind geschminkt. »Sie erinnern sich an mich?«, fragt sie und ist offensichtlich erfreut, ihn wiederzusehen. Sie weiß noch, dass sie über Bücher geredet haben, und sagt, sie hätte sich ewig nicht mehr so gut unterhalten. Besseres Wetter als letztes Mal hätten sie auch. Sie hat sich online vergewissert (und auch die sich ständig ändernden Corona-Regeln gecheckt): Wenn sie ausreichend

Abstand wahren, können sie in ihrem Garten ein bisschen plaudern.

»Sehr freundlich von Ihnen«, sagt er, »aber ich fürchte, ich kann heute nicht.«

»Wie schade.«

Noch während er Auf Wiedersehen sagt, fällt die Tür ins Schloss.

Will hat etwas anderes vor; er ist auf dem Weg zu RCN. Auch wenn er da nur wenige Stunden gearbeitet hat, müssen sie ihn bezahlen.

Amir lässt ihn herein. »Du bist zurück.«

»Nur kurz. Ist Dev da?«

Amir senkt den Blick. »Er ist von uns gegangen. Sagt man das so? Von uns gegangen?«

»Was soll das heißen? Ist er tot? Tja, das dürfte meine Aussicht auf Bezahlung verschlechtern. Was ist passiert?«

»Herzstillstand in Büro. Wir alle sehr geschockt.«

»Der Mann war Kettenraucher und hat nonstop Junkfood in sich reingestopft. Sein Nacken war breiter als seine Ohren. Was kann da schockieren?«

Amir unterdrückt ein Lachen. »Stimmt, war nicht so gesund.«

Will wirft einen Blick auf seine Uhr. »Lust auf einen Drink? Bis wir eine Bar gefunden haben, ist es schon fast Nachmittag.«

Sie gehen am künstlichen Teich vorbei, an mürrischen Bäumen und gläsernen Firmengebäuden. Heute sind nicht mal Ehebrecher in den Bürokabinen. Die Gegend wirkt gespenstisch, fast, als gäbe es keine Menschen mehr und nur deren traurigste Monumente wären geblieben.

»Wie bist du in diesem Laden gelandet, Amir?«

Sie finden eine leere Tapas-Bar mit einer Außenterrasse.

Der Kellner – überrascht, dass Kunden kommen – stürzt mit der Weinkarte nach draußen.

Amir leert ein übervolles Glas Malbec und erzählt mit abgewendetem Blick von seiner Ein-Zimmer-Wohnung in Hounslow, davon, wie die Zentrale Texte forciert, die ihn anwidern. Er hasst sich selbst, weil er bleibt, braucht aber das Geld. Größtenteils sei er in Paris aufgewachsen, die Mutter Französin, der Vater Araber, beide verstorben.

»Warum London?«

»Erst noch mehr Wein.«

Will ruft den Kellner.

Während er in Paris aufwuchs, fährt Amir fort, wurde er ein Fan von amerikanischem Trash und wollte in den Staaten seinen Doktor machen. Die Homeland Security hat jedoch den Visaantrag abgelehnt, was sein ganzes Leben änderte. Er schrieb sich dann in ein grässliches Graduiertenkolleg ein, brach das Studium aber wieder ab. Um sich über Wasser zu halten, arbeitete er eine Zeit lang bei einer Möbelspedition. Dann wurde sein Vater ernstlich krank und starb, weshalb Amir in den Nahen Osten flog. Dort ist dann etwas passiert.

»Und was, das verrätst du nicht?«, fragt Will. »Ein ziemlicher Cliffhanger.«

»Ich kann nicht erklären. Vielleicht ich irgendwann mal aufschreiben.«

»Aufschreiben? Du meinst, nur für dich? Oder auch für andere Leute?«

»Wer weiß schon? Wir werden sehen.« Amir legt eine Hand auf seinen Oberschenkel, hört auf zu wippen. »Alle haben was zu sagen, weißt du – aber warum sollte wer lesen, was ich schreib? Ich bin doch nur ganz normaler Typ.« Er hebt das Kinn, die Lippen dunkelrot vom Wein, hält mit beiden Händen den Stiel seines Weinglases umklammert. »Vielleicht«, scherzt er, »hilfst du mir? Mit Schreiben?« Auf einmal ist Amir verlegen und wechselt das Thema, möchte Wills Geschichte hören.

Am Leben von Will de Courcy ist nichts auszusetzen, nur hat er keine große Lust, es wiederzukäuen, also gibt er eine Zusammenfassung auf Französisch. Amirs Muttersprache – Will findet es angenehmer, sich in einer fremden Sprache zu erinnern. Nach dem Studium, in der Zeit vor dem Fall der Mauer, hat er sich in Wien herumgetrieben. Hat selbst sogar ein bisschen übersetzt, wie ihm jetzt wieder einfällt, unter anderem einen surrealistischen bulgarischen Roman ins Englische. Als man ihn dafür engagierte, wies Will darauf hin, dass er kein Bulgarisch könne, aber der geizige Verleger gab ihm eine deutschsprachige Ausgabe, mit der er arbeiten sollte. Da sich der bulgarische Roman jedoch als unverständlich erwies, egal, in welcher Sprache, bat Will den im Bonner Exil lebenden Autoren um Aufklärung. Der Mann war nicht daran interessiert, also kürzte und erweiterte Will den Text nach Belieben. »Und so ist das Buch dann auch erschienen.«

»Hat er je herausgefunden, was du getan hast?«

»Der Autor? Na ja, also nein. Eine ziemliche Enttäuschung: nicht der geringste Skandal. Meine recht freie Übersetzung hat ihm sogar irgendeinen obskuren Preis für experimentelle Fiktion eingebracht. Es gab eine Veranstaltung mit dem Autor, und ein Kunstkritiker hat ihn auf der Bühne interviewt und immer wieder Stellen zitiert, die im Original gar nicht vorkamen. Ich habe damit gerechnet, dass er widerspricht, aber der Bulgare hat einfach nur die Bewunderung genossen. Keine Ahnung, ob es ihm egal war, ob er den Kritiker für einen Spinner hielt oder ob er wirklich geglaubt hat, diese Stellen selbst geschrieben zu haben.«

»Letzteres.«

»Ja, denke ich auch«, sagt Will, lächelt und beginnt diesen Amir zu mögen, der offensichtlich nicht auf den Kopf gefallen ist.

Will fährt mit seiner Geschichte fort: Wie er sich in Wien zu langweilen begann und deshalb nach England zurückkehrte, in das Haus, in dem er noch heute wohnt. Während der folgenden Jahre ließ er sich auf eine Reihe zweifelhafter Geschäfte ein: hat versucht, die Lizenzrechte für Londoner Hunderennen an eine chinesische Sendeanstalt zu verkaufen, ein nepalesisches Restaurant eröffnet, Batterien verkauft, die sich im Auto mit dem Feuerzeuganzünder aufladen ließen. Er hat eine Tochter in Österreich, die heute in Innsbruck lebt – ein merkwürdig teutonisches Kind, das nie mit ihm Kontakt aufgenommen hat. Seine Ex, merkt Will an, beschrieb ihn einmal als »Enthusiasten mit kurzer Aufmerksamkeitsspanne«. Die Tochter ist mittlerweile um die dreißig.

»Also ungefähr in meinem Alter«, meint Amir.

Später am Abend rekelt sich Will auf seinem grünen Futonbett und liest, weil sie beiläufig darauf zu sprechen kamen, noch einmal *La Vie Devant Soi* von Romain Gary. Von unten, wo ein politisches Treffen stattfindet, weht Weihrauchduft herauf.

Will denkt über seine Tochter nach, auf die er nur selten zu sprechen kommt. Er dreht sich eine Zigarette, sucht eine bequemere Liegehaltung und schubst dabei versehentlich ein halbes Dutzend Taschenbücher zu Boden. Er denkt an die ältere Frau, die pensionierte Schriftstellerin. Der Brief, den er bei ihr abholen sollte, war an sie selbst adressiert.

Sein Telefon piept, eine Nachricht von Amir, der ihm mitteilt, dass er sich ins interne Computersystem von RCN eingeloggt hat: Die Zahlung an Will wurde genehmigt. 1240 Pfund.

Will runzelt die Stirn, lehnt sich zurück und liest die SMS noch einmal. So viel Geld für vier Stunden Arbeit?

Draußen heult ein Motor auf und verstummt mit einem letzten Grollen. Er blickt aus dem Schlafzimmerfenster auf einen pinkfarbenen Porsche Cabriolet. Eine zierliche Frau mittleren Alters steigt aus, schwankt auf ihren High Heels und streicht ihren roten Wildlederrock glatt, gleich darauf streckt eine zweite Frau mittleren Alters ihre langen Beine aus der Fahrertür und stolziert Richtung Eingang aus seinem Blickfeld. Die Klingel wird gedrückt, jemand öffnet. Dann ein gedämpfter Wortwechsel.

Will geht auf einen Kaffee nach unten, weil er neugierig auf diese Besucherinnen ist, die er im Wohnzimmer vorfindet wie zwei hochnäsige Skulpturen, die das Galeriepersonal mustern. Die größere ist Mutter eines Extinction-Rebellion-Aktivisten, die zierliche ihre beste Freundin. Beide nennen sich »enthusiastische Unterstützerinnen der Bewegung«. Auf Öko-Demos haben sie Wasserflaschen verteilt und kommen heute vorbei, weil sie einmal ein besetztes Haus sehen wollen.

»Besetzt wohl kaum«, korrigiert sie Will. »Das sind zahlende Mieter. Zumindest waren sie das bis zum Mieterstreik. In letzter Zeit geht es hier zu wie bei der Oktoberrevolution.« Er pustet in seinen Kaffee, die Oberfläche kräuselt sich und wird wieder glatt.

»Dann sind Sie der Guru?«, fragt die größere Frau, während ihr Sohn – der mit dem Zylinder – sie wegen irgendetwas abkanzelt und ihre Miene sich zitronensauer zusammenzieht. In schwindelerregend hohen Keilsandaletten stakst sie auf William zu, die schwarze Lederhose an der Hüfte geschnürt; Brust wie Gesicht haben offenkundig von der modernen Wissenschaft profitiert. In diesen Sandalen ist sie mit Will auf Augenhöhe, er trägt eine Halbmondbrille, sie himmelblaue Kontaktlinsen. Die Frau muss ungefähr in seinem Alter sein, ihr Haar ist silberblond und perfekt frisiert. Rein technisch gesehen dürfen Friseure laut den Corona-Regeln ihren Beruf nicht ausüben, im heutigen Großbritannien aber sind Vorschriften nur optional.

»Nicht gerade ein Guru, nein.«

Er lässt sie stehen, holt sich noch etwas Hafermilch für seinen Kaffee, sie begleitet ihn jedoch zum Kühlschrank und schaut sich dabei um, als stünde das Haus zum Verkauf, wäre aber nicht ganz das, was sie sucht.

Er hält den französischen Roman noch in der Hand, den Zeigefinger zwischen die Seiten geklemmt, und sie ist beeindruckt, dass er in einer Fremdsprache liest. »Darf ich Ihnen ein Geheimnis verraten? Ich habe in meinem ganzen Leben buchstäblich nur ein einziges Buch gelesen«, vertraut sie ihm an und schweigt dann. »Wollen Sie mich nicht fragen, *welches* Buch?«

Er nippt an seinem Kaffee.

»Ehrlich gesagt, ich *schreibe* ein Buch.«

»Machen alle, die ich in letzter Zeit treffe.«

Nach wenigen Minuten Flirtschwatzens entschuldigt sich William, denn etwas lässt ihm keine Ruhe, diese 1249 Pfund von RCN. Er ruft Amir an, der lacht und sagt, er hätte mit seinem Anruf gerechnet. Sie verabreden sich für den nächsten Tag erneut beim Spanier auf ein frühmittägliches Gläschen.

Vorm Restaurant klappt Will sein Rad zusammen und sieht, dass Amir schon wartet, das Gesicht des jungen Mannes leichenstarr – bis er aufblickt und sich die Lippen zu einem Lächeln verziehen; der gesprungene Vorderzahn entstellt ihn.

Sie reden Französisch, und Amir erzählt, was sich unter Shannon, seiner neuen, eigens aus dem RCN-Büro in Sydney hergeflogenen Chefin verändert hat. Sie sei schlimmer als Dev – nicht nur Verschwörungstheoretikerin, sondern zudem auch noch ein Arbeitstier.

»Falls du je Lust auf ein Upgrade zum Lieferboten hast, findest du bei eBay bestimmt ein günstiges Rad.«

»Kommt für mich nicht infrage.« Amir tippt sich vielsagend ans Bein, ans verletzte.

Zum Stress, für den Shannon sorgt, gehört ihre Forderung, Amir solle die RCN-Artikel twittern, um sie breiter zu streuen. Sich zu verachten, weil man widerliches Material bearbeitet, ist eine Sache, eine ganz andere aber, öffentlich dafür mit dem eigenen Namen einzustehen.

»Nein, dafür darfst du deinen Namen nicht hergeben«, sagt Will. »Erst recht nicht, wenn du eines Tages deine Memoiren veröffentlichen willst.«

»Du hast es nicht vergessen!«, sagt Amir, Handinnenfläche an die Brust gepresst. »Ehrlich gesagt, ich dachte dran, dir heute einen Auszug von dem zu zeigen, was ich geschrieben habe.«

Stille senkt sich über sie. Amir trinkt noch einen Schluck und erzählt, dass er im Bett oft davon träumt, den Job zu kündigen. Aber die Miete sei so hoch. Wie können, fragt er sich, manche Menschen nur etwas auf die hohe Kante legen? Wie könne sich irgendwer eine Hypothek leisten?

»Die bessere Frage wäre«, erwidert William, »ob man wirklich ins Büro von RCN gehen muss. Ich habe immerhin ein schönes Sümmchen damit verdient, schon nach einem halben Tag wieder zu kündigen.«

Amir lacht und erklärt. Während Wills erster Schicht hat Dev ihn als neuen Mitarbeiter registriert, starb dann aber rücksichtsvollerweise, ehe er ein Update machen und Wills Entlassung eintragen konnte. Also spuckt das System weiterhin Wills monatliche Zahlung aus. »Das ist ja eben das Problem mit RCN. Man kann da eine Menge Geld machen. Und rate, wer die Bürokonten betreut?«

»Du etwa?«

»Hör mal«, sagt Amir. »Vor ein paar Monaten hatte ich ewig viele Überstunden und habe die ins System eingegeben. Im Monat darauf habe ich mein Gehalt nicht wieder angepasst und abgewartet, was passiert – ich hätte ja behaupten können, es sei nur ein Versehen. Aber niemandem ist was aufgefallen. Shannon könnte allerdings zum Problem werden. Heute Morgen hat sie sich nach dir erkundigt, wollte wissen, wer du bist. Ich habe ihr gesagt, du seist vor Kurzem eingestellt worden, hättest nach Devs Tod aber Urlaub für einen Trauerfall beantragt.«

»Ich habe nach nur einem halben Tag Urlaub gebraucht? Andererseits, nach einem halben Tag bei RCN hat man Urlaub wirklich dringend nötig.«

»Wenn sie herausfindet, dass du gleich wieder gekündigt hast, wird sie dafür sorgen, dass die Firmenzentrale dein Gehalt zurückfordert.« Zögerlich blickt Amir auf. »Solltest du aber zurückkommen, könntest du es behalten. Und würdest weiter bezahlt.«

»Wie jetzt? Ich soll für einen Boss arbeiten, der noch schlimmer ist als Dev?«

»Ich sag dir, was ich will«, erklärt Amir und fällt wieder ins Englische. »Wir arbeiten zusammen, stell ich mir vor, du und ich. Kümmert Shannon sich ums Geld, kann ich nicht machen, was ich will. Ist okay, dann vielleicht ich kündige. Aber vorher ich erzähle dir von meine Idee.« Er erwähnt den bulgarischen Roman, den Will übersetzt hat. »Können wir genauso machen bei RCN, ja? Ich gebe dir meine Übersetzungen, du veränderst, und wir stellen dann online.«

»Ich kann dir nicht ganz folgen.«

»Wir *verbessern* nicht Geschichten. Wir *verschlimmern*.«

Sein Vorschlag lautet, Lügen zusammenzubrauen, die noch widerlicher als jene waren, die von RCN veröffentlicht werden, nachweisbare Unwahrheiten, die sie in Artikel schmuggeln und deren Verbreitung sie insbesondere durch Shannons Tweets verfolgen. »Dann wir decken auf, und sie ist am Ende.«

»Und du verlierst deinen Job.«

»Macht mir was aus?«, sagt er und sieht William an wie ein Mann, der vor Zeugen etwas Tollkühnes wagen will. »Ich kann was *tun!*«

Beide lassen ihre Weingläser einen Augenblick unberührt. Jeder denkt für sich nach.

»Wir könnten uns was Verrücktes im Zusammenhang mit der Pandemie ausdenken«, schlägt William vor. »Könnten behaupten, das Ganze sei nur ein Vorwand, um Kinder durchs Impfen schwul zu machen.«

»RCN hat schon ähnliche Geschichte.«

»Wie wär's damit, dass Patienten beim Zahnarzt Mikrochips implantiert werden?«

»Mikrochips immer gut, aber kein Mensch sich für Zahnarzt interessiert.«

Vor Jahren, als Will den bulgarischen Roman ›angepasst‹ hatte, wollte er Unsinnigem einen Sinn geben, aber er war noch nie besonders kreativ gewesen. Er ist jemand, der ein Gedicht aufsagen kann, aber Mühe hätte, eines zu schreiben.

»Wir müssen größer denken«, schlägt Amir vor. »Bei RCN verbreiten sie Verrücktes erst wie Gerücht. Dann, in zweitem Artikel, sie sagen: ›Berichten zufolge‹ – mit Link zu erster Geschichte, zu Gerücht, das gerade erst erfunden wurde.«

»Die kommen uns auf die Schliche, Amir.«

»Hast du für die Leute gearbeitet oder ich?« Er wechselt

wieder ins Französische. »Weißt du, was ich von Verschwörungstheoretikern gelernt habe? Dass echte Verschwörungen nahezu unmöglich sind. Die Menschen sind dafür einfach zu dumm oder zu abgelenkt oder zu egoistisch. Meistens alles drei. Und *deshalb* geschehen schlimme Dinge. Aber eine globale Verschwörung? Also bitte! Kennst du die Menschen? Glaubst du, die bringen das fertig?«

»Aber was du gerade vorschlägst, das *ist* doch eine Verschwörung, oder nicht?«

Amir lacht. »Ja, vielleicht. Die Frage lautet also: Wer ist dümmer – die oder wir? Die, behaupte ich.«

Will merkt, wie sehr er diesen Mann mag, der kaum älter als seine Mieter ist, aber eine andere Welt in seinem Kopf mit sich herumträgt. Irgendetwas hat den Vorderzahn zerbrochen, irgendetwas hat ihm das Haar in einem seltsamen Muster ausgezupft, fast, als wäre es büschelweise herausgerissen worden.

»Shannon kann unmöglich feststellen, woher meine Übersetzungen stammen«, fährt Amir fort. »Sie kann kein Arabisch, nicht mal Französisch!«

»Und welche Rolle spiele ich? Warum erfindest du nicht selbst diesen Blödsinn und jubelst ihn ihr unter?«

»Kommt das nur von mir, wird sie misstrauisch und beginnt nachzuprüfen. Kommt es aber von mir über dich, dürfte sie kaum vermuten, dass wir beide sie reinlegen wollen. Und außerdem, mein Freund«, gesteht er, »würde ich gern mit dir zusammenarbeiten.«

Sie trinken noch mehr billigen Merlot, schmieden Pläne, und Amir findet immer mehr Gefallen an dem, was er »die Verschwörung zur Verschwörung« nennt. Bald beginnt er zu nuscheln und dreht sich ungeduldig nach dem Kellner um, ehe er sich benebelt an William wendet und irgendetwas darüber brummelt, dass er versucht hat, zur Beerdigung seines Vaters zu reisen. »Nur haben sie mich ins Gefängnis geworfen. Und wen treffe ich da? Meinen Bruder.«

»Spar dir das für deine Memoiren, Amir. Die ich wirklich gern lesen würde.« Will fürchtet, der jüngere Mann könnte angetrunken sein und sich zum Narren machen.

»Okay, aber ich will dir erzählen, was da passiert ist. Mit meinem Bruder.« Amir ruft den Kellner. »Noch Wein, bitte?«

»Ehrlich gesagt, vielleicht sollten wir es etwas langsamer angehen«, sagt Will. »Ist deine Mittagspause nicht bald zu Ende?«

Sie gehen zurück zum RCN-Büro; der jüngere Mann nimmt tiefe Atemzüge, versucht, etwas nüchterner zu werden. Anfangs gibt Shannon vor, Will gar nicht zu bemerken, macht auf nervöse Journalistin, ruft quer durch den Raum den Übersetzern zu: »Jungs, das müsst ihr sehen!«, stürmt nach vorn und haut mit der Faust auf einen Stapel alter Zeitungen. »So«, sagt sie schließlich und dreht sich zu Will um. »Wie war der Urlaub?«

»Ziemlich erholsam.«

»Und wer sind Sie noch mal? Ich konnte in den sozialen Medien nichts über Sie finden. Gehören Sie zum britischen Geheimdienst?«

»Das hat mich Ihr Vorgänger auch gefragt.«

»Der dann plötzlich gestorben ist.«

»Ich muss schon sagen, so schnell ist noch keiner vom ›Hallo‹ zum Mordverdacht übergegangen.«

Sie ist abgelenkt, hackt auf ihrem Handy herum. »Nur eine DM ans HQ.« Sie tippt auf SEND, blickt hoch, die Miene noch verzerrt vom Gedanken an das, was sie gerade geschrieben hat. »Okay, Boomer. Was haben wir denn für Sie?« Sie bittet Amir, Will einen Text zum Korrekturlesen zu schicken; sie wird sich seine Arbeit dann ansehen.

Will setzt sich seine Halbmondbrille auf und reckt das Kinn, um den ersten der von Amir übermittelten Artikel zu lesen. Die Lüge ist allzu offensichtlich: anonyme Anschuldigungen, dass freiwillige Helfer in Syrien Geheimagenten der NATO sind, die Kindern Organe entnehmen und damit Handel betreiben. Er geht zu Amirs Schreibtisch und sagt leise: »Wir dürfen nicht so dick auftragen, Amir. Das fliegt sonst auf.«

»Nein, das ist nicht erfunden. Ich meine, ist es schon, aber nicht von mir.«

»Das ist tatsächlich ein RCN-Artikel? Was soll ich denn damit machen? Tippfehler korrigieren? Oder Aliens hinzufügen?«

»Sorg einfach dafür, dass das Ganze Sinn ergibt.«

»Tut es nicht.«

Wills Handy vibriert: eine SMS von Allegra. Wer zum Teufel ist Allegra? Er kann sich einfach keine Namen merken und muss die Nachricht fünfmal lesen, bis es ihm wieder einfällt. Richtig, die Frau, die in sein Haus kam, die mit dem pinkfarbenen Porsche. Ehe sie ging, hatte sie ihre Nummer in sein Handy getippt. Morgen fliegt sie nach Spanien, wo sie in Almería ein Apartment besitzt, und ihr kam die Idee, ihm etwas Verrücktes vorzuschlagen: Sie können doch Spanisch, stimmt's? Kommen Sie mit, dolmetschen Sie für mich!!

Streng genommen verstößt es gegen das Gesetz, während des Lockdowns in den Urlaub zu fliegen, aber es hat den Anschein, als hätten sich sämtliche Mitglieder der Regierung Ihrer Majestät bereits in den Urlaub verkrümelt. Will fährt nach unten zur Plaza, um eine zu rauchen. Er klappt sein Rad auf. Er lässt den Unsinn hinter sich.

RUNTER, RUNTER, RUNTER, immer tiefer ins kalte Mittelmeer, dann langsam wieder hoch. Schließlich kommt Will wieder an die Oberfläche, die Sonne glitzert. Er dreht sich um, will sie ausfindig machen, denn Allegra lacht: immer noch auf dem schwarzen Fels, von dem er gerade ins Wasser gesprungen ist. »Du bist verrückt!«, ruft sie.

Das hier ist keine Schwimmgegend, nur ein Felsvorsprung abseits des Paseo Marítimo, aber kaum hatte er das Wasser gesehen, war er an der Familie streunender Katzen vorbeigerannt, hatte sein Hemd ausgezogen und war noch in Cargo-Shorts gesprungen. Seine Ray-Bans hatte er in der Luft vom Kopf gerissen.

Sie wohnen gleich um die Ecke in einem vom Geist verblichener Duftbäumchen heimgesuchten Airbnb mit lauter gerahmten, jahrzehntealten Fotos ernst dreinblickender spanischer Kinder. Kaum angekommen, hatten Will und Allegra Sex gehabt, allerdings war das Bett ziemlich kurz und sie groß, weshalb sie diagonal kopulierten. Danach hatte Allegra Lust auf Hasch verspürt und erwähnt, es würde in der Hafengegend von zwielichtigen Marokkanern verkauft. Da William die Landessprache beherrschte, ging sie davon aus, dass er ihr etwas besorgen würde. William aber hatte schon genug von Allegra – eigentlich bereits, seit sie sich auf dem frühmorgendlichen Flug bei der Stewardess über den lauwarmen Prosecco beschwert und verlangt hatte, umsonst eine weitere Miniflasche zu bekommen.

Er lässt sich von der Sonne trocknen, während sie in einem Laden am *paseo* ohne Ende Tinnef kauft, mehr Plastik fürs Meer, in dem er gerade schwimmen war. Will malt sich aus, die See sei derart mit Silikonhandytaschen und Wassermelonenluftmatratzen verseucht, dass er darüber hinweglaufen könne. Während Allegra zahlt, schnappt er sich seinen kleinen Rucksack und betritt einen Fahrradverleih, in dem ein schrulliger Kauz mit ›Brooklyn‹-Radmütze in schnellem Spanisch auf ihn einredet. Aus den Augenwinkeln sieht Will, dass Allegra draußen vorbeiläuft und nach ihm sucht, die mürrische Miene allein vom Botox verhindert.

Er erkundigt sich nach Routen entlang der Küste in Richtung Osten und radelt bald friedlich vor sich hin. Erst fährt er über einen gepflasterten Fußweg, dann kommt er an einem verlassenen Haus am Strand vorbei, danach an Anbauflächen mit zig Millionen Tomaten unter Plastikplanen, auf der anderen Seite auflaufende Wellen. Man hat ihm ein Citybike mit fingerdünnen Reifen gegeben und einem Sattel, der so hart ist, dass ihm jedes Mal, wenn er sich in die Pedalen stellt, der Schmerz ins blutverarmte Perineum schießt. Trotzdem ist es eine herrliche, windgepeitschte Strecke zum Cabo de Gata.

Halb einen Hügel hinauf hält er an und bewundert die Aussicht. Er ist nicht mehr so fit wie früher; er wird älter, aber das schert ihn kaum. Mitten auf dem Asphalt macht er eine weite Kehre, keine freie Sicht hinter der Haarnadelkurve. Wenn jetzt ein Auto nach unten führe, würde Williams Hirn – gut entwickelt, mäßig genutzt – über den heißen Teer spritzen.

Er fährt zu schnell bergab, die Bremsen kaum der Rede wert, sinniert über die Gefahr. Sobald die Strecke wieder flacher wird, fährt er auf den Sandstreifen, das Rad wird langsamer, die Reifen sinken ein, und er springt ab, lässt es fallen. Er schleudert die Flipflops von den Füßen, reißt sich das Hemd vom Leib und ist gleich darauf im kühlen Nass, krault eine Weile, dann tritt er Wasser und fragt sich, wie tief es unter ihm ist und welche Geschöpfe wohl welche Kriege unter ihm austragen.

Ein Sandsteinturm, El Torréon de San Miguel, steht verlassen am Strand. Eine Plakette erklärt, er wurde im achtzehnten Jahrhundert erbaut und von ihm aus habe man das Wasser nach maurischen Piraten abgesucht. Angst erhält unsere Spezies, denkt Will, deshalb brauchen wir einen Grund zum Fürchten, deshalb hört die Angst nie auf. Seine Mieter versinnbildlichen das. Ebenso gut aber könnten sie diese Wellen anschreien, könnten ihnen befehlen, innezuhalten. Eigentlich kann nichts etwas aufhalten, denkt er.

Sein Rucksack vibriert – eine weitere Nachricht von Amir, der sich fragt, wohin er verschwunden ist. Auch Voicemails von Allegra, die dieselbe Frage stellt, wenn auch weniger höflich. Er schaltet das Handy auf stumm. Müsste er zwischen den beiden wählen, wüsste er, für wen er sich entscheiden würde, für die Seite des Geschädigten. Morgen wird er darauf bestehen, dass Amir kündigt und etwas Besseres mit seinem Leben anfängt. Vielleicht können sie etwas zusammen aufziehen. Andererseits, warum sollte man überhaupt etwas mit seinem Leben machen? Wozu?

Auf der Rückfahrt blinzelt er in die untergehende Sonne, bis sie verschwunden ist; er wird nur von den Scheinwerfern entgegenkommender Autos angeleuchtet, deren Licht sich in den Reflektoren seiner Pedalen bricht. Er radelt an dem Zaun vorbei, hinter dem die Passagiermaschinen von ebenjenem Flughafen aufsteigen, an dem er mit Allegra am Morgen gelandet ist. Er lehnt das Rad an und wirft einen Blick auf die Abflugtafel. Morgen früh geht um 6.20 Uhr ein Billigflieger nach London. Er ruft beim Fahrradverleih an und informiert den exzentrischen Besitzer, dass er nicht zurückkommt und das Rad am Flughafen stehen lässt, dafür könne er die zweihundert Euro Kaution behalten.

»Das Rad ist nicht mal hundert wert!«

»Ich weiß, ich bin damit gefahren.«

ALS WILL AM nächsten Nachmittag zu Hause in der Wanne liegt, brennen ihm die vom gnadenlosen spanischen Sattel aufgescheuerten Pobacken. Er ignoriert die Anrufe von Allegra und Shannon, aber als Amir eine weitere Nachricht schreibt, tippt Will mit dem Daumen eine Antwort: »RCN ist nichts für mich.« Badewassertropfen sammeln sich auf dem Bildschirm.

Amir erwidert: »Aber unser Plan …?«

Wieder klingelt es unten an der Tür: Extinction Rebellion hält in seinem Wohnzimmer ein Treffen ab, und nach und nach trudeln die Aktivisten ein. Will steht in der Wanne auf, tropft und tippt: »Komm auf einen Drink vorbei, mein Freund!« Zwei Stunden später, mitten in einer grässlichen Debatte, berührt ihn jemand am Ellbogen. »Amir!«

Der junge Mann gibt Will auf seine ernste Weise die Hand und reicht ihm eine Flasche Wein vom Kiosk, als wäre er zu einer Dinnerparty eingeladen. In der anderen Hand hält er einen braunen Umschlag.

»Material für die Verschwörung zu einer Verschwörung?«, fragt Will.

»Ach was, nein, das sind meine Memoiren. Für dich.«

»Mann, du hast ja echt viel geschrieben!« Er klopft Amir auf die Schulter, drückt ihn herzlich. »Und ich gehöre zu den ersten Lesern – ich fühle mich geehrt.«

»Nicht zu den ersten. Du bist der einzige Leser.« Es rührt ihn, dass Amir darauf besteht, ihm erneut die Hand zu schütteln.

»Komm mit.« Will führt seinen humpelnden Freund in die Küche, entkorkt die Flasche Rotwein aus Südaustralien und füllt zwei getöpferte Tassen. (Von den Weingläsern sind keine mehr übrig.)

»Sind Partys erlaubt?«, fragt Amir, dessen Blick durch das

Wohnzimmer wandert: leidenschaftliche Radikale, erregte Dispute, knutschende Paare. »Und kein Mensch trägt Maske.«

»Das ist keine Party, sondern eine politische Versammlung, was das Ganze vermutlich noch illegaler macht. Die hier sind alle um die zwanzig, vermutlich also halbwegs Corona-sicher. Aber verdammt, wer kann das schon sagen. In diesem Land regiert schließlich die Anarchie, oder?«

»Ich muss ein bisschen vorsichtig sein. Hab Gesundheitsprobleme.« Er blickt auf, hofft, dass Will nachfragt.

»Ich würde dir die Leute ja vorstellen, Amir, aber ehrlich, ich kenne nicht mal die Hälfte, obwohl einige von denen hier wohnen dürften.« Er rollt zwei Zigaretten, bietet ihm eine an.

»Könntest du bitte bald lesen, was ich dir gegeben habe? Ich bin ein bisschen nervös.«

»Alles andere wird warten müssen«, verspricht Will. »Übrigens, sag Bescheid, wenn du einen Nager siehst. Mir ist seit Tagen keiner mehr über den Weg gelaufen, und ich glaube, wir haben die Mistviecher besiegt. Meine Mieter behaupten, das verdanken wir Chavez, der neuen Hauskatze.«

Im Wohnzimmer beginnt eine Rede, und sie gehen hin, um zuzuhören. Das Seminar ›Dekolonisierung der Umwelt‹ hält ein Anti-Ökozid-Akademiker, der erklärt, dass die ärmsten Länder am schlimmsten unter dem Zusammenbruch des Klimas leiden, weshalb weiße Aktivisten die von Weißen dominierte Bewegung so umformen sollten, dass der globale Süden besser repräsentiert wird und der intersektionale Kampf im Vordergrund steht, der dem strukturalen Rassismus Rechnung trägt. Statt zu klatschen, wackeln die Leute zustimmend mit den Händen. Amir ist verwirrt. Will erklärt, sie machen ›Jazzhände‹ – ein Ersatz für den Applaus, womit man verhindern wolle, dass Schwerhörige sich ausgeschlossen fühlen.

»Ist von denen denn einer schwerhörig?«

»Nein, das nehme ich nicht an.«

Amir wirft immer wieder einen Blick auf den braunen Umschlag, den Will in der freien Hand hält.

»Machst du dir deswegen Sorgen?«, fragt Will.

»Nein, nein – ich vertraue dir. Ich habe nur zu Hause keinen Computer und wollte nicht, dass irgendwas davon auf dem RCN-System auftaucht, also habe ich alles von Hand geschrieben.«

»Amir, ich finde, dieses Dokument ist zu kostbar. Mach eine Kopie, dann lese ich die.«

»Ach was, ist okay. Ich will ja, dass du es hast.«

»Bis später solltest du es aber wenigstens sicher aufbewahren.« Er schiebt Amir die Papiere unter den Arm.

Das hebt Amirs Laune, und er trinkt den Wein aus – dann wird ihm bewusst, dass er grinst, was er sofort unterdrückt, damit niemand seine Zähne sieht. Will füllt die Tassen und geht mit Amir in den rückwärtigen, betonierten Hof. Draußen steckt sich Will eine weitere Zigarette an und stellt sich einer am Handy klebenden Raucherin mit dunkelrotem Haar und Nasenring vor, die sagt, sie sei Mitherausgeberin von BreakStuff Books, einem unabhängigen Verlag in Brighton. Will erwidert, sein Freund sei gerade mit seinem Manuskript fertig geworden; und sie beglückwünscht Amir. Ihm ist das offensichtlich sehr peinlich, weshalb er behauptet, er arbeite noch daran und habe nichts vorzuweisen; außerdem sei die erste Fassung auf Französisch. Will ermuntert die beiden, sich weiter zu unterhalten, und geht, um den Seminarteilnehmern zu sagen, sie sollten leiser sein, falls sie nicht möchten, dass die Nachbarn die imperialistischen Behörden verständigen.

Als Will einige Minuten später zurückkommt, umklammert Amir den Hals der Rotweinflasche – jetzt fast leer – und ist der Mitherausgeberin zu sehr auf den Leib gerückt, die sich zurücklehnt und eine Bierflasche vor ihre Brust hält. Er sagt, für ihn sei das Leben anders verlaufen als erwartet. Er hätte vorgehabt, seinen Doktor zu machen, aber etwas sei passiert, was, das könne er nicht laut sagen, weshalb er es aufgeschrieben habe. Er sieht sie direkt an. Sie murmelt, dafür bräuchte es aber den richtigen Leser. Amir fragt, ob *sie* nicht die richtige Leserin sei. BreakStuff veröffentliche nur politische Manifeste, erwidert sie so müde, als wiederholte sie es zum vierten Mal.

Amir zupft Will am Ärmel und ringt sich ein Lachen ab, zeigt dabei hemmungslos seine kaputten Zähne und bezieht den Freund mit in das Gespräch ein. »Sieh dir mal ihr Tattoo an – sie sagt nicht, was sie denkt. Warum reden Sie nicht offen mit uns?«

»Ich sollte mich jetzt auf die Suche nach meinen Leuten machen«, sagt sie.

Will bringt sie zu ihren Freunden zurück, vor denen sie die Augen verdreht und flüsternd fragt, wer denn dieser verrückte glatzköpfige Typ sei. Will wird von einem Gespräch abgelenkt, das sich um das bizarre Thema dreht, wie lange ein Mensch ohne Schlaf auskommen kann. Als er in den hinteren Garten zurückkehrt, ist Amir verschwunden.

Einige Mieter brechen auf, wollen irgendwo noch einen Absacker trinken und bitten Will, doch mitzukommen. Die Hauskatze scheint vorübergehend alle zufriedengestellt zu haben: keine Ratten mehr, die monatlichen Zahlungen sollten wieder eingehen. Als man aus dem Haus drängt, stolpert jemand über einen Betrunkenen – Amir, der zusammengesunken auf dem Gehweg hockt, der braune Umschlag in der Tasche seines Anoraks. Alle treten mit hohen Schritten

über ihn hinweg und können sich, da er schnarcht, ein Lachen nicht verkneifen. Will aber hockt sich hin, legt seinem
Freund einen Arm um die Schulter, woraufhin der junge
Mann blinzelnd die Augen aufschlägt, Will erkennt und zu
lächeln beginnt.

»Wir wollen uns noch ein paar Drinks auf einem Parkplatz
in Hackney genehmigen«, sagt Will. »Klingt verlockend, ich
weiß. Aber komm gern mit, wenn du magst.«

Taumelnd kommt Amir auf die Füße, bittet um eine Zigarette.

Die anderen wissen, dass einer hier nicht in die Gruppe
passt, der Anstand aber gebietet, dass sie Amir nicht aus-
schließen, die einzige nicht weiße, nicht privilegierte Person
an diesem Abend im Haus.

Normalerweise würde Will mit dem Rad nach Hackney
fahren, aber da Amir mitkommen will, nehmen sie ein Taxi.
Die anderen kreiden Will an, sich ein privates Transportmittel
zu leisten, machen weiter aber keinen Druck – wahrscheinlich ist es ihnen ganz recht, dass sich dieser Besoffene in seinem billigen Büroanzug nicht in der U-Bahn an sie lehnt.
Sie laufen die Straße hinunter, machen ein Wettrennen, von
einer Straßenlampe erhellt, dann wieder im Dunkeln, von der
nächsten erleuchtet, dann wieder vom Dunkel verschluckt;
ihre Stimmen verklingen.

Will legt einen Arm um Amirs Hüfte, hilft ihm, das Gleichgewicht zu finden, und empfiehlt ein ruhiges, stetiges Schritt-
tempo bis zur Kilburn High Road. Im Gehen schlägt Will
noch etwas vor: Was, wenn er die Memoiren ins Englische
übersetzen würde, damit die Verlagsmenschen (nicht die
Frau von vorhin, sondern die richtigen Leute) sich ein eigenes Urteil bilden können?

»Eine *tolle* Idee!«, erwidert Amir und besteht darauf, dass

Will nach eigenem Gutdünken Änderungen vornimmt, dass er die Lücken füllt, falls der Text nicht gut genug ist. Er möchte dies zu ihrem gemeinsamen Projekt machen und packt Will am Unterarm. »Hoffnung, ja?«

»Hoffnung? Wie jetzt?«

»Ich fühle Hoffnung.«

Will sieht ein schwarzes Taxi und hebt die Hand. »Aus Unizeiten kenne ich noch ein paar Leute, die in der Verlagswelt wichtig geworden sind. Sobald wir die Übersetzung haben, zeige ich einigen von denen deine Memoiren. Mal sehen, wo das hinführt. Was meinst du?«

Der Fahrer lässt das Fenster runter. »Wohin?«

Will steigt ein. »Kommst du, Amir?«

»Ich bin zu betrunken«, erklärt Amir gut gelaunt, schwankt in der Gosse. Er zieht es vor, nach Hause zu trotten, allein mit glücklichen Träumen. Sie werden sich bald wieder sprechen.

»Du liest schnell?«

»So schnell ich kann.«

Der Taxifahrer: »Hey Mann, ich kann nicht fahren, solange die Tür offen ist.«

Will zum Fahrer: »Ich verabschiede mich von meinem Freund. Wenn Sie wollen, können Sie die Uhr laufen lassen.« Auf der Plastiktrennscheibe entdeckt er den Hinweis, dass auch Bitcoins angenommen werden.

Der Fahrer: »Sie haben Hackney gesagt, aber wohin genau in Hackney?«

»Verfluchte Scheiße. Nur eine Sekunde – ich rede mit meinem Freund.«

»Jetzt fluchen Sie nicht auch noch!«

»Amir, ich muss.«

Er gibt Will das Manuskript, und der Fahrer fährt los. Mit einem Schwung knallt die Tür neben Will zu.

»Hey, jetzt schalten Sie mal einen Gang zurück!«, ruft Will.

»Ich sitz ja noch gar nicht richtig. Sie hätten mir ein Bein abrasieren können.«

»*Wo* in Hackney?«

Will nennt die Adresse. »Warum sitze ich überhaupt in diesem Taxi? Ich hätte mit dem Rad fahren sollen.«

»Ja, hätten Sie.«

»Sie können einem echt gute Laune machen.«

Im Radio läuft eine Talkshow, in der ein Anrufer darüber lästert, dass Eliten sich das Blut verschleppter Kinder spritzen. Will hört einen Moment zu: War das Teil ihrer Verschwörung zu einer Verschwörung? Er kann sich nicht erinnern. Was für abartige Tiere wir Menschen doch sind, denkt er und platziert seinen Tabakbeutel auf Amirs braunem Umschlag, der neben ihm auf der Rückbank liegt.

»Hier wird nicht geraucht«, sagt der Fahrer.

»Ich dreh mir eine, hab aber nicht vor, sie hier zu rauchen.«

»Sie verkrümeln überall Tabak.«

»Mach ich nicht. Ich pass auf.«

Der Motor brummt, das Bitcoin-Logo starrt Will an. Jedes Mal, wenn der Wagen stehen bleibt, blinkt neben der Tür ein rotes Licht. Der Fahrer geifert das Radio an, dass alles vor die Hunde gehe, die Anrufer sowieso nur bezahlte Lobbyisten seien und man niemandem trauen könne.

Will sagt: »Geht das rote Licht an, um mich davor zu warnen, dass Sie was Absurdes sagen könnten?«

»Hey!« Der Fahrer wirbelt herum. Er ist erschreckend gebrechlich – er sieht krank aus, verängstigt. »Ich muss mir Ihre Beleidigungen nicht gefallen lassen!«

»Was war denn daran beleidigend?« Wills Handy klingelt. Amir. Er wischt den Anruf weg. »Jetzt beruhigen Sie sich mal wieder.«

Der Mann tritt so stark auf die Bremse, dass Will nach vorne schleudert. »Jetzt reicht es aber.«

»Immer mit der Ruhe! Meinetwegen hat ein Mann dieses Jahr schon einen Herzinfarkt gekriegt. Das sollte keine Angewohnheit werden.« In Wills Schoß leuchtet das stummgeschaltete Telefon auf – wieder Amir. »Sie wollen mich wirklich aus Ihrem Taxi werfen?«

»Raus! Jetzt!«

Will öffnet die Tür. »Mir wird klar, warum Uber euch aus dem Geschäft drängen will.«

Das Taxi braust davon.

Will steht auf einer Brücke über einer Bahnstrecke. Ein Lächeln huscht über seine Lippen, als er an das mörderische Rad denkt, das er in Almería unabgeschlossen am Flughafen stehen gelassen hat. Irgendwer wird es finden und damit nach Hause fahren.

Diesem Bitcoin-Irren ging es nicht gut. Will denkt auch an Amir, daran, dass der in seinem Job endlos Stuss zu produzieren hat. Er *muss* damit aufhören. Und wenn er nur wegen der Miete bleiben will, könnte Will ihm ein Zimmer in seinem Haus anbieten. Da würde Amir aufblühen: Freunde, Wein und Diskussionen.

Sie könnten auch zusammen an seinen Memoiren arbeiten. Will stellt sich vor, wie er später, im Bad, durch den (vermutlich eher mittelmäßigen) Text von Amir blättert und dabei verschlafen an einer Zigarette zieht. Vielleicht ist Amir aber auch ein begnadeter Autor. Was, wenn Will aus seifigem Wasser aufspringt, weil er plötzlich fürchtet, Tropfen könnten verschmieren, was er da in der Hand hält?

Er erinnert sich an den Strand in Spanien, daran, wie er sich nach der Fahrradtour und dem Bad im Meer abgetrocknet hat. Dabei hat er aufs Mittelmeer gesehen, als läge es Jahrhunderte in der Vergangenheit oder Jahrhunderte in der Zukunft. Für all das, was vor oder nach meinem Lebenskapitel kommt, dachte Will in dem Augenblick, bedeute ich weniger als die Sandkörner zwischen meinen Zehen. Vielleicht hatte Amir also doch recht: »Ich *kann* was bewirken!« In ihm regt sich das merkwürdige Gefühl, eine Aufgabe zu haben. Vergiss den Absacker auf dem Parkplatz in Hackney. Er wird jetzt sofort nach Hause laufen und die Memoiren lesen.

Aber Moment mal. Will klopft seine Taschen ab. »Verfluchte Scheiße!« Er sieht ihn vor sich auf der Rückbank, sieht, wie er ins Unmögliche davonfährt: sein Tabakbeutel. Will blickt zum Nachthimmel auf, schreit fast vor Frust, greift nach der Halbmondbrille, hat in der Kälte Mühe, sie aufzuklappen, und aktiviert dann die Kontaktliste auf seinem Handy.

Amir zieht also in sein Haus ein. Und die übrigen Mieter googeln seinen Namen und finden heraus, dass er früher diesen Fake-News-Mist verzapft hat, nicht zuletzt über den Klimawandel. Dann bekommen sie heraus, dass Will selbst für kurze Zeit auch dort gearbeitet hat. Was damit enden könnte, dass er außer den Ratten keine Mieter mehr hat. Doch was soll's? Er wird sich jedenfalls nicht von Revolutionären schikanieren lassen, die fast noch Teenager sind.

Andererseits hat William sich doch sehr daran gewöhnt, auf der richtigen Seite der Geschichte zu stehen, eine Ausnahme seiner korrupten Generation zu sein, körperlich und geistig fit, bewundert von den im Haus lebenden Damen, die ihren Aktivismus gelegentlich so weit treiben, dass sie ein oder zwei Wochen in seinem Bett nächtigen.

Er hatte vorgehabt, Amirs Memoiren zu lesen und sich dann zu entscheiden, ob er sie übersetzen will. Jetzt muss er Amir beibringen, dass ein idiotischer Taxifahrer damit abgezischt ist. Er spielt es durch: wie er dafür sorgt, dass Amir seine Memoiren von Anfang an neu schreibt, was Will verpflichten würde, am Resultat mitzuarbeiten.

Will scrollt in seiner Kontaktliste zu *Amir*, denkt an den öden Heimweg, daran, dass er keine einzige Zigarette mehr hat. »Scheiße, ich habe Angst.« Er blockt Amirs Nummer, dann löscht er den Namen.

Tief saugt er die Nachtluft durch geweitete Nasenflügel ein, verstaut das Handy, beginnt zu laufen und verflucht diesen Taxifahrer, der mit seinem Tabak auf und davon und für all das hier verantwortlich ist. Mit jedem Schritt aber nimmt Wills Wut ab. »Weiter und höher hinauf«, murmelt er und denkt an das, was ihn in seinem Leben erwartet: die Badewanne und ein Taschenbuch. Ehrlich, was kann man sich Besseres wünschen?

TAGEBUCH: APRIL 2021

Noch drei Kapitel bis zum Schluss. Früher wurde ich ungeduldig, wenn es aufs Ende zuging. Ich habe dreizehn Stunden am Tag Korrektur gelesen, wurde kurzatmig vor lauter Hast, fertig zu werden mit einer Idee, die Jahre zuvor einer lang verflossenen Version meiner selbst gekommen war. Ich fühlte mich, als würde ich das Buch von jemand anderem beenden. Bis ich dann schließlich das Manuskript abgab und mich der Gedanke begeisterte, etwas Neues anfangen zu können – um dann Jahre später wieder das Buch von jemand anderem zu Ende zu bringen.

Diesmal ist es anders, denn ich habe mich jeder neuen Idee widersetzt; dieses Manuskript wird das letzte sein. Vor dem, was dann folgen könnte, vor den leeren Seiten, die ich füllen muss, fürchte ich mich.

Ich höre Geschrei und blicke vom Sandweg auf, der durch den Hyde Park führt. Die Brille habe ich mir nie geholt, weshalb ich mich dem Tumult mit unscharfem Blick nähere; die Landschaft um mich herum ist zur Hälfte nur vorgestellt – keine spezifischen Bäume, sondern braune Säulen mit wogendem grünen Deckel. Ein Kiesel bringt mich ins Stolpern. Wie langsam mein Körper reagiert.

Endlich bin ich so nahe, dass ich die Rufe zuordnen kann. Die Gardekavallerie exerziert, Soldaten mit silbernen, weiß gefiederten Helmen, roten Uniformen und blitzenden Brustpan-

zern, jeder Reiter mit gezogenem Degen. »Die Augen«, brüllt der befehlshabende Offizier, »geradeaus!«

Ein weiterer Zivilist schaut zu, ein verschwommener Mann an meiner Flanke. Im vergangenen Jahr habe ich mit kaum einem Menschen geredet, also probiere ich meine Stimme an ihm aus. Er ist so nett, sich im Weitergehen auf einen Wortwechsel einzulassen, und wir beide kommentieren diese funkelnden Soldaten, die, gerüstet für einen Krieg im falschen Jahrhundert, Schlachten nachspielen, die dieses Königreich nicht mehr gewinnen kann, weshalb sie sich mit ihrer Scharade trösten.

Der Mann ist ein Fernsehjournalist, den ich schon mal in einem Kriegsgebiet gestikulieren sah. »Haben Sie nicht vor Kurzem einen Preis gewonnen?«, frage ich.

Er bestätigt und ist bescheiden genug, nichts hinzuzufügen.

»Wofür? Eine Reportage über die extreme Rechte?«, frage ich. »Oder irgendwas über den Klimawandel?«

»Sind das meine einzigen Optionen?«

»Verraten Sie mir die preisgekrönte Botschaft, und ich nenne Ihnen das Thema.«

»Dass einen niemand retten kommt.«

»Wie, mich persönlich? Was für beunruhigende Neuigkeiten.«

Lachfalten gehen dem Lachen voraus, das zerklüftete Gesicht fülliger vom zunehmenden Alter. Oder liegt es am Bart?

Vor uns Gebrüll auf dem Spielplatz: Kleine Piraten erstürmen eine Piratenschiffburg. Der Fernsehmensch seufzt; er hat selbst kleine Kinder, muss aber eiligst ins Studio. Er lässt mich vor einer leeren Schaukel zurück, eine wie jene, auf der Beck früher so gern saß. Sie hatte nie Lust, selbst zu schaukeln, also habe ich sie angeschubst, während sie den Park vor sich auf- und abschwingen sah. In mir öffnet sich ein Abgrund von Traurigkeit.

Ich greife nach der Schaukel, lasse sie wieder los. Das leere Brett schwingt davon, erreicht den höchsten Punkt und schlackert zu mir zurück.

~~Sie ist keine sportliche, aber eine einsatzfreudige Mutter, hat blaue Flecken und einen Muskelkater wie seit der Schulzeit nicht mehr.~~

Oder

~~Die Kinder zanken sich schon wieder.~~

Oder

Sie lässt sie nach Anbruch der Dunkelheit auf dem Spielplatz schaukeln, ihre beiden Kinder, die leicht aus dem Takt auf- und abschwingen.

7

Die letzte Freundin
der Autorin

(MORGAN WILLUMSEN)

SIE LÄSST SIE nach Anbruch der Dunkelheit auf dem Spielplatz schaukeln, ihre beiden Kinder, die leicht aus dem Takt auf- und abschwingen, da Sophie mutiger ist und höher schaukelt als ihr kleiner Bruder Casper.

Jedes Mal, wenn sie auf sie zu sausen, springt Morgan – keine sportliche, aber eine einsatzfreudige Mutter – im letzten Moment beiseite, was bei den Kindern, die sie beide mit den Füßen zu erwischen versuchen, hysterische Lachanfälle auslöst. Anderen Müttern sagt sie, wenn diese beiden nicht wären, bekäme sie überhaupt keine Bewegung. Sie würde auch weniger Junkfood essen, das sie für die Kleinen kauft, um sie zu verwöhnen oder zu bestechen, um spätabends dann, wenn sie eine Belohnung braucht, die Reste zu verschlingen.

»Schaukle *selbst!*«, ruft sie Casper zu. »Wie bist du nur so ein faules Kind geworden?«

»Aber du bist doch meine Dienerin, Mumma«, erwidert der Sechsjährige, der weiß, dass er sich damit Ärger einhandeln könnte und deshalb ein Lächeln hinterherschickt.

»Sie ist nicht deine Dienerin«, widerspricht die neunjährige Sofie, die höher und höher schaukelt. »Sie ist meine!«

Die Kinder kabbeln sich ständig, wünschen sich gegenseitig den Tod und schlagen die Tür des gemeinsamen Zimmers zu, die das jeweils andere gleich wieder mit den Schultern aufdrückt. Für kurze Zeit kommen sie miteinander aus, meist wenn sie Lego spielen – bis eines der beiden ein Hochhaus umwirft und der Krieg aufs Neue beginnt.

Morgan kennt beide so gut. Ihre herrische Tochter, die fürchtet, die Kontrolle zu verlieren, und viel zu empfindlich auf die Launen anderer reagiert. Ihr Sohn, der zu misstrauisch gegen Kinder seines Alters und zu vertrauensselig Erwachsenen gegenüber ist, in der Schule unbeliebt, sanft zu Jüngeren, rüpelhaft zu ihr und nachts traurig. Kennen die beiden ihre eigene Mutter ähnlich gut? Noch nicht. Später vielleicht. Und hoffentlich sind sie nachsichtig.

Ehe sie Kinder bekam, hat Morgan nie ans Sterben gedacht, seither aber wurde ihr unverhoffter Tod zu einer fixen Idee – dass die beiden ohne sie aufwachsen könnten, dass die beiden sie brauchen, sie aber nicht da ist. Voller Entsetzen wacht sie auf: Sofie und Casper, im Stich gelassen, bedroht.

Niels redet davon, Dänemark zu verlassen; sie sollten es in ihrem Geburtsland, also in Südafrika, versuchen. Er liebt warmes Wetter und muss sich um seine Arbeit keine Sorgen machen – er ist Chemiker und würde da unten schon eine Stelle finden. Morgan will aber nicht zurück. Sie erinnert sich gern an Johannesburg und an einige Leute dort, doch wenn sie im Ausland weiße Südafrikaner trifft, wollen die immer herausfinden, auf welcher Seite sie politisch steht. *Und warum genau sind Sie fortgezogen?* Manche versuchen es mit bohrenden Bemerkungen, da sie wissen wollen, ob sie liberal ist und von ihr verurteilt werden – Bemerkungen wie: »Eine

Tragödie, was mit diesem Land passiert«, um dann ihre Reaktion abzuwarten. Morgan schickt Niels immer wieder Artikel mit dem Lebensqualitäts-Index, auf dem Kopenhagen stets auf einem der ersten drei Plätze steht.

Sie lernten sich während ihres Auslandsjahres kennen, als Morgan sich skandinavischen Epen in englischer Übersetzung widmete. Auf einer Party spielte Niels mit Freunden Bassgitarre, persiflierte Coversongs, was alle zum Lachen brachte. Sie war so beschwipst, dass sie ihn ansprach, diesen sanften rothaarigen Eishockeyspieler, der sie nur direkt anschaute, wenn er lächelte. Morgan selbst hatte wuscheliges braunes Haar, zu trockene Wangen in ihrem letzten Jahr mit schlechter Haut und die Angewohnheit, im Gespräch stets auf Abstand zu gehen, da sie fürchtete, sie könnte zu aufdringlich wirken. Seit sie elf war, hielt sie sich für zu dick (ausgenommen die drei Monate im Teenageralter, in denen sie eine Sellerie-und-Popcorn-Diät gemacht hatte) und behielt die Nerven nur, weil heftiger Trotz in ihr aufflammte – außerdem redete sie sich ein, klüger als die meisten zu sein, und wen kümmerte schon, was andere Leute dachten? Obwohl Niels sie attraktiv fand, fürchtete sie, sein Verlangen könnte sich verflüchtigen, sobald er sie nackt sah, weshalb Morgan stets die Kontrolle über die Lichtschalter behielt. Nach ihrem Auslandsjahr schrieben sie sich sehnsuchtsvolle Briefe. Während Morgan ein Studienprogramm in London absolvierte, flogen sie zwischen den Städten hin und her. Und als er mit seinem Promotionsstudium begann, zog sie nach Dänemark und fand eine Stelle als Englischlehrerin. Ein Dutzend Jahre später stupste sie Schaukeln an.

Ehe sie eine Familie gründeten, fürchtete Morgan, der Nachwuchs könnte ihre eigenen Pläne zunichtemachen, aber die Wirkung der Kinder war eine ganz andere. Sie verkörpern für Morgan den Ort, an dem sie seit ihrer eigenen Kindheit zum ersten Mal wieder sie selbst ist. Andere Erwachsene bemerken, wie nahe die Kinder der Mutter stünden, Morgan aber fragt sich, ob die Zuneigung der Kleinen nicht nur auf einem Tauschhandel beruht: Sie bietet Mitgefühl und heiße Schokolade – wer würde sich da nicht an sie klammern? Allerdings macht ihr dieser Austausch keine Sorgen. Für ihre Kinder gibt es niemand Wichtigeren, und das genügt.

Am Abend hat Morgan für sie einige Dosen Cola in der Einkaufstasche. Niels wäre dagegen. In seinem Klassenzimmer hing das Poster einer Ernährungspyramide an der Wand, und er weiß noch heute auswendig: Eier und Fisch oben, darunter Gemüse, als Fundament Milch und Brot. *Cola*, würde er sagen? *Warum können sie nicht Wasser trinken?* Dies ist sein Land, seine Kultur, also grenzt Morgan durch kleinere Verstöße ein Eckchen für sich ab. Trotzdem werden ihr die Kinder mit jedem Jahr fremder. Wird sie, wenn sie in die Pubertät kommen, ihre Kleinen an die Kultur des Vaters verloren haben?

Jetzt werden sie laut und versuchen, sich von ihren Schaukeln aus gegenseitig einen Tritt zu verpassen. Vorher haben ihr die beiden unabhängig voneinander gestanden, wie sehr sie sich hassten, und geschworen, das würde sich auch niemals ändern, und sobald sie erwachsen seien, was sie kaum erwarten könnten, würden sie *nichts* mehr mit dem anderen zu tun haben wollen.

Die Schaukeln fliegen auf sie zu; Morgan steht direkt im Weg. Eine könnte sie mit voller Wucht treffen. Morgan kehrt ihnen den Rücken zu, schließt die Augen. Die Schaukeln sind leer und rühren sich nicht. Niemand ist hier. Nur sie. Seit Jahren sind die beiden tot.

VOR GERICHT HABEN sich die beiden Angeklagten gegenseitig beschuldigt. Der gesunde Menschenverstand sagt, einer müsse schuldiger sein als der andere: ein Psychopath und ein Komplize. Das konnte Morgan aber nie so sehen – ihr Hass ließ Raum für beide.

Die Behörden boten Programme an, in denen die Überlebenden einer Gewalttat den Tätern gegenübertraten. Die Beamten ergriffen für solche Treffen Sicherheitsmaßnahmen, aber vielleicht könnte sie trotzdem etwas Scharfes reinschmuggeln. Doch selbst wenn sie die Zeit fände, warf Niels ein, könnte sie nur einmal zustechen, und ihr Opfer würde vermutlich überleben.

»Besser als nichts«, sagte Morgan.

»Aber wen von den beiden?«

Wieder die Frage nach der Schuld, danach, wen sie stärker hassen sollten, den Mann oder die Frau. Anfangs hatte die dänische Presse nonstop berichtet. In normalen Zeiten las man gelegentlich von der tödlichen Attacke einer Straßenbande oder von einem Ehemann, der seine Ex-Frau getötet hatte. Aber dies hier waren Kinder. Die Presse entschied, der Mann sei der führende Kopf, eine Minderheit hielt die Frau für die Drahtzieherin.

Wenn Morgan einen Filzstift ins Auge von einem der Verdächtigen rammte, könnte der nicht bis ins Hirn dringen?

»Jetzt ist es aber genug«, mahnte Niels.

Rein logisch gesehen müsste man beim Zustechen den Hinterkopf festhalten, sagte sie. Dafür hättest du keine Zeit, warf Niels ein, da dein Opfer um sich schlagen und das Anstaltspersonal versuchen wird, dich von ihm wegzuziehen. Aber können wir bitte aufhören, darüber zu reden?

Konnte sie nicht. Für die Gesellschaft gab es das Vergnügen der Bestrafung mit den Schuldigen in der Hauptrolle, die Opfer wurden jedoch ignoriert, und man riet ihnen, mit ihrem Leben weiterzumachen. Morgans Leben aber war zu zwei Leben geworden, dem von ihr und dem von Niels, gefangen in gegensätzlichen Zeitschleifen, der eine brauchte zu essen, wenn die andere Trauer brauchte.

Könnte man vielleicht jemanden im Gefängnis bezahlen, sie zu verletzen? Nur kannten Morgan und Niels keine Kriminellen. Außerdem würden solche Leute bestimmt bloß die Polizei informieren, um sich irgendwelche Vorteile zu verschaffen. Oder sie würden hinterher den Plot aufdecken. Dieses Hinterher war für Morgan nicht weiter wichtig. Verhaftet zu werden würde sie befreien. Außerdem war dies Dänemark: In diesem beschissenen Winzland saß niemand lange im Knast.

»Mag ja sein, dass du selbst irgendwie schuld an dem bist, was passiert ist«, sagte Niels, »aber deshalb ist es noch lange nicht deine Aufgabe, es wieder zu richten.«

Jedes Mal, wenn er solch eine Bemerkung machte, explodierte Morgan vor Wut wie ein Vulkan, hätte ihm am liebsten das Gesicht zerkratzt und geschrien, es sei gemein, verdammt gemein, *ihr* die Schuld an dem zu geben, was passiert war. Dabei stand fest: Hätte sie nicht getan, was sie getan hatte, würden ihre Kinder noch leben.

DIE EREIGNISSE, DIE zum Verbrechen führten, waren von Morgan nicht gewollt. Sie hatte aber zugelassen, dass sie dazu gedrängt wurde, verlockt von der Aussicht auf einen höheren Status als den einer Schullehrerin.

Niels ermunterte sie ständig, doch wieder zu schreiben, da ihm aufgefallen war, dass er, wenn sie an Artikeln für englischsprachige Publikationen arbeitete, besser mit ihr auskam. Ihren letzten Artikel aber hatte sie vor Jahren geschrieben, noch vor Caspers Geburt, seither nur noch den einen oder anderen Essay für ihren Blog, den sie verschämt an Facebook-Freunde weiterleitete, die auf LIKE klickten, ohne ihn zu Ende gelesen zu haben, Rentner ausgenommen, die stets mit übertriebenen Lobeshymnen antworteten. Niels, der ihre Unzufriedenheit mit der Arbeit in der Schule leid war, ermutigte sie, das Schreiben wieder aufzunehmen, und machte auch gleich einen Vorschlag. Überstürzt reichte sie den bei einer amerikanischen Zeitschrift ein und hörte nichts mehr davon – bis eine knappe Anfrage nach weiteren Details kam. Man sei vielleicht interessiert, vorausgesetzt, sie könne ein Interview vereinbaren. Das allerdings schien kaum realistisch, da Jukka Arve mit niemandem redete.

Arve hatte die ersten Follower mit pseudonymen Hasstiraden in Internetforen gewonnen, die nach seiner Verhaftung fast alle gelöscht, von Fans aber wieder hochgeladen und in ein Dutzend Sprachen übersetzt worden waren. Für die extremrechte Subkultur war Jukka Arve »der Führer, den wir brauchen«. Als er in seinem Heimatland Finnland ins Gefängnis kam, verglichen seine Anhänger dies mit Hitlers Haftzeit vor seinem Aufstieg zur Macht. Die Anklage lautete auf terroristische Verschwörung, die der finnische Staatsanwalt um den Versuch ergänzte, Sprengstoff und militärtaugliche Waffen zu kaufen.

Das Arve-Manifest beschrieb die Strategie, Fissuren in der westlichen Kultur aufzustemmen, die, so seine Prophezeiung, sich bald zu einem heftigen Konflikt ähnlich dem Zweiten Bürgerkrieg in Amerika ausweiten würden, der, wie er behauptete, längst ausgebrochen sei. Es war diese verblüffende Bemerkung, die Arve ins Rampenlicht katapultierte, eine Bemerkung, die von linken US-Quellen mittels vernichtend urteilender Podcasts und tiefschürfender Kommentatoren verbreitet wurde, was wiederum hämische Retouren von extremrechten YouTubern provozierte. Für solche Typen war Arve nur ein Troll, der bei Liberalen die richtigen Knöpfe drückte, die ihrerseits nicht begriffen, wie lustig Shitposts waren, vor allem, wenn sie im Kugelhagel endeten.

Um Kontakt mit Arve aufzunehmen, wandte sich Morgan ans Gefängnis. Insgeheim erhoffte sie sich eine entschiedene Absage seines Teams, einer losen Gruppe junger Männer, die ihren Anführer meist nicht persönlich kannten und zu deren Hobbys es gehörte, Cartoon-Memes von hakennasigen Juden zu verbreiten, per Photoshop Aufnahmen von Immigranten zu Bildern von Ratten umzuarbeiten sowie die Handynummern, E-Mail-Adressen und sogar die Häusergrundrisse von ›Rassenverrätern‹ im Netz zu veröffentlichen. In ihrer Kommunikation mit Morgan via einer verschlüsselten Nachrichten-App schlugen sie einen hochmütigen Ton an und behaupteten, ihr Führer sei *eventuell* bereit, ihr einige Minuten zu gewähren – er sei neugierig, weil sie aus Südafrika stamme und er mehr über die Apartheid wissen wolle. Seine Büttel gerieten kurz in Panik, als ihnen einfiel, dass jemand aus Südafrika nicht unbedingt weiß sein musste. Morgan nahm ihnen diese Sorge und merkte an, sie sei während der letzten Apartheid-Jahre aufgewachsen und wisse folglich gut darüber Bescheid – allerdings ließ sie ihre linken Eltern unerwähnt, die gegen die Rassengesetze demonstriert hatten (aber ein älteres afrikanisches Hausmädchen beschäftigten, das im hinteren Garten in einem Schuppen hauste und Morgans Dad ›Master‹ nannte, eine Tatsache, die sie noch nie jemandem anvertraut hatte). Also ja, sie wusste so einiges über die Apartheid.

Als Arve sich einverstanden erklärte, wollte Niels feiern, nur war Morgan überhaupt nicht danach, wenn sie daran dachte, zu einem Gefängnis außerhalb von Helsinki fahren zu müssen, um einen Neonazi zu treffen. Sie hätte viel dafür gegeben, wenn ihr das erspart geblieben wäre. Die Zeitschrift hatte jedoch zugestimmt, Arve erwartete sie, und Niels kümmerte sich um die Kinder. Also musste sie hin.

In ihrer Ehe war es zum Running Gag geworden, dass es zu Niels' Aufgaben gehörte, die Welt zu retten (er forschte darüber, wie man der Atmosphäre CO_2 entziehen konnte), zu ihren hingegen, die Kinder zu baden. Am meisten freute sich Morgan auf das Hotel. Zum ersten Mal seit Jahren könnte sie morgens ausschlafen. Was den Flug betraf, so war sie seit der Geburt ihrer Kinder nicht mehr geflogen und bekam fast eine Panikattacke, als sie an Bord ging und sich ausmalte, Sofie und Casper müssten ohne sie aufwachsen. Sie schaffte es jedoch wohlbehalten bis zum Gefängnis, führte das Interview, und der neue Hitler überraschte sie: Er war ein Langweiler.

Zurück in Kopenhagen hörte sie sich den Mitschnitt des Gesprächs an und verzweifelte. Es gab rein gar nichts, worüber es sich zu schreiben lohnte. Hatte sie es versäumt, die richtigen Fragen zu stellen? Morgan würde sich zum Trottel machen, wenn sie sich damit als versierte Journalistin präsentieren wollte. Ein Redakteur der New Yorker Zeitschrift fragte per Mail nach, wie es gelaufen war. Arves Kompagnons machten gleichfalls Druck, verlangten, den Artikel vorher abzusegnen, worauf sich die Zeitschrift nicht einließ. Also wollten sie ein Vetorecht für mögliche Zitate. Wieder wurde Morgan verwehrt, dies zu genehmigen. Letztlich erkundigten sie sich dann nur noch nach dem Datum der Veröffentlichung.

Zum Ausgleich für das langweilige Interview füllte sie den Artikel mit jeder Menge Hintergrundmaterial. Nach einer Nachtschicht und tagelangem Aufpassen auf Sofie und Casper las sie ein letztes Mal Korrektur, mailte den Artikel nach New York und wünschte sich im selben Moment, als sie auf SENDEN drückte, sie könnte ihn wieder zurückholen. Es folgten drei Monate Stille. Dann antwortete der Redakteur in aufgesetzt freundlichem Ton und hängte eine gründlich überarbeitete Fassung an. Da er damit ihre schlimmste Selbsteinschätzung bestätigte, wehrte sie sich gegen jede einzelne Änderung, bis beide es gründlich leid waren. Der Artikel, als Fragen-und-Antworten-Katalog erneut überarbeitet, ihre Fragen umformuliert, Arves Antworten oft sinnentstellt gekürzt, erschien Monate später unter dem Titel: ›Kleiner Hitler hinter Gittern. Ein notorischer Nazi erzählt von Suppe und Krieg‹. Sein kleinliches Gejammer wurde aufgebauscht, auch dass er eine Fistelstimme und Übergewicht hatte. Zudem zahlte die Zeitschrift nur für jedes veröffentlichte Wort, also achthundert, statt der vereinbarten dreitausend. Warum wurde sie dafür bestraft, dass man ihren Artikel verschandelt hatte? War das normal?

Der Artikel blieb ohne erkennbare Wirkung. Morgan war der Flop peinlich, aber sie musste unterrichten und hatte anderes im Kopf. Dann entdeckte sie etwas auf Facebook: Fremde unterstellten ihr, durch das Interview mit Arve für dessen rassistische Ideologie zu werben. Das Ausmaß an Feindseligkeit erschreckte sie. In der Schule beklagte sich eine Gruppe von Schülern, sie würde den Nazis eine Plattform geben. Die Schulverwaltung traf das unvorbereitet – Morgan hatte den Artikel in ihrer Freizeit geschrieben, und man war sich im Lehrerkollegium kaum bewusst, dass sie früher schon Artikel veröffentlicht hatte, einige Filmbesprechungen in einer englischsprachigen Lokalzeitung. Das hier aber war etwas anderes. Man ermahnte sie, dafür zu sorgen, dass sich derlei nicht wiederholte.

Die Rüge machte Morgan wütend, auch weil sie wegen der im Internet gegen sie vorgebrachten Beleidigungen schon ziemlich nervös war und immer, wenn sie auf die Toilette ging, die sozialen Medien nach ihrem Namen durchforstete. Manche Leute verteidigten sie, sagten, sie hätte ein wichtiges Interview mit einem widerlichen Mann geführt, gegen den die Gesellschaft sich lieber wappnen sollte. Wurde sie kritisiert, fand sie, der Artikel sei so verdreht, dass er ihr nicht mehr angehängt werden könne; standen die Leute aber auf ihrer Seite, kam es ihr vor, als stammte jedes Wort von ihr. In dieser aufgebrachten Verfassung suchte sie online nach einem Job als Journalistin – wäre das denn so unmöglich? Immerhin hatte sie Literatur und Kommunikationswissenschaften studiert und danach Schreibkurse in der Erwachsenenbildung belegt. Oft dachte sie über die Wege nach, die ihr Leben nicht eingeschlagen hatte.

Eines Abends googelte Morgan vorm Schlafengehen zum x-ten Mal ihren Namen und entdeckte Memes mit einem Foto von ihr, übernommen von der Website der Schule und so überarbeitet, dass sie darauf mit einem Einschussloch in der Stirn zu sehen war. Arve hatte sich über ihren Artikel offenbar ziemlich geärgert, da ihm deswegen vom Gefängnis mehrere Privilegien entzogen worden waren. Seine Äußerungen seien aus dem Zusammenhang gerissen worden, behauptete er, was ja auch stimmte. Die Herausgeber hatten das getan, und Morgan hatte nie versucht, dagegen vorzugehen, weil sie die Zeitschrift für so mächtig und sich selbst für so ohnmächtig hielt. Jemand, der als ›neuer Hitler‹ verschrien war, konnte allerdings wohl kaum gegen Rufmord vorgehen. Dafür überschwemmten seine Online-Anhänger sie und die Zeitschrift mit Beleidigungen und Drohungen.

Morgan hatte stets nur Verachtung für Medientypen übriggehabt, wenn die über Shitstorms auf den sozialen Medien klagten, aber sie musste feststellen, auch wenn eine Anschuldigung dermaßen unberechtigt war, hing sie doch lange nach – die öffentliche Empörung prallte auf die blauen Flecken ihres Selbstbildes. Mit nahezu hundert E-Mails am Tag erreichte die Welle ihren Höhepunkt, manche forderten dazu auf, sie zu vergewaltigen, andere verlangten ihren Tod. Trotzdem checkte sie weiter ihr Postfach, sehnte sich nach Zuschriften, die sich mit ihr solidarisch erklärten, wurde von ihnen aber nie völlig entlastet. Ihre Verzweiflung hielt sie vor aller Welt geheim. Beim Abendessen tat sie vor den Kindern, als wenn nichts wäre, auch vor Niels, der nicht auf den sozialen Medien aktiv war. Das, was auf ihrem Handy ablief, fühlte sich in manchen Momenten nicht ganz real an, ein Fegefeuer auf dem Bildschirm, fast wie Szenen an mittelalterlichen Kirchendecken mit schielenden Dämonen, die entsetzte Sünder aufspießten. Bei jeder Mahlzeit war ihre Aufmerksamkeit geteilt. Seine auch. Vor Langem schon hatten sie eine Beziehung wie die von Arbeitskollegen entwickelt – war der Kollege mal schlechter Laune, hoffte man, dass die nächste Schicht besser lief.

Sein bester Freund feierte seinen vierzigsten Geburtstag, und die reine Männerrunde fand sich irgendwann in ihrem Haus ein. Diese überalterten Jungs hatten schon jede Menge getrunken und überboten sich gegenseitig lauthals mit Erinnerungen an ihre Eishockeyzeit. Aus Rücksicht auf Morgan redeten sie anfangs Englisch, wechselten mit steigendem Alkoholpegel aber immer öfter ins Dänische. Wie anders sich Niels mit seinen männlichen Freunden benahm, dachte sie: so laut und vulgär – aber da leuchtete auch ein Funke, der sich nie zeigte, wenn er mit ihr zusammen war. Sie sah nach den Kindern, kam zurück und wusste, was sie jetzt sagte, würde typisch nach miesepetriger Gattin klingen, aber sie sagte es trotzdem: »Leute, könntet ihr bitte ein bisschen leiser sein?«

Als Niels schließlich ins Bett fiel, berührten sie sich nicht. Sie schlief mit dem Handy auf der Bettdecke ein.

UNTER DEM TITEL ›Wer ist heute noch schuldig?‹ las Morgan zwei Jahre später in *Politiken* einen Beitrag über die Wissenschaft und das Justizsystem. Der Artikel befasste sich mit der wachsenden Bedeutung der Neurokriminologie, insbesondere damit, wie Fortschritte beim Neuroimaging das Gerichtswesen veränderten. Zwar habe jeder Mensch düstere Gedanken, hieß es im Text, doch hätten Wissenschaftler nachgewiesen, dass jene, die zu Gewaltverbrechen neigten, oft Defizite im präfrontalen Cortex aufwiesen. Mit anderen Worten: Das Übel ist ein physisches Handicap; der eigene Körper unfähig, normale antisoziale Impulse zu unterdrücken. Sollte das stimmen, sind Liebe oder Enttäuschung – alles, was sich wie eine Erfahrung oder eine Wahl anfühlt – nichts weiter als biomechanische Reflexe. Ob man sich in die Obdachlosigkeit säuft oder im Parlament landet – verantwortlich dafür ist die eigene Maschinerie, nicht die darin festgeschnallte Person. Selbst der freie Wille sei eine Fiktion, die Seele redundant. Im weiteren Verlauf zitierte der Artikel einen berühmt-berüchtigten Mordfall, und Morgan begriff, dass ihre Kinder gemeint waren. Sie brauchte Stunden, um ihre Fassung wiederzugewinnen. Derselbe Absturz geschah jeden Morgen beim Aufwachen, das Erinnern daran, dass es wirklich geschehen war, dass dies jetzt ihr Leben war – wie eine Schlaganfallpatientin, die, das Gedächtnis im Schlaf gelöscht, jeden Morgen feststellt, dass alles dahin ist.

In den Monaten nach den Morden hatten sie und ihr Mann

ein einziges Mal Sex, verzweifelten Sex, danach nie wieder. Morgan verstummte, wenn über den sozialen Hintergrund der zweiten Tatperson, Freja Bækkelund, debattiert wurde, einer Mitläuferin in Neonazikreisen, die halb dänischer, halb somalischer Abstammung war. Journalisten führten ihre Herkunft an, schrieben über die Radikalisierung der Unterschicht und psychologisierten über internalisierten Rassismus. Jens Uhlén, der männliche Mitangeklagte, spielte sich vor Gericht auf, lächelte und scherzte mit den Anwälten. Nach Auffassung der Medien war er der Macher, sie sein Produkt.

Morgan, die sich in der Politik immer eher links gesehen hatte, fand Trost in Opfer-Beratungsgruppen, deren Mitglieder meist konservativ waren. Es kümmerte sie nicht länger, ob man sie für rechts hielt. Mit ihren Fantasien, in denen sie die Schuldigen verletzte, konnte Niels immer weniger anfangen, und zu seinem Rückzug gehörte all das, was ihr an ihm missfiel, dass sie nämlich bei jedem Schritt nach vorn – ob es darum ging, Kinder zu bekommen, eine Wohnung in Vesterbro zu finden, sie einzurichten, ja selbst bei der Anzeige, die ihm seinen momentanen Job eingebracht hatte – der Motor sein musste, sie die einzige Turbine des Flugzeugs, er die Fracht.

Ein Streit. Viele. Schon lange schrien sie sich an, Morgan erinnerte sich nicht mehr, wie es angefangen hatte, welcher Vorwurf sich zu zwanzig Vorwürfen vervielfacht hatte, alle so elend vertraut. Als sie sich dann eines Abends beruhigt hatten, kam er zu ihr, während sie die Post durchging. »Ich habe das Gefühl, dass du mich hasst«, sagte er.

Nach einer Pause erwiderte sie: »Ich hasse dich nicht.«

Er drängte Morgan, sich nicht die Schuld zu geben. »Du bist zwar auf minimalste Weise dafür verantwortlich, aber du trägst nicht die Schuld daran. Das kann niemand behaupten. Wirklich nicht.«

Seine Unterscheidung zwischen ›verantwortlich‹ und ›schuldig sein‹ legte nicht zum ersten Mal nahe, dass Niels die Feinheiten der englischen Sprache weit besser beherrschte, als sie angenommen hatte. In ihrer Ehe hielt sie sich selbst für die intellektuell gewandtere Person und fand, ihr Mann habe das mechanistische Hirn eines Ingenieurs. Selbst in seiner eigenen Familie hieß es, Niels sei zwar nicht sonderlich helle, dafür aber der Beste im Sport. Nur, wie wollte sie schon seinen Intellekt beurteilen? Sie brachte es gern damit auf den Punkt, dass sie sagte: »Niels reinigt die Atmosphäre«, im Grunde aber hatte sie nur wenig Ahnung davon, was er tatsächlich tat. Diese Kluft zwischen ihnen schien ihr so bedeutsam und traurig wie nie zuvor.

Nach den Morden ließ sie sich von der Schule für längere Zeit beurlauben, was ein Fehler war. Morgan hatte nichts weiter zu tun, als sich jeden Tag ihrem Leid zu stellen, allein in der Wohnung oder in dieser kleinen Stadt, in der man ständig jemandem über den Weg lief. Sie begann, die Gesellschaft zu hassen, deren nichtssagende Güte bedeutete, dass die Schuldigen nie etwas durchmachen mussten, was ihrer eigenen Folter auch nur nahekam. Der ganze dänische *Hygge*-Scheiß, diese zahllosen überbordenden Artikel darüber, dass dieser Lebensstil besser als jeder andere sei, begleitet von Fotos mit gemütlich besockten Füßen vorm Kaminfeuer. Sie konnte allerdings nicht weg – der Strafprozess würde hier stattfinden, und Niels weigerte sich, mit der Presse zu reden. Wieder einmal blieb es ihr überlassen, sich um die Kinder zu kümmern, die Reporter wissen zu lassen, dass Gerechtigkeit die längsten Gefängnisstrafen verlangte und dass diese Menschen Ähnliches wieder tun würden. (Letzteres machte ihr keine Sorgen. Sie wollte nur, dass sie leiden mussten.)

Anfangs bekundete die dänische Presseorganisation ihre

Unterstützung für Morgan, da die Kinder wegen ihrer Arbeit als Journalistin zu Opfern geworden waren. Man lud sie zu Veranstaltungen ein und bat sie einmal auch, eine Rede zu halten. Sie sagte, wie schrecklich es sei, auf dieser Seite einer Nachrichtenmeldung zu stehen, vor allem, da die Medien dies dazu nutzten, die Täterin mit gemischtrassigem Hintergrund in ein günstiges Licht zu rücken. Sie wurde nie wieder eingeladen.

Der Chefredakteur der amerikanischen Zeitung rief an, sicherte ihr seine Unterstützung zu und machte deutlich, dass die Zeitung ihr immer einen Platz freihalten würde, dass sie ihnen nach Belieben Vorschläge unterbreiten könnte, was nicht gerade einem Auftrag entsprach, doch versprach man immerhin, künftige Beiträge ernsthaft zu prüfen – und mehr pro Wort zu zahlen. In den zwei Jahren seit der Ermordung ihrer Kinder hatte Morgan allerdings nur einen einzigen Artikel veröffentlicht, einen vom Chefredakteur erbetenen, in Ich-Form gehaltenen Bericht über das, was geschehen war. Das war Morgans Alleinstellungsmerkmal. Nur hätte sie über alles andere lieber geschrieben, auch wenn sie dann Themen vorschlagen müsste, von denen sie keine Ahnung hatte. Peinliche E-Mails flogen hin und her. Man zahlte ihr schließlich ein Ausfallhonorar, und danach arbeitete sie wieder ganztags als Lehrerin. Allerdings hatte sie jede Geduld mit den Kindern verloren, diesen Kindern, die älter waren als ihre, oder es doch bald sein würden. Die Arbeit kam ihr sinnlos vor, dieses Unterrichten von Heranwachsenden, die fließend umgangssprachliches Englisch beherrschten, aufgeschnappt auf Instagram oder Twitch.

Jeden Abend entspannten sie und Niels sich bei einem Glas Wein, ruhiger nach dem ersten, passiv-aggressiv nach dem zweiten, unkontrollierte Kräche nach dem dritten. Woraufhin sie meist nicht schlafen konnte und am nächsten Tag vermehrt Kaffee trank, ganz abgesehen von den Snacks und der Gewichtszunahme. Seit ihrer Teenagerzeit hatte sie nicht mehr so viel gewogen, und das Fett war in ihrem jetzigen Alter weniger schmeichelhaft verteilt als früher.

Von Schlaflosigkeit geplagt durchsuchte sie das Web im Inkognitomodus danach, wie man schnell jemanden umbringen oder wie man jemanden für einen Auftragsmord engagieren konnte. In ihrer Vorstellung wurden die beiden Täter jahrelang verprügelt. Zuvor aber wurde ihnen gesagt, was sie erwartete und dass sie keine Chance hatten, es zu verhindern.

SECHS JAHRE SEIT dem Prozess. Von Gesetzes wegen wurde für Freja Bækkelund eine Bewährungsanhörung angesetzt; Opferaussagen fanden Berücksichtigung.

Morgan, die wütend ist, weil man so bald schon eine Anhörung erwägt, bereitet sich auf ihre Aussage vor. Sie steht vor dem Badezimmerspiegel und fragt sich, ob es besser sei, auf Make-up zu verzichten, ob es nicht von Vorteil wäre, offen zu zeigen, wie sehr sie gealtert war, oder ob ihre Worte mehr Gewicht hatten, wenn sie ein gutes Bild bot.

Morgan bat darum, dass sie und Niels an verschiedenen Tagen das Wort erhielten. Den Gefallen konnten ihr die Beamten nicht tun – die Zeit im Konferenzraum war begrenzt. Man einigte sich darauf, dass dieser Teil auf Englisch stattfinden sollte, bis Niels einwandte, er wolle lieber Dänisch reden, was sie als persönliche Beleidigung empfand. Wie auch immer, ihr Dänisch war mittlerweile gut genug, hatte sich seit der Scheidung enorm verbessert.

Morgan hatte ihren Job als Lehrerin gekündigt, um sich zur forensischen Linguistin ausbilden zu lassen, eine Tätigkeit, von der sie vor dem Prozess noch nie etwas gehört hatte. Sie steckte mitten in ihrer Doktorarbeit und spezialisierte sich darauf, soziale Medien nach Hinweisen zu durchkämmen, die Kriminalisten helfen könnten. Sie hatte sogar schon als Beraterin für die Polizei gearbeitet, in Fällen, in denen es um englische Umgangssprache ging – etwa in dem eines jungen amerikanischen Paares, das die Flitterwochen in Kopenhagen verbracht hatte. Die in Minnesota lebenden Eltern der Braut erhielten eine verzweifelte SMS aus Dänemark, in der die junge Frau behauptete, ihre Heirat sei ein schrecklicher Irrtum gewesen, und sie wolle sterben. Die Eltern versuchten, sie zu erreichen, erhielten aber keine Antwort. Ihr frisch vermählter Gatte nahm auch nicht ab. Also riefen sie im Hotel an. Der Manager ging auf ihr Zimmer und fand ihren Leichnam an einem Strick. Der Mann war nicht anwesend. Als er zurückkehrte, schluchzte er hemmungslos und erklärte, sie hätten sich gestritten und er sei an die frische Luft gegangen, um sich zu beruhigen. In der Zeit müsse sie sich etwas Schlimmes angetan haben – sie neigte, merkte er an, zu Depressionen. Der leitende Beamte hielt in jener Woche ein Graduiertenseminar ab und bat seine Studenten, den an die Eltern geschickten Abschiedsbrief der Frau zu analysieren. Morgan studierte im Laufe des Tages auch die von der Braut auf Instagram verschickten Nachrichten und verglich sie mit den Tweets ihres Mannes. Sie entschied (und erklärte dies dem Kriminalbeamten mit weitaus größerer Selbstsicherheit, als sie tatsächlich empfand), dass der Mann den Abschiedsbrief gefälscht hatte, dass Syntax und Abkürzungen eher seinem Stil und nicht dem der Frau entsprächen. Im Bericht der Pathologie stand schließlich, dass der Tod der Frau vor dem Abschicken ihrer letzten SMS eingetreten war. Ihr Handy wurde mit einer Gesichtserkennung geschützt, was bedeutete, dass jemand im

Hotelzimmer das Mobiltelefon vor das Gesicht der Erstickten gehalten, die App geöffnet, die Abschiedsworte gefälscht und an ihre Familie gesandt hatte. Mit anderen Worten: ihr Mann.

Später bat die Polizei Morgan, an einem Programm teilzunehmen, das helfen sollte, dänische Männer aufzuspüren, die sich online an ausländische Kinder heranmachten, also brachte sie Spezialkräften bei, kindgerechtes Englisch zu schreiben, um Pädophile besser in eine Falle locken zu können.

Morgan ist allein im Konferenzraum, als Niels eintritt. Er meidet jeden Blickkontakt und setzt sich mit einigen Stühlen Abstand an dieselbe Tischseite. Er ist zu feige, sie anzusprechen, also starrt sie sein Profil an. Er hat abgenommen und kleidet sich eleganter, trägt jetzt eine modische Jacke, zu der ihm bestimmt seine Frau geraten hat. Aber vielleicht misst er seinem Aussehen auch einfach nur wieder mehr Bedeutung bei. Sie weiß, dass er eine Tochter bekommen hat, diesmal mit einer Landsmännin, einer Dänin. Und Niels trägt einen Ehering, was er verweigert hatte, als sie zusammen gewesen waren, da er meinte, sein Vater hätte auch nie einen getragen, außerdem fände er Schmuck weibisch. Plötzlich kommt Morgan sich alt vor, ausländisch, wuchtig, und dieser Zusammenbruch ihres Selbstvertrauens löst Panik in ihr aus. Die Beamten *wissen* doch, dass wir geschieden sind. Sie hatten versprochen, das bei diesem Treffen zu respektieren. Und warum werden wir dann hier alleingelassen?

»Bist auf dem Weg hierher nass geworden«, sagt Niels.

»Ein grässliches Wetter – wie immer in Dänemark.«

»Es gibt kein grässliches Wetter. Nur unpassende Kleidung.«

»Nein, es gibt grässliches Wetter.«

Niels sagt, er hätte nicht damit gerechnet, sie hier anzutreffen.

»Was soll das denn heißen?«

»Bitte, Morgan, ich will dich nicht verletzen. Ich hatte nur nicht erwartet, dass du in Dänemark bleibst.«

»Willst du mich jetzt auch noch aus dem Land ekeln?« Er muss gewusst haben, dass sie noch hier wohnt. Sie sieht Niels oft in der Nachbarschaft, draußen an einem Tisch bei einem Arbeitstreffen oder bei einem Familienausflug auf der Strøget, die kleine Tochter im BabyBjörn. Morgan fürchtet stets, allein gesehen zu werden, weshalb sie sich meist hastig abwendet.

»Ich finde, es ist genug«, sagt Niels. »Du nicht?«

»Was ist genug?«

»Diese Frau. Fast sieben Jahre. Das ist eine lange Zeit.«

»Meinst du das ernst? Sie hat unsere Kinder umgebracht, Niels! Verdammt, sie hat Sofie und Casper getötet!« Normalerweise vermeidet es Morgan, ihre Namen laut auszusprechen.

»Du kannst nicht behaupten, dass *sie* die beiden getötet hat. Sie wurde in allem von dem Mann angestiftet. Das ist doch inzwischen erwiesen.«

»Blödsinn! Und es sind *sechs* Jahre. Nicht sieben. Hast du nicht mehr alle Tassen im Schrank?«

»Okay, okay! Beruhige dich, ja?«

»Sag du mir nicht, dass ich mich beruhigen soll.«

»Ach, vergiss es.« Er erweckt sein Handy zum Leben.

Sie bleibt still, aber nur wenige Sekunden lang. »Kommt überhaupt nicht infrage!«

»Der Mann, *den* sollen sie hinter Gittern behalten. Aber sie war – ich weiß nicht. Was bringt es, jemanden ewig in einen Käfig einzusperren?«

Sein Verrat bringt sie ins Schwitzen. Morgan hatte angenommen, sie würden beide erzählen, wie ihr Leben zerstört wurde, wie qualvoll dies bis zum heutigen Tag war und wie Sofie und Casper gewesen waren. Ob sie diesen letzten Teil schaffte, wusste Morgan nicht, auch wenn sie ihren Online-Unterstützern versprochen hatte, stark zu bleiben. Jetzt aber sah sie sich der Demütigung ausgesetzt, vor ihrem Ex-Mann zugeben zu müssen, dass nur *ihr* Leben zerstört worden war, woraufhin doch alle denken würden, wie kleinlich und unfähig sie, die da vor Wut bebte, doch sein musste, während er sich so gnädig gab.

Mit fasziniertem Entsetzen folgte die dänische Öffentlichkeit dem Verbrechen. Sobald aber die Schuldigen gefasst waren, ging bald darauf für jedermann das Leben weiter. Dann drehte ein Fernsehsender einen zweiteiligen Dokumentarfilm über den Fall. Als man Morgan interviewte, hieß es, man strebe eine schlichte Nacherzählung der Tragödie an. Im Dokumentarfilm aber ging es so gut wie gar nicht um ihre Kinder, vielmehr wurde die Beschuldigte Freja Bækkelund porträtiert. Das Drama ihres Lebens; der Film gewann einen Preis. Morgan hat ihn bis heute nicht zu Ende gesehen – nach der achten Minute hatte sie den Fernseher ausgeschaltet und ihre Fernbedienung zertrümmert.

»Du musst verzeihen. Irgendwann muss man das einfach«, sagt Niels und legt sein Handy mit dem Display nach unten auf den Konferenztisch. »Wenn das hier so weitergeht, wird nur noch ein weiteres Leben zerstört. Sie hat auch Eltern und Geschwister. Bestimmt möchte sie eines Tages eine eigene Familie haben.«

»Dir sind doch sogar deine eigenen Kinder völlig egal.«

»Jetzt hör schon auf, Morgan! Hör einfach auf!«

Die Beamten treten ein, lächeln. Sie sind zu dritt, zwei Beamtinnen und ein Vorsitzender.

Noch ehe sie sich setzen, bittet Morgan darum, als Erste

reden zu dürfen. Sie kämpft mit dem Reißverschluss ihres Rucksacks und zerfetzt versehentlich ihr vorbereitetes Statement. Sie liest den ersten Satz mit zittriger Stimme, räuspert sich und fragt, ob sie im Stehen weiterlesen dürfe.

»Was auch immer für Sie am angenehmsten ist.«

»An dem Ganzen ist mir gar nichts angenehm«, sagt sie auf Englisch. »Mir kommt das hier abgekartet vor.«

Die ältere Beamtin blickt verwirrt drein. »Was meinen Sie mit ›abgekartet‹?«

»Bei dieser Anhörung geht es um eine Person, die ein Verbrechen begangen hat – es soll festgestellt werden, dass sie nicht so böse ist, dass sie alle möglichen Resozialisierungsprogramme absolviert hat. Sehen Sie? Jetzt wenden Sie den Blick von mir ab. Ja: *Ich* bin der schreckliche Anblick. Sie wollen, dass ich mich beeile, dass ich zum Ende komme und Ihnen nicht länger im Weg bin.«

»Unsinn. Das stimmt nicht.«

»Merken Sie denn gar nicht, wie *krank* es ist, dass Sie mich dazu bringen, über eine mögliche Entlassung zu reden? Mich, die Mutter der Opfer? Und ich muss Sie anbetteln, Sie anflehen, dass diese Frau wenigstens eine minimale Bestrafung bekommt?«

Niels, der neben ihr sitzt, starrt auf seine Knie.

»Sie müssen sagen, was Sie fühlen«, versichert ihr der Vorsitzende. »Das ist Ihr Recht.«

»Das habe ich ja versucht, bis Sie mich unterbrochen haben.« Hat er nicht, aber niemand korrigiert sie. Morgans Mund ist trocken.

»Wir setzen uns für das ein, was für die Gesellschaft richtig ist. Also für Sie und für den Vater der Opfer«, sagt der Vorsitzende. »Aber wir müssen auch an die Beschuldigte denken.«

»Warum denken Sie nicht an die beiden Menschen, die nicht hier sind? Die noch *Kinder* waren.«

»Wir vergessen sie nicht einen einzigen Moment lang, aber die Beschuldigte ist in unserem Gewahrsam.«

»Viele Menschen haben einen Hintergrund wie sie«, sagt Morgan, »und haben doch nichts Vergleichbares getan.«

»Was meinen Sie mit ›Hintergrund‹?«

Morgans Herz schlägt schneller.

Die jüngere Beamtin hebt einen Finger. »Sie müssen zugeben, Mrs Willumsen, dass Menschen mit anderem Hintergrund andere Erfahrungen machen. Man kann sie nicht alle über einen Kamm scheren.«

»Was hat das denn mit diesem Fall zu tun?«, fragt Morgan. »Wollen Sie behaupten, aufgrund ihrer Hautfarbe trüge sie keine Verantwortung?«

»*Niemand* behauptet das«, erwidert die jüngere Beamtin beleidigt.

Niels blickt immer noch nach unten, schüttelt den Kopf.

»Nun mal langsam«, sagt der Vorsitzende. »Das hier läuft aus dem Ruder. Können wir uns bitte wieder auf Ihre Fragen konzentrieren, Mrs Willumsen? Und darauf, was Sie heute zu sagen haben? Sie wollen für die beiden Opfer sprechen, die, wie Sie uns zu Recht erinnern, nicht bei uns sein können, aber deren Stimmen wir hören wollen.«

»Ihre Stimmen?«

Die Beamtin, die mit ›*Niemand* behauptet das‹ herausgeplatzt war, hat die Lippen gespitzt und die Hände flach auf den Konferenztisch gelegt, die Daumen ineinander verhakt, als versuchte sie, ihre Bestürzung unter Kontrolle zu behalten.

Morgan trägt ihr ausgearbeitetes Statement vor. Als sie später auf den Fahrstuhlknopf drückt, zittert ihre Hand. Sie ruft einen Kontakt in der Opfer-Beratungsgruppe an, übertreibt, wie schlecht es gelaufen sei. Ihre Verbündeten beginnen eine Medienkampagne gegen eine vorzeitige Freilassung von Freja Bækkelund. In der konservativen Presse erscheinen Zeitungsartikel. Eine Partei im rechten Spektrum nimmt sich ihrer Sache an.

Schließlich kommt der Ausschuss zu einem Ergebnis: Angesichts der Schwere des Verbrechens und der öffentlichen Empörung über diesen Fall sei es für eine Freilassung zu früh. Zur Feier des Tages veranstaltet die Opfer-Beratungsgruppe ein Fest, fast ein Dutzend Aktivisten versammelt sich in einem Gemeindezentrum, trinkt unter einer sich langsam drehenden Discokugel. Alle jubeln Morgan bei ihrem Eintritt zu; und ein nervöser Mann in einer mit dänischen Fahnen bedruckten Weste kommt auf sie zu, seine Stirn glitzert im Licht. Er raucht eine Zigarette und sagt, er sei ihr so dankbar, bewundere sie so sehr für das, was sie durchgemacht habe. Er führt Statistiken zur Verbrechensrate an, beklagt sich darüber, wer heutzutage das Land regiere, dass jedermann auf Videos gesehen habe, wie es in anderen Ländern zuginge, und dass man davon hier noch weit entfernt sei.

Morgan weicht einen Schritt zurück, aber der Mann hat Hörprobleme, rückt also immer wieder nah an sie heran. Sie stellt seine Schlussfolgerungen infrage, erwähnt, dass sie in einem Apartheidregime aufgewachsen sei und dass jenes widerwärtige, üble System gezeigt habe, dass jeder Mensch die Würde der Gleichbehandlung verdiene. Und ging es in diesem Fall nicht *genau* darum? Er lächelt nachsichtig, reicht ihr ein Glas Prosecco und sagt, er hätte noch keine Frau kennengelernt, die ein Gläschen Prickelbrause nicht zu schätzen wisse. Er lächelt schmierig, drängt sie, einen Schluck zu nehmen.

Als Morgan sich unter einem Vorwand verabschiedet,

schürzt eine Frau mit pinkfarbener Wimperntusche verständnisvoll die Lippen, und der Mann mit der Dänenflaggenweste besteht – besteht! – darauf, sie nach Hause zu fahren: »Sonst wäre ich doch kein Gentleman, oder?«

Vor ihrem Haus stellt er den Motor seines aufgemotzten Mercedes ab, legt einen Arm über das Lenkrad, lässt den Zigarettenanzünder vorspringen und presst die x-te Zigarette des Abends in die orangefarbene Glut, aber Morgan hat die Beifahrertür bereits geöffnet, dankt ihm viel zu überschwänglich und unterdrückt einen Schauder, als sie endlich die Haustür hinter sich zuzieht.

DIE HANDSCHRIFT IST kindlich, das Englisch voller Fehler. Vor allem aber dreht sich der Brief allein um seine Verfasserin, um Freja Bækkelund, die erklärt, sie sei damals ein unreifes Mädchen gewesen, das versucht habe, als Frau zu handeln, wie schrecklich ihre Kindheit gewesen sei und dass sie sich keinesfalls herausreden wolle.

»Doch!«, schreit Morgan das Blatt an und knallt es auf den Küchentisch, nagelt es mit den Fingerspitzen fest. »Dich rausreden, genau das willst du!« Sie knüllt das Papier so fest zusammen, dass ihre Knöchel weiß anlaufen, wirft es auf den Linoleumboden, stampft mit dem Fuß darauf und entsorgt es mithilfe einer Serviette, als wäre es eine zertretene Kakerlake, wirft es in den Kücheneimer, kippt Kaffeesatz darüber und wäscht sich zweimal die Hände.

Die Anhörung zur vorzeitigen Haftentlassung findet jährlich statt. Morgan könnte ein Kästchen ankreuzen, und man würde ihre alte Erklärung über die individuellen Auswirkungen der Straftat erneut zugrunde legen. Niels hat das getan. Doch nachdem sie im letzten Jahr begriffen hat, dass das System diese Frau entlassen will, plant Morgan, ihren Fall erneut persönlich und noch nachdrücklicher vorzutragen.

Sie hat allerdings ein Problem. Man soll nur die Zukunft in Betracht ziehen, über die Vergangenheit zu reden gilt als schlechter Stil. Für die Schuldigen mag das ja in Ordnung sein, aber begreift denn keiner, dass Morgans Zukunft die Vergangenheit ist? Manche Leute ziehen es vor, den Mord an zwei Kindern kleinzureden, da es ihnen irgendwie peinlich ist, dass die Tat schon vor einigen Jahren stattfand – ja, genau das wird sie sagen.

In einer NETTO-Tüte bringt Morgan den Spiderman-Schlafanzug ihres Sohnes und das mit Emojis bedruckte Nachthemd ihrer Tochter mit. Sie reicht die Schlafsachen den drei Beamten, sagt, sie sollen sie in die Hand nehmen. »Das haben sie getragen, als man sie erstickt hat. Sie wurden nie gewaschen. Das haben Casper und Sofie angehabt.«

Feierlich reichen die Beamten die Sachen weiter, und keiner weiß, wie ausgiebig man sie untersuchen soll, bis der Vorsitzende sie schließlich wie eine heilige Opfergabe in beiden Händen hält und zögert, sie zurückzugeben. Morgan schreitet nicht ein, denn sie redet, die anderen hören zu. Und sie schafft es ganz und gar auf Dänisch. Sie hatte vorgehabt, ins Englische zu wechseln, falls es sie zu sehr aufregt, aber sie hält durch.

Diesmal gibt es keine Party; sie hatte der Opfer-Beratungsgruppe nichts von der Anhörung gesagt. Auf der Fahrt nach Hause fällt es ihr schwer, sich wieder aufs Banale einzulassen, auf die Abfolge der Bushaltestellen, die besetzten Sitze, die NETTO-Tasche auf ihren Beinen, und zu wissen, was sie enthält. Morgan trägt Ohrhörer, lässt aber keine Musik laufen und lauscht stattdessen zwei schwatzenden, vorpubertären Mädchen, die eine auf dem Schoß der anderen.

Morgan versucht, *nicht* nachzudenken, aber die Vergangenheit drängt sich ihr wieder auf, als sie den Abwasch macht, einen Turm dreckigen Geschirrs abarbeitet. (Seit sie allein lebt, macht sie nur einmal die Woche sauber; falls das jemand sähe, würde sie sich schämen, aber es sieht niemand.) Sie geht in ihr Arbeitszimmer, ist umringt von forensisch-linguistischer Fachliteratur und weiß, warum sie sich schlecht fühlt: Heute von ihren Kindern zu reden war wie eine Aufführung. Sie hat erneut den Weg der Erinnerung eingeschlagen, denn noch findet sie Zugang zu ihren lebenden Kindern. Nur benutzt sie die beiden inzwischen als Anekdoten, als einen Teil ihrer Geschichte.

FREJA BÆKKELUND KENNT Morgans Adresse, ihr Haus am Gasværsvej – dort fand das Verbrechen statt –, doch hat man ihr untersagt, direkt mit den Opfern zu kommunizieren. Nur mit Billigung der Gefängnisverwaltung werden ihre Briefe weitergeleitet. Morgan hat keine Zeit, sie bereitet sich auf ihre Disputation vor. Sie legt den Brief beiseite, wird ihn erst öffnen, wenn ihr danach ist. Oder ihn ungelesen verbrennen.

Sie widersteht nur wenige Minuten, dann öffnet sie den Umschlag. Freja Bækkelund behauptet, es tue ihr leid; sie schreibt, es sei richtig gewesen, dass Morgan sie in ihrer Antwort kritisiert habe. Ihr erster Brief, gesteht sie, sei unangemessen gewesen, eine Litanei des Selbstmitleids, als könnte das für ihr Opfer von Interesse sein. Sie wollte sich erklären. Im Nachhinein begreife sie, dass ihr das nicht zustehe. Sie könne nur sagen, wie leid es ihr tue, auch dass sie Morgan behelligt habe.

Morgan sprintet durch die Wohnung zu ihrem Laptop, kann es kaum erwarten, die ätzenden Worte in ihrem Kopf zu tippen, eine Antwort, die noch schärfer als die erste ausfallen wird. Sie weiß genau, was in diesem zynischen Miststück vorgeht.

Nach Morgans Antwort trifft eine weitere Entschuldigung ein.

Also schreibt Morgan einen weiteren wütenden Brief, denn Freja Bækkelund behauptet diesmal, sie sei einem gewalttätigen Mann ins Verbrechen gefolgt. »Ihre Pseudo-Entschuldigungen sind erbärmlich. Sie widern mich an«, schreibt Morgan. »Ich werde mit all meiner Kraft dafür sorgen, dass Sie im Gefängnis sterben, dass Sie in diesem Leben keine Freude mehr erleben, ob drinnen oder draußen, und dass jeder Mensch, den Sie kennenlernen, weiß, wer Sie sind und was Sie getan haben.«

Immer noch aufgebracht lässt Morgan sich am Abend ein Bad ein. Sie hat diese Frau abgekanzelt, wie man im normalen Leben niemanden abkanzeln darf. Sie muss sich einreden, dass sie sich gut fühlt, aber eigentlich empfindet sie etwas anderes. In den letzten Jahren hat sie für die Menschen eine außerordentliche Geringschätzung entwickelt, findet, sie leiden an der Wahnvorstellung, ihr Glück verdient zu haben – ihre Untaten aber, die haben natürlich *nichts* mit ihnen zu tun.

Der nächste Tag ist besser. Morgan wird zu einer Linguistikkonferenz eingeladen und hat ein gutes Telefonat mit ihrer Schwester. Sie isst gesund zu Mittag, geht am späten Abend spazieren und bewundert den dänischen Sommerhimmel, die im Dämmerlicht schimmernden Nachtwolken. Alle, denen sie begegnet, wirken gut gelaunt. Ihr fällt ein älterer Herr auf, der verwirrt in seiner Geldbörse kramt, und sie hilft ihm, redet ausschließlich auf Dänisch. Er ist so dankbar. Kaum wieder zu Hause antwortet sie Freja Bækkelund, diesmal nicht gar so vernichtend. Sie weiß, etwas Banales wie ein voller Magen beeinflusst den Ton ihres Briefes, also rafft sie noch ein wenig Wut zusammen und erwähnt beiläufig, wenn sie selbst überfordert sei, unternehme sie nichts Gewalttätigeres, als Bilder auszumalen – also möge sie ihr doch bitte nicht damit kommen, dass sie durch die Umstände ›gezwungen‹ worden sei.

Freja Bækkelund widerspricht nie. Diesmal antwortet sie nicht einmal mit Worten. Sie schickt einen Notizblock mit Bleistiftzeichnungen, bietet Morgan an, sie bunt auszumalen. Morgan pfeffert den Block in den Papierkorb und schreibt zurück, sie solle aufhören, ihr solchen Scheiß zu schicken. Freja Bækkelund antwortet, sie hätte Morgans Rat befolgt: Ausmalen habe sie schon als kleines Mädchen geliebt, und es würde ihr bei Stresssituationen, von denen es im Knast genug gäbe, wirklich helfen.

Morgan rümpft verächtlich die Nase, denn in einem dänischen Gefängnis wird natürlich für alles gesorgt. Da drinnen lebt es sich besser als hier draußen! Stress kommt von Verpflichtung, von Verantwortung. Morgan zählt ihre eigenen auf und achtet darauf, auch die von ihr betreute Facebook-Gruppe für die Überlebenden von Gewaltverbrechen zu erwähnen.

Morgan fällt auf, dass diese Briefe für sie die einzige Gelegenheit sind, offen über ihre Kinder reden zu können, über deren Persönlichkeiten, ihre Probleme und skurrilen Freuden, von denen sie Freja in beschämender Ausführlichkeit berichtet. Morgan schafft es nie, einen Brief an Freja zu schreiben, ohne sich die Fingerkuppen in die Augen zu drücken, ohne sie so hart gegen die Gesichtsknochen zu pressen, als wollte sie sich selbst ins Innere zwingen. In der Stadt sieht sie manchmal Klassenkameraden ihrer Kinder – einige sind schon fast erwachsen, denken vermutlich ans Studium, an ihre Karrieren, an Liebesaffären, vielleicht sogar schon daran, selbst Kinder zu bekommen.

Freja ist der einzige Mensch auf der Welt, der jeden Tag an Morgans Kinder denkt. Nachdem sich Morgan monatelang dagegen gewehrt hat, bittet sie die Täterin, sich zu erklären. Freja beginnt vorsichtig, sagt, dass sie sich von jenen Menschen abgewandt hat. Sie schreibt in fehlerhaftem Englisch, bittet nie um Verzeihung und weiß, Morgan wird sich vorm Komitee immer gegen ihre Entlassung aussprechen. Sie hat nie versucht, darauf Einfluss zu nehmen.

Morgan erklärt, wie wütend es sie mache, dass Freja eines Tages eine eigene Familie gründen könnte, während sie vermutlich gestrandet in der Fremde sterben wird, ohne einen einzigen Menschen in diesem Land. Freja erzählt, sie könne keine Kinder kriegen – sie leide an Endometriose, die nach ihrer Verhaftung aufgetreten ist.

Morgan fragt nach, aber Freja bleibt zugeknöpft. Sie will sich damit nicht entschuldigen. Die Fakten sind: Freja wurde in Christiania geboren, wo sie mit ihrer Mutter in einer Kommune lebte, in einer Gemeinschaft, die sie auch aufzog. Aus Prinzip, wie die Mutter erklärte, dabei war es für sie vor allem praktisch, da sie an manischer Depression litt und sich selbst mit allen Drogen therapierte, die sie in die Finger bekommen konnte. Tagsüber war ihre Mutter meist bewusstlos. Noch bevor Freja eingeschult wurde, hatte sie diverse illegale Drogen ausprobiert – ihre Mutter gab ihr oft irgendetwas, damit sie ein Nickerchen halten konnte. Mit elf Jahren schnüffelte sie Klebstoff, was, wie die Gefängnispsychiater erklärten, vermutlich ihr Hirn geschädigt hatte, wobei sie selbst der Meinung war, mit ihrem Oberstübchen sei alles in Ordnung. Auf der Straße lernte sie ältere Freunde kennen, Erwachsene, die sie wie eine Erwachsene behandelten; und sie kann immer noch nicht glauben, dass sie von manchen dieser Männer ausgenutzt wurde, wie man es ihr in der Therapie gesagt hat. Sie waren ihre Freunde. Von außen gesehen mag es wie Missbrauch gewirkt haben, aber sie kann ihr Leben schließlich nicht von außen betrachten.

Jedenfalls gab sie sich mit den falschen Leuten ab, ließ sich auf eine Gang ein, die Videos vom *bareknuckle boxing*, von Faustkämpfen ohne Handschuhe, drehten; mehrere der Boxer trugen selbst gestochene Hakenkreuztattoos. Sie wurde zu ihrem Spielzeug, auch sexuell, und sah sich permanent rassistischen Beleidigungen ausgesetzt, wurde verarscht wegen ihres ultra-nordischen Namens, obwohl sie doch eine dunkle Haut hatte, wurde ›Lotrebun‹ genannt, was sie mit ›Kackpelle‹ übersetzte. Sogar sie selbst benutzte diesen Spitznamen, wenn sie von sich sprach. Was die Nacht des Verbrechens betraf, so war sie mit Drogen derart zugedröhnt gewesen, dass sie sich nur an die Verhaftung erinnern kann. Um es ganz deutlich zu sagen, wiederholte Freja mehrfach, erzähle ich das nicht, weil ich Mitleid will. Sie habe sogar aufgehört, Anträge auf vorzeitige Entlassung einzureichen. Früher habe sie sich die Freiheit gewünscht, seit sie aber in diesen Briefen über ihr Leben nachdenke, habe sie ihre Meinung geändert. Wenn sie es recht bedenkt, findet Freja, dann sollte man sie nicht entlassen.

Um sich zu vergewissern, nimmt Morgan Kontakt mit dem entsprechenden Amt auf. Freja erzählt die Wahrheit. Wenn der Staat seine jährliche Überprüfung vornimmt, schicken Gefangene gewöhnlich dicke Ordner und feilen monatelang an ihren Bittschreiben. Freja hat nichts für eine mögliche Rehabilitierung eingereicht und weigert sich auch, zu den Anhörungen zu kommen.

Morgan textet Niels, fragt, ob er nicht in ihrem alten Haus vorbeikommen kann: »Ich will Frieden schließen.«

»… wusste nicht, dass wir im Krieg sind!«, schreibt er zurück, »aber ja, natürlich …:)«

Unten im Flur setzt er die falsche Miene auf. Die Rückkehr an den Ort, an dem die Kinder aufgewachsen sind, macht ihm zu schaffen. Morgan hatte sich vorgenommen, ihn zu verführen. Jetzt nicht mehr. Ihr Ex kann nicht mal über den Flur laufen, weil es bedeuten würde, am Zimmer der Kinder vorbeizugehen, das in diesen Tagen ihr Büro ist. »Du *arbeitest* da?«

Wut brandet auf, eine Woge, die gegen den Sand in ihr anstürmt, ihr bis in die Kehle steigt. Wie verdammt daneben, *ihr* unangemessenes Verhalten zu unterstellen, wo sie doch hiergeblieben ist und drei Jahre lang auf dem Boden des Kinderzimmers geschlafen hat, gleich neben ihrem Etagenbett.

»Worüber willst du mit mir reden?«, fragt er.

»Vergiss es. Es hat keinen Zweck.«

»Morgan, ich bin extra hergekommen.«

»Verschwinde einfach aus meinem Haus!«

»Warum schubst du mich? Was ist nur los mit dir?«

»Raus hier!«

Kaum ist er gegangen, fällt ihre Laune ins Bodenlose. Eben noch hat sie sich mit der Dissertation befasst, jetzt sieht sie nur noch Seiten voller Blödsinn. Jeder Laut auf der Straße wird zum Beweis dafür, wie verachtenswert die Menschheit ist.

Zuletzt hatte sie einen derartigen Selbsthass empfunden, als Niels auszog. Damals hatte sie sich an eine ehemalige Freundin gewandt, an ihre Tutorin aus jenem früheren Leben, in dem Morgan noch gehofft hatte, Schriftstellerin zu werden, weshalb sie sich in London für einen Kurs einschrieb. Alle Studenten bekamen einen externen Tutor zugewiesen, drittklassige Autoren, von denen noch nie jemand gehört hatte, Leute, die früher einmal Romane veröffentlicht hatten, jetzt aber höflich an Gleichgültigkeit dahindarbten. Ihre Tutorin war eine holländische Autorin, Dora Frenhofer, eine angegraute, aber geistreiche Fünfzigjährige, deren präpubertäre Tochter gerade nach Kalifornien gezogen war, um bei ihrem Vater zu leben – eine Veränderung, die Dora abschätzig mit den Worten kommentierte: »Jetzt kann ich wenigstens wieder ungestört arbeiten!« Kunst war das Einzige, worauf es ankam, nichts anderes zählte. Morgan – damals Anfang zwanzig – wollte auch so eine europäische Intellektuelle werden.

Von da an hielten sie unregelmäßigen Kontakt, und Morgan erzählte von ihrer Liebesaffäre mit dem süßen dänischen Doktoranden Niels. In ihren von Hand geschriebenen Briefen versuchte sie, den Stil ihrer Mentorin zu imitieren, hielt Amoral und Satzbruchstücke fälschlich für literarische Raffinesse, ihre Korrespondenz aber war durchaus ernst gemeint. Weshalb Morgan auch verletzt war, als Dora nicht zur Hochzeit kam. Trotzdem besuchte sie dreimal ihre alte Freundin in London, ehe sie ihr erstes Kind bekam. Das waren seltsame Begegnungen mit intensiven Gesprächen auf Spaziergängen durch Parks und volle Straßen, ehe sie unversehens wieder daheim waren, Doras scharfzüngige Bemerkungen oft witzig – auf alle Ausflüge folgte jedoch eine angespannte Stille in Doras Haus, die schlimmer wurde, je näher Morgans Abreise rückte, fast, als wünschte sich die ältere Frau inzwischen, sie möge endlich gehen. Als es schließlich Zeit wurde, zum Bahnhof zu fahren, dachte Morgan daran, sie zu umarmen, entschied aber, dass ein Lebwohl genügte. »Ich muss wieder an die Arbeit«, sagte Dora. Nur eine von ihnen war wirklich eine Schriftstellerin, und sie musste demonstrieren, wer von ihnen das war.

Im Laufe der Zeit begriff Morgan, dass es um die Karriere ihrer Freundin nicht so gut bestellt war, wie sie vorgab, dass es Dora schwerfiel, einen weiteren Roman zu veröffentlichen, und dass jedes ihrer Bücher weniger Leser fand als das vorhergehende. Bei genauerem Hinsehen bot auch ihr Privatleben ein anderes Bild. Sie hatte gesagt, die Abwesenheit ihrer Tochter sei für sie ein Segen, doch auf dem Regal hinter Doras Schreibtisch standen diverse Bilder von Beck: ein zahnloses Strampelkind, ein pausbäckiges Mädchen, das einen Pfirsich aß, eine Elfjährige, die versuchte, nicht zu lächeln. Als Morgan nach der Kleinen fragte, wechselte die Schriftstellerin das Thema.

Gelegentlich telefonierte sie mit Dora, ein Austausch von ironischen Bemerkungen, die sie zu Gleichgestellten machten, jedenfalls bis zu dem Tag, an dem Morgan ihr einen Rat gab. Dora verstummte, sodass Morgan – die fürchtete, ins Leere zu sprechen – fragte: »Bist du noch da?« Woraufhin Dora nur »Mm« sagte und weiter schwieg, bis Morgan improvisierte, eine Entschuldigung in einen Themenwechsel und dann in einen Abschied übergehen ließ.

Daraufhin geschah etwas Merkwürdiges. Als sie das nächste Mal miteinander redeten (und Morgan rief über ein Jahr lang nicht zurück), war Dora die Bedürftigere und sprach so negativ über ihr Schreiben, als wollte sie, dass ihre jüngere Adeptin vehement dagegenhielt – reagierte aber kratzbürstig, als Morgan es mit Zuspruch versuchte. Morgan hatte eine Eingebung: Sie war eine der engsten Freundinnen dieser Person, vielleicht sogar ihre einzige Freundin. Das setzte sie in Morgans Augen herab. Wie auch immer, seit der Geburt ihrer Kinder hatte sie keine Zeit mehr für Telefonate gehabt.

Erst nach dem Verbrechen hörte Morgan wieder von Dora, ein einfühlsamer Kondolenzbrief, in dem sich die ältere Frau daran erinnerte, wie nahe sie sich einst gestanden hatten. Als Niels auszog, rief Morgan Dora an, brauchte eine mutige Stimme von jemandem, der nicht in Kopenhagen lebte. Von ihrer Freundschaft war jedoch nichts übrig, nur alte Details, so als würde man zufällig jemanden aus der Schulzeit treffen und Namen nennen, die der andere nicht mehr erinnerte. Dora erkundigte sich neugierig nach dem Mord, wurde bestimmender und sagte, was und was nicht geschehen sollte, ein Gespräch, nach dem es Morgan noch schlechter ging. Beide legten in dem Wissen auf, dass sie nie wieder miteinander reden würden.

Endgültig vorbei war es für Morgan, als sie wenige Jahre später erfuhr, dass ihre ehemalige Mentorin einen Roman über jemanden geschrieben hatte, dessen zwei Kinder ermordet worden waren. Sie stieß auf dieses Buch lange nach seiner Veröffentlichung, was allein schon bewies, wie irrelevant Dora Frenhofers Werk geworden war – niemand hatte diesen Roman mit der offensichtlichen Inspirationsquelle in Verbindung gebracht. In einer Restekiste vor Books & Company in Hellerup fand Morgan zufällig ein Exemplar und blätterte es mit wachsender Anspannung durch. Sie suchte eine Weile, fand aber keine Figur, die sie verkörperte, bis sie begriff: Sie war der Ehemann. Dora hatte die Geschlechter vertauscht. Morgan wusste nicht, was sie davon halten sollte.

Wütend denkt sie jetzt daran zurück, denn nach dem Streit mit Niels in ihrem Haus kommt ihr alles wie eine Beleidigung vor. Dann beschließt sie aus Trotz, Freja zur Teilnahme an einem Wiedergutmachungsprogramm zu verpflichten, bei dem der Täter den Überlebenden persönlich gegenübertreten und um Verzeihung bitten muss. Morgan wird sie ihr nicht gewähren. Sie wird tun, was sie in ihren Briefen getan hat, wird sich an dieser Kriminellen auslassen, und die wird es erdulden müssen. Sie wird Freja keine Frage stellen – und ihr sagen, dass sie den Mund halten soll, sobald sie vom Thema abweicht, von Morgans Kummer.

Im Gefängnis bringt man sie in ein ›Familienzimmer‹: braune Sofas, alte Zeitschriften, einzeln abgepackte Kekse und (ziemlich taktlos, wenn man die Tat bedenkt) Kinderspielzeug. Bizarrerweise versucht Freja, sie zu umarmen. Morgan weicht zurück. »Tut mir leid. Entschuldigung«, sagt Freja.

»Schon gut«, erwidert Morgan, auch wenn *nichts* gut ist.

Ihr Gespräch ist kurz. Morgan beendet es abrupt.

Während der Zugfahrt zurück erinnert sie sich an einen Artikel in *Politiken,* in dem es darum ging, dass die Neurowissenschaft das Gehirn heutzutage mit einem Supercomputer vergleicht – alle werden mit Hardware geboren, auf die Software hochgeladen und so programmiert wird, dass sie Algorithmen ausführt. Für die Erklärung von Verhaltensweisen braucht es nichts weiter als Biomechanik. Wir sind Programme, entscheiden nichts, niemand an der Tastatur, niemand bewegt die Maus. Jemanden für seine Taten zu verurteilen ist so absurd, als mache man jemandem seine Augenfarbe zum Vorwurf.

Das kann nicht sein. Es fühlt sich so falsch an.

Für ihre Doktorarbeit muss Morgan sich mit den Social-Media-Apps auskennen, die ihre Kinder benutzt hätten, um schamlose Selfies hochzuladen und Teenagertiraden, die sie ihr Leben lang nicht wieder loswerden. Die Technologie hat die Menschheit ruiniert, denkt Morgan. Vielleicht aber befreit uns das Internet auch – zeigt uns die Wahrheit über unsere Spezies.

Sie besucht Skydebanehaven, steht mit dem Rücken zu den Schaukeln, die beiden Bretter reglos. Es wird schon dunkel. Dänischer Winter.

Als Morgan am nächsten Morgen aufwacht, hat sie ausnahmsweise gut geschlafen. Im Spiegel ein anderer Mensch, etwas von ihrem jüngeren Ich. Sie setzt sich wieder an die Doktorarbeit und sucht zu einem späten Mittagessen sogar ein angesagtes Restaurant auf, wo der attraktive schwedische Barmann sich einen Hocker heranzieht und mit ihr plaudert. Er erwähnt einen Wodka aus dem Norden seines Landes, der nur in kleinen Mengen abgefüllt wird und ganz anders schmecke als normaler Wodka. Er gibt ihr einen aus. »Trinkt man den so?«, fragt Morgan. »Pur? Ohne Eis?«

»Pur. Ohne Eis«, erwidert er.

Am Abend schreibt sie Freja und legt der jungen Frau nahe, erneut ihre vorzeitige Entlassung zu beantragen. Sobald der Brief fertig ist, druckt sie ihn aus; das noch warme Papier liegt in ihrer Hand. Sie schickt ihn nie ab.

Am nächsten Tag ruft sie Freja an, erklärt es ihr. Sie sagt, der Gedanke sei ihr gerade gekommen und wie leicht ihr seither zumute sei. Freja ist gerührt. Morgan verkündet mit größerem Nachdruck, es sei das Richtige, das *müsse* passieren. Sie verlangt von Freja, dass sie anfängt, sich eine Zukunft außerhalb der Anstalt vorzustellen. Sie planen sogar, sich eines Tages zu treffen, irgendwo im Freien – in einem dieser Cafés, an einem der Seen, wo sie auf einer Bank sitzen und sich ein heißes Getränk kaufen können. Freja ist von diesem Bild sehr angetan, dann aber verscheucht sie es schnell, doch kann Morgan gelegentlich hören, wie die junge Frau sich dem Unvorstellbaren annähert: frei zu sein.

Morgan kontaktiert die Bewährungsbeamten. Sie sind verblüfft, freuen sich aber, dass sie Gnade walten lassen will. Es nervt Morgan, dass sie sich wie Pastoren aufführen und sie damit zur demütigen Sünderin stempeln, die ihren Platz in der Kirchenbank einnimmt. Als sie mit dem notwendigen Papierkram anfangen, reagiert sie verärgert, unter anderem auch, um sie daran zu erinnern, wer sie ist. Die Beamten werden formell, führen aus, dass man ihre Ansicht gewiss berücksichtigen werde, dass andere Dinge aber auch eine Rolle spielen. Vor allem habe der Vater der Kinder ein Wort mitzureden. Und auch die Gesellschaft habe berechtigte Interessen.

EINIGE SELTSAME JAHRE vergehen, die Jahre der Pandemie. Nach Morgans zweiter Impfung lässt sie sich die Haare schneiden, kürzer als je zuvor in ihrem Leben – seit einer Ewigkeit wollte sie das gerne, hat es sich aber nie getraut. Ihr Bild im Frisierspiegel ein Schock: das Gesicht so rund. Sie findet, der strenge Schnitt passt zu einer Frau, die sich den fünfzig nähert. Darum aber geht es nicht. Die Frisur ist einfach pflegeleichter, so, wie auch das Leben leichter wird, weil sie sich nicht mehr so davor fürchtet, dass man in ihr Innerstes sehen könne.

Sie erreicht den verabredeten Ort, die Ohren eisig. Morgan vergewissert sich, was sie für Schuhe trägt, verbessert ihre Haltung und schaut sich um: ein Land, das nie zur Heimat wurde, obwohl sie fast die Hälfte ihres Lebens hier verbracht hat.

Sie hatten ausgemacht, sich draußen an einem der Tische vom Original Coffee zu treffen. Der Regen hat aufgehört, eine fahle Sonne scheint. Morgan – schlagartig trockener Mund, der Arm wie Halt suchend über der Handtasche – vergewissert sich, dass sie ein Tuch mitgebracht hat, mit dem sie die Tropfen von der Bank wischt. Jeder in der Stadt könnte sie zusammen sehen.

Seit Frejas Freilassung vor zwei Wochen haben sie sich nur einmal gesprochen. Allerdings haben sie bereits ausgemacht, was sie bestellen werden. Dieses beschauliche kleine Café, von Morgan ausgesucht, bietet Biscotti an, nach denen sie süchtig ist. Und sie hat versprochen, dass sie beide welche probieren, zusammen mit einem Ingwer-Zitronen-Tee, dieses tröstliche Getränk, das sie, sagt Freja, so schmerzlich vermisst habe.

Der Staat versorgt Freja mit Unterkunft, Beratung und Stellenangeboten. Morgan vermutet allerdings, dass ein Jahrzehnt in einer Anstalt die junge Frau passiv gemacht hat. Vor ihrer Freilassung hatte sie sich besorgt gefragt, wie sie denn in irgendeinem Job Freunde finden solle, da man die Vergangenheit doch erwähnen müsse, die bestimmt schon im ersten Gespräch aufkomme: *Wo sind Sie vorher gewesen?* Und was würde passieren, wenn man ihren Namen googelte?

Sie fragte, ob Morgans Ex-Mann Niels bei diesem Treffen anwesend sein sollte. Morgan lehnte das ab, ohne sich allzu genau nach dem Warum zu fragen: dass es bei der Begegnung dann nur um die Morde gehen würde, was vielleicht angemessen wäre. Morgan aber ist aus einem anderen Grund aufgeregt. Diese Gelegenheit bestärkt ihre Menschlichkeit.

Freja kommt achtzehn Minuten zu spät, joggt das letzte Stück über die Sortedam Dossering, hält sich vor Verlegenheit eine Hand an den Mund, entschuldigt sich übermäßig für den Bus. Sie verlangt eine Umarmung, fest, ein Sich-Wiegen, hin und her. Morgan lässt es über sich ergehen, würde sie aber am liebsten von sich fortschieben. Endlich rückt Freja einen Schritt ab, lächelt herzlich. Morgan bemüht sich, ihr Lächeln zu erwidern. Dies hier geht ihr stärker an die Nerven, als sie erwartet hatte.

Im Gefängnis hatte Freja immer Jogginghosen getragen. Jetzt betont ihre enge Jeans, wie schlank sie ist, das verrutschte, bauchfreie T-Shirt entblößt eine kantige Schulter und einen schwarzen BH-Träger. Kein Schmuck im Gefängnis.

Jetzt trägt sie einen Stecker in einem Ohr, im anderen keinen, und einen Nasenring, was Morgan stört. Aber Freja ist jung, und dies ist der Look, mit dem sie sich präsentieren will.

Morgan hat den Kräutertee und die Biscotti bereits kommen lassen. Die Getränke sind inzwischen kalt. Das sei nicht weiter schlimm, behauptet Freja, nimmt einen Schluck und strahlt. Aber nein – Morgan will, dass dieser Moment perfekt ist. »Sie haben immer davon geschwärmt, wie es sein wird, Ihren Lieblingstee zu trinken, also *muss* er heiß sein.«

»Ehrlich gesagt, wissen Sie was? Wenn Sie schon neue Getränke bestellen, nehme ich lieber einen Cappuccino.«

»Ehrlich? Nicht Ihren berühmten Ingwer-Zitronen-Tee?«

Sobald die heißen Getränke kommen, öffnet Morgan die Tüte mit den Biscotti, für die sich Freja überschwänglich bedankt, obwohl sie nur einen Bissen nimmt, damit der Lippenstift nicht verschmiert. »Ich muss auf meine Figur achten«, merkt sie an und klopft sich auf den flachen Bauch. Freja redet von Bürokratie, dieser Mühle – als wollte man es ehemaligen Gefangenen besonders schwer machen, sich wieder einzugewöhnen.

Morgan lächelt, aber ihre Unruhe wächst, und sie ermittelt den Grund: kein Wort über ihre Kinder. Nichts. Nur über auszufüllende Formulare, das Warten in Ämtern.

Ein Mann mit einem großen, struppigen Hund will vorbeigehen, bleibt stehen und beugt sich zu Freja vor, während der Hund verwirrt Morgan anstarrt. »Bist du das?«, fragt er Freja, die aufspringt.

»Das gibt's ja nicht!«

Sie umarmen sich.

»Was zum Teufel?«

»Wie *geht* es dir?«

Der Mann ignoriert Morgans Anwesenheit, und Freja weiß

nicht, wie sie die ältere Frau vorstellen soll, also grüßt Morgan freundlich und beugt sich dann nach unten, um den Hund zu streicheln, was den beiden erlaubt, ihr Gespräch wieder aufzunehmen. Der Typ ist sowieso nicht daran interessiert, eine Frau mittleren Alters kennenzulernen, und diese Unterhaltung geht Morgan nichts an. Trotzdem hört sie zu und kann nicht umhin, sich zu wundern, was für ein Mensch sich derart ungeniert danach erkundigt, ob sie später in diesen oder in jenen Club geht.

Morgan schaut auf ihr Handy, wird aber vom aufdringlichen Anblick ihrer schweren Brüste und ihres Bauchs abgelenkt, dieser Blick abwärts, dann der Gedanke daran, wie unbequem das Schlafen während ihrer Schwangerschaft gewesen war, wie sich keine Seite richtig angefühlt hatte. War das bei Sofie oder bei Casper? Wie ist es möglich, dass sie sich nicht erinnert? Sie blendet das Gespräch aus, hört nur das Hecheln des Hundes.

Als Niels am Morgen nach den Morden zur Arbeit ging, fiel ihm nicht auf, dass jemand ins Haus eingebrochen war. Er sah auch nicht nach den Kindern und erklärte später, er habe sie nicht stören wollen. Bestimmt wollte er einfach nur aus dem Haus sein, ehe jemand aufwachte – für einen Moment so frei sein, als gebe es nur ihn selbst, wie er es sich manchmal vorstellte.

An jenem Morgen schlief Morgan aus, was selten vorkam, da die beiden Kinder normalerweise ins elterliche Schlafzimmer platzten und sich über das Frühstück stritten oder über den Fernseher, den sie vor der Schule nicht anstellen durften, oder weil Morgan eines der beiden Geschwister wegen irgendeiner Bosheit bestrafen sollte. An jenem Morgen herrliche Stille. Schließlich rief Morgan: »Kinder! Zeit aufzustehen!«

Sie wuchtete sich auf, schlüpfte in ihre Flipflops und stapfte über den Flur zu den Kleinen. Die Kinder lagen auf dem Boden; Sofie hielt die Hand ihres jüngeren Bruders. Das kleine Mädchen musste danach gegriffen haben, als es verstand, was passierte. Wie im Prozess herauskam, hatte Freja ihnen gesagt, dass sie sterben würden.

Frejas Freund verabschiedet sich; sie vereinbaren, sich später zu texten.

»Ist das nicht verrückt? Den habe ich seit einer *Ewigkeit* nicht mehr gesehen«, sagt sie. »Aber gut, wie geht es *Ihnen?*«

»Nicht übel. Gar nicht übel.«

»Ich muss Sie was fragen.« Freja berührt ihre Hand, als hätte sie etwas Wichtiges zu verkünden. »Da ist letztens diese Frage aufgekommen.«

»Nur weiter.«

»Ob Sie ihm schreiben?«

Morgan ist verwirrt, denkt an den Mann mit dem Hund, bis sie begreift, wen Freja meint.

»*Ihm?*«

»Er könnte Ihnen auch schreiben, wenn das für Sie der bessere Anfang wäre.«

»Moment mal, Freja. Tut mir leid, das überrascht mich jetzt ein bisschen. Sie reden mit ihm?«

»Erst seit Kurzem. Jetzt, da ich draußen bin, geht das. Er ist *nicht* mehr wie früher. Vorher waren da die Drogen und jede Menge psychische Herausforderungen, von denen in unserem Prozess viele nicht mal erwähnt wurden.«

»Von denen sind im Prozess haufenweise zur Sprache gekommen.«

»Na ja, egal, jedenfalls hängt er da fest, muss diesen Ort ertragen. Was an sich schon eine Art Folter ist.«

»Was ist wie eine Folter?«

»Im Gefängnis zu sein. Für jemanden mit psychischen Problemen.« Sie setzt hinzu: »Und er fühlt sich deswegen beschissen.«

Morgan hat Mühe, ihre Worte zu ordnen, die Kehle heiß, die Hände kalt. »Eben haben Sie gesagt, Sie … tut mir leid, das ist für mich ein Schock.«

»Schon gut, verstehe. Aber er ist wie ein Bruder für mich. Als ich drinnen war, hat er mir über so vieles hinweggeholfen.«

»Ich dachte, Sie reden erst seit Kurzem mit ihm.«

»Telefonieren konnten wir vorher nicht, aber Briefe waren immer erlaubt. Und als ich ihn gestern am Apparat hatte, war er in *keiner* guten Verfassung. Ich konnte hören, wie sehr er leidet. Und dass er noch einsitzt, ist nicht gerade hilfreich.«

»Der kommt nicht raus, niemals.«

»Das wissen wir nicht. Wer kann das schon sagen?«

Morgan greift nach ihrer Tasse Tee, zieht die Hand aber wieder zurück und gräbt sich die Fingernägel in den Handballen. Sie steht auf.

Einige Leute blicken zu ihnen herüber.

Morgan kann ihren eigenen Zustand nicht benennen, ihr Verstand ist erstarrt.

Freja steht ebenfalls auf, sagt: »Es tut mir so leid.« Sie sagt es immer wieder.

»Schluss damit!«

Leute wenden den Blick ab, geben vor, nicht zuzuhören.

»Es ist nur …«, fängt Freja an.

»Hören Sie auf, mit mir zu reden. Sie sind eine Lügnerin.«

»Ich will nur, dass *Sie* sich besser fühlen.«

»Halten Sie den Mund!«

»Haben Sie nicht gesagt, Sie fühlen sich besser, wenn Sie vergeben?«, sagt Freja. »Wir bestimmen, was geschieht, okay?

Müssen wir nicht alle entscheiden, ob wir glücklich sein wollen oder nicht?«

»Fassen Sie mich nicht an!«

Aber zwei kleine Hände wollen sie nicht loslassen, drücken ihre Hand, brauchen sie.

TAGEBUCH: MAI 2021

Heute koste ich Insekten.

Das habe ich einem amerikanischen Reisemagazin vor-geschlagen, doch wie sich herausstellte, wurde der Redakteur, den ich früher dort kannte, schon vor einem Jahrzehnt pensio-niert, weshalb meine E-Mail von einem im Homeoffice arbei-tenden Journalisten zum anderen mäanderte, bis sie schließ-lich bei einer Redakteurin landete, die – nach den mageren Pandemie-Monaten verzweifelt auf Materialsuche – zu meiner nicht gelinden Bestürzung den Vorschlag akzeptierte. Plötzlich musste ich also eine Expedition in die Cotswolds planen, um dort Insekten zu probieren, musste mir ein Auto mieten (ich bin seit Jahren nicht gefahren) und mir zu guter Letzt auch eine neue Brille kaufen.

Ich bin jetzt auf dem Weg dorthin, der Wagen schnurrt über optisch gestochen scharfe Landstraßen, die Sonne glitzert auf alten Pfützen. Alle paar Minuten halte ich mit blinkendem Warnlicht am grasbewachsenen Rand und konsultiere Google Maps auf meinem Handy, aber so sehr ich auch versuche, die-sen kleinen Bildschirm meiner arthritischen Finger-Daumen-Doppelnummer gefügig zu machen, bewirkt mein Stochern, Drücken und Wischen entweder gar nichts, schließt die App oder wirbelt die Route weit ab ins Unsichtbare.

Ein Laster rauscht an meinem Wagen vorbei, zu nahe, der

Fahrer drückt ununterbrochen auf die Hupe. Ich wage mich zurück auf die Straße (vergesse, das blinkende Warnlicht auszumachen) und fahre weiter, orientierungslos und spät dran, obwohl ich extra eine Stunde früher losgefahren bin. Endlich finde ich mein Ziel, biege in eine holprige Zufahrt und parke im Schlamm.

Eine muntere Engländerin – Barbour-Jacke über hochschwangerem Bauch, Gummistiefel, rosige Wangen – begrüßt mich vor den umgebauten Bienenkörben, die ihre Firma ›Testküchen‹ nennt. Es überrascht sie offensichtlich, dass sich die Journalistin als eine hochgewachsene betagte Frau entpuppt, die Mühe hat, aus ihrem Nissan Juke zu steigen.

Sie bietet mir ihren stützenden Arm an, zieht ihr Angebot dann aber wieder zurück. »Vielleicht sollten wir uns lieber nicht berühren«, sagt sie und kräuselt die Nase. »Wegen Corona.« Stattdessen beginnt sie mit ihrer Präsentation, erzählt von Wachstumszielen im Essbare-Insekten-Geschäft, von den Läden, die ihre Produkte verkaufen, und von der Selbstverpflichtung der Firma, zur Rettung der Welt beizutragen. »Süß oder salzig?« Sie öffnet ein Päckchen Heuschreckenchips mit Meersalz- und Balsamicogeschmack und legt für später einen Karamell-Heuschrecken-Brownie parat.

»Bestehen alle Ihre Produkte auf Heuschreckenbasis?«, frage ich.

»Wir entwickeln auch einige beeindruckende Grillen-Optionen, Heuschrecken sind jedoch unsere erste Wahl. Irre hohe Proteinwerte.«

»Diese hier schmecken vor allem nach den beigemischten Aromen«, sage ich kauend. »Bin mir nicht sicher, ob ich Heuschrecke rausschmecken kann.«

»Sie dürfen die Nachhaltigkeit nicht vergessen«, merkt sie an. »Übrigens haben bereits unsere Vorfahren Insekten gegessen.

Man hat sogar schon Pizzen mit getrockneten Heuschrecken garniert.«

»In der Steinzeit?«

»Ich glaube nicht, dass es damals Pizza gegeben hat, oder?«

»Nein, es war ja auch nur ...«

»Ehrlich gesagt, ich selbst arbeite im Marketing. Hier draußen war ich noch nie. Ich bin bei einer PR-Agentur in London angestellt; diese Firma gehört zu unseren Klienten.«

»Also sind Sie für das hier auch den weiten Weg aus London hergefahren?«

»Wissen Sie, unter uns gesagt, dieses Set-up wurde vor allem für Fototermine eingerichtet – ein Großteil der Produkte wird in einer Fabrik in Nordlondon produziert, aber es hieß, für Journalisten brauche man was mit mehr ›Atmosphäre‹.« Sie blickt sich um: hinter den Bienenkörben ein Feld, Stacheldraht mit Schafsfellflocken geschmückt, oben am Berg eine zerklüftete Steinmauer. »Aber es ist ja auch schön hier.«

»So friedlich.«

Nach einer Stunde, in der wir schwatzen und ich Insekten verdrücke, wird sie nervös und entschuldigt sich: Sie müsse zurück nach London. Bedeutungsvoll streicht sie über ihren Bauch. »Ein Arzttermin in Peckham.«

Ich frage, wann es so weit ist, und erwähne meine eigenen Schwangerschaften, damals, in der Steinzeit. Sie fragt, auf welche Londoner Schule meine Tochter gegangen ist, wie sie ihr gefiel, ob es schwer war, einen Platz zu bekommen, und ob sie den Namen ihres ungeborenen Sohnes auf die Warteliste setzen sollte.

Ich weiß ungefähr, was ihr bevorsteht. Sie hat alles Recht, Hoffnung zu hegen.

Während der Rückfahrt werfe ich auf der kaum befahrenen Autobahn einen Blick in den Rückspiegel: niemand hinter mir, *nur eine bebrillte ältliche Frau, die mich anstarrt. Wie bin ich sie geworden? Ich erinnere mich an ein grünäugiges Mädchen, das lachen konnte, wie ich es nicht mehr kann. Irgendwann habe ich mich verändert. Und dieser Mensch hat übernommen.*

Vielleicht lag es daran, dass ich es auf keinem Gebiet wirklich zu etwas gebracht habe, weshalb ich es vorzog, mich auf mein eigenes Territorium zurückzuziehen. Gorillas machen das, verlassen die Gruppe, wenn sie einsehen, dass sie nie weiter aufsteigen werden. Ein solcherart isoliertes Gorillaweibchen schreibt aber nicht über andere Gorillas, stellt sich keine Affen vor, die nicht anwesend sind, und präsentiert ihre Bemühungen dann denen, die sie nicht respektiert, nach dessen Zustimmung sie sich aber sehnt.

Vor Kurzem las ich über die Lotterie des Geburtsjahres – wurde man zum Beispiel 1935 in den Vereinigten Staaten geboren und gehörte zur weißen Mittelschicht, hatte man alle Aussicht auf ein gutes Leben. Ein Jahrzehnt früher geboren, musste man die Weltwirtschaftskrise überstehen, im Zweiten Weltkrieg kämpfen, bekam vielleicht einen Sohn, der in Vietnam diente, und sah dem eigenen Tod entgegen, als die Technologie einem die Welt nahm, wie man sie kannte. Was, fragte ich mich, wird die Geburt im Jahre 2021 für den Sohn dieser Frau bedeutet haben, wenn er sich einmal dem Ende seiner Zeit nähert?

Ich stelle mir eine übervölkerte, unwetterumtoste, überflutete Zukunft vor – eine kommende Hölle, auf die eine behütete, die Freundlichkeit fördernde und zum Studium führende Kinderstube nicht vorbereitet. Doch schon lange, bevor solche Ängste die Gesellschaft prägten, habe ich gezögert, Kinder zu bekommen, und mit Sorge daran gedacht, in was ich sie gebären würde, in eine Welt, die ich nicht beeinflussen konnte, in der ich sie eines Tages im Stich lassen würde und sie allein zurechtkommen mussten.

Seltsam an unserer Zeit ist, dass solche Ängste mit entsprechendem Luxus einhergehen. Ich schreibe in meinem Insekten-Artikel darüber, wie wir zwischen beschämtem Entsetzen und schamlosem Schwelgen wechseln. Zum Beispiel: tausend Sorten dunkler Schokoladen aus exotischen Ländern, der Kakao ethisch vertretbar angebaut, wenn auch von armen Bauern, wenn auch teuer bezahlt, siehe schicke Verpackung, zwar Zuckerrausch, aber gut fürs Immunsystem, nachhaltig und teuer (wie sollte man sonst auch wissen, dass es besser schmeckt?).

Als ich der Redakteurin mein Konzept schickte, wies sie mich darauf hin, dass ich mit meinem Instinkt falsch läge. »Ich würde direkt damit anfangen, wie es für mich war, Insekten zu essen, wie ekelhaft sich das anfühlte«, schrieb sie zurück. »Dann vielleicht noch eins draufsetzen, etwa, dass Raupen-Burritos womöglich tatsächlich den Planeten retten.«

Jetzt, da ich wieder zu Hause bin, schreibe ich ihr erneut und frage nach der Zeichenvorgabe für meinen Artikel. Sie antwortet postwendend: »Tut mir leid, hatte noch keine Gelegenheit, Sie davon in Kenntnis zu setzen.« Sie wechselt die Stelle, und ihrer Nachfolgerin schwebt eine neue Ausrichtung für das Magazin vor. Man wird natürlich ein Ausfallhonorar zahlen. Achtzig Dollar.

Ich gehe vorbei an Becks ehemaligem Schlafzimmer und schaue hinein, als wäre sie noch hier, wieder sechs Jahre alt wie damals, als sie nicht schlafen konnte, was so oft vorkam. Ich würde ihr von meinem absurden Tag erzählen, wie ich extra in die Cotswolds gefahren bin, mir den Mund mit Insekten vollgestopft habe, dann den weiten Weg zurück – und all das für nichts und wieder nichts! Sie würde lachen und lachen, ihre Heiterkeit würde auf mich überspringen, und sie würde auf ihrer Matratze hüpfen, dann zu mir herüber, dabei war es längst Schlafenszeit.

»*Wenn du das* heute *gemacht hast*«, *würde sie begeistert fragen,* »*was wirst du dann erst* morgen *machen?*«

Ich bin mir nicht sicher. Eine Zeit lang habe ich Bücher geschrieben, aber damit ist es vorbei.

»*Na ja, immerhin hast du dein Bestes versucht*«, *würde sie sagen.* »*Irgendwas wird sich schon ergeben.*«

~~Wenn man jahrzehntelang gelebt hat, sieht man, falls man aufmerksam war, einige Dinge deutlicher.~~

Oder

~~Das Fenster steht offen, und jemand ruft in den Hof hinunter, irgendetwas über eine Lieferung.~~

Oder

Essen und Trinken. Alan will weder noch, dabei verdankt sich seine Karriere diesen Gelüsten.

8

Der ehemalige Geliebte der Autorin

(ALAN ZELIKOV)

ESSEN UND TRINKEN. Alan will weder noch, dabei verdankt sich seine Karriere diesen Gelüsten. Er schreibt Artikel für die Leser amerikanischer Hochglanzmagazine, die davon träumen, dort zu leben, wo er wohnt; er ist im National Public Radio mit seinem launischen (zynischen) ›Brief aus Paris‹ zu hören, und er verfasst Sachbücher, die sich moderat verkaufen: *Eine poetische Reise zu den 500 Käsesorten Frankreichs* oder *Gebrochenes Brot: Europäische Grenzküche von der Bretagne bis zum Borschtsch* oder *Wie Wein die Welt rettete*, ein Titel, der ihm von einem schludrigen Redakteur aufgenötigt wurde, obwohl es in dem Buch nicht um die Rettung der Welt geht, sondern um eine Ironie, um die Reblaus, die in der zweiten Hälfte des neunzehnten Jahrhunderts die europäischen Weine vernichtete: Die Weine der Alten Welt stammen von neuen Sorten, wohingegen die Weine der Neuen Welt aus der Alten stammen. Ihm ist dieses Buch peinlich, weshalb er nur ein Exemplar besitzt, das mit umgedrehtem Rücken im Wohnzimmerregal steht. Sonst könnten Besucher noch fragen: »Wieso hat Wein die Welt gerettet?« Seine Antwort: »Hat er nicht.«

Einiges vom gerade Angeführten ist nicht wahr. Alan Zelikov schreibt für keine amerikanischen Hochglanzmagazine und ist auch nicht im Radio zu hören. Das war einmal. Allerdings beschreibt er sich selbst immer noch so, nennt Publikationen, in deren Redaktionen man seinen Namen nicht mehr kennt. Als er in den Ruhestand ging, war das überfällig. Trotzdem ist er sich nicht sicher, warum er sich darauf eingelassen hat. Geistig ist er noch fit, körperlich robust. Trotz seines Alters legt er noch stramme, weite Märsche zurück. (Alan feiert keine Geburtstage, dürfte aber um die achtzig sein.) Er hat nicht nur eine vollkommene Glatze, sondern auch keine Augenbrauen mehr, ein wulstiger Hals verengt sich zum Kragen hin und erinnert an eine ins Sweatshirt geschraubte Glühbirne.

Der eigentliche Grund für seinen Rückzug in den Ruhestand aber ist der, dass er keine Redakteure mehr kennt, da sie alle gestorben oder gegangen sind, manchmal in der angemessenen Reihenfolge. Zudem wurden viele Zeitschriften eingestellt. Und jene, die es noch gibt, haben sich bis zur Unkenntlichkeit verändert, werden von jungen Leuten geführt, die seinen Social-Media-Fußabdruck überprüfen und nichts finden. Schon bevor er in den Ruhestand ging, hatten sie angefangen, seine Themenvorschläge zu ignorieren, oder man erklärte sich großzügig bereit, einen Artikel ausschließlich für die Website in Betracht zu ziehen, wo er merkwürdigerweise nur einen Bruchteil dessen einbrachte, was für die Printausgabe gezahlt wurde, obwohl die doch niemand mehr las. Diese jungen Redakteure irrten sich nicht, wenn sie ihn für unzeitgemäß hielten. Früher hat er gastronomische Neuheiten mit dem Eifer eines Chefkochs aufgespürt, doch sind seine bevorzugten Restaurants inzwischen alle so abgetakelt wie alternde Filmstars. Erfahrung wird zur Schwäche:

Es fehlt der Schwung, um sich auf eine weitere Runde einzulassen.

Im Laufe seiner Karriere hat er vom Edlen und Teuren gekostet, findet heute jedoch beides schwer verdaulich. Wann er das letzte Mal auswärts gegessen hat, weiß er nicht mehr. In seinen Kritikertagen mied er es, mit Gesprächigen zu essen, da andere Meinungen seinen Gaumen beeinflussten. Bei den besten Diners war niemand an seiner Seite, in dezentem Abstand höchstens der Restaurantbesitzer, der ihn mit unauffälligen Blicken musterte, ein sich streitendes Pärchen in einer entfernteren Sitzecke oder eine Feierabendtruppe, die kurz lärmte und dann verschwand.

Nun beginnt jeder Tag mit einem Apfel, den er in Stückchen schneidet, da er fürchtet, er könnte sich sonst erneut diesen einen Zahn anknacksen. Mit wiederholtem Klacken trifft das Schälmesser aufs Plastikbrett, das Wecksignal für seinen Sohn. Kern und Stängel verzehrt Alan als Letztes, leert danach ein kleines Glas Wasser. Gegen Mittag nimmt er sich eine Handvoll aus einer Tüte mit gemischten Nüssen, knackt die Schalen mit dem Nussknacker, abwechselnd mit links und mit rechts, um seinen Griff zu kräftigen, und wischt die Schalen der Mandeln und Walnüsse beiseite. Am Abend gedämpftes Hühnchen mit Zucchini, reichlich gesalzen. Zuallerletzt dann ein daumengroßes Stückchen *pâte de fruit* aus einem Feinkostladen an der Rue de Turenne, ein medizinischer Happen, und sobald die Süßigkeit auf seiner Zunge zergeht, huscht sein Blick hin und her, während er versucht, die Geschmacksrichtung zu bestimmen: Rhabarber, Litschi oder Blutorange.

Außer seinem täglichen Spaziergang erledigt er noch die Einkäufe, liest Zeitung an seinem trägen Computer und reagiert auf den Irrsinn der Welt mit dem Verlangen nach einer

Zigarette. Dieses Laster hat er beibehalten, wenn auch ohne besondere Hingabe, da er an manchen Tagen auch nicht raucht. Sinn einer Zigarette ist die Konversation. Benjamin, sein Sohn, macht ebenfalls eine Pause, und gleichzeitig öffnen sie ein Fenster der Wohnung an der Rue Oberkampf und stehen nebeneinander, nur durch die Scheibe getrennt, nehmen in ungefährem Gleichklang einen Zug und atmen wieder aus.

Der Junge ist Sportreporter, schafft pro Schicht dreißig Kurznachrichten für den Nachrichtendienst einer Glücksspielseite. Seine Region ist Frankreich, also die Ligue 1, das Six Nations, die Tour de France und das French Open. Er selbst geht nie zu einem dieser Ereignisse. Es ist schneller und billiger, sie im Fernsehen zu verfolgen, was es ihm zudem erlaubt, vom Wissen seines Vaters zu profitieren. Für Sport hat Alan ein gutes Gedächtnis, kann über Jockeys reden, die den Prix de l'Arc de Triomphe gewonnen haben, über Rivalen von Eddy Merckx oder über die jugoslawische Basketball-Hochburg der 1970er-Jahre. Die Historie füllt magere Artikel auf, das gilt auch für die von Benjamin: Wortgerüste um die fahrige, gleich nach dem Spiel gegebene Antwort eines Athleten, die er wortwörtlich vom Fernseher übernimmt. Er schreibt ernsthafte Beiträge über etwas, das sich selbst nicht so versteht. Folglich sind seine Artikel langweilig. Alan hat ihm das nie gesagt.

Benjamin sieht alt aus, ein angeknabberter, angegrauter, ehemals brauner Haardoughnut rund um eine schimmernde Glatze. Einmal im Monat schneidet Alan dem Jungen das Haar. ›Junge‹ ist nicht das richtige Wort. Beängstigend, einen so alten Sohn zu haben. Beängstigend auch, dass Alan das Leben größtenteils hinter sich und zudem ein wenig aus dem Blick verloren hat. Gleiches gilt für Benjamin – aber daran zu denken macht ihm zu sehr zu schaffen. Nach seinem nachmittäglichen Nickerchen richtet sich Alan im Bett auf, schwingt die Beine zu Boden, steht auf und räuspert sich, während – von der anderen Seite der Wohnzimmertür – der Junge sich räuspert.

Sie reden Englisch miteinander. Benjamin ist in Frankreich auf staatliche Schulen gegangen und hat Freunde aus dieser Zeit, mit denen er online Kontakt hält. Ein Liebesleben hat er nicht, vermutlich auch nie gehabt. Schon vor der Pandemie haben sie in dieser Zwei-Schlafzimmer-Wohnung ihr mönchisches Leben geführt, in diesem Gebäude aus dem neunzehnten Jahrhundert, das von Weitem prächtig aussieht, von Nahem ein wenig heruntergekommen, mit einer schäbigen *bar à Cocktails* und einem türkischen Kebabladen im Erdgeschoss. Sie ziehen es vor, in diesen hohen Zimmern ihrer Wohnung zu leben, die sich – was dem Grundriss geschuldet ist – in eine Richtung zu einem Keil verengt, der in einem dreieckigen Bad mit Bidet, Toilette und begehbarer Wanne ausläuft. Keiner von beiden betritt je das Schlafzimmer des anderen; sie treffen sich im Wohnzimmer, in dem Benjamin – wegen des Fernsehers – auch arbeitet. Sie streiten sich nie. Einem Streit am nächsten kommt höchstens ein Missverständnis wie: »Oh, ich dachte, du hättest gesagt, ich sollte …«

»Entschuldige, da habe ich mich wohl unklar ausgedrückt, aber mach ruhig.«

»Wir können auch teilen.«

Als der Junge fünf Jahre alt war, hatte er Alan gesagt: »Wir machen alles zusammen. Wir sind die besten Freunde.«

ALAN HAT SICH nie eingehender mit dem Privatleben seines Sohnes befasst, das früher einmal in der Schule stattfand, dann über Festnetzanschluss in seinem Zimmer, heute via Internet. Benjamin hegt das gleiche respektvolle Desinteresse für seinen Vater. So haben sie nie über Alans Freundinnen geredet, nicht einmal über die Mutter des Jungen, Dora Frenhofer, eine holländische Romanautorin, die zu früh verschwand, um noch irgendwo im Gedächtnis seines Sohnes lauern zu können.

Manchmal fragt Alan sich, was in seinem Sohn steckt, viel oder wenig. Der jüngere Mann wehrt sich nie, nicht, wenn seine Arbeitsbedingungen sich verschlechtern, nicht, wenn die Aufträge geradezu absurd werden. Von wem hat er das nur? Alan leidet unter dem Gegenteil, da er keinem Konflikt aus dem Weg geht, was er von seinem Vater geerbt hat, einem jüdischen Sozialisten, der unbedingt Bauer sein wollte, ohne irgendetwas davon zu verstehen, und ständig mit der Familie umzog, sie mit jedem Wechsel von einem amerikanischen Bundesland zum anderen ärmer machte. Wenn Alan sich an die Behausungen seiner Kindheit erinnert, sind da immer seine drei Schwestern, die ihn aber an keine Einzelheiten erinnern können, da sie gestorben sind, erst die mittlere, dann die jüngste und schließlich die älteste. Alan sieht Zimmer vor sich, in denen er nicht einschlafen konnte, weil unten im Haus sein Vater fluchte, vielleicht, weil ihm der Dosenöffner aus der Hand gefallen war, ein Ungehorsam, der typisch war für den Ungehorsam der Welt, und die Entrüstung des Mannes wuchs und sprang die Treppe hoch, bis Alan die Decke beiseitewarf und nach unten ging, denn die Flammen waren ihm lieber als der bloße Lärm des Feuers. Er sieht seine Mutter am Küchentisch; sie raucht und fragt, warum er noch wach ist, und er hat doch nicht seine Schwestern geweckt, oder? (Alle drei haben ihn oben auf dem Treppenabsatz gedrängt, nach unten zu gehen.)

Alan war auf dem College, als sein Vater an lebenslanger

Enttäuschung starb. Seine Mutter lebte einige Jahre länger, und da ihr Sohn bereits in Paris weilte, kümmerten sich seine Schwestern um ihr verfallendes Gesicht. Niemand machte Alan Vorwürfe, als er nicht heimkehrte. Sie wussten, er hatte genug damit zu tun, seinen Sohn allein aufzuziehen. Alan versucht, nicht an seine Mutter zu denken, der Kummer wäre zu heftig, also löscht er sie aus seinem Gedächtnis und denkt nur an sie, wenn unbedacht Erinnerungen kommen – zum Beispiel, wenn er amerikanische Filmklassiker mit französischen Untertiteln sieht und Benjamin sich an seinen Vater richtet, als erwarte er das Resultat einer Suchmaschinenanfrage: »Was *ist* ein Manhattan-Cocktail?«

Alan knackt eine Mandel und schiebt seinem Sohn den Kern zu, der ihn nimmt. »Meine Mutter trank ihn gern.«

Im Rückblick hält Alan seine Karriere für eine Leistung ohne Wert. Er hat keine Kinderlähmung geheilt, keine Stadt erbaut. Er lenkte die Aufmerksamkeit der Reichen auf überteuerte Diners und Getränke. Nur, wer ist mit achtzig schon mit dem zufrieden, was ihn als Zwanzigjährigen verlockt hat?

Manche Leute in seinem Alter rechnen sich aus, wie viele Jahre ihnen vielleicht noch bleiben, machen Pläne und stehen zu ihrer selbst vorhergesagten Anzahl, wenn sie prophezeien: »Ich denke nicht, dass mir noch länger als ein Jahrzehnt vergönnt ist!« (und sprechen sich damit ein paar Jahre mehr als die durchschnittliche Lebenserwartung zu). Andere vermeiden es, daran zu denken. Alan gehört zu letzteren. Seiner Meinung nach sollte man sich nicht vor dem Anblick anderer fürchten, erst recht nicht vor dem der eigenen Kinder.

Als er am Nachmittag Lebensmittel einkauft, zankt er sich mit der Frau, die Brathähnchen von einem Metallspieß verkauft, der sich hinter einer fettbespritzten Glasscheibe dreht. Sie sind sich beide nicht im Klaren, ob sich ihr Gegenüber unverschämt verhält, sie redet ihn nachdrücklich mit ›*Monsieur*‹ an, er antwortet mit einem vielfach vorgebrachten ›*Madame*‹. Als er geht, flucht er leise vor sich hin in der unberechtigten Annahme, dass amerikanische Schimpfwörter in diesem Land, in das er vor über einem halben Jahrhundert kam, kaum verstanden werden. Letztens aber hatte er Milch im Monop' gekauft, und ein kleines Kind war ihm mit dem Fahrrad (jawohl, mit dem Rad in einem Mini-Markt) gegen das Schienbein gefahren. Alan entfuhr ein unterdrückter Schrei, und hinter seiner Maske hatte er ›little fuck!‹ gepoltert, woraufhin die Mutter dieses ›little fuck‹ auf ihn zugestürmt kam und ihm in gebrochenem Englisch die Leviten las. In solchen Momenten findet Alan es seltsam, dass er immer noch in Paris wohnt.

An den Briefkästen vorbei trägt er die Lebensmittel zum Haus, die Treppen hoch, und um die Armmuskeln zu kräftigen, hebt und senkt er die Tüten auf jeder Stufe. Atemlos blickt er im Wohnzimmer auf Eurosport am stummgeschalteten Fernseher: Stabhochsprung.

»Ich habe eine Schwester«, sagt Benjamin.

»Wie?«

»Sie hat mir eine Nachricht aus Amerika geschickt. Sie kommt nach Paris.« Der Junge blickt von seinem Laptop auf, flüchtig, dann wieder auf den Bildschirm.

»Sie kommt her? Wozu?«

»Meinetwegen.«

SCHON VON WEITEM, quer über den Place Léon-Blum hinweg, erkennt Alan sie. Beck Frenhofer, Benjamins Halbschwester, sieht aus wie um die vierzig, dunklere Haut als ihre Mutter, auch fülliger, mit kurzem Stachelhaar, einer

Männeranzugsjacke, rotem Rock und grünen Halbschuhen. Für Alan verkündet diese Stilkombination, dass sie mit Kunst zu tun hat, für linksgerichtete Politik eintritt und der Ehelosigkeit nicht abgeneigt zu sein scheint. Eine Kaskade von Gedanken: Manche Menschen prahlen mit ihren Neurosen, liefern freiwillig genau die Stereotypen, unter die sie eingeordnet werden wollen; wie gut, denkt er, dass er Kleider nur danach aussucht, ob sie ordentlich aussehen und die Körpertemperatur regeln; und wie es wohl wäre, wenn Menschen nackt herumliefen; wie unästhetisch Genitalien sind und wie merkwürdig, dass alle davon fasziniert zu sein scheinen; dass Lust und Liebe nur genetische Programmierungen sind, mehr nicht.

Die Augen ihrer Mutter.

»Kannst du laufen?«, fragt er.

»Habe ich schon als Baby gelernt.« Doch sie hat Mühe, mit ihm Schritt zu halten. »Du kümmerst dich also um die Überprüfung?«

»Könntest du schneller gehen? Das ist mein tägliches Training.«

»Muss ich die Maske eigentlich auch draußen tragen?«

»Hängt von deiner Risikobereitschaft ab.«

»Nur zu meiner Information: Kann ich damit rechnen, meinen Bruder bald zu treffen?«

»Ich bring dich zur Rive Gauche. Da wohnst du doch, oder?«

»Wird er dort sein?«

»Mir wurde gesagt, dass du da wohnst.«

Sein tägliches Training dauert mindestens zwei Stunden, also plant Alan, sie durch den Jardin du Luxembourg zu führen, eine Runde um den Zaun, dann zurück zur *mairie*. Das bietet ihm die Gelegenheit zu einem raschen Lebewohl, sollte sie unausstehlich sein. Er hat nichts gegen junge Menschen, findet ihre Vorhersehbarkeit nur ermüdend. Vor allem aber weiß er nicht genau, was man ihr über seinen Sohn und über Dora erzählt hat.

Sie reden kein Wort auf dem Weg zum Park, nur einmal, als Alan den Arm wie eine Bahnschranke ausfährt und Beck vor einem Taxi schützt. »Ich habe dein Leben gerettet.«

»Ich stehe auf ewig in deiner Schuld.«

Während sie gehen, bleibt sie stumm, atmet nur hörbar durch den Mund – schlecht in Form. Er dirigiert sie zu einem Geschäft in einer Seitenstraße, weil er noch Orangen kaufen will. Beck setzt die FFP2-Maske ab, unter der ihr Schweiß übers Gesicht läuft – diese Anzugsjacke war ein Fehler, und der rote Rock ist hochgerutscht, die Rockschöße zerknittert. Offenbar hat sie sich für ihren Bruder schick gemacht.

»Ich weiß nie, welche Orangen man kaufen soll.«

»Das ist nicht schwer«, sagt er, »solange sie *fest* sind. Kaufe nie weiche Orangen.«

»Ganz im Gegensatz zu Pfirsichen.«

Er sucht eine für sie aus, und sie setzen sich im Park auf Metallstühle. Sie schälen, weiße Orangenhaut unter Fingernägeln, Saftspritzer, der ferne Verkehrslärm hinterm Eisengeländer. Er hat eine Flasche Wasser gekauft und reicht sie ihr ungeöffnet. Sie trinkt gluckernd, keucht.

»Kannst du behalten«, sagt er. »Ich habe keinen Durst.« Er blickt auf seine Uhr, rechnet aus, wie lange die Haushaltshilfe noch braucht – eine Pflegerin vom öffentlichen Gesundheitsdienst, die Benjamin beim Baden hilft, aber auch bei diversen anderen Aufgaben. Beck erwähnt, wie verbunden sie sich mit ihrem Bruder fühlt, obwohl sie ihn gar nicht kennt, dass sie immer geglaubt habe, es fehle etwas in ihrem Leben, und sie fragt sich, ob es ihm ähnlich geht.

»Ihr seid doch jetzt in Kontakt«, erwidert Alan. »Du kannst ihn fragen.«

»Und was ist deine Meinung?«

»Dass er für sich selbst sprechen kann. Was ist mit Dora? Hat sie uns je erwähnt?«

»Nur flüchtig. Du warst dieser intellektuelle amerikanische Junggeselle in Paris.«

»Intellektuell?«

»Ist seltsam, mir euch beide zusammen vorzustellen.«

»Jedes Paar kommt einem seltsam vor, sobald es kein Paar mehr ist. Manchmal auch, wenn sie es noch sind.«

»Ich habe deinen Nachnamen zusammen mit ›Paris‹ gegoogelt und Benjamins Facebook-Seite gefunden. Die Vermutung lag nahe, dass ihr beide verwandt seid; außerdem hatte ich sein Geburtsdatum, also konnte ich mir ausrechnen, dass er geboren wurde, als meine Mom hier in Paris mit dir zusammen war. Sie hat nie was in diese Richtung erwähnt, hat dich immer nur ihren Junggesellen genannt. Ich dachte mir, dass du vielleicht verheiratet gewesen bist und Dora diese andere Frau war.«

»Hast du deiner Mutter davon erzählt?«

»Von ihr gab es nie Antworten. Ich habe Benjamin getextet, aber eigentlich nur, um mich nach dir zu erkundigen. Er hat ein paar Dinge verraten, und ich habe sie mir zusammengereimt.«

»Und dann hast du Dora gefragt?«

»Sie hat mir nicht mal anvertraut, dass ich einen Halbbruder *habe* – warum sollte ich ihr also sagen, dass ich mich mit ihm treffe? Mit ihr hat das nichts zu tun.«

»Hast du mit Benjamin darüber geredet, warum ihn seine Mutter verlassen hat?«

»Warum? Weiß er das nicht?«

»Für jemanden, der im Comedy-Business arbeitet, sagst du nicht gerade viel, das lustig ist.«

»Ich erzähle keine Witze. Ich schreibe sie nur.«

»Wenn du mir versprichst, keine Witze zu erzählen, verspreche ich dir, nicht zu lachen.«

Sie lächelt. Gegen seinen Willen muss er auch lächeln und nutzt die nächste Gelegenheit, sich von ihr zu verabschieden.

Er geht zurück nach Hause; Benjamin ist sauber und gekämmt.

»Hat sie dir die Haare geschnitten?«, fragt Alan.

»Das war Marc – der große Typ von der Elfenbeinküste. Er hat aber meinen Nacken vergessen.«

Alan holt den Rasierer, stellt sich hinter seinen Sohn und entfernt die flauschigen Härchen im Genick.

»Soll ich meiner Schwester texten, dass sie morgen kommen kann?«, fragt Benjamin. »Ich habe ihr versprochen, mich zu melden.«

»Lass mich drüber nachdenken.«

»Schlaf drüber.«

»Das hatte ich vor.«

Am nächsten Tag vergisst Alan, sie zu erwähnen. Genau wie Benjamin. Ein zweiter Tag vergeht. Am dritten findet Alan im Briefkasten im Gemeinschaftshof einen Brief von ihr. Sie würde gern über etwas reden, das er erwähnt hatte, wenn möglich noch an diesem Nachmittag im Jardin du Luxembourg – seit er ihn ihr gezeigt hat, war sie jeden Tag dort. Selbe Stelle? Gegen 14 Uhr?

ER KANN DIESE Frau nicht aus Paris verbannen. Er kann sie auch nicht daran hindern, Benjamin kennenzulernen, nur muss er verstehen, was sie von ihm will.

Beck sieht Alan näher kommen und nimmt ihre absurd großen Kopfhörer ab. Sie hat ihm einen Metallstuhl freigehalten. Er bleibt stehen, und sie legt eine Hand an die Augen, sieht hoch. Sie gehen wieder spazieren.

»Ich möchte mich bei deinem Sohn entschuldigen«, sagt sie. »Und ich finde, es ist etwas, das ich ihm persönlich sagen sollte. In ihrem Namen.«

Alan ist irritiert. Er hat Benjamin stets die Wahrheit gesagt, mit einer Ausnahme. Er hat behauptet, die Mutter des Jungen hätte es in Paris nicht länger ausgehalten, aber er, Alan, hätte es unmöglich gefunden, mit ihr fortzuziehen, also habe sie ihn verlassen. Die Geschichte klang unlogisch – dass die Mutter einfach verschwand, ohne je Kontakt mit dem Sohn aufzunehmen. Aber klingen nicht die meisten Erklärungen aus der Kindheit unlogisch?

Der vorgeschobene Grund für ein zweites Treffen war, wie sie in ihrem Brief an Alan schrieb, dass sie Ratschläge für ein Leben als Expat in Paris suchte. Bis auf Weiteres wohne sie in einem irrsinnig teuren Haus im 5. Arrondissement, nur habe sie Mühe, französische Mietanzeigen zu lesen, erst recht Stellenangebote. Ob sie von Gesetzes wegen hier überhaupt arbeiten dürfe?

»Hier gibt es keine Jobs, für die du Witze auf Englisch schreibst.«

»Ich könnte was anderes machen, auch wenn ich eigentlich nichts anderes kann. Aber weißt du«, sagt sie, »eigentlich bin ich hergeflogen, weil ich online diese Pariserin kennengelernt habe und sie überraschen möchte.«

»Und warum fragst du *die* nicht um Rat?«

»Jetzt wird es ein bisschen peinlich. Als Kalifornien in den Lockdown ging, war ich, ehe es Impfstoff gab, auf dieser Dating-App unterwegs. Damals wäre ich irgendwo woanders lieber gewesen als in L. A., also habe ich als Wohnort Paris angegeben, nur um zu sehen, was passiert. Der Algorithmus lieferte ein Match mit Karine, und wir fingen an, uns zu texten. Sie wollte ihr Englisch verbessern und schrieb immer wieder, wir könnten uns doch – da wir beide in Paris wohnten – irgendwo im Freien treffen. Ich habe sie monatelang hingehalten.«

»Weiß sie inzwischen, dass du nicht hier lebst?«

»Ich hab's ihr gestern gestanden. Kam nicht gut an. Aber vielleicht *werde* ich ja eines Tages hier leben, stimmt's?«

»Mein Sohn glaubt, du wärst seinetwegen gekommen.«

»Bin ich ja, aber auch wegen Karine. Sie fragt immer wieder: ›Warum bist du gekommen nach 'ier?‹ – das soll ein französischer Akzent sein.«

»Habe ich schon verstanden. Ist durchaus nicht ungewöhnlich.«

»Sie sei nur bereit, sich mit mir zu treffen, sagt sie, wenn die Angaben auf dem Profil, das sie angeklickt hat, wahr geworden sind. Soll heißen, wenn ich hier wohne, eine Arbeit habe und zumindest rudimentär Französisch spreche. Sie sei nicht auf der Suche nach jemandem, der allein nicht zurechtkommt.«

»Und ich dachte, genau für solche Leute gebe es diese Dating-Apps?«

»Vielleicht geht es ihr aber auch um: ›Warum bist du gekommen nach 'ier?‹ Sie würde nämlich lieber in Kalifornien leben, träumt von einem großen Hund, so wie ich einen hatte, und vom Strand vor der Haustür, an den ich selbst nie gehe.«

»Flieg mit ihr zurück, und ihr werdet zusammen glücklich.«

»Wir haben uns ja gerade erst kennengelernt. Und ich habe meinen Bruder noch nicht getroffen.«

Sie überqueren die Pont Neuf und gehen nordwärts Richtung Les Grand Boulevards, während Alan beiläufig ein wenig von Haussmann und dessen Umgestaltung der Stadt erzählt. Sie biegen ab zum Marché Bastille, wo er seine Besorgungen erledigt. Wegen Corona haben die Verkäufer aufgehört, Kostproben anzubieten, aber da sie Alan schon jahrelang kennen, machen sie, wenn wenig los ist, für ihn eine Ausnahme. Für Beck sucht er zusätzlich eine Melone aus, drückt sie ihr grob in die Hand, obwohl er weiß, wie reif die Frucht ist, lässt sich aber nichts anmerken, um den Preis noch ein wenig runterzuhandeln, händigt dann die Euros aus und überlässt dem Mann all seine Münzen als Trinkgeld. Außerdem sucht er einen Crottin de Chavignal aus sowie ein *ficelle* und ein Steakmesser mit Plastikgriff. Sobald sie dem Strom der Einkaufenden entronnen sind, säbelt er ein Stück vom Brot ab. Als es ihm herunterfällt, schnappt er danach, aber seine arthritische Hand ist langsamer als erwartet. Das Brot fällt auf den Gehweg.

»Sollten wir uns nicht lieber irgendwo hinsetzen?«, fragt sie.

»Im Stehen verdaut es sich besser.«

»Ehrlich?«

»Nein, es gibt hier nur keine Stühle.« Er entdeckt eine Statue, und sie lehnen sich an das Geländer um einen Revolutionär, der heute weniger zu melden hat als die Tauben auf seinem Dreispitz. Alan kaut, schluckt, und seine haarlosen Brauen wandern erwartungsvoll in die Höhe. »Und?«

Sie ist abgelenkt, schaut sich um, ein visuelles Inhalieren, und ihre Augen sagen: *Nach so langem Eingesperrtsein bin ich tatsächlich in Paris, und keiner merkt, dass ich nicht von hier bin.* »Cremig?«, erwidert sie.

»Nun ja. Es ist Käse.«

Sie prustet los, und er muss unwillkürlich kichern, also wendet er sich ab und will weitergehen. Alan überkommt eine Ahnung – jahrelang nicht gespürt –, dass sich Freundschaft so anfühlt, ihre Mimik ändert sich, wenn er spricht, ihre abfälligen Bemerkungen findet er lustig, und ihn fasziniert, was sie über das heutige Kalifornien erzählt, über dieses Land, in dem er selbst, als er jünger war, ein Jahr verbracht hat, wenn auch in einer ländlichen Gegend. Beck fände allein nicht zurück zum Hotel, also verlängert er die Route ein wenig, bis sie dann vor einem vierstöckigen Gebäude unweit des Panthéon stehen bleiben. Laut liest er vor, was auf einer Tafel an der Wand des Café de la Nouvelle Mairie steht, die Namen von einem Dutzend Weinen.

»Deine Augen sind besser als meine«, bemerkt sie.

Den Grauen Star, an dem er operiert wurde, erwähnt er nicht – über Medizinisches zu reden gehört sich nicht, findet er. Er registriert aber auch einen zweiten Grund: In ihren Augen möchte er nicht alt wirken. Restaurants – bis vor Kurzem noch wegen Corona geschlossen – dürfen nur ihre halbe Kapazität nutzen. Sie haben Glück und finden einen Tisch. Er bestellt für sich einen weißen Ajaccio. Der Kellner fragt Beck, was sie möchte, und sie versucht vergeblich, ihm auf Französisch zu antworten.

»Nimm einen Schluck«, sagt Alan und reicht ihr sein Glas. »Dann entscheide.«

»Und Corona? Ist das sicher?«

»Komm schon – nur probieren.«

Er spricht in einem herrischen Ton, als wollte er ihr versichern, dass dies kein Freundschaftsdienst sei. Sie probiert, der Wein schmeckt ihr. »Ist jetzt dein Glas«, sagt er und bestellt eine Karaffe. Dazu Brot. Die Austern, die sie nervös schlürft, sind die ersten ihres Lebens – eine furchtlose Esserin war sie nie. Er sagt, sie solle kauen. »Erweise ihnen die Gnade. Sie leben noch.«

»Meinst du das jetzt ernst?«

Ihre Mutter war auch beim Essen Alans Partnerin gewesen, eine selbstbewusste, hochgewachsene junge Holländerin mit großen Ohren, die aufgeschnappt hatte, dass dieser amerikanische Restaurantkritiker für Testessen weibliche Begleitung zuließ. Da sie besser dinieren wollte, als sie es sich leisten konnte, lud sie sich selbst ein. Dora aß die Hälfte eines Gerichts, genau wie er, dann tauschten sie. Nicht, dass Alan sich für ihre Meinung interessiert hätte – die Anwesenheit einer zweiten Person erlaubte ihm nur, mehr zu bestellen und somit einen breiter gefächerten Eindruck von der Speisekarte zu bekommen. Also redete Dora nie beim Essen, reichte ihm vor Beginn die Hand und las zwischen den Gängen in einem Taschenbuch. Einmal teilten Dora und er eine Portion Gillardeau-Austern, als sie unvermutet doch etwas sagte: »Eines Menschen Leben hat für das Universum keine größere Bedeutung als das einer Auster.«

Alan machte sich gerade eine Geschmacksnotiz und griff nach einer weiteren Auster, kippte sie sich nackt in den Mund: Fischernetz und Seepocken. »Wer hat das gesagt?«

»Ich. Oder David Hume«, erwiderte sie. »›Eines Menschen Leben hat für das Universum keine größere Bedeutung als das einer Auster.‹ Was man durchaus als Argument für den Kannibalismus verstehen könnte.«

Er lehnte sich zurück.

»Wenn ein Mensch keine größere Bedeutung als eine Auster hat und wir Austern essen«, fuhr sie fort, »warum sollten wir da nicht auch Menschen essen?«

Er legte die Austernschale auf die Eiswürfel und wischte sich den Mund mit einer Serviette aus dicker Baumwolle ab.

Er hatte sie noch öfter eingeladen, was irgendwann in seiner Wohnung endete, die eines gemachten Mannes, der auf die dreißig zuging. Alles Weitere folgte, schlängelte sich durch die Jahrzehnte, bis diese stämmige Amerikanerin vor ihm saß, die – von den Augen einmal abgesehen – so ganz anders ist als jene groß gewachsene Holländerin.

Alan bestellt für Beck als Nächstes die Ententerrine mit Pistazien. Er probiert – eine alte Berufsangewohnheit.

»Willst du diesmal sichergehen, dass das, was ich esse, nicht mehr lebt?«

Alan streicht einen Klecks Terrine aufs Baguette, und während er ihr den Bissen reicht, atmet er tief durch die Nase aus, überkommen von einem unerwarteten Vergnügen: eine Person in seiner Nähe, dieser Mensch, hier. Er hatte nicht erwartet, dass er derlei noch braucht.

Wein reichert ihr Gespräch mit Konzessionen an. Sie offeriert geistreiche Bemerkungen über romantische Reinfälle, etwa dass sie eine solide Karriere als Comedy-Autorin gefährdet, um von einer Frau sitzen gelassen zu werden, die nicht mal weiß, dass sie verliebt sein sollten; oder dass sie, Beck, versucht ist, ihre künftige Freundin mit der Aussicht auf einen Hund ins Bett zu locken. Einige Male bringt sie Alan beinahe zum Lachen; er hebt eine Braue, senkt den Blick aufs Essen.

Abrupt lenkt Alan das Gespräch auf andere Themen, erzählt von Komponisten, Radikalen und Alkoholikern, die früher einmal in seiner Nachbarschaft wohnten. Alan redet ungewollt laut, da er in Menschenmengen seine Stimme falsch einschätzt. Sobald ihm das wieder einfällt, lehnt er sich zurück – bis sie etwas anmerkt, woraufhin er sich vorbeugt, um etwas zu erwidern, und sie etwas sagt und er etwas antwortet. Jahrelang hat er, wenn er für ein neues Buch recherchierte, seinen Hunger mit Ausflügen in die weitere Umgebung von Paris gestillt, hat die besten Weinhändler besucht, wurde von ihnen chauffiert, ließ sich für einen Tag oder zwei auf eine Liebelei mit jenen ein, die gleichfalls ihren Geschmack erotisierten und an die er sich erinnerte, wie man sich an das Lieblingslokal in einem Urlaub erinnert – ein wiederholter Besuch geschah stets auf eigene Gefahr. ›Wiederholen‹ aber ist, woran er denkt, dass er nämlich wieder die Bücher lesen sollte, aus denen er Beck zitiert, wieder erwähnte Köstlichkeiten probieren, dass er wieder jene Sängerin hören sollte, von der sie, was er gar nicht glauben kann, noch nie gehört hat.

Beck wühlt ihn mit Details über seine frühere Geliebte auf, mit Einsichten in jenes Leben, das Dora führte, seit sie ihn verlassen hatte, erzählt von ihrer Mutter in London, wie sie im Lauf der Jahre verwelkte, allmählich alle Freunde fallen ließ. Sie tat das, weil sie sich ganz dem Schreiben widmen wollte – Isolation aber machte ihre Romane leblos.

»Ich habe nie mehr von einem ihrer Bücher gehört, nie mehr eine Besprechung gelesen«, sagt er.

»Sie zieht von einem Kleinstverlag zum nächsten und alle verlieren mit ihr Geld. Wie jemand, der die Zeche prellt.«

»Das ist aber nicht nett.«

»Soll es auch nicht sein.«

BENJAMIN KANN ES kaum erwarten, seine Schwester kennenzulernen, aber Alan bleibt vage. Ein weiterer Brief ohne Briefmarke trifft ein – Beck muss sein Gejammer über E-Mails und SMS ernst genommen haben, denn sie hat den Umschlag eigenhändig in den Briefkasten im Hof gesteckt. Sie schreibt, dass sie Alan für das Glas Wein an jenem Nachmittag dankt, nicht aber für die lebenden Austern, die sie bis in ihre Träume verfolgt haben. Sein Buch darüber, wie Wein die Welt rette, hat sie gern gelesen – sie fand ein Exemplar bei Shakespeare & Company. Sie hat sich sogar Edith Piaf angehört, und er hatte recht.

Um nicht den Eindruck zu erwecken, er könne es kaum erwarten, lässt er einige Tage verstreichen, ehe er seine Antwort bei ihr einwirft. Auf dem Weg dahin stellt er sich Paris vor, wie sie es vielleicht sieht, projiziert seine Umgebung wie alte Filmkulissen auf eine Leinwand, Citroëns brausen durch den Regen.

Weitere eigenhändig überbrachte Briefe werden ausgetauscht, verbinden seine Tage, wie sie schon lange nicht mehr miteinander verbunden waren. Gedanken an Beck lenken ihn ab. Dabei geht es nicht um Lust, nur um die trunkene Freude, dass eine Fremde sich für seine Ansichten interessiert. Und ist es nicht das, was er immer gesucht hat, warum man überhaupt nur schreibt? Benjamin sagt, seit der Ankunft seiner Schwester hätte sie ihm keine einzige SMS mehr geschickt.

Alan will auch nicht, dass sie Kontakt haben. Anfangs nur, weil er fürchtete, sie könne Benjamin wehtun; so viel, wie sie über ihre Mutter wusste, konnte sie leicht etwas Verletzendes sagen. Aber dieser Grund gilt nicht länger. Sein jetziges Motiv verstört Alan: Ein Treffen der beiden könnte etwas *für ihn* zerstören. Weil es Benjamin an Elan fehlte? Oder weil es Alan alt macht, wenn er ihr einen Sohn vorstellt, der selbst schon alt ist?

»Sehen wir uns ähnlich?«, fragt Benjamin.

»Sie hat dunklere Haut. Kommt vermutlich nach ihrem Vater. Ist auch stämmiger. Die gleichen Augen wie deine Mutter.«

»Und die waren wie?«

»Grün.«

»Gehst du schon ins Bett?«

»Du kannst ruhig noch mehr Fragen stellen. Keine Eile.«

»Nichts weiter, ich hätte sie nur gern gesehen.«

»Was denn?«

»Augen wie die meiner Mutter.«

In letzter Zeit hält Benjamin sich ständig im Wohnzimmer auf, sucht seine Nähe. Nie geht er als Erster schlafen. Alan ist hingegen häufiger fort, läuft mit schnellen Schritten, als versuchte er, dem zu entkommen, was ihn beunruhigt; Zweifel huschen wie Spinnen aus Rissen im Pflaster.

»Ich überlege, was ich ihr sage, wenn wir uns kennenlernen«, sagt Benjamin. »Was glaubst du, was ich dann sage?«

ALAN BRÄT EIN *poulet de Bresse*, Butter, Knoblauch und Thymian, unter die Haut geschobene Zitronenscheiben, neunzig Minuten im Ofen, dazu gibt es in Gänseschmalz geröstete Charlotte-Kartoffeln und violetten Brokkoli. Als Beck ihrem Bruder begegnet, fragt sie, ob sie sich umarmen sollen, was Benjamin erröten und nervös auflachen lässt. Währenddessen erzählt Beck laut, wie peinlich ihr das alles ist, und nimmt schließlich nicht bei Benjamin auf dem Sofa, sondern ihm gegenüber in einem Sessel Platz. Für ein lockeres Gespräch sitzen sie zu weit auseinander; beide beugen sich vor und zurück wie Fremde, die sich ein Schälchen Hummus teilen.

Alan macht sich in der Küche zu schaffen, obwohl es nur wenig mehr zu tun gibt, als in den geschlossenen Ofen auf den surrenden Ventilator zu starren. Das Gespräch nebenan stockt, längere Pausen entstehen, die Alan fast veranlassen einzuschreiten. Um die Stille zu übertönen, murmelt er vor sich hin und sagt schließlich: »Fünf Minuten!« Sofort sind sie bei ihm. Als er Benjamin auf seinen Stuhl hilft, will Beck mitanpacken, weiß aber nicht, ob das nicht zu aufdringlich wäre. »Setz dich am besten einfach hin«, rät ihr Alan.

Im Beisein von Alan sind die Geschwister weniger verkrampft, doch als er sich umdreht, um das Huhn zu tranchieren und auf Tellern zu verteilen, werden sie wieder verlegen und reden mit seinem Rücken. Er erklärt, was es zu essen und welchen Wein es gibt, und ignoriert Becks überschwängliches Lob. Wie jeder Mensch sehnt er sich nach Anerkennung, hat aber nie gelernt, sie anzunehmen. Also wechselt er zu den Nachrichten, den Taliban, die Afghanistan zurückerobern, den Flächenbränden in Kanada. Wenn Alan redet, schauen sie ihm zu. Wenn er verstummt, essen sie.

Mit Sport kenne sie sich nicht aus, entschuldigt sich Beck. Zu Alans Überraschung sagt Benjamin, eigentlich liege ihm auch nicht viel an Sport, doch habe er sich ihm über die Jahre angenähert. »Muss wohl der Neid sein, dachte ich mir.«

Alan krümmt die Zehen in seine Einlegesohlen.

»Wieso Neid?«, fragt sie.

»Weil ich selbst keinen Sport machen kann.«

»Ach ja, natürlich. Entschuldige. Dumme Frage.«

Benjamin erkundigt sich nach ihrem Französisch-Unterricht und bietet Nachhilfe an, was Beck gern akzeptiert. Alan kennt all die Berichte über ihr Leben, über den Stand-up-Zirkus in L. A., ihre kriselnde Beziehung zu Karine, die überteuerte Wohnung am Rive Gauche. Sie gibt Versionen von Antworten, die sie ihm bereits gegeben hat, diesmal allerdings ohne jeden Humor. Weil er da ist, benimmt sie sich unnatürlich.

Alan hat Beck nie untersagt, über ihre Mutter zu reden,

doch fürchtet sie sich offenbar, das Thema anzusprechen. Genau wie Benjamin.

»Eine Sache will ich noch erwähnen«, beginnt Beck und zögert dann, als suche sie einen Ausweg aus dem Satz, den sie begonnen hat. »Eigentlich, ich weiß nicht, also eigentlich will ich ja was sagen. Deinem Dad hab ich's schon gesagt. Alan, meine ich. Ich habe ihm gesagt, dass mir mein Gefühl sagt ... ich weiß nicht.« Dann redet sie überstürzt weiter. »Bin mir nicht sicher, ob ich die Richtige – also, ob *ich* das sagen sollte, Benjamin. Und wenn du nicht darüber reden willst, ist das für mich total okay. Aber egal, wie es für dich am besten passt. Ich war mir auch unsicher, ob ich das nicht texten sollte, aber eine SMS kam mir nicht richtig vor. Ich finde, es gibt Dinge, die muss man persönlich sagen. So von Mensch zu Mensch.«

Benjamin sieht seinen Vater an, dann wieder das Essen, sein Messer schabt versehentlich über den Teller, was Beck ein Auge schließen lässt.

Alan nippt am Côtes-du-Rhône, unterdrückt seine Wut, denn sein Sohn ist aufgebracht. Eben deshalb wollte er sie nicht hier haben. Jetzt hat Benjamin eine Ahnung. Der Junge meidet es, wieder seinen Vater oder ihren Gast anzusehen, konzentriert sich aufs Huhn. Alan erwähnt Nachtisch.

»Dad isst nie was Süßes. Nur diese kleinen französischen Geleebonbons.« Der Junge freut sich, etwas über seinen Vater preisgeben zu können, und erwähnt auch Alans Nussknacker, dass er ständig seine Handmuskeln trainiert und Lebensmitteltüten anhebt, damit er seine Kraft behält, um ihm weiterhin helfen zu können, erklärt Benjamin.

Der Junge hätte sterben können. Menschen in seinem Zustand sterben. Ihm wurde gesagt, dass der Junge die Teenagerjahre nicht überleben würde. Doch die Medizin hat Fortschritte gemacht, Benjamins Glück hielt an; jetzt ist er ein Mann mittleren Alters, auch wenn er oft und lang so große Schmerzen ertrug, dass er wie sechzig aussieht. Damit der Junge widerstandsfähiger wird, hat Alan sich nie über die Gesundheit seines Sohnes ausgelassen. Insgeheim aber ging Alan – nach unauslöschlichen Vorkommnissen, nach einer erneuten Operation und der unsäglichen Qual seines Sohnes, seinem Flehen, keine mehr über sich ergehen lassen zu wollen, auch wenn sie noch so nötig sei – damals also, als das geschah und Benjamin noch jung war, damals ging Alan insgeheim auf sein Zimmer und stopfte sich ein zusammengeknülltes T-Shirt in den Mund. Er hat nie zugelassen, dass seine Trauer sein Schlafzimmer verließ. Im Wohnzimmer ging das Leben weiter. Ehrlichkeit, dachte er sich, ist im Laufe der Zeit mehr wert als jeder Rollstuhl. Also hat Alan ihm immer die Wahrheit gesagt – nur nicht darüber, warum Benjamins Mutter keinen Kontakt mit ihrem Sohn aufnahm: Sie hatte nicht gewollt, dass ihr Sohn existiert.

Die Stimmung bessert sich, als Beck haarsträubende Geschichten über Hollywood zum Besten gibt, Geschichten über Handys werfende Ungeheuer, wie sie im Entertainment-Business gedeihen. Benjamin beantwortet Fragen nach der französischen Kultur, sagt immer »Ja! Ja!«, wenn Beck Meinungen äußert, die ausnahmslos auf falschen Informationen basieren. Für Alan ist klar, dass sie sich ihrem Bruder längst nicht so nah fühlt wie ihm.

Er hat eine Festung um den Jungen errichtet; Alan erträgt kein Leid mehr. Dora hat nie versucht, Benjamin kennenzulernen, und daran trägt seine Schwester keine Schuld. Aber sie ist ein Bindeglied zu dieser Vergangenheit. Sie zieht ihn von hier fort.

Am nächsten Tag sagt Alan wie nebenbei zu seinem Sohn: »Lief doch ganz gut, oder?«

»Das war so ziemlich das Beste, was ich seit Langem erlebt habe.«

Alan greift nach den Zigaretten, zündet eine für seinen Sohn an. Sie öffnen die benachbarten Fenster und blicken nach draußen. Benjamin und Beck haben vor, sich wieder zu treffen, sie wollen zusammen an einem Projekt arbeiten, über das Benjamin nichts weiter verrät. Und Beck möchte auch, dass er ihr mit ihrem Französisch hilft.

ÜBER DEN BRIEFKÄSTEN im Hof blinkt ein weißes, fluoreszierendes Licht. Da trifft man auf Nachbarn, starrt Seite an Seite auf flackernde Buchstaben. Alan entdeckt einen Brief in ihrer Handschrift und legt ihn ungeöffnet zurück.

»Hast du was von ihr gehört?«, fragt Alan seinen Sohn, während er die Lebensmittel einräumt. »Hat sie dir eine SMS geschickt?«

»Schätze, sie hat irre viel zu tun. Und bestimmt ist auch was mit der Frau, mit der sie zusammen ist.«

»Mit Karine?«

»Keine Neuigkeiten von ihrer Seite sind hoffentlich gute Neuigkeiten.«

Für Benjamin, der nur zu Arztterminen die Wohnung verlässt, ist der Briefkasten im Hof unerreichbar. Den an ihn adressierten Brief, den Alan ungeöffnet lässt und auf den sich Tag um Tag mehr Reklame häuft, bekommt Benjamin nicht zu Gesicht. Ein zweiter Brief trifft ein und bleibt gleichfalls unerwähnt. »Wolltest du ihr nicht mit ihrem Französisch helfen?«

»Ich glaube nicht, dass was daraus wird«, sagt Benjamin;

der Fernseher preist Gillette an, ein muskelbepackter Hüne streichelt seine Wangen. »Aber nett war er«, sagt Benjamin, »der Abend.«

»War er.«

»Hat gut getan, sie kennenzulernen.«

»Ja.«

»Sie kennengelernt zu haben.«

Eine Woche später schimpft ein Nachbar im Hausmantel, weil Alans Briefkasten so überquillt, dass Broschüren auf den Boden fallen, über die jemand stolpern könnte. Alan räumt den Kasten aus und wirft alles weg, auch die ungeöffneten Briefe von Beck, lässt sie über der Papiertonne baumeln, hält noch einmal inne – und lässt sie fallen. Der jüngste Brief landet obenauf. Alan nimmt ihn an sich, geht die Treppe hoch und bleibt vor der Wohnungstür stehen, um zu Atem zu kommen. Auf der anderen Seite schellen Kuhglocken – die Tour de France.

»Für dich von Beck«, sagt er, während ein gelbes T-Shirt über den Bildschirm radelt, gefolgt von Kameraleuten auf Motorrädern. »Persönlich vorbeigebracht.«

»Sie wollte nicht raufkommen?«

»Ich habe sie nicht gesehen. Er lag in unserem Briefkasten.«

Benjamin zögert, mag ihn nicht öffnen. »Ich habe Angst.«

»Wovor?«

»Kannst du ihn nicht für mich überfliegen, Dad? Und du sagst mir dann, was du davon hältst?«

»Der ist aber nicht für mich.«

»Steht schon nichts drin, was du nicht sehen dürftest.« Benjamin wendet sich wieder seinem Laptop zu und gibt vor zu arbeiten.

Alan öffnet den Umschlag. Der Brief ist eine Entschuldigung. Sie wurde von der Frau abgewiesen, mit der sie zusammen sein wollte; und hier zu leben, ohne einen Job und ohne die Sprache zu sprechen, das würde einfach nicht funktionieren. Allerdings möchte sie sich persönlich verabschieden, ehe sie nach L. A. zurückfliegt. Sie nennt den Tag der Abreise. Der war vor zwei Tagen. Warum hat sie Benjamin vorher keine SMS geschickt? Bestimmt hat sie ihn gar nicht unbedingt wiedersehen wollen, denkt Alan.

»Schade, dass sie nicht raufgekommen ist und an die Tür geklopft hat«, sagt Benjamin. »Ich wäre hier gewesen.«

»Bestimmt wollte sie uns nicht stören.«

»Schätze, du hast recht. Das hätte sie bestimmt nicht gewollt.«

»Nein, hätte sie nicht.«

»Aber es war interessant, sie kennenzulernen, findest du nicht, Dad?«

»Doch, finde ich auch.«

»Ich habe eine Schwester.«

ALAN VERHARRT AN der unauffälligen Grenze zum Schlaf, das Schlafzimmerfenster offen, die dünnen grünen Vorhänge wogen. Er wirft sich hin und her, zu heiß, das Laken verdreht zu einem Seil. Nebenan hustet Benjamin, vielleicht im Schlaf, vielleicht auch am Laptop.

Als Dora schwanger war, fürchteten sie, der Zustand des Kindes erfordere, dass sie sich ein Leben lang um den Kleinen kümmern müssten. Dora wurde wütend auf Alan, der offenbar nicht begriff, dass es an ihr hängen bleiben würde, dass *sie* sich letztlich um das Kind kümmern müsste, und was das bedeutete, dieses: für immer. Nicht für immer, erwiderte Alan.

»Aber für viele Jahre!«

»Dann lass es.«

»Was soll das denn heißen?«

»Gib mir das Kind. Ich kümmere mich darum.«

»Ach bitte! Jetzt hör auf, mich zu beleidigen.«

Immer wieder erkundigten sich Ärzte und Lehrer bei Benjamin nach seiner Mutter. Alan ignorierte solche Fragen, und sein Sohn lernte, es ihm gleichzutun. Sein barscher Ton hat den Jungen nie verletzt – zumindest hofft Alan das.

»Wir machen alles zusammen«, erklärte der Fünfjährige und sah seinen Vater an. »Wir sind beste Freunde.«

Hat man die Augen aufgehalten, sieht man nach jahrzehntelangem Leben manche Dinge klarer: das Pendel von Politik und Kultur, aber auch, dass jeder Mensch in jeder Lebensphase bestenfalls nur eine einzige Chance hat. Mit diesen Ansichten zieht man Kinder groß, zeigt ihnen, wie man sich bei Vorgesetzten beliebt macht und wie man eine Gabel hält. Man bringt ihnen nicht nur bei, *was* man will, sondern auch, wie man es bekommt. Erfahrung aber erhellt nur den Weg, der hinter dir liegt. Sie zeigt dir nicht, ob der Weg an sich bereits falsch war oder ob deine Zeit – der Beinahe-Ruhm und der Ärger, das gewählte Studium und die gewählte Ignoranz – ob all dies sich zu einem vergeudeten Leben summiert.

Beck war das Ende von etwas. Mit ihr war für Alan etwas zu Ende gegangen: Freundschaft – längst nicht so häufig, wie er es als Junge noch erwartet hatte, umgeben von Geschwistern und neuen Kindern an jedem Ort, an den die Familie zog, Kinder, die auf ihn warteten, die schrien, rannten, stürzten, kämpften und Fangen spielten. Begibt man sich tiefer in den Wald, verschwinden die Leute, werden scheuer als das Wild.

Alan starrt an die Wand. Zu wenige Stunden des Wachseins

bleiben ihm noch. Sieben Jahre laut Statistik. Genau lässt sich das nicht vorhersagen, aber dennoch.

Benjamin ist hinter der Wand. Wenn sein Vater nicht mehr ist, wird der Junge noch immer da sein.

TAGEBUCH: SEPTEMBER 2021

Mir ist etwas eingefallen, das Jahre her ist. »Dora«, sagte meine aus Holland anrufende Stiefmutter. »Ich weiß nicht, wie ich es dir erklären soll.«

Sie hatte meinen Vater wegen einer Darmgeschichte ins Krankenhaus gebracht. Die Ärzte vermuteten eine Infektion und wollten ihn für einige Tests dabehalten, er wollte jedoch nichts davon wissen, war aber zu krank, um nach Hause zurückkehren zu können. Also setzte er sich auf den Bettrand, weigerte sich, die Beine hochzunehmen, regte sich schrecklich auf und wurde immer verstörter. Schließlich baten die Krankenschwestern meine Stiefmutter, das Zimmer zu verlassen, damit sie ihm eine Beruhigungsspritze geben konnten. Am nächsten Morgen kam sie zurück. »Er ist nicht mehr derselbe«, sagte sie mir.

Die Ärzte bestätigten, dass mein Vater – obwohl er sich von seinem Delirium erholte und wegen der Infektion behandelt wurde – nicht alle seine Fähigkeiten wieder zurückgewinnen würde. Wie war das möglich? Sicher, er war über siebzig, bis vor wenigen Wochen hatte er doch aber noch völlig klar gewirkt. Meinen Vater selbst konnte ich nicht fragen, da er sich weigerte, ans Telefon zu gehen. Also fuhr ich hin.

Ich zögerte im Krankenhausflur, holte tief Luft und wappnete mich – dann betrat ich sein Zimmer: ein stoppelbärtiger, aus-

347

gezehrter alter Mann. Er erkannte mich. Nahezu alles andere entglitt ihm.

Ich hielt unser Gespräch oberflächlich und kurz, als wollte ich vor meiner Verzweiflung davonlaufen – dieser Respekt gebietende Mediziner, der sich stets bemüht hatte, unverletzbar zu wirken (womit er mich allerdings schon seit Jahren nicht mehr überzeugen konnte), und der alles Peinliche verabscheute – er konnte nichts mehr verheimlichen. Selbst der Vorhang vor der Tür entzog sich seiner Kontrolle.

Ich zog diesen Vorhang zu, als ich ging, umarmte meinen Vater zum Abschied, hinterließ den Abdruck meiner Brust und war mir nicht sicher, wo ich meine Arme lassen sollte, weshalb ich ebenso das Krankenhausbett umarmte wie den darin liegenden flachen Leib. Tage später brachten ihn Krankenpfleger auf einer Tragbahre nach Hause und halfen ihm in seinen Lieblingssessel, in dem er an jedem Wochenende meiner Kindheit die Zeitung gelesen hatte. Mit zittriger Hand trank er einen Kaffee, die Tasse klirrte auf der Untertasse. Er war zu Hause, dort, wo er sein wollte, und war doch abwesend.

Später kam der Pflegedienst und hievte ihn in sein Bett. Als man ihn umdrehte, schrie er auf, da Fremde an ihm zerrten und drückten. Sein provisorisches Zimmer war im Parterre neben der Küche. Er würde das Bett nicht mehr verlassen und auch nichts mehr zu sich nehmen. Wie litten meine Stiefmutter und ich darunter, dass wir unsere Mahlzeiten zu uns nahmen, während nur drei Schritte weiter mein Vater verhungerte. Also setzten wir uns mit unseren Tellern an sein Bett, um ihn in Versuchung zu führen. Ein Happen Forelle oder eine Babykartoffel waren für ihn jedoch zu viel. »Aber«, fragte er und runzelte die runzlige Braue noch ein bisschen mehr, »wie wäre es mit einem Bier?«

Ich stürzte in die Küche, um ihm einen Strohhalm zu besor-

gen. Er nahm einen Schluck aus der Flasche Heineken, sog die hageren Wangen ein, schloss die zerknitterten Lider. Nach drei langen Sekunden schlug er die Augen wieder auf, darin ein vergnügtes, lang nicht mehr gesehenes Funkeln.

Aus einem alten Band las ich ihm laut Geschichten von Tschechow vor, die er früher so geliebt hatte. Ich war mir nicht sicher, wie viel er verstand, also animierte ich die Dialoge, sah bei jedem Stimmwechsel zu ihm hinüber und fühlte mich ermuntert, wenn seine Mundwinkel vor Vergnügen zuckten. Lange bevor die Geschichte endete, war er eingeschlafen. Schon bald war eine halbe Seite das Limit. Später nur ein Absatz.

Der Pflegedienst bestand darauf, dass er umgedreht wurde, aber mein Vater fürchtete, aus dem Bett zu fallen. »Was macht ihr mit mir?«, schrie er verwirrt. Man bat mich um Hilfe. Mit trockenen Fingern drückte mein Vater meine Hand, der dünne Arm zitterte. Um ihn abzulenken, erinnerte ich ihn an die zuletzt vorgelesenen Geschichten von Tschechow und wandte meinen Blick nicht von ihm ab.

Aus irgendeinem Grund erinnere ich mich jetzt wieder an seinen Gesichtsausdruck, während ich aus meinem Arbeitszimmer unterm Dach auf Londons nächtliche Häuser blicke, auf die schwebenden Lichtrechtecke aus Fenstern, hinter denen Fremde essen, Fernseher anlächeln, zur Treppe schlurfen.

Mit schlechtem Gewissen beschreibe ich, was mir von meinem Vater blieb, diese privaten Szenen. Was schuldet man denen, die nirgendwo mehr sind, außer in einem selbst?

Ich ziehe den Vorhang zu, verberge mich vor den Blicken anderer. Ich bin nicht, was ich mir erhofft hatte. Aber ich habe Bücher geschrieben, und es ist mir damit gut ergangen.

Ich stelle mir meine Tochter vor, wie sie nach meinem Tod liest, was ich auf diesen Seiten geschrieben habe. Vielleicht fasst sie meine Bücher aber auch gar nicht an, weil sie das zu schmerz-

lich findet und es vorzieht, lieber nicht allzu lebhaft an mich zu denken, da ich nicht mehr bin, in meinen Romanen aber noch präsent sein könnte. Habe ich sie nicht deshalb geschrieben?

Wenn es sie schmerzt, was ich geschrieben habe, möchte ich nicht, dass sie etwas von mir liest, nur sollte sie noch Exemplare meiner Bücher in ihrem Regal stehen haben (falls man denn in der Zukunft Bücher noch in Regale stellt). Sie könnten im Hintergrund stehen, wenn sie ein bisschen beschwipst ist, mit einer Freundin scherzt oder die pummelige Hand eines Kindes betrachtet, während sie selbst auf einzelne Buchstaben auf der Seite zeigt.

Im letzten Gespräch mit meinem Vater redete er voller Hochachtung davon, dass ich zurückgekommen war, um ihn zu sehen. Sobald es ihm besser gehe, erklärte er, wolle er sich wieder an den Schreibtisch setzen. Er würde alles aufschreiben.

~~Dora reist ins Ausland.~~

Oder

~~Über die Fensterscheibe an Doras Platz im Bus krabbelt eine Wespe, hoch und runter, sucht einen Ausweg – ein Organismus wie eine kleine Maschine mit ihren Wenn-Dann-Algorithmen.~~

Oder

Sie fährt mit dem Bus, eine schwarze Reisetasche zwischen den Füßen. Heute braucht sie nur wenig: einen Apfel, ein in Alu gewickeltes Sandwich, eine Flasche Wasser. Zur Unterhaltung hat sie eine zerfledderte Ausgabe von Tschechows Kurzgeschichten eingepackt.

9

Die Autorin

(DORA FRENHOFER)

SIE FÄHRT MIT dem Bus, eine schwarze Reisetasche zwischen den Füßen. Heute braucht sie nur wenig: einen Apfel, ein in Alu gewickeltes Sandwich, eine Flasche Wasser. Zur Unterhaltung hat sie eine zerfledderte Ausgabe von Tschechows Kurzgeschichten eingepackt.

Ehe sie London verließ, hatte Dora mit einem Anwalt gesprochen, ihn zu ihrem Testamentsvollstrecker ernannt und von ihm festhalten lassen, was mit ihren letzten Habseligkeiten geschehen sollte. Die Kleider vermachte sie einem Secondhandladen in der Hauptstraße, den Fernseher schenkte sie dem Entrümpelungsteam, das ihren Keller ausräumte, und ihren Laptop hatte sie ins Wasser getunkt und dann mit dem Wochenmüll entsorgt.

Im Morgengrauen hatte sie das Bett abgezogen – nur eine Kastenmatratze – und sich ein letztes Mal geduscht. Als sie merkte, dass die Shampooflasche leer war, gratulierte sie sich: Gutes Timing. Sie schäumte ein Stück Seife auf und wusch sich den Kopf, schrubbte grob das kurze weiße, ihre Finger piksende Haar. Beim Abtrocknen musterte sie ihre schlaffe Haut: Ich, dachte sie, und in ihr zog sich alles zusammen, als sähe sie jemanden, der sich über den Rand einer Klippe beugt. Die Furcht respektierte sie nicht, sie interessierte sich nur dafür.

Im Bus unterhält sich auf der anderen Seite des Ganges ein Maske tragendes Pärchen laut auf Französisch – sie teilen sich Earbuds, ein tickender Beat ist zu hören. Ein Junge hat eine Einkaufstüte voll mit alten Schuhen dabei. Eine osteuropäische Frau – Maske unterm Kinn – scrollt über den angeknacksten Bildschirm ihres Handys, reibt sich die Augen. All diese Menschen werden enden, und ab einem Tag, der noch nicht feststeht, bleibt ihr Kalender ohne Einträge, die Toilettenartikel am Waschbecken werden fortgeräumt, die Socken verschwinden aus der Lade. Doras Tag ist heute.

Als sie dies hier organisierte, hatte sie erwartet, jemand würde vor Ort sein, um ihr alles zu erklären. Aus rechtlichen Gründen aber wird niemand anwesend sein. Sie hatte mit einer psychologischen Begutachtung gerechnet, aber auch die bleibt aus.

Man erkennt seine eigene Persönlichkeit, denkt sie, so wie ein Echolot die Distanz erkennt, indem es an Widerständen abprallt. Entsprechend den Reaktionen anderer Menschen schrumpft das Selbstbewusstsein oder es bläht sich auf. Und mit der Zeit wird es zu dem, was man für das Ich hält. Unvermittelt aber ertappt man sich selbst nur selten, vielleicht beim Zähneputzen oder wenn man allein verreist.

Heute Morgen noch war sie in London gewesen, in einem schwarzen Taxi nach St. Pancras gefahren und hatte kein Wort mit dem Fahrer gewechselt, nicht mal beim Bezahlen. Sie fand den reservierten Platz im Eurostar, der zwanzig dunkle Minuten lang unterm Meer durch- und im sonnigen Frankreich wieder auftauchte, ehe er über eine unsichtbare Grenze nach Belgien rollte. Auf einem betriebsamen Bahnhof kam sie an Bäckereiständen vorbei, deren überzuckerten Zimtschnecken wie kleine Kunstwerke aussahen, während junge Stimmen sich per Handy bedauerten und zu Meetings mit anderen Handys hasteten. Ein weiterer Zug brachte sie aus der Hauptstadt in eine nicht ganz so große Stadt, dann in eine Kleinstadt, in der Dora diesen Bus nahm, aus dem sie jetzt aussteigt, eine Hand am Geländer, während sie sich fragt, ob ihre Knie nachgeben und sie aufs Pflaster fallen wird. Ein Physiotherapeut hatte eine Kniestütze empfohlen, die zu Hause im Schrank liegt; ein Arzt bot ihr Steroidinjektionen an und redete über chirurgische Optionen. Sie beschränkte sich auf Beinübungen, schnaufte daheim auf dem Teppich. Irgendetwas musste geholfen haben: Ihre Schuhe landen sicher auf dem Gehweg, nebeneinander und ordentlich aufgereiht wie Enten. Sie wartet ab, während von den Knien eine Schmerzwelle aufsteigt, über sie hinwegschwappt und wieder verebbt.

Sie hat kein Gepäck im Busladeraum; zischend schließt sich die Tür hinter ihr. Das Auspuffrohr hustet erregt, der Bus fährt ab. Vor ihr sind Outlet Stores, davor wiederum Parkplätze, weit und breit kein Mensch.

Sie zieht ihren Ausdruck zurate und geht an einem langen Schaufenster mit Sofas vorbei, die alle darauf warten, adoptiert und fleckig zu werden. Daneben ein Golfladen. Ein so wichtig unwichtiger Sport, den Dora nie probiert hat. Golf wird es weiterhin geben, aber sie wird niemals Golf lernen. Alles, was sie noch nicht getan hat, wird sie nicht mehr tun.

Sie findet die richtige Straße, gesäumt von Neubauten jenes Typs, die Makler »Reihenhaus« und Bewohner »klein« nennen. Da ist ein Mensch, der erste, seit sie aus dem Bus stieg: ein alter Mann in marineblauem Trainingsanzug, Plastikschläuche führen aus seiner Nase zu einem Sauerstoffzylinder auf zwei Rädern. Er brummelt vor sich hin, blickt sich um.

Dora rückt ihre Brille zurecht und sieht nach den Hausnummern, sucht ihr Ziel. Dieser Mann wartet vor ihrer Tür. Mit Irritationen hat sie heute nicht gerechnet – sie hat gehofft, mit niemandem reden zu müssen, und das ist ihr bisher gelungen. Dora hat keinen Raum für einen alten Mann, für langwierige Erklärungen, dafür, ihm bei der Suche nach dem Schlüssel zu helfen oder nach einer Tochter, die den Schlüssel hat.

»Entschuldigen Sie«, sagt sie in der Landessprache. »Ich möchte da rein.«

»Was?«, erwidert er auf Englisch. »Ich verstehe Sie nicht.«

Aus Trotz spricht sie weiterhin in der falschen Sprache: »Nun machen Sie schon! Sie stehen im Weg!«

Er brabbelt irgendetwas über jemanden namens Scott und einen Schlüsseltresor, als wären seine Sorgen ihre Sorgen, als wäre sie seinetwegen hier und dass sie, redete er nur lang genug Englisch, seine Sprache schon lernen würde. Kurzum, als wäre *er* der Held dieser Geschichte. Aber da irrt er sich.

»Ehrlich, ich fass es nicht«, sagt er. »Jetzt bin ich hier, und dieser Scott, der fährt einfach weg. Niemand hat mir ein Passwort genannt oder – wie heißt das noch? – so ein Code-Ding.«

»Ich bin nicht gekommen, um Ihnen zu helfen.«

»Sie sprechen also doch Englisch?«

»Offensichtlich, aber ich möchte an Ihnen vorbei. Ich muss da rein.« Mit steifen Händen faltet sie den Ausdruck auf, findet die Zugangsnummer für den Schlüsseltresor und tippt auf die entsprechenden Knöpfe. Eine Klappe öffnet sich, ein Schlüssel fällt in ihre Hand. Sie öffnet die Haustür: der Plastikgeruch von Raumspray. Der alte Mann taumelt an ihr vorbei und tritt als Erster ein, als würde sie hier arbeiten.

»Entschuldigen Sie, aber *ich* habe hier ein Treffen vereinbart«, sagt sie. »Ich habe einen Termin. Die E-Mail kann ich Ihnen zeigen.«

Keuchend lehnt er an seinem Sauerstoffzylinder. »Keine Ahnung, was in Ihrer E-Mail steht«, erwidert er, »aber hierherzukommen hat mich viel gekostet.«

»Haben Sie Papiere, die das beweisen?«

»Scott hat sie.«

»Sollte ich diesen Scott kennen?«

»Mein Schwiegersohn. Er hat mich den weiten Weg hergefahren. Kommt bestimmt jeden Moment zurück.«

»Wie auch immer, *ich* habe den Termin. Tut mir leid, aber Sie müssen wieder gehen.«

Er stammelt jetzt irgendetwas von einem Auto. Sie betrachtet diese halb kaputte Maschine, deren Schalter sie unabsichtlich betätigt hat.

Dora hat sich in ihrem Leben größte Mühe gegeben, Auseinandersetzungen mit dummen Männern zu vermeiden. Und jetzt das hier, an ihrem letzten Tag. Sie wird ihn zurück nach draußen geleiten. Und dann? Nach Plan vorgehen? Mit einem tattrigen Alten vor der Haustür? »Ich wähle den Notruf, die sollen es Ihnen erklären. Und dann müssen Sie gehen.«

Sie sind im Wohnzimmerbereich, ein alter Röhrenfernseher und an den Wänden gerahmte Zierdeckchen. Im Bücherregal steht eine Bibel neben einem rosa gebundenen Liebesroman. Auf der behindertengerechten Toilette siecht eine Hängepflanze dahin, während im ›Friedenszimmer‹ eine Kunstledercouch aus dem nahen Großhandel steht. »Sie setzen sich, und ich rufe an«, sagt sie ihm.

Auf dem Küchentisch steht eine Vase mit orangefarbenen Tulpen in wolkigem Wasser; darunter liegt ein Umschlag mit einem Brief, der sie willkommen heißt, außerdem enthält er ein Formular, das sie unterzeichnen muss, sowie Anweisungen, in welcher Reihenfolge die Medikamente einzunehmen sind und wen sie anrufen soll, falls es Probleme gibt. »Sehen Sie«, ruft sie zum Friedenszimmer hinüber. »Hier steht *mein* Name.« Sie verschweigt, dass auf den drei Medikamentenschachteln Sticker mit dem Namen ›Frank H. Ward‹ kleben, bei dem es sich vermutlich um den alten Mann handelt. Sie muss sich innerlich auf diesen Anruf vorbereiten. Soll *er* doch an einem anderen Tag zurückkommen, sie wird es jedenfalls nicht tun.

Der Notruf wird von einer Frau beantwortet, die sich gerade mit einem Kind oder einem Hund unterhält: »Nein, Karl! Nicht! Das darfst du nicht runterschlucken!« Die Frau bietet ihr an, sie zurückzurufen, sobald sie Zeit hat, aber Dora verlangt, dass sie sich jetzt um sie kümmert. Beide, der alte Mann und sie, seien aus dem Ausland angereist – das hier müsse sofort geklärt werden.

»Auf unserem Plan steht die Person aus England.«

Dora erklärt, dass sie zwar die Landessprache spreche, aber gleichfalls aus Großbritannien komme.

»Was vielleicht das Durcheinander erklärt«, sagt die Frau. »Aber ich habe keinen Zugang zu Birgits Computer.«

»Birgit? Ich hatte mit Gisela zu tun.«

»Gisela ist in Urlaub. Sie müssen mit Birgit reden.«

»Dann stellen Sie mich zu ihr durch.«

»Ich telefoniere von zu Hause.«

»Und wo ist Birgit?«

»Das hier ist nur die Notrufnummer.«

»Deshalb habe ich ja angerufen, wegen eines Notfalls. Haben Sie keine Handynummer von jemandem, der verantwortlich ist?«

»Die darf ich nicht rausgeben.«

»Haben Sie keinen Kalender, in dem steht, wer heute kommt? Das hier ist doch einfach unfassbar. Hören Sie, Sie müssen einen Ihrer Vorgesetzten einschalten.«

Minuten vergehen. Niemand ruft zurück.

Der alte Mann murmelt im Friedenszimmer vor sich hin. Dora bleibt im Wohnzimmer und kann sich, da ihre letzten Stunden offenbar mit dem Warten auf den Kundendienst vergehen, zwischen Ärger und Belustigung nicht entscheiden. Sie ruft noch einmal an. Dieselbe Frau meldet sich und behauptet, sie habe mit anderen gesprochen und die müssten nun entscheiden.

»Was denn? Zwischen ihm und mir?«

»Sie beide sind zur selben Zeit aufgetaucht.«

»Weil es uns so mitgeteilt wurde! Das hier kann doch schon von Rechts wegen gar nicht erlaubt sein.« Allerdings geht Dora nicht weiter auf die Frage der Rechtmäßigkeit ein, da sie an die Medikamente mit seinem Namen denken muss. Sie hat vor, sie zu nehmen, und überlegt, dem alten Mann zu sagen, dass das Büro ihn bitte, das Haus zu verlassen. Sollte er aber im Büro anrufen und sich beschweren, wird ihre Lüge aufgedeckt, was dann vielleicht dazu führt, dass *sie* gehen muss.

»Wann kommt denn dieser Scott zurück? Sie beide können doch vereinbaren, dass Sie morgen hierher zurückkehren dürfen, oder?«

»Wie?«, schreit er aus dem Nebenzimmer. »Kann Sie nicht hören!« Er kommt zu ihr, beklagt sich, von lautem Schnaufen unterbrochen, dass er in diesem Land nirgendwo hinkönne. Scott plane, heute Abend allein nach London zurückzukehren – er sei nur kurz los, um etwas einzukaufen. »Es gibt da einen ganz bestimmten Wein, den Tina über alles liebt. Er wird dann so tun, als käme der Wein von mir.«

Wie um ihren Anspruch zu bekräftigen, schiebt Dora die Reisetasche unter den Couchtisch. Alte Zeitschriften liegen ausgefächert darauf, die Hochglanzseiten eingerissen: Eine Frau präsentiert Brownies; ein tätowierter Sportler hält einen orangenfarbenen Ball in die Höhe.

Als eine Ratte in Doras Keller starb, zwang der Gestank sie, nach unten zu gehen, wobei sie auf jeder Stufe der Trittleiter vor Schmerz zusammenzuckte. Mit bloßer Hand fegte sie Spinnenweben um den Lichtschalter beiseite und machte Licht in der ziegelgemauerten Kammer: schwarze Köttel auf dem Boden, die Ratte lag tot auf der Seite. Dora wandte den Blick von der zähnefletschenden Grimasse ab und hielt den Atem an, als sie ein Stück Pappe unter das Tier schob; der gummiartige Schwanz hing herab. Mit der beladenen Pappe in der Hand mühte sie sich die Trittleiter hinauf und malte sich aus, wie es wäre, den Halt zu verlieren; niemand würde erfahren, dass sie gestürzt war; die Kellerlampe wurde langsam ausgehen. Sie war so in Gedanken, dass sie fast eine Stufe verpasst hätte und ins Stolpern geriet, was die tote Ratte auf der Pappe bis an ihren Bauch rollen ließ. Sie griff danach, packte sie am Schwanz, schwenkte den Kadaver wie ein Pendel, die Lippen vor Ekel verzogen, so schleuderte sie ihn hoch ins Erdgeschoss und stieg ihm hinterher, verdreckt, mit vor Schmerz pochenden Knien. Absurde Schuhe, dachte sie, während sie ihre kellerstaubigen Exemplare musterte. Als junge Frau hatte sie elegante Schuhe geliebt. Diese hier waren schwarze Nonnentreter – zu den Zugeständnissen ans Alter gehörte es, sich stückweise aufzugeben, bis man aussah wie jemand, mit dem man nie gerechnet hatte. »Ich«, flüsterte man sich zu, sah man die leeräugigen Alten in Altersheimen, »ich werde mich nie derart gehen lassen.« Doch das würden sie. Der Rollstuhl, einst entwürdigend, wird zur Rettung. Die eigentliche Frage aber, die sie an jenem Tag quälte: »In welche Mülltonne gehört die Ratte?«

Dora fand, fünfundsiebzig Jahre waren genug, und dieses Alter hatte sie erreicht. Ihre Mutter war mit nicht mal fünfzig gestorben, ihr Vater mit dreiundsiebzig, was man damals für alt hielt. Hendrik – ein Landarzt – war schlaksig und fit gewesen, bis er, einige Jahre nach seiner Pensionierung, Brennholz hackte, einen Scheit verfehlte und sich die Axt zwischen zwei Zehen hieb. Obwohl er Mediziner war, vernachlässigte er die sich verschlimmernde Verletzung. Ein erstes Zeichen seiner Demenz, die in den nächsten Jahren zunahm, langsam, nur allmählich – dann mit einer abrupten katastrophalen Beschleunigung, nachdem er wegen einer Darminfektion ins Krankenhaus musste und ins Delirium fiel. Als Hendrik wieder zu sich kam, war er nicht mehr er selbst. Seine letzten Monate waren ein Albtraum.

Die Schnelligkeit entsetzte Dora. Wird man alt, dachte sie, macht man im Laufe der Zeit kleine Zugeständnisse, bis man dann plötzlich die Kontrolle verliert; etwas geschieht mit einem. Dora schwor sich, ihr Leben vorher zu beenden. Um ihren Verfall zu überwachen, stellte sie eine Liste dessen auf, was bei ihrem Vater nach und nach versagt hatte – Irrungen und Wirrungen, die ihr als Warnzeichen dienen sollten. Wartete sie aber ab, bis sie alle eingetreten waren, hatte sie vermutlich die Fähigkeit verloren, entsprechend zu reagieren. Man musste also ein wenig zu früh agieren. Würde oder Zeit: Beides zusammen konnte man nicht haben.

Kurz vor der Corona-Pandemie – in jenen lang zurückliegenden Monaten des Jahres 2019 – hatte Dora allein ein Konzert in der Wigmore Hall besucht, hatte inmitten einer Schar Weißhaariger die Knie an den Vordersitz gepresst und jungen Leuten zugehört, die Bach spielten.

Anschließend, beim höflichen Mittelklasseexodus, erkundigte sich eine gesellige Dame in Doras Alter, wie sie den Abend gefunden habe, und Dora lobte einige Stücke – nicht gefallen aber habe ihr die Sympathie. Das war falsch. Wie lautete noch mal das richtige Wort? Dabei blieb es nicht. Sie hatte einen Verkäufer gefragt, wo sie diese runden Nüsse finden könne, und er hatte sie merkwürdig angesehen, ja, wie nennt man die denn noch, diese ... diese ...

Laut ausgesprochen klang ›Symphonie‹ falsch. Wie auch immer, sie hatte ihr nicht gefallen. Sie oder die Sympathie.

Aber was *ist* so schrecklich daran, wenn Krankenschwestern dich in einen Sessel drücken, du zeterst und sie dich sauber machen? Die eigene Körperpflege ist aus irgendeinem Grund fundamental. Seit ihrem vierzehnten Lebensjahr kämpft sie mit widerspenstigen Haaren, wenn sie aber in ein Pflegeheim geht, werden die ignoriert und ihr wachsen lange Kinnborsten, nur kümmert die anderen das nicht – sie selbst aber vermutlich auch nicht mehr.

Zum Menschsein, denkt Dora, gehört die Verfügungsgewalt über das eigene Haar. Unabhängigkeit bedeutet allerdings auch Wäsche waschen, Geschirr spülen und vorgetäuschte Begeisterung für jüngere Leben zu hegen, die dieselben Theaterstücke wieder und wieder aufführen und nicht einmal ahnen, wie gewöhnlich ihre Dramen sind. Sie weigert sich zu glauben, dass das, was heute neu ist, schlimmer sein könnte als das, was gestern neu war. So aber fühlt es sich an. Es fehlt der Geschmack, genau wie bei dem Sandwich, das sie vorhin gegessen hat. Sie kann sich kaum noch daran erinnern, an diesen buttrigen Schweinsgeruch des *jamón serrano* auf knusprigem Baguette. Wann genau hat sie das eigentlich gegessen? Dora öffnet den Reißverschluss ihrer Tasche. Das Sandwich ist noch da, unberührt.

Ihr Verstand braucht einen Lektor – wenn möglich einen nachsichtigeren als jene Frau, die zuletzt ihre Texte bearbeitet hat. Doras bevorzugter Verlagsmensch starb vor einigen Jahren, und der kecke Ersatz sagte, sie würde »liebend gern einen Blick auf das nächste Manuskript werfen«. Sie arbeitete bei einem eher unbedeutenden Verlag, die größeren Häuser hatten nach mehreren Flops das Interesse verloren. Also war diese junge Fremde Doras letzte Chance, falls sie nicht wollte, dass die vergangenen drei Jahre ungelesen auf einem Computerchip endeten.

Sie schickte ihr den Roman per E-Mail und wartete. Als sie nachfragte, was das Schweigen zu bedeuten habe, folgte prompt eine überschwängliche Entschuldigung. Die junge Lektorin fügte hinzu, dass es doch nett wäre, sich persönlich zu treffen und über »Ihr neues Buch« zu reden. (Sie hatte »neues Buch« geschrieben, nicht »eingesandtes Manuskript« – war das Anlass zur Hoffnung?) Ein Termin für ein Abendessen wurde ausgemacht und verschoben und erneut verschoben.

Ihr Manuskript – der Versuch Dora Frenhofers, im fortgeschrittenen Alter Worte für das zu finden, woran allen gelegen war, und sich keinen Deut darum zu kümmern, woran irgendwem gelegen war, aber herauszufinden, woran ihr selbst gelegen war, und zu hoffen, dass das irgendwen kümmerte (und dann noch die Tastatur zur Mitarbeit zu bewegen) – war vermutlich Mist. Jedenfalls war die Lektorin zu einem Urteil gelangt und bestand darauf, es persönlich mitzuteilen, womit sie Dora nötigte, die quälend langsam vergehenden Tage bis zum Ende ihres Griechenlandurlaubs abzuwarten. Zu guter Letzt wurde ein Restaurant ausgesucht und ein Datum festgelegt. Doras Agentin (noch eine junge Frau, die sie von einem anderen verstorbenen Büchermenschen geerbt hatte) sagte ab; sie müsse zur Auktion für ein Buch, auf das alle Welt scharf war. So blieb es bei Dora und der Lektorin.

Die junge Frau entschied sich für ein exklusives Restaurant in Kensington mit nahöstlicher Küche und bestellte großzügig zu viel: granatapfelgespickte Vorspeisen, eine Platte mit gewürztem Fleisch und nach Rosen duftenden Nachspeisen. Als die Drinks kamen, gestand sie, das Manuskript noch nicht *ganz* gelesen zu haben, weshalb sie es sich erspare, auf den Inhalt einzugehen. Dora kniff sich in den Oberschenkel und ertrug den Schmerz so lang wie möglich, während sie sich Mühe gab, oberhalb des Tisches gefasst zu wirken. Sie lobte das Essen, und beim Abschied küssten sie sich auf die Wangen. Die Lektorin wollte sich ganz bald melden.

Und das tat sie. Eine Stunde später erhielt Dora einen Anruf von ihrer Agentin: Die Lektorin habe das Buch abgelehnt. Das musste sie schon vor dem Essen gewusst haben, nur hatte sie nach so vielen geplatzten Verabredungen nicht wieder absagen wollen und ihr Gewissen damit beruhigt, der alten Frau ein wunderbares letztes Mahl spendiert zu haben.

Dora schlug vor, die Lektorin anzurufen und Änderungen am Buch anzubieten, die sie zufriedenstellen könnten. Doras Agentin redete es ihr aus. »Sie wollen doch nicht betteln, oder?«

»Ich könnte ihr eine E-Mail schreiben.«

»Ganz ehrlich? Vergessen Sie es besser einfach.«

Lektorin und Agentin waren befreundet und trafen sich oft auf einen Drink, seufzten vermutlich, wann immer der Name Dora Frenhofer fiel – wie peinlich sie doch war, aber man konnte sie auch nicht einfach fallen lassen. Irgendwann würde sie es schon kapieren.

Noch ehe sie auflegte, wusste Dora, dass sie nie wieder

einen Blick in das Manuskript werfen würde. Gerade war ihre Karriere zu Ende gegangen. Den Rest der Woche putzte sie das Haus, die drei langen Flure, die längst Staub und Gerümpel überlassen worden waren. Aber wie, fragte sie sich, setzt man sich als Schriftstellerin zur Ruhe? Hinterlässt man eine Notiz auf dem Küchentisch? Und wenn man allein lebt?

Der alte Mann mit dem Sauerstoffzylinder sagt etwas so Absurdes, dass sie zuhört. »Egal, wer zuerst dran ist«, sagt er, »der andere könnte ja so lange shoppen gehen.«

»Wozu?«

»Die verkaufen hier extrem günstige Golfschläger, hat Scott gesagt. Aber Sie kennen ja bestimmt das Sprichwort: Das letzte Hemd hat keine Taschen!«

Für Dora sind Klischees wie Schmirgelpapier. Aber es ist seine Dreistigkeit, die sie am meisten ärgert – ihm kommt irgendwas in den Sinn, also muss sie alles beiseiteräumen, was ihr gerade durch den Kopf geht.

»Hatte erst kürzlich meine letzte Fuhre«, sagt er. »Dauerte nur eine Stunde. Hatte Angst, ich würde einen Unfall bauen – in meiner Verfassung!«

»Unfall? Womit?«

»Taxi. Hab den Job fast fünfzig Jahre lang gemacht.« Er beklagt sich über Uber und erzählt, es hätte Scott sechs Jahre harter Arbeit gekostet, die Prüfung abzulegen. »Wer den Schein besteht, der ist wirklich gut. Gilt für ihn ganz besonders, bei dem, was er hat.«

»Und was wäre das?«

»Na, das, wo einem die Buchstaben immer durcheinandergeraten.«

Dora weiß, was er meint, kommt aber selbst auch nicht auf das Wort.

»Warum heute alle Taxi-Apps benutzen, verstehe ich nicht«,

sagt er. »Man würde die eigene Großmutter doch auch nicht zu einem Fremden ins Auto steigen lassen. Ist das überhaupt sicher?«

»Dyslexie.«

»Wie bitte?«

»Das, was mit Scott nicht stimmt.«

»Es gibt nichts, was mit Scott nicht stimmt.«

Für Dora verkörpert dieser Mann die Spezies Mensch: Um Worte verlegen, also raus damit. Wer noch reden will, der will weiterleben.

Er zückt ein Foto seiner Enkel. Dora lehnt es ab, sich die Aufnahme anzusehen, und erklärt, sie habe beschlossen, für den Rest ihres Lebens nur noch das zu tun, was sie wirklich tun wolle. »Kann verstehen, dass Ihnen das zu schaffen macht«, stellt sie fest, »aber Sie haben gefragt: ›Wollen Sie das Bild sehen?‹ Und ich habe die Wahrheit gesagt.«

Ihre Direktheit – normal in Holland, dort, wo sie ihre Kindheit verbracht hat – war bei ihrem Vater besonders ausgeprägt gewesen, der niemals ein Blatt vor den Mund genommen hatte, wenn er seine Patienten vor dem warnte, was ihnen bevorstand. Sie haben jedes Recht, behauptete er, das zu wissen, was ich weiß. Fraglich war allerdings, ob sie es in all den plastischen Einzelheiten wissen mussten. Auf seine unverblümte Art versorgte Hendrik als Arzt einen bäuerlichen Landstrich in Noord-Brabant, einem Keil zwischen Belgien und Deutschland, von dem ein holländischer Politiker mal behauptet hatte, es sei »eine Gegend für Kühe, Schweine und Katholiken«. Dabei war die Lebensweise der Dörfler eher von protestantischer Bescheidenheit geprägt, die Vorhänge in allen Häusern stets offen, als wollten sie beweisen, dass niemand Gegenstände von großem Wert besaß.

Doras Mutter Lotte – große Ohren und sechs Jahre älter als

ihr Mann – kam aus Den Bosch, einer Provinzstadt, in der sie während ihrer Jugend deutsche expressionistische Filme gesehen und Romane gelesen hatte über moderne Verkommenheit, die sie eigentlich viel lieber ausprobiert hätte. Als sie Hendrik kennenlernte, war sie bereits über dreißig, während des Zweiten Weltkrieges, als Lotte auf dem Land Zuflucht vorm Kampfgeschehen suchte. In der schwierigen Zeit gegen Ende des Krieges leisteten sie einander Gesellschaft: er, der gebildetste Mann, den Lotte getroffen hatte, seit sie aus Den Bosch fortgegangen war.

In Friedenszeiten fand Lotte sich mit der Rolle der Frau des Landarztes ab. Insgeheim aber verachtete sie das Dorf und ließ dies an Hendrik aus. Sie mokierte sich über die Ignoranz der Bauern, vor allem, wenn die mit ihrer jungen Tochter Dora redeten, die sich ihrerseits das snobistische Gehabe ihrer Mutter zu eigen machte. Lotte hatte zudem größtes Vergnügen daran, die kleine Dora über Gebühr aufzuregen – wilde Spiele und spätabendliches Kitzeln –, sodass das Mädchen sich vergaß und mit rotgesichtiger Ausgelassenheit ins Zimmer ihres Vaters stürmte. Dora sieht Hendriks schmalen Rücken, den hohen Kragen, die blasse kahle Stelle auf dem Kopf und spürt seine kaum gebändigte Gereiztheit – er ist so voller Worte, und sie hat so wenige, nur welche, um zu bestreiten, dass sie schuldig ist (obwohl sie es ist). Zu spät, denn ihm reißt der Geduldsfaden. Eigentlich war der längst wegen anderer Verdrießlichkeiten gerissen, nur bot sich ihm nun in Gestalt eines Kindes die Möglichkeit, seine Wut herauszulassen. Wurde Dora von ihrem Vater gemaßregelt, wurde sie wild wie eine Katze im Sack, und sie schrie, er solle aufhören, sie anzuschreien. Lotte stürzte ins Arbeitszimmer ihres Mannes, und das schluchzende Mädchen öffnete die Arme für den Trost ihrer Mutter. Hendrik funkelte seine Frau warnend an. Trotzig strich Lottes Arm über den Rücken ihrer Tochter, wischten ihre Fingerspitzen über Doras Schulterblätter.

Dora war sechs, als sich die Haut ihrer Mutter gelb färbte und sie den ganzen Tag hinter einer Tür schlief, die manchmal von den Krankenschwestern einen Spaltbreit offen gelassen wurde. Dora riskierte einen Blick: ihre Mutter ausgezogen und verdreht, schütteres Haar auf dem Kopf und der Schopf in ihrem Schoß, die anzeigten, wo oben war und wo unten. Eines Morgens stand die Tür weit offen, das Bett war gemacht. Hendrik kehrte am Nachmittag zurück und sagte, Lotte sei begraben in einem Loch und viel Erde über sie gehäuft. Er wusste, wie nahe Dora ihrer Mutter stand, und hatte deshalb beschlossen, das Mädchen nicht mitzunehmen.

Dora erbte alle Bücher, die ihre Mutter im Krieg nicht zum Heizen verbrannt hatte. Ihre geliebten Bände in zerschlissenem Einband, die ein Gespräch über den Tod hinaus ermöglichten, zogen mit Dora in jedes Haus, in dem sie im Laufe ihres Lebens wohnte, bis sie vor Kurzem von einem Entrümpelungsmann in Pappkartons verpackt in einen Van geladen worden waren. Was hätte ihre Mutter von Doras Büchern gehalten? Während ihrer ganzen Karriere hatte sie sich diese Frage gestellt. Erst wenn jemand gestorben ist, begreift man, wie unterschiedlich Menschen sind: Ein bestimmter Platz bleibt leer, Stille herrscht, wo Meinungen geäußert wurden, niemand kommt, wo sie sonst immer ins Zimmer spazierten.

Dora und ihr Vater hatten sich nie wieder angeschrien. Mit den Jahren blitzte bei Hendrik sogar Humor auf, vor allem im Umgang mit seinen Patienten. Für ihn waren die Menschen selbst die größten Hindernisse auf dem Weg zu ihrem eigenen Glück, all das Saufen und Rauchen und übermäßige Essen. Also stellte er sich gegen sie, hielt es mit ihrer Gesundheit gegen ihren Willen. »Ich hätte Tiermedizin studieren sollen«, meinte er, »*die* Patienten hätten wenigstens auf die Vernunft gehört.«

Hendrik dachte sich Beschäftigungen für seine junge Tochter aus – immer das, was er sich selbst wünschte, und stets mit pädagogischer Absicht: Bäume und Blätter, die Sternbilder, Führen eines Kassenbuches. Er ging mit ihr in Buchläden in Utrecht, Rotterdam, Amsterdam und in Groningen oben im Norden. Dora durfte sich jedes Mal einen Band aussuchen, zumindest bis zu einem gewissen Preis. Für Romane hatte Hendrik nicht viel übrig, die der großen Russen ausgenommen: Dostojewski, der die Angst eines Lebens unter Konformisten einfing; Tolstoi, der beschrieb, wie Geschichte sich dem zufälligen Passanten aufbürdet, vor allem aber Tschechow, seelenverwandter Arzt, der Hendriks Ansichten über die Menschlichkeit teilte, gewonnen beim Blick in die Arzttasche während eines Patientenbesuchs auf dem Bauernhof.

In seinem Sessel vor dem Kamin blätterte Hendrik an jedem Wochenende die *de Volkskrant* durch, und Dora nahm sich einen der von ihrer Mutter hinterlassenen Romane vor, setzte sich in den zu kleinen Kinderschaukelstuhl und gab vor zu lesen. Blickte er von seiner Zeitung auf, sagte Dora, was immer ihr gerade in den Kopf kam, bemerkte seine Unruhe und gab sich (mit wachsender Sorge) Mühe, sein Interesse nicht zu verlieren – ein schriftstellerisches Bemühen Jahre vor der ersten Schreibmaschine.

Was moralische Orientierung anging, so bot Hendrik ihr nur wenig mehr als das eigene Verhalten. Seit frühester Kindheit durfte Dora sich frei bewegen. Mit neun Jahren brachte er ihr bei, seinen klapprigen Opel Kapitän zu fahren. Und er ließ sie unbeaufsichtigt mit seinem Jagdgewehr schießen.

Hendrik musste einsam gewesen sein: jahrelang unverheiratet, eine Enttäuschung für seine Eltern, die sich einen sanften Arzt gewünscht hatten. Als er eine zweite Frau fand, war das eine Entwicklung, die Dora sich erhofft hatte. Die Ortsbevölkerung nahm zu, und ihr Dorf wurde zur Stadt, was Hendrik veranlasste, eine Praxisgehilfin einzustellen. Das Haus füllte sich mit Pflanzen, und an der Wand hing nun ein Kreuz, Margriets Familienerbstück. Sie war eine liebevolle Frau, Dora aber hielt ihre Stiefmutter für ein schlichtes Gemüt und missbilligte die Wahl ihres Vaters.

Margriet erinnerte Dora oft daran, dass ihr Vater während des Krieges schwere Zeiten durchgemacht hatte. *Aber wer*, dachte Dora, *hatte es im Krieg schon gut gehabt?* Außerdem war er nie an der Front gewesen, und die schlimmsten Machenschaften der Nazis blieben ihm wegen seiner halbdeutschen Herkunft erspart; schon in den ersten Jahren des Jahrhunderts hatte er die Grenze überquert. Laut ihrer Familiengeschichte hegte Großvater Moritz – launisch-romantischer Sohn eines Arztes im deutschen Kurort Kleve – als junger Mann die Angewohnheit, im Wald auf dem Duivelsberg zu schlafen, der sich an der Grenze zu Holland erstreckte und den beide Länder für sich beanspruchten. In jenem Wald verbrachte er viele Stunden, rauchte unter Kastanienbäumen seine Meerschaumpfeife und lauschte dem Knarzen in Baum und Gebüsch, das ihn inspirierte, schlechte Gedichte in ein ledernes Notizbuch zu schreiben. Einmal erschreckte er eine junge Holländerin, von der er glaubte, sie habe sich verirrt, was aber nicht stimmte, war sie doch nur über diesen jungen Deutschen erschrocken, der aus dem Laub sprang, um ihr zu helfen, obwohl sie keine Hilfe brauchte. Es musste ihm gelungen sein, Willemina zu bezirzen, denn die beiden heirateten und ließen sich auf Willeminas Seite der Grenze nieder, wo Moritz schließlich den nicht sonderlich begehrten Posten eines Landarztes übernahm – jene Stelle, die Hendrik, ihr Sohn, erben sollte.

Während des Krieges unterhielt Hendrik freundschaftliche Beziehungen zur deutschen Besatzungsmacht, insbesondere, weil er Medikamente gegen Geschlechtskrankheiten verschrieb. Zugleich bot er holländischen Mitgliedern der Résistance gelegentlich Unterschlupf – wenn auch nie für länger als eine Nacht oder zwei, und auch keinen Juden. Einen Juden zu verstecken, erklärte er Dora einmal, hätte seinen Tod bedeuten können. Im Alter erzählte er ein wenig mehr: dass jüdische Kollegen – Freunde aus Zeiten seines Medizinstudiums – deportiert worden waren, er aber niemandem geholfen hatte. »Die Schande meines Lebens«, sagte er.

Einmal wurde Hendrik verhaftet, als nämlich deutsche Soldaten mit holländischen Kollaborateuren jene Ortsansässigen suchten, die die Reifen eines von den Nazis konfiszierten Fahrrades aufgeschlitzt hatten. Die Soldaten versammelten alle männlichen Bewohner des Dorfes zwischen elf und achtzig Jahren und trieben sie in einen kleinen Pferdestall, dessen Tor verschlossen wurde; vierzig Männer, die so eng beieinanderstanden, dass sie kaum atmen konnten. Sollten die Gefangenen im Laufe des Wochenendes den Namen des Schuldigen nicht preisgeben, würden die Soldaten den Stall anstecken; und um zu beweisen, dass sie es ernst meinten, wurden die Pferde aus den angrenzenden Ställen ausquartiert. So überließ man die stöhnenden und schreienden Männer für die nächsten drei Tage sich selbst. Mehrere erstickten. Hendrik überlebte, wenn auch mit einer Verletzung der linken Schulter, die er nie wieder schmerzfrei bewegen konnte. Sein älterer Bruder zählte zu denen, die den Tod fanden. Als Jugendliche war Dora – vorschnell im Urteil, wie es junge Menschen gern sind – davon überzeugt, Hendrik habe seinen Bruder im Stich gelassen. Erst später kam ihr der Gedanke, wäre ihr Vater mutiger gewesen, hätte man ihn vielleicht bei lebendigem Leib verbrannt, und sie selbst wäre nie geboren worden. Jeder verdankt sein Leben der Feigheit irgendeines Vorfahren.

Als Jugendliche erfuhr Dora auch Einzelheiten aus der Kriegszeit ihrer verstorbenen Mutter. Anders als die Familienlegende besagte, hatte Lotte nicht allein im Dorf Zuflucht gesucht, sondern war mit zwei kleinen Kindern gekommen, mit Sofie und Casper, deren Vater man schon zu Beginn des Krieges getötet hatte. Hendrik, den Arzt im Dorf (der kultivierteste Mann, dem Lotte in der Gegend je begegnet war), lernte sie kennen, als sie ihn wegen einer Erkältung der Kinder aufsuchte.

1944 begannen die Alliierten einen Feldzug, der die deutschen Truppen aus den Niederlanden vertreiben sollte, wodurch die Versorgung unterbrochen wurde. Außerdem war es eisig kalt: der Hungerwinter. Es ging das Gerücht, jemand hielte eine Kuh versteckt, und dieser jemand gäbe Milch ab, wenn ihm die Frau gefiele, die ihn aufsuchte. Lotte zog sich so schick wie möglich an, Kleider und Unterwäsche längst zu groß, und verließ zitternd das Haus. Bei dem Bauern mit versteckter Kuh schien es sich jedoch nur um ein Gerücht zu handeln – vielleicht lag es aber auch an ihrem schlechten Orientierungssinn im schilderlosen Land. Bibbernd und mit kaltem Schlamm bedeckt kehrte sie zurück und fand ihre beiden Kinder auf dem Boden vor ihrem Bett; beide erwürgt.

Dieser Bericht, der Dora über den Dorftratsch zugetragen wurde, war so lückenhaft, dass sie das Fehlende selbst ergänzte und sich einen deutschen Militärpolizisten ausmalte, der die Untersuchungen in der Gegend übernahm, sobald er von der Ermordung der beiden Kinder erfuhr. Dieser Nazi, ein

370

frommer Katholik, glaubte an Recht und Ordnung und suchte verbissen nach dem Mörder (unbelastet von Angelegenheiten knapp außerhalb seines Sichtfeldes, jenen Verbrechen, an denen er selbst mitschuldig war). Dora sollte nie Kriminalromane schreiben. Sie spürte jedoch, wie der Gedanke an diese Tode etwas änderte: In der Mutter, die ihr fehlte, hatte sie stets ihre engste Freundin gesehen, jemand, der ihr ähnlich war. Jetzt aber kam ihr die Frau wie eine Fremde vor.

»Dann sind Sie also aus der Gegend hier?«, fragt der alte Mann.

»Von hier? Nein, nicht von hier«, sagt sie. »Aber nicht von weit weg. Allerdings lebe ich seit Jahren in London.«

»Auch aus London. Wie klein die Welt ist.«

Unsinn, es ist eine große Welt, denkt Dora, obwohl sie dem alten Mann halbherzig zustimmt. Sie ist abgelenkt, zählt nach, vor wie vielen Jahren sie weggegangen ist. Dora nahm kaum noch am Familienleben teil, wusste aber, dass ihr Vater und dessen neue Frau inzwischen einen Jungen bekommen hatten, Theo. Nach ihrem Schulabschluss war sie fortgezogen, war mit einem Freund nach Paris gefahren, das sich damals noch für den Ausbruch der Studentenrebellion aufheizte, die dann Ende der Sechziger stattfand. Dora sprach nur radebrechend Französisch, mit starkem Akzent, aber furchtlos, verstörte die Pariser mit ihrer Offenheit. Den jungen Holländer, der sie hergebracht hatte, verließ sie bald zugunsten älterer Männer, sowohl wegen eines besseren Lebensstandards als auch wegen ihrer Bildung. Zu diesen Männern gehörte ein fescher, stämmiger, jüdisch-amerikanischer Restaurantkritiker namens Alan Zelikov, dessen Spesenkonto es ihm erlaubte, seine Leser (und seine Freundinnen) mit exquisitem Essen bekannt zu machen. Wer ihn in die besten Restaurants begleitete, musste nicht mit ihm schlafen – konnte aber. Sie stellt sich Alan in einem edlen Restaurant vor, wie er mit mahlendem Kinn und geblähten Nasenflügeln eifrig Notizen in seine Reporterkladde schreibt. Was, hatte sie sich damals gefragt, gibt es über Geschmack schon großartig zu sagen?

Nach einem extravaganten Mahl erkrankte sie; ihr wurde speiübel, wenn sie an die Etagere mit jenem Meeresgetier dachte, das nun durch ihr Gedärm schwamm. Sie erholte sich tagelang nicht wieder, und Tabletten gegen Übelkeit schlugen nicht an. Ein Arzt bestätigte schließlich, dass sie an einer simplen Lebensmittelvergiftung litt, warnte sie jedoch auch, dass die Tabletten ihr nicht helfen würden, dem Fötus aber schaden konnten, was eine seltsame Art war, sie über ihre Schwangerschaft in Kenntnis zu setzen. Die Teenagerjahre waren für Dora gerade erst vorbei.

Als wäre sein Heiratsantrag bei Weitem das Beste, was ihm je gelungen war, klopfte Alan, als er seine elterliche Verantwortung übernahm, mit den Knöcheln zweimal so heftig auf einen polierten Beistelltisch, dass der volle Aschenbecher ins Wanken kam. Zum ersten Mal bemerkte Dora an Alan eine nervöse Not: Sie, eine Dinner-Partnerin, die er bislang eher ignoriert hatte, würde seine Zukunft bestimmen. Dora sollte ihn nie wieder sehen, erst kürzlich aber hatte sie »Alan Zelikov« gegoogelt und den Nachruf auf einen Restaurantkritiker gefunden, der 1997 kinderlos an einem Herzinfarkt gestorben war. Damals, vor all den Jahren, hatten die Ärzte in Paris die Gesundheit eines Fötus nicht mit Sicherheit bestimmen können, und das Leid eines behinderten Kindes war mehr, als Dora in Betracht ziehen wollte. Sie fuhr nach London, wo Männer noch Bowlerhüte trugen, alle sich einen aufgerollten Regenschirm unter den Arm klemmten und Abtreibungsärzte zu finden waren. Der Junge wäre heute um die fünfzig Jahre alt. Da Dora diese Vorstellung unerträglich findet, geht sie zur Haustür, was sie zurück in die Gegenwart bringt; der alte Mann brabbelt wieder vor sich hin.

Er macht sich einen Tee, beschreibt dabei, was er tut, hantiert am Kühlschrank, verschüttet Milch aus einem Karton. Schließlich nimmt sie ihm die Arbeit ab.

»Meine Frau ist nicht mehr«, sagt er, als sie eine dampfende Tasse vor ihn stellt. »Und wie sieht's bei Ihnen aus?«

»Ich bin unverheiratet.«

»Wie schade«, sagt er und setzt hinzu: »Schätze, manchen ist es so lieber.«

»In meinem Fall war es das Beste. Immer, wenn ich mir in letzter Zeit ein Leben mit einem Mann vorgestellt habe, habe ich ihn umgebracht.«

»Ich kann nicht ganz folgen.«

»Ach, nichts weiter. Ich habe früher Geschichten geschrieben – von Berufs wegen, ich war Schriftstellerin. Und jedes Mal, wenn ich in den letzten Jahren über einen Ehemann geschrieben habe, ging das nicht gut für ihn aus.«

»Krimis?«

»Nein, nein, nur Romane.«

»Und warum werden die Männer dann abserviert?«

»Der letzte Roman handelt von einer alten Frau, die eines Tages zum Mittagessen in die Küche geht, diesen grauhaarigen Kerl am Tisch sitzen sieht und sich fragt: Wie kann es nur sein, dass ich mit dem da verheiratet bin?«

»Wie, das weiß sie nicht?«

»Doch, aber sie … Nun ja, ist auch egal.«

»Und dann bringt sie ihn um die Ecke?«

»Nein, er kriegt keine Luft mehr.«

»Vergiftet?«

»Er lutscht ein Bonbon, das ihm im Hals stecken bleibt; und sie sieht zu, wie er um Luft ringt, und wendet sich ab.«

»Ziemlich unglaubwürdig, wenn ich das sagen darf.«

»Vermutlich haben Sie recht. Aber der Gedanke dahinter ist folgender: Ihr Mann ist der einzige Mensch, der sie weitermachen lässt, was ihn zu einem Hindernis macht, da sie ihrem Leben ein Ende setzen will. Wenn der alte Mann nicht mehr ist – die letzte Figur in der letzten Geschichte –, hält sie nichts mehr auf dieser Welt. Aber sie hat auch Angst: Sie will, dass er da ist; sie will, dass es ihn nicht mehr gibt. So jedenfalls die Idee.«

»Ich weiß ein besseres Ende«, sagt er. »Dieser Mann springt übel mit ihr um, aber als er einmal zuschlägt, hat sie genug und will Rache. Also vergiftet sie ihn, um an sein Geld zu kommen.«

»Viel besser. Sie sollten der Schriftsteller sein.«

Er lächelt und hustet. »Wie kommt man eigentlich zu so einem Job?«

In Doras Fall lag es indirekt an Klaus, dem deutschen, Bart tragenden Bildhauer, mit dem sie in Paris zusammengewohnt hatte. Ein kräftiger Mann, bekannt für seine riesige, rostige Kunst, der davon träumte, eines Tages bedeutsame Romane zu schreiben, und sich daher mit der Literatur deutscher Autoren eindeckte, denen er es gleichtun wollte. Dora gefielen seine raschen Stimmungsschwankungen, die tiefe Stimme und sein Ehrgeiz. Dass sie Letzteres auch besaß, hat er nie gemerkt.

Zusammen zogen sie nach München, in seine Heimatstadt. Einmal ging er mit Freunden in einem See schwimmen und schloss Dora versehentlich in sein Atelier ein. Erst hämmerte sie an die Tür und schrie, dann werkelte sie mit seinem Ton und seinen Werkzeugen; und vor lauter Ärger über Klaus kümmerte es sie nicht, wenn dabei etwas kaputtging. Irgendwann griff sie dann zu Stift und Papier.

Klaus riss die Ateliertür auf; Wasser tropfte aus zottligem

Haar auf seine nackte Brust. Sie reagierte nicht, zog es vor, bei den Menschen auf dem Papier zu verweilen, und hoffte, er könnte sich noch eine Weile im Hintergrund halten. Als Klaus begriff, was sie da tat, lachte er, als hörte er ein Kind das Wort von Erwachsenen verhunzen. Er glaubte, sie schriebe auf Holländisch, aber sie schrieb auf Deutsch, weshalb sie sich auf kurze, knappe Prosa beschränken musste – ein Zufall, der ihren Stil prägte.

Dora veröffentlichte noch vor ihm, und das war das Ende ihrer Beziehung, auch wenn sie es damals noch nicht begriff. Allerdings war ihr aufgefallen, wie öde seine ewige Trinkerei geworden war. Jahrzehnte später gab sie eine Lesung in einem Nürnberger Restaurant, in einem Raum mit niedriger Decke, zu der neun ältliche Anwohner gekommen waren, darunter ein Bär von einem Mann mit brauner Cordjacke, der beim Lächeln kleine braune Zähne zeigte. Nach der Lesung nahm er ihre langgliedrige Hand in seine Pranken, die Finger weich und warm, sah sie mit demütigem Blick an und gestand ihr seine Bewunderung für das, was aus ihr geworden war. Seine Bemerkungen gingen ihr nach, als sie in das billige Hotel zurückkehrte: »Ja«, hatte er gesagt, »unbedingt!« – eine als Vorhaben getarnte Floskel zum Abschied.

Die erste veröffentlichte Geschichte brachte ihr einen Hungerlohn ein, was für sie aber in Ordnung war: Sie war jung, und das Geld musste nur von Woche zu Woche reichen. Sie brauchte nichts, wollte höchstens die italienischen Schuhe, die sie in Schaufenstern sah – die sie aber nur bewunderte, wie sie ein *château* bewunderte, ohne jede Absicht, das Gesehene auch kaufen zu wollen. Nachdem Dora bei Klaus ausgezogen war, verkaufte sie Farbfernseher, dann Schlipse. Am meisten verdiente sie aber als Sekretärin, außerdem verbesserte sie so ihr Tippen. Ging es ums Schreiben, bevorzugte

Dora allerdings einen Stift. Keine Eile, bloß ein Hobby. Und doch wurde mehr daraus. Wenn sie Szenen ausarbeitete, erlebte Dora die physischen Reaktionen ihrer Protagonisten, schluckte, wenn sie schluckten, räusperte sich, wurde wütend und schrie (was ihr erst auffiel, als eine Mitbewohnerin in ihr Zimmer stürzte und fragte, ob alles in Ordnung sei). Nach dem Schreiben musste sie sich aufs Neue an Menschen gewöhnen, ärgerte sich darüber, wie vorhersehbar sie waren.

»Finden Sie nicht?«, schließt der alte Mann.

Sie hat nicht zugehört, sagt also: »Klar, auf jeden Fall.«

Er nickt zufrieden, weiß, sie sind auf derselben Wellenlänge. »Sie sagen nicht viel, aber es tut gut, sich mit Ihnen zu unterhalten.«

Doras Vater hatte einmal bemerkt, sie könne überaus angenehme Gesellschaft sein – wenn sie denn wolle. Und als junge Frau wollte sie, wurde zu der, die Türsteher vor Jazz-Clubs ansprach und ihnen vorschlug, ihre ganze Truppe ausnahmsweise umsonst einzulassen, woraufhin sie über ihre Chuzpe grinsten und ihr den Gefallen taten. Kaum im Club aber wurde Dora still wie niemand sonst, in ihrem Kopf ein fortlaufender Kommentar, der über alle urteilte (sie selbst nicht ausgenommen); in ihren Romanen aber schrieb sie liebevoll über ihre Figuren. Das Geschriebene bewies mehr Menschlichkeit als die Autorin.

Mit siebenundzwanzig verkaufte Dora ihren ersten Roman, und während sie auf die Veröffentlichung wartete, entschied sie, eine Pause einzulegen. Sie würde sich mit Freunden und einem vernachlässigten Liebhaber erholen. Sie genoss nur den ersten Tag. Die Menschen sprachen so viel bedächtiger als im geschriebenen Dialog.

»Kann ich Sie nicht doch überreden?«, fragt der alte Mann und hält ihr erneut das Foto von seinen Enkeln hin.

Dora bedauert, seine Offerte vorhin ausgeschlagen zu haben. Und sie ist es leid, der Freundlichkeit stets die Unverblümtheit vorzuziehen. »Doch, Sie *können* mich überreden, ja. Eben war ich abgelenkt – sicher ein bisschen angespannt wegen alldem hier«, sagt sie. »Zeigen Sie mir bitte das Bild. Danke.«

Lange schaute sie sich das Enkel-Foto an: grinsende Gesichter, fehlende Vorderzähne, Geburtstagskuchen. Fast hätte Dora gefragt, ob die Kleinen ihn nicht vermissen werden – es ist die Art Frage, die sie normalerweise stellt. Aber das wäre grausam. Stattdessen: »Sehr süß, jeder Einzelne.« Sie gibt das Bild zurück.

Als junge Erwachsene hatte Dora nur ein Kind gut gekannt, ihren jüngeren Bruder Theo. Solange sie noch im selben Haus wohnten, gab sie sich kaum mit ihm ab, aber nachdem sie das Land verlassen und angefangen hatte, in Deutschland zu schreiben, entwickelte sie Ansichten über ihren jugendlichen Halbbruder, über dessen Probleme sie von Margriet, der Mutter des Jungen, in längeren Telefonaten erfahren hatte. Nach Abschluss der Schule verfolgte Theo keine Pläne, brachte nichts auf die Reihe und war davon überzeugt, dass Gleichaltrige nur Spott für ihn übrighatten und irgendwie seine Gedanken kannten. Die Wahrheit war banaler: Niemand dachte auch nur an ihn. Auf der Schule war er eher unauffällig geblieben, und seit dem Abschluss mied man ihn. Oft blieb er tagelang im Bett, und Hendrik ließ es ihm durchgehen, was er bei seiner Tochter nie getan hätte. Verärgert beschloss Dora zu richten, woran Vater und Stiefmutter sich nur halbherzig versucht hatten. Altersmäßig war sie Theo näher, und sie traute es sich durchaus zu, mit komplizierten Männern fertigzuwerden.

Sie nahm sich vor, ihrem Bruder einen Schubs zu geben

und ihn aus seinem Stimmungstief herauszuholen. Wirklich helfen würde es, dachte sie, wenn Theo diese klaustrophobische Kleinstadt verließ. In einem ersten Erfolg konnte sie ihn überreden, mit ihr nach Amsterdam zu fahren. Dort nahm sie ihn mit zu einem Reiseveranstalter, der Touren in den Orient organisierte. Ein Flug war vermutlich zu teuer, aber er konnte ja in einen Bus steigen und einfach losfahren.

Theo trug eine Jeansjacke und schmuddelige Jeans, kaute an den Fingernägeln, und durchs strähnige Haar konnte man seine pickligen Wangen sehen; ein schlaksiger, ungewaschener Teenager. Als sie über den Dam liefen, rann ihm der Schweiß angesichts so vieler Menschen stärker als auf den Schulfluren.

Du wirst es im Leben nie zu etwas bringen, dachte sie. Du verhältst dich still, siechst dahin, wagst nichts.

In einem Café an einem der Kanäle bestellte Dora ihm ein Bier, dann einen Kaffee. Theo umklammerte immer wieder seine Schultern, so als versuchte er, sich gegen einen Angriff zu schützen. Sie redete auf ihn ein, sagte, die Welt sei anders als ihre Stadt, und dass er im Ausland in Situationen geraten würde, in denen er einfach klarkommen müsse, und das würde ihn stärker machen. Sie erwähnte Freunde, die in Indonesien gewesen waren. Und hatte Theo, als er kleiner war, nicht *krupuk* geliebt? Was, wenn er dahin reiste? Andere Leute, die sie kannte, waren durch Indien getrampt, hatten am Fuß des Kangchendzönga gestanden, waren an der chinesischen Grenze nackt in einen Gletschersee gesprungen und als ein anderer Mensch nach Hause zurückgekehrt. Du darfst dich nicht mit dem Mittelmaß zufriedengeben, mit dem du aufgewachsen bist, sagte sie.

Als sie aus dem Café auf die Straße traten, wurde Theo fast von einem Radfahrer überfahren. Sie packte den Jungen aufgebracht am Kragen seiner Jeansjacke und hätte ihn wegen seiner Zerstreutheit ausschimpfen sollen – ärgerte sich eigentlich aber nur darüber, dass er offenbar gar nicht daran dachte, auf ihre Vorschläge einzugehen. »Stürz dich ins Abenteuer, Theo! Nicht auf die Straße!« Sie ließ ihn wieder los. »Du *brauchst* schwierige Zeiten. Nur durch die wird man erwachsen.« Seltsam, denkt sie heute, dass man glaubt, was einen abhärtet, sei eine angemessene Vorbereitung fürs Leben, selbst wenn man nicht besonders zufrieden ist mit dem, was aus einem geworden ist.

Kakerlaken flitzten über den Teppich im Hippie-Reisebüro, und hinterm Tisch blickte ein kraushaariger Freak von einem Comicheft hoch. Jede Woche, auch heute Abend, fahre ein Überlandbus nach Delhi. Sie erkundigte sich nach dem Preis und fischte spontan die nötigen Gulden aus ihrem Portemonnaie. War das wirklich so spontan gewesen? Immerhin hatte sie Theos Reisepass mitgebracht.

Dora hatte erwartet, dass er aufgeregter sein würde, aber Theo blieb der muffelige Teenager. Der Reisebüroangestellte versprach, ihrem Bruder nahe gelegene Geschäfte zu zeigen, in denen sich all ihre Kunden mit dem Nötigsten versorgten. Dora gab Theo auch dafür Bargeld, steckte ihm gefaltete Scheine in die Brusttasche, als wäre es eine Filmszene. »Bist du bereit?«, fragte sie und tätschelte ihm liebevoll den Handrücken.

Seine Mutter verbrachte den Rest ihres Lebens mit der Suche nach Theo und unternahm wiederholt Reisen nach Indien, dahin, wo man ihn zuletzt gesehen hatte. Sie heuerte Detektive an, die im Laufe der Jahre immer wieder Hinweise fanden, allesamt falsch.

»Und? Welcher war's?«, fragt der alte Mann.

»Welcher war was?«

»Ihr berühmtester Roman.«

»Von meinen Büchern? Keines wurde berühmt.«

»Jetzt seien Sie nicht so schüchtern. Nur einen Titel.«

Sie nennt einen.

»Nie gehört.«

Ein aufstrebender englischer Verleger hatte die Übersetzungsrechte für dieses Buch gekauft und gesagt, man wolle für sie als eine holländische Version von Françoise Sagan werben – ein dümmlicher Vergleich, den sie aber zuließ. Dora versuchte es mit London und begann auf Englisch zu schreiben, was ihre Prosa um eine weitere artifizielle Schicht verknappte.

Die Mittsiebzigerjahre waren für England eine trostlose Zeit, der Verlust des Empires ein grässlicher Katzenjammer mit Stromausfällen, Arbeiterstreiks und gedrückter Atmosphäre. Doras erste Jahre aber waren von geradezu gegensätzlicher Stimmung geprägt: glanzvolle Buchpartys, Taxifahrten mit bekannten Autoren, frühmorgens um drei an der elektrischen Schreibmaschine in ihrer Einzimmerwohnung; die Ekstase, dass die gerade getippte Zeile grandios sein könnte.

Ihre ersten drei Romane erschienen zu schnell. Sie hätten eine Überarbeitung gebrauchen können, aber Dora widersetzte sich. Für sie war ihr literarisches Werk damals wie ihr eigener Körper, sie wehrte sich gegen jede ungewollte Änderung. Ihre Erstlinge wurden wohlwollend besprochen, verkauften sich aber weniger wohlwollend. Dora schrieb gelegentlich fürs *Times Literary Supplement*, veröffentlichte ein paar Artikel in *Partisan Review* und sogar einen in der französischen Ausgabe des *Playboy*. Verhandlungen mit ihren Verlegern endeten oft mit Ärger. Der Ausdruck ›schwierig‹, fand sie, wurde von Leuten gern in den Mund genommen, wenn man dagegen protestierte, dass *sie* beim Schlachter an der Warteschlange vorbeistürmten. Dora besaß zudem die Angewohnheit, gegenüber anderen Schriftstellern kein Blatt vor den Mund zu nehmen, weder bei persönlichen Begegnungen noch in Buchbesprechungen. »Ich bin eben Holländerin«, sagte sie, als würde das alles erklären.

Jene Zeiten gehörten zu einem anderen Menschen, einer Person, an die jede Erinnerung schmerzte – eine Frau, die ein Jahrzehnt lang fälschlich für einen aufgehenden Stern gehalten worden war, ihr Name ein Eintrag im Stammbaum bedeutender Schriftsteller. Doch wie ihr eine Kollegin einmal sagte: »Ein Schriftsteller kann schwierig sein. Ein Schriftsteller kann spät abgeben. Ein Schriftsteller kann sogar nur mittelmäßig sein – aber immer nur jeweils eines davon.« Auf Dora traf zweierlei zu. Sie gab nie zu spät ab, aber sie war schwierig und ihre Prosa alles andere als überragend. Man konnte sie übergehen. Und man fing damit an.

»Wie heißt noch mal das Wort, nach dem ich suche?«

»›Haselnuss‹, oder?«, fragt sie den alten Mann. »Das ist das Wort, an das ich mich in letzter Zeit nicht erinnern kann. Das und ›Symphonie‹.«

»Wir lassen nach, oder?«

Dora war Mitte dreißig, als bei ihrem Vater die Demenz einsetzte. Hendriks harte Kanten schliffen sich ab, der Blick wurde unbestimmt. Sie versuchte, nicht genau hinzusehen, und besuchte ihn nur noch selten. Margriet leugnete jeden Verfall, was Dora ärgerte, da für sie damit zum Ausdruck kam, was sie an ihrer Stiefmutter kindlich fand. Als Hendriks Verstand dann gänzlich aussetzte, redete Margriet nur noch davon, sein Leben zu verlängern, dass er gut essen und genug trinken müsse, aus dem Fenster starren dürfe. Für seinen Körper hatte er jegliches Gespür verloren und fühlte sich nur im Liegen sicher. Drehte man ihn im Bett um, ballte er die knochige Faust, nur Knöchel, keine Bedrohung. Wenn Dora kam, besänftigte ihn ihre Stimme.

»Ich weiß nicht, ob ich das für dich tun könnte«, sagte er.

»Du hast alles für mich getan«, erwiderte sie.

Dora musste fort – auf Kosten eines kleinen französischen Verlagshauses flog sie zu lang geplanten Werbeveranstaltungen für ihr neues Buch. In Paris angekommen, hockte sie im Hotelzimmer und konnte sich nicht auf die Zeitung konzentrieren, konnte kein Croissant genießen. Mit leerem Blick starrte sie auf die *International Herald Tribune*, geblendet von Blitzlichterinnerungen, die Hendrik im Bett zeigten, dessen Fußnägel hinauf zur sonnenlosen Zimmerdecke zeigten.

Als Dora nach der langweiligen Promo-Tour (kein Journalist wollte sie interviewen) zurück nach Hause flog, brach ein brasilianischer Akademiker – ein Mann, mit dem sie sich am Gate unterhalten hatte – im Gang zusammen, mehrere Kilometer hoch über Nordfrankreich. Sie kümmerte sich um ihn, zusammen mit dem Flugpersonal, und spielte auch noch Wochen später in einem Pariser Krankenhaus die Rolle seiner Fürsprecherin. Die Ärzte diagnostizierten einen ernsten Zustand, dessen Behandlung die Fruchtbarkeit des Mannes beeinträchtigen könnte. Da Gustavo vergleichsweise jung war, deponierte er Sperma für künftige Familienplanungen. Auf dem Formular gab es ein Kästchen für »vorgesehene Empfängerin«, in das Gustavo »Dora Frenhofer« eintrug, was sie verletzte. Sie verbanden keine romantischen Gefühle, nur zwingende Umstände, Gustavo bekam schreckliche Wutanfälle, sie dagegen reagierte eher kühl, er zog den Kopf ein, sie wurde nachsichtig, und vieles mehr. Seine Familie nahm an, sie sei in Gustavo verliebt. Dabei hatte sie den Mann nie gemocht. Dora wurde vielmehr geradezu tugendsüchtig, auch wenn sie ihren Vater weiterhin vernachlässigte.

Mit Gustavo ging es schneller zu Ende als vermutet. Seine Eltern kamen aus São Paulo, um seinen Nachlass zu verwalten, und sie sagten Dora, sie hätte ihren Segen. Wofür? Sein Kind auszutragen. Dora zuckte verblüfft zusammen, da sie sich nichts dergleichen wünschte. Wochen später sah sie Hendrik zum letzten Mal. Er schlief mit geöffneten Lippen, dazwischen ein schwarzes Loch; er griff nach ihrer Hand, wollte nicht wieder loslassen.

Dora erbte genug, um sich ihr Reihenhaus kaufen zu können, damals, zu einer Zeit, als Immobilien in London noch erschwinglich waren. Das Haus musste dringend renoviert werden, dazu aber ist sie nie gekommen. Jahre vergingen, und Dora (die von jedem Mann, mit dem sie schlief, ein Buch stahl) sammelte noch viele weitere Bücher an. Sie selbst schrieb auch einige und ging auf die vierzig zu, als sie für einen Roman Material suchte und Kontakt zu Gustavos Samenbank aufnahm, da sie wissen wollte, wie es dort zuging. Man fand keine Unterlagen über ihn, aber es war das richtige Institut. Sie setzte sich mit Gustavos bestem Freund in Verbindung, der ihr eröffnete, Gustavo habe nie Spermien deponiert. Er hatte nur gewollt, dass Dora sich weiterhin um ihn kümmerte, also hatte er sie belogen, damit sie bei ihm blieb. Was zu einer dreifachen Einsicht führte: (1) von einem Mann, dessen Verstand sie nicht respektierte, war sie hereingelegt worden; (2) jetzt wollte sie ein Kind; (3) Gustavo hatte geglaubt, die Aussicht auf Nachwuchs würde ihm ihre Zuneigung sichern, womit er Doras Qualitäten ebenso unterschätzte wie die seines Spermas.

Bei einem Vortrag an der London School of Economics lernte sie Clive kennen, einen afroamerikanischen Politökonomen, der dank eines Stipendiums in London weilte. Als sie schwanger wurde, bot er ihr an, dauerhaft nach England zu wechseln, um ihr Kind gemeinsam aufzuziehen. Dora bestand darauf, dass er seinen Lehrauftrag behalten und bei seiner Familie in der Bay Area bleiben solle. Sie zog es vor, sich allein um alles zu kümmern.

Als die Schwester ihr das gewickelte Baby brachte, betrachtete Dora dieses fremde Wesen mit verklebten Augen und empfand nichts als eine innere Leere, vor der ihr graute. Von den beim Kaiserschnitt verabreichten Medikamenten war sie noch ganz benommen, nickte ständig ein und fuhr erschrocken hoch, wenn ihr Rebecca fast aus den Armen glitt. Die erste Begegnung mit ihrer Tochter sollte Dora noch lange heimsuchen, fast, als hätte sie von Anfang an alles verpfuscht. Mütter, hatte sie stets geglaubt, wissen instinktiv, wie man die Brust gibt, ein Kind im Arm hält und mit dem Handrücken die Temperatur misst – Dora sah andere Frauen, die dies mit geradezu natürlicher Vollendung meisterten. Ihr selbst aber gingen diese Fähigkeiten ab, und das verstörte sie. Sie hielt sich für eine Versagerin und tröstete sich damit, die Mutterschaft schlechtzureden und Freunden zu erzählen, dass man vollgekotzt, angepinkelt und ständig aus dem Schlaf gerissen werde, dass die Kleine das Innerste aus ihren angeschwollenen Nippeln heraussaugte und sie mit ihrer erbarmungslosen Aktivität überwältigte, die aber gar nicht für eine ›Aktivität‹, sondern für eine Form der Identität gehalten wurde. Trotzdem wünschte sie sich sehnlichst, sie wäre besser darin, gab sich Mühe und las insgeheim Selbsthilfebücher, die aber nie Antwort auf ihre Fragen wussten.

An ihrem ersten postnatalen Ausgeh-Abend zog es Dora zu einem Londoner Buchmessenlunch, wo sie mit einem Glas Wein in der Hand unter lauter Verlagsmenschen stand und sich unrein vorkam. Sie versuchte angestrengt, ihr früheres Selbst heraufzubeschwören, täuschte das kecke Selbstvertrauen jener Frau vor und behauptete, trotz des Neugeborenen Zeit zum Schreiben zu finden. Sie übertrieb die Geschichte mit ihrem Brasilianer im Flugzeug, für den sie bis zu seinem Tod gesorgt habe. Leidvolle Memoiren waren en vogue, und eine beschwipste Lektorin gab sie bei ihr in Auftrag – schien, nüchtern geworden, ihr Angebot in der Woche drauf aber zu bedauern und brachte das nächste Gespräch mit Dora damit zu, ihr aufzuzählen, was an dem Vorhaben nicht gut genug sei. Vor allem fehlte eine Offenbarung, eine Epiphanie. »Aber dir wird schon eine einfallen!«, ließ sie Dora mit jenem billigen Optimismus wissen, den manche Lektoren für schriftstellerische Aufgaben hegen.

Dora brauchte Geld, sie tippte schnell, hasste das Resultat, wurde vom Summen der elektrischen Schreibmaschine geweckt oder von einem Schrei ihrer Tochter Rebecca aufgeschreckt, die sich vor Kurzem den Spitznamen Beck gegeben hatte. Eine Epiphanie? Sie kehrte die Geschichte von Gustavo um, machte aus ihrer Beziehung ein Vorspiel zur glückseligen Mutterschaft. Ausnahmsweise nahm Dora jeden Vorschlag ihrer Lektorin an. Nur ja, ja, eindeutiges Ja! Sie saugte sich Passagen aus den Fingern, wenn es hieß, die Geschichte verlange mehr (fülle die Lücken), löschte wie angewiesen das letzte Drittel und schrieb ein verlogenes Ende, sodass die leidvollen Memoiren mit der obligatorischen Ekstase der Erlösung enden: Tochter im Arm, Dora sieht sie, Dora liebt sie.

Sie blickt auf, der alte Mann brabbelt. Dann zur Tür, ermahnt wortlos den Schwiegersohn Scott, sie aus diesem Fegefeuer zu erlösen. Wenn sie es richtig anstellt, werden die letzten beiden Menschen in ihrem Leben bald fortfahren. Dora bekommt einen trockenen Mund, ein animalischer Reflex, programmiert, der Auslöschung zu widerstehen, dem Ende von allem, was geschieht.

Um sich zu fassen, mustert sie sein Gesicht. Einer von uns beiden wird den nächsten Morgen nicht erleben, während der andere frühstückt und überlegt, wie das Wetter wohl wird. Mehr könnte passieren. Aber was brachte das? »Sie haben noch gar nicht gesagt, was mit Ihnen ist«, sagt sie. »Sterben Sie an irgendwas?«

Er rasselt mit dem Sauerstoffzylinder. »Verdammt, bin seit Monaten krank. Komm kaum noch aus dem Bett.«

»Was haben Sie denn?«

»Ein gebrochenes Herz. Jill ist nicht mehr. Seitdem geht alles nur noch bergab.«

»Jill war Ihre Frau?«

»'türlich. Ein Schlaganfall hat sie erwischt.« Das klang flapsig, aber sein Blick verlor sich, als würde das, was er schon so oft gesagt hatte, immer noch ihren Schrank heraufbeschwören, die leeren klirrenden Metallbügel. Er leide an den Folgen einer heftigen Corona-Infektion, erklärt er. »Egal, welches Körperteil Sie nennen, es hat rumgemuckt. Der Magen streikt. Das Herz spielt verrückt – hat Aussetzer, und ich denke jedes Mal: Jetzt ist es so weit, das war's. Die Hände zittern manchmal. Sehen Sie selbst! Socken anziehen dauert eine halbe Stunde. Als ich Corona hatte, habe ich Jill gesagt: ›Schlaf auf dem Sofa. Ich will dich nicht auch noch krank machen.‹ War völlig erschöpft, hab meine Schicht aber trotzdem geschafft.«

»Sie sind mit Corona Taxi gefahren?«

»Nun mal langsam, einer von *denen* hat mich schließlich angesteckt.«

»Sie glauben, Corona ist schuld am Schlaganfall Ihrer Frau?«

Seine Augen werden schwarz. »Von mir hatte sie es jedenfalls nicht, falls Sie darauf rauswollen.« Mit Mühe dreht er sich um, ein Arm verheddert im Plastikschlauch, der zur Nase führt. Der Alte schlurft zur Kochnische, stellt den Wasserkocher an. Nach einer Minute beginnt das Wasser zu kochen, dann ein Piepen. Der alte Mann macht aber keinen Tee mehr, setzt sich nur wieder hin. »Das war ziemlich gemein, was Sie da gerade angedeutet haben. Jill hätte sich Corona überall einfangen können. Sie und ich, wir waren seit einer halben Ewigkeit zusammen – seit sie siebzehn war und ich noch keine neunzehn. Was soll ich denn jetzt machen? Mich hinhocken und in die Glotze starren?«

»Und Ihre Kinder?«

»Dave arbeitet in Wrexham, den kümmert das alles einen Dreck. Ganz anders Tina. Aber wissen Sie, mit meinem Taxi, das hatte irgendwie kein richtiges Ende. Und das ärgert mich. Jahrelang hab ich im Verkehr gesteckt, aus dem Fenster geguckt und mir gedacht: ›Wartet nur, bis ich meinen letzten Tag habe. Dann steht ihr im Regen, winkt, und ich brause an euch vorbei!‹ Kam alles anders. Auf Scott bin ich allerdings stolz. Hat mir meine letzte Schicht besorgt, mir extra noch mal meine Taxe geliehen. Dann drängt sich irgend so ein Arsch rein, zieht die ganze Zeit über mich her, rollt sich eine Zigarette und krümelt mir die Rückbank voll. Schließlich sag ich: ›Raus hier, geh zu Fuß, Kumpel!‹ Das war kein schönes Ende.« Der alte Mann zieht eine Grimasse, nimmt eine Tablette gegen Sodbrennen. »Jetzt reicht's, hab ich mir dann gesagt. Und ich fing an, davon zu reden, dass ich auf den Kontinent fahre, weil ich doch in so einer Verfassung bin, dass ich es nur noch hinter mich bringen will. Scott hatte die Idee, ein letztes Fest zu feiern; haben wir auch gemacht. War der beste Tag meines Lebens. Sie alle bei mir zu haben.« Er verstummt, die Augen werden feucht. Er senkt den Blick. »Die Kinder sind doch unser Ein und Alles, oder?«

Dora wäre für Beck gestorben. Also nein, sie hat ihre Mutterschaft nicht bereut. Nur hat sie das Kind unter falschen Voraussetzungen bekommen. Sie hatte angenommen, sie würden engste Freundinnen sein, sie beide gegen den Rest der Welt. Aber ihre Charaktere waren völlig verschieden, ganz egal, worum es ging, ob ums Essen, darum, welche Mode sie lächerlich fanden oder welche Witze kein bisschen witzig waren. Sie waren selten auf einer Wellenlänge.

Becks Vater besuchte sie einmal im Jahr. Dora hatte Clive immer noch gern und organisierte stets irgendwelche gemeinsamen Aktivitäten: ein Picknick, Brettspiele, Theaterbesuche. »Könnte dir komisch vorkommen, deinen Dad wiederzusehen«, warnte sie Beck und erwähnte Väter, die aus dem Zweiten Weltkrieg mit Vollbart heimkehrten und Kinder vor Angst erstarren ließen, weil sie nur einen lächelnden jungen Mann vom Foto an der Wand kannten. Aber Clive war ein knuffiger Kerl, und die beiden kuschelten gleich miteinander. Dora erinnert sich, wie die Neunjährige nur Minuten nach Clives Ankunft auf seinem Schoß hockt und an einer riesigen Toblerone aus dem Duty-free-Shop knabbert; er mit einem Ohr an ihrem Kinn. »Selbst wenn ich nur zuhöre, kann ich spüren, wie die Schokolade schmeckt!«, staunte er.

»Echt?«, fragte Beck und starrte ihn ganz vernarrt an.

Sie kamen auch ohne Dora aus. »Du sollst ihr doch nicht so viel Süßes mitbringen, Clive.«

Kaum war er nach Hause geflogen, besorgte Dora einen Riegel Toblerone. Sie versprach Beck, nach dem Abendessen würde es eine Überraschung geben, und sie bat das Mädchen, sich auf ihren Schoß zu setzen, was Beck mit einem Zaudern tat, das schwer auf Doras Schenkeln lastete. Sie gab ihr die Toblerone, aber Beck meinte, ihr sei nicht danach. »Seit wann magst *du* denn keine Schokolade?« Sie hörte ihr beim Essen zu, hörte aber eigentlich nur, wie sie das Mädchen ermahnte, nicht so herumzuzappeln, und sie fragte, warum sie so unruhig sei? Beck wandte den Blick ab und schluckte.

Mit zwölf Jahren flog ihre Tochter zum ersten Mal nach Kalifornien. Als Clive sein Eheversprechen erneuerte, gestand er seiner Frau auch die Affäre, zu der es Jahre zuvor bei seinem Sabbatical an der Londoner School of Economics gekommen war, und dass er eine englische Tochter habe. Clive litt unter schlechtem Gewissen, weil seine Kinder in Oakland nichts von ihrer kleinen Schwester wussten. Nachdem seine Frau den Schock überwunden hatte, fand sie sich mit den Tatsachen ab und war damit einverstanden, dass Beck sie in jenem Sommer besuchte.

Nachdem sie Beck in Heathrow verabschiedet hatte, fuhr Dora mit der U-Bahn nach Hause und ging die Treppe zu ihrem Arbeitszimmer unterm Dach hoch, das Haus so ruhig wie seit einem Jahrzehnt nicht mehr. Aus dem Fenster schaute sie auf die Rückseite der anderen Reihenhäuser und lauschte, ob von den Nachbarn etwas zu hören war.

Beck wurde an einer Schule in Oakland angemeldet und lebte nie wieder bei Dora, die Ferien ausgenommen, in denen sie über London klagte, über all das, was es dort nicht gab. Heute hielten sie kaum noch Kontakt. Dora machte ihr das nie zum Vorwurf. War sie besser gewesen, als ihr Vater alt wurde?

»Ich für meinen Teil habe genug Beerdigungen mitgemacht«, sagt der alte Mann. »Und ich will niemandem noch eine zumuten. Außerdem, warum sollen all die Leute was Nettes über einen sagen, wenn man es selbst nicht mehr hören kann? Das war Scotts Meinung. Tina hat bei den vielen Reden geweint. Die Arme musste früher gehen. ›Ich schaff das nicht, Dad‹, hat sie gesagt, und ich war selbst schon so weit, den Gedanken aufzugeben, aber Scott meinte: ›So viele Leute, Frank! Und alle nur deinetwegen!‹«

Der alte Mann spricht voller Bewunderung von Scott, dabei hat der Schwiegersohn offenbar Franks schwarzes Taxi geerbt, ist mit Tina und den Kindern in sein Haus gezogen und schläft im Elternschlafzimmer. Dank seiner Frau wird er vermutlich auch alles erben, was Frank hinterlässt, ist also nicht gerade unvoreingenommen, wenn es um den Tod des Alten geht.

Frank fragt nach Doras Abschied, aber sie geht leichthin drüber hinweg und erzählt nur, wie klein ihre Familie sei.

»Aber Ihre Tochter in Los Angeles – was macht die? Ist sie ein Filmstar?«, scherzt er.

»Ja, na klar.«

»Ehrlich?«

»Ach was, nein. Sie lebt nur da.«

Eine Zeit lang hat Beck es als Stand-up-Comedian in der Unterhaltungsindustrie versucht. Eine grauenhafte Idee, wie Dora fand, da sie sich daran erinnerte, wie starr vor Angst ihre Tochter immer gewesen war, wenn sie in der Öffentlichkeit reden sollte. Zum Glück verdient Karine, ihre Partnerin, ein anständiges Gehalt in einer Produktionsfirma. Dora folgt beiden auf Instagram, nimmt am häuslichen Leben ihrer Tochter dank der Fotos von Rodney teil, dem Bullterrierwelpen, der damit aufwuchs, dass sie gemeinsam Ausflüge auf Bauernmärkte machten, Wanderungen in die Berge oder Videoclips aufnahmen, die ihn zeigen, wie er eine Quietscheente vom Sofa schnappt. Einmal haben Beck und Karine Urlaub in Paris gemacht, nur zwei Zugstunden von Dora entfernt. Sie hat sich ausgemalt, wie es wäre, zu ihnen zu fahren und sie zu treffen. Aber ihr war nichts von dieser Reise gesagt worden, also beschränkte sie sich auf Instagram, bewunderte Nahaufnahmen von Gebäck, romantische Ausblicke und sagte laut, was sie auch gesagt hätte, wäre sie dabei gewesen, dass sie nämlich vor einem halben Jahrhundert an genau derselben Stelle gestanden hatte. Erstaunlich, wie die Zeit verfliegt.

»Wie lange brauchen Sie?«, fragt der alte Mann.

»Wofür?«

»Ein Buch zu schreiben. Monate?«

»In meinem Fall eher Jahre.«

»Jahre? Sie sollten schneller schreiben.«

»Ich bin mir nicht sicher, ob meine Arthritis das zuließe«, sagt sie, ballt langsam ihre Hände und öffnet sie wieder.

Nachdem die zwölfjährige Beck abgereist war, verfügte Dora wieder über ihre volle Arbeitszeit, doch vergingen Wochen, ohne dass auch nur eine einzige Seite geschrieben wurde. Dora hatte sich ein neues Hobby zugelegt, das Internet, in das sie sich jeden Morgen mit fiependem Modem einwählte, um sich Texte oder verpixelte Bilder auf den Schirm zu laden. Nachdem sie Mutter geworden war, hatte sie sich bereits aus Londons literarischer Welt zurückgezogen, und da sie die Erklärung zu beschämend fand, dass das Kind jetzt den Vater vorzog, kehrte sie nun auch der Elternwelt den Rücken, mit der sie es täglich vor den Toren von Becks Schule zu tun bekommen hatte. Und überhaupt, was gab es noch zu bereden? Musikstunden, Uniformen und Klassenfahrten? Nur wenige schrullige Freunde waren Dora geblieben: schwule Junggesellen und achtbare Junggesellinnen, die durch ihr Leben sichelten, manche mit Mut und Witz, andere mit Mut und Wein.

Dora gab sich wie immer selbstbewusst, doch fand sie sich häufiger in Situationen wieder, in denen sie unerwarteterweise die schwächste Partie war, die allein geladene Freundin. Sie rühmte sich, auch öffentlich zu sagen, was sie privat unverblümt zum Besten gab, nur fiel ihr auf, dass manche sie grob und ungehobelt fanden. Sie zerstritt sich mit Bekannten, verlor sogar einige enge Freunde.

Dora wurde neuerdings von einem Schmerz geweckt, der nichts mit ihrer Verdauung zu tun hatte, sondern mit einer Einsamkeit, die sie jeden Morgen mit einem brühheißen Kaffee behandelte und mit der Zeitung, dann mit Fingerkuppen marternder Aktivität auf ihrem Laptop unterdrückte und schließlich über dornenbuschige Brombeerwege außerhalb Londons kickte, wo Bilder von ihrer Mutter sie heimsuchten, von Gustavo und ihrem Vater.

Der Tod ist gewöhnlich, er gliedert jede Nachrichtensendung, ordnet Bombenexplosionen und Erdbeben je nach Blutzoll. Nur wenige aber verstehen den Prozess des Sterbens selbst, der fälschlich mit einem Ausknipsen des Lebensschalters verglichen wird. Was Dora jedoch dreimal beobachtet hatte, war etwas anderes, ein Vorgang, der den Menschen auf seinen Kern reduzierte – vielleicht auch auf die Vulgarisierung dieses Kerns, wusste man doch nie, ob das letzte Verhalten alles oder nichts bedeutete.

Am Bett von Gustavo hatte Dora sich Notizen gemacht und einen Schnappschuss, als er ins Koma fiel, was sich, als der Verschluss klackte, wie ein Sakrileg anfühlte – später, bei der Arbeit an einer bestimmten Szene, sollte sie dieses Foto zurate ziehen. Sie sah sich irgendwann in der Zukunft ans Bett gefesselt, um sich herum Fremde, bezahlt oder unbezahlt; Freiwillige erwartete sie nicht und wollte auch keine. Ihr Sterben, dachte sie, hing davon ab, was das Gesundheitssystem für sie ausspucken würde. Nur entschied Dora, dass sie die Kontrolle nicht abgeben wollte. Spätestens wenn sie sechzig wurde, wollte sie sich die nötigen Tabletten besorgen, damit es ihr freistand, zu handeln, sobald ihre Zeit gekommen war. Sie wurde sechzig, siebzig, aber sie war nie im selben Zimmer mit solchen Arzneien – bis heute, drei Schachteln mit Medikamenten, für ihn oder für sie.

»Wo in London wohnen Sie?«, fragt er und kennt ihre Straße. »In einem dieser schmalen Häuser? Und Sie ganz allein?«

Im Laufe der Jahre hatte Dora Untermieter in Erwägung gezogen, vor allem, als sie keinen Vorschuss mehr für ihre Bücher bekam und die Tantiemen für ihre Memoiren ausliefen. Eigentlich musste sie das Haus verkaufen. Aber das hätte bedeutet, die Gegend zu verlassen. Vielleicht sogar das Land. Und wohin dann? Sie nahm die Welt übers Internet wahr, verfolgte fasziniert bescheuerte Blogs und Clickbait-Artikel und fragte sich, wer dieses idiotische Zeug las, diesen Schwachsinn, etwa dass Passagiermaschinen chemische Substanzen versprühten, die unser Hirn veränderten, dass gestaltwandelnde Reptilien die Elite der Welt kontrollierten oder dass es sich bei Kriegsopfern nur um Schauspieler handelte. Was für schäbige Gestalten hockten am Laptop, einem wie ihrem, und schrieben diesen Mist? Dora klickte eine blinkende Reklame für ›Immobilienverrentung‹ an und stieß auf eine Firma, die einen Pauschalbetrag zahlte – knapp die Hälfte dessen, was das Eigenheim wert war –, wenn sie mit dem Tod jeden Besitzanspruch auf ihr Haus aufgab, das dann verkauft wurde.

Dora lebte von dieser Geldspritze, vegetierte als ein Geist dahin, der die unteren Ränge des literarischen London heimsuchte. Sie schrieb wieder ein paar Artikel fürs *TLS*, die nur wenige Leser fanden und kaum etwas bewirkten, höchstens bei den besprochenen Autoren, die sich fragten, wer zum Teufel ›Dora Frenhofer‹ war und warum sie sich das Recht herausnahm, über ihre Werke zu urteilen. Alle paar Jahre beendete sie einen weiteren Roman, veröffentlicht von immer kleineren Verlagen in immer geringeren Auflagen. Hin und wieder hatte sie eine Affäre mit einem alten Mann, gönnte sich einige wenige Monate Stimulation, auch wenn die Beziehungen einander immer ähnlicher wurden. Das Problem mit der Weisheit ist, dass man, je weiser man wird, desto weniger mit allen anderen Menschen gemein hat.

Mit den wenigen ihr verbliebenen Bekannten verabredete sie sich in Galerien oder Restaurants und organisierte ihre Woche rund um diese Treffen. Meist ging es ihr danach schlechter als vorher. Man erwartete, dass sie über ihr Schreiben oder über ihre Tochter redete, aber Dora fühlte sich, als wäre sie in ein Loch gefallen und ihre Bekannten stünden oben und leuchteten mit Taschenlampen auf sie herab. Andere Freunde wurden ihr von Enkeln gestohlen; einige zogen in feuchtkalte, Stunden entfernte Dörfer oder wurden von einer Krankheitslawine erwischt, die sie über Nacht doppelt so alt machte oder gleich ihr Leben ganz beendete.

Sie schlief schlecht, wachte zu so unromantischen Zeiten wie um elf Minuten vor vier auf, enttäuscht von dem, was aus ihr geworden war, was sie getan und auch von dem, dem sie ihr Leben gewidmet hatte, dem Schreiben, diese einst so erhabene und jetzt so triviale Beschäftigung. Dora wusste nicht mehr, warum es sie noch gab.

Intellektuell blieb sie allerdings rege, las *The Guardian* und *The New York Times*, abonnierte die *London Review of Books*, bestellte sie alle paar Monate wieder ab und ärgerte sich über jene Scharlatane, die genügend Wähler düpierten, um das Leben für alle schlechter zu machen. Den Brexit konnte sie nicht verwinden, und sie sah die Klimakrise immer schlimmer werden.

Dora interessierte sich eigentlich nicht für Technologie, gab sich aber Mühe, mit der Entwicklung Schritt zu halten, denn wie wichtig die war, hatte sie in den 1980er-Jahren erkannt, sich einen Apple II Plus gekauft und die Bedienungsanleitung von vorne bis hinten gelesen. Viele ihrer Altersgenossen hatten damals geglaubt – was bis dahin auch immer zugetroffen hatte –, dass seine Unabhängigkeit aufgab, wer mit dem Strom schwamm. Also beachteten sie die digitale Welt nicht weiter, nur erwies sich diese Revolution als derart umfassend, dass jene, die sich ihr verweigerten, die Unabhängigkeit verloren, Hochstapler in ihrer ehemaligen Welt wurden und darauf angewiesen waren, dass die Jungen sie einloggten und alles für sie erledigten.

Dora wollte nicht von jungen Menschen abhängig sein. Sie verreiste nie, ohne sich vorher zu vergewissern, dass sie ihr Gepäck auch anheben konnte, und verzichtete lieber auf alles, was dazu führen könnte, dass sie auf das Mitleid irgendwelcher strammen jungen Kerle angewiesen war. Dennoch lernte sie eine jüngere Freundin kennen, Morgan, eine Südafrikanerin, die sie einmal in einem Schreibkurs unterrichtet hatte und die nach Kopenhagen gezogen war, wo sie mit ihrem dänischen Mann und zwei blonden, Lego-farbene Pullover tragenden Kindern lebte. Jahre nach dem Kurs fand Morgan in einem Secondhandshop eines von Doras Taschenbüchern, las es und suchte nach der E-Mail-Adresse ihrer früheren Lehrerin. »Wie schön«, antwortete Dora, »nach so langer Zeit von Ihnen zu hören.«

Sie tauschten weitere E-Mails aus, und als Morgan aus beruflichen Gründen nach London musste, trafen sie sich und verstanden sich sofort – auf eine Weise, die einen mitten im Gespräch beschwingt, weil man sich so lange mit armseligen Dialogen zufriedengeben musste und angenommen hatte, dass die besten Gespräche längst hinter einem lagen. Für sie und Morgan kam sie nie, diese bestürzende Einsicht im Café: Man hat sich nichts mehr zu sagen, dabei war der Kuchen noch nicht mal serviert worden. Nach ihrer Begegnung blieben sie in Kontakt, wobei Dora in einem PS stets anfügte, ihre jüngere Freundin brauche nicht auf ihre E-Mail zu antworten – sie wisse, wie vielbeschäftigt man mit kleinen Kindern ist.

Dora behielt ihre täglichen Spaziergänge bei und arbeitete auch weiterhin Woche für Woche an ihrem Buch, hörte zu ihrer Kurzweil Radio 4, dessen Geplapper sie auf enervierende Weise unterhielt, etwa mit einer Talkrunde zu dem Thema, ob man die Pflicht habe, die Welt besser zu hinterlassen, als man sie vorgefunden hatte. Ein Gast meinte, künstlerisch veranlagte Menschen würden die Welt verbessern, weil sie uns zeigten, was es bedeute, lebendig zu sein, wodurch sie die menschliche Erfahrung erweiterten, und das sei doch ein enormer Beitrag. Was, dachte Dora, aber nur gilt, wenn die Menschen dein Werk auch kennen.

Sie hatte, fand Dora, ein glückliches Leben gehabt, in Friedenszeiten und über Jahrzehnte ohne schwere Krankheit. Sie wusste auch, wie egoistisch sie in ihren Bemühungen gewesen war, darüber zu schreiben, wie *sie* die Menschen sah, all die vielen Buchseiten, jetzt geschlossen, dunkel eine auf der anderen. Sie googelte ihren Namen, fand Links zu Amazon und gebrauchten Exemplaren ihrer Memoiren, bibliografische Verweise in Bibliothekskatalogen, archivierte Buchbesprechungen und die stillgelegte Website eines australischen Literaturfestivals, zu dem sie einmal eingeladen gewesen war.

Dora würde die Welt nicht besser hinterlassen, als sie sie vorgefunden hatte, und ihr blieb auch kaum mehr Gelegenheit, daran noch etwas zu ändern. Nachdem ihr letztes Manuskript abgelehnt worden war, hatte sie sich als Freiwillige bei Oxfam gemeldet und ihr war eine Stelle im örtlichen Wohltätigkeitsladen zugewiesen worden, wo sie um Dienstschichten mit zwei älteren Frauen buhlte, die sie unerträglich geschwätzig fand und die sich in überaus fidele Verkäuferinnen verwandelten, sobald jemand den Laden betrat; ganz so wie Dora in ihren Zwanzigern in München, als sie Schlipse an Männer verkauft hatte (die gleichen Schlipse, die es heute wieder als ›Vintage‹-Ware zu kaufen gab). In München aber hatten die Kunden sie wahrgenommen, was nicht länger der Fall war. Sie fragte bei einer anderen Wohltätigkeitsorganisation an, die sich um etwas kümmerte, das Dora schon immer geschätzt hatte, nämlich die Förderung der Ausbildung von Mädchen in repressiven Ländern. Man habe, hieß es, die perfekte Stelle für sie: Spendensammeln auf der Straße. Einen unvergesslichen Nachmittag lang versuchte Dora, fremde Menschen um Geld anzubetteln, brachte es aber nicht über sich, weshalb sie schließlich 40 Pfund in den Plastikbehälter stopfte und ihn zurückgab.

Sie sehnte sich nach Extremem – etwa ihre Augen zu spenden, falls denn jemand diese ziemlich strapazierten Exemplare haben wollte. Sie träumte davon, eine hilfsbedürftige Person kennenzulernen und diesmal alles richtig zu machen. Dora fand eine Agentur, die Freiwillige dafür suchte, Flüchtlingen Englisch beizubringen, und sie merkte überrascht, wie eine Woge der Hoffnung in ihr aufkam und sie das erste Treffen mit ihren Schülern kaum erwarten konnte – diesmal nicht, weil sie Einzelheiten für Figuren in ihren Büchern suchte, sondern nur, weil sie helfen wollte. Online erstand sie ein Lehrbuch für Englisch als Zweitsprache und absolvierte einen zwölfteiligen Kurs auf YouTube. Dann kam jemand einer Fledermaus zu nah, China ging in den Lockdown, danach die ganze Welt. Der Unterricht wurde gestrichen.

Während dieses ersten Lockdowns schickte sie Morgan eine E-Mail und schlug vor, ihre Freundschaft per Telefon aufzufrischen. Nachdem sie eine Woche lang nichts gehört hatte, begann sie, sich Sorgen zu machen, und schickte eine SMS hinterher: »Tut mir leid, dass ich mich nicht früher gemeldet habe, aber wer hätte auch wissen können, dass die Welt nach unserem letzten Gespräch einfach implodiert! Wie läuft's in Kopenhagen? Sitze zu Hause fest. Nicht gerade ideal, gelinde gesagt! Hoffe, Dir und Deiner Familie geht es gut. Alles Liebe, Dora.«

Die Antwort kam am nächsten Tag: »Dora! Hab wie verrückt zu tun. Muss meine Schüler via Zoom unterrichten. Ächz! Melde mich, sobald ich einen freien Moment habe …!«

Dora überflog die Nachricht, brauchte nicht mal jedes Wort zu lesen. Die, zu denen man während einer Notlage den Kontakt verliert, verschwinden auf Nimmerwiedersehen. Das hier bedeutete ein Ende: ihre letzte Freundschaft.

Die Lockdowns zogen sich hin, aber Dora kam gut zurecht, auch wenn sie sich ausmalte, vor ihrer Haustür tobe ein Inferno. Anfangs änderte sich nur wenig, allein Toilettenpapier war schwer zu bekommen. Alles wirkte plötzlich seltsam prekär, die Gesellschaft eine schwächere Barrikade, als jedermann geglaubt hatte. Dora testete, mit wie wenig Essen sie auskam, aß schließlich nur noch 800 Kalorien am Tag; und ihr gefiel die physische Leere, die ihr Denken klärte. Nur beim Einkaufen begegnete sie noch anderen Menschen, weshalb sie jeden Tag immer bloß wenig besorgte – eine große Orange zum Beispiel; und sie erkundigte sich beim Lebensmittelhändler, wie sein Tag verlaufen war, während sie langsam das Portemonnaie öffnete.

»Der Nächste, bitte!«

Überall auf der Straße zogen Lieferanten ratternd die Schiebetüren ihrer Vans auf, ließen Bilder von riesigen Erdbeeren und wasserbesprühtem Salat in ihr aufkommen. Dora merkte sich den Namen einer Firma und gab eine Bestellung auf – ein Sack Basmati-Reis, eine rote Zwiebel, Desinfektionsmittel für die Hände –, und sie wartete. Der Fahrer schwatzte vor der Haustür mit ihr, bis ihr auffiel, dass seine Schuhe Richtung Gartentor wiesen: Er versuchte, ihr zu entkommen. Beim nächsten Mal (immer ein anderer Fahrer) hatte sie Kaffee gemacht, aber der Mann lehnte ab. Von nun an bot sie jedem Lieferanten Kaffee an, als hätte sie gerade eine Kanne frisch aufgesetzt, und sagte dem Mann, er sähe aus, als könnte er einen Muntermacher gut gebrauchen. Sprachen die Fahrer kein Englisch, deuteten sie nur auf die Tüten vor ihrer Tür. Dora hielt ihnen dann den gereckten Daumen hin, schleppte ihre Einkäufe ins Haus, sagte sich, sie solle nicht dumm sein – und war doch enttäuscht, da sie die Lieferung den ganzen Vormittag am Computer verfolgt hatte.

Einmal kam ein Fahrer während eines heftigen Wolkenbruchs, ein verblüffend vornehm klingender Engländer Ende fünfzig, das fadenscheinige Anzugshemd vom Regen an die Brust geklatscht. Er stellte drei Tüten ab und trat zurück, um den Mindestabstand zu wahren, setzte sich erneut dem strömenden Regen aus. Sie bat ihn, wieder unters Vordach zu kommen, und bemerkte einen tropfnassen Beutel Tabak in einer Tasche seiner Cargohose. »Gönnen Sie sich eine Zigarettenpause«, drängte sie ihn. »Oder besser noch: Kommen Sie auf einen Kaffee ins Haus. Ich wollte mir gerade einen machen.«

Er blieb lieber draußen, also ließ sie die Tür offen; diagonal peitschte der Regen in den Flur. Seine Zigarette knisterte, während er mit ihr auf der Fußmatte stand, am schwarzen Kaffee nippte und schwitzte, denn es war ziemlich warm, der Regen längst überfällig, da waren sie sich einig, dafür aber so heftig, dass man sich erstaunt fragte, was denn nur da oben los sei (Dora wurde nervös, wollte endlich vom Wetter zu gewichtigeren Themen wechseln). Sie umklammerte eine knotige Hand mit der anderen, als wollte sie sich zügeln oder sich sich ermahnen stillzuhalten, bis er seinen Satz zu Ende gesprochen hatte. Er verdiene seinen Lebensunterhalt mit einer Vielzahl von Jobs, erzählte er; Lieferant sei er geworden, weil es ihm so gut gefalle, durch das leere London zu fahren, wenn alle Mäuse sich in ihren Löchern versteckten.

»Mäuse wie ich?«

»Mäuse wie Sie.«

Für Baritonstimmen hatte Dora schon immer etwas übriggehabt. Er suchte Blickkontakt und hielt ihn, sicher war sie sich wegen der aufsteigenden Rauchwolken aber nicht. Sie stellte ihn sich als ihren Liebhaber vor. Er wäre es wert, den Tod durch Corona zu riskieren! Sie unterdrückte ein Lächeln. Dabei hätte sie durchaus lächerlich sein sollen, hätte ihn fragen sollen, ob er mit ihr schlafen wolle. Vielleicht hätte er abgelehnt. Na und? Und wer wusste denn schon, was er wirklich geantwortet hätte. Jedenfalls hatte sie ihre Chance verpasst. Ihr Bedauern schwärte, metastasierte, wurde zu einer Art Bedauern um die Zukunft: dass sie zu alt war, um noch irgendetwas Bemerkenswertes zu erleben, dass sie nur weiter und weiter einen sich verengenden Korridor entlanglief. Dora schloss die Tür, sobald der Lieferant gegangen war, blieb aber im Flur und öffnete die Tür zwei Minuten später erneut: die Ligusterhecke, Tropfen, die auf Mülltonnen prasselten, auf der Schwelle eine leere Tasse.

Überschätzte Bücher sortierte sie als Erstes aus ihrer Sammlung aus, warf sie mit einer gewissen Befriedigung in die blaue Recyclingtonne (Pappe, Papier, Romane). Danach veraltete Sachbücher. Dann respektable Werke, die sie realistisch gesehen nie wieder lesen würde. Nach weiteren Ausleserunden blieben nur ein paar Hundert Bände übrig, zerlesene Ausgaben auf staubgeränderten Regalen, darunter die abgegriffenen holländischen Romane, die sie von ihrer Mutter geerbt hatte sowie die Bücher, die ihr Vater ihr vor mehr als sechzig Jahren gekauft hatte, damals, als man, wenn man attraktive junge Männer sah, wusste, sie waren im Krieg gewesen, als das Schreiben noch einem Akt des Widerstands gegen Tyrannen glich und Romane mit Scherzen oder uneingestandener Liebe signiert wurden, ein bestimmtes Buch, das eine bestimmte Person heraufbeschwor, oder ein Café, in dem man es gelesen, dann geschlossen hatte, Daumen zwischen den Seiten, man selbst darin gefangen, unfähig, sich wieder der Gegenwart zuzuwenden.

Dora bestellte eine Entrümpelungsfirma, und ein glatzköpfiger junger Syrer namens Amir kam, der sämtliche noch verbliebenen Bücher in Kisten packte, auch alle Exemplare ihrer elf Romane sowie der beiden Erzählbände und ihrer Memoiren. Die Bücherregale waren leer. Der nächste Besitzer konnte sie abmontieren und die Zimmer so verbreitern.

Damit Amir nicht allzu rasch wieder fuhr, setzte sie ständig weitere Dinge auf seine Liste, amüsiert von dieser Farce, die sie im Austausch für einige zusätzliche Minuten mit diesem schweigsamen Fremden immer mehr aufgeben ließ. Zu ihrer Überraschung willigte er ein, bei ihr zu essen, doch führte er sich in ihrer Küche wie ein Schuljunge bei seiner Großtante auf, schaufelte hastig den Teller leer, wippte mit den Beinen unterm Tisch. Als Dora herausfand, dass er außerhalb von Paris aufgewachsen war, wechselte sie ins Französische, woraufhin er ein wenig aufblühte und ihr erzählte, dass sein Vater – der einzige nahe Verwandte, der nicht aus Syrien geflohen war – vor Kurzem gestorben war, dass Amir zur Beerdigung aber nicht ins Land zurückkehren konnte, zu gefährlich. Und er ließ sie wissen, dass er mehr als nur ein Mann mit einem Lieferwagen war, dass er studiert und ein amerikanisches College ihn sogar angenommen hatte, sein Leben dann aber aus den Bahnen geriet, als ihm Trumps Amerika das Visa verweigerte.

In jener Woche piepte ihr Handy, eine Nachricht vom staatlichen Gesundheitsdienst, die sie daran erinnerte, dass für ihre Altersgruppe nun Impfdosen gegen Corona vorrätig waren. Als sie keinen Termin buchte, rief ein Sozialarbeiter an, um sich nach dem Grund zu erkundigen. Dora erklärte, diese Krankheit scheine ihr einen akzeptablen Abgang zu bieten, vorausgesetzt, sie, Dora, bleibe allein und daheim. Im Gespräch erwähnte sie, sie habe den Fehler gemacht, sich gesund zu ernähren und sich körperlich zu ertüchtigen, weshalb die Gefahr bestünde, dass sie noch viele Jahre lebe, falls sie dem keinen Riegel vorschiebe.

»Mrs Frenhofer? Lassen Sie mich jemanden suchen, der sich mit Ihnen unterhält.«

Beim Ausfüllen des psychologischen Fragebogens erklärte Dora freimütig, dass sie daran denke, ihr Leben zu beenden. Das löste offenbar irgendeinen Algorithmus aus, denn man wies ihr einen Berater zu, einen sanftmütigen Mann um die sechzig namens Barry, der (sie hatte ihn gegoogelt) früher Anwalt gewesen war, nach einer Umschulung nun aber alle zwei Wochen bei ihr auf Zoom erschien.

Barry konnte seine Kamera einschalten, und er konnte die Stummschaltung aufheben, aber nur selten beides gleichzeitig. Während der ersten Minuten jeder Sitzung sah sie dieser liebenswerte Gnom auf ihrem Bildschirm stirnrunzelnd an, während sich seine Lippen lautlos bewegten; oder er stammelte bei schwarzem Monitor irgendwelche Entschuldigungen wegen technischer Probleme. Früher hätte es Barry in eines ihrer Bücher geschafft, aber sie versuchte, ihn so zu sehen, wie andere Leute Menschen sahen: Sie sind, wie sie sind, und du bist, wie du bist, und man muss nichts davon verwerten.

Er begann jede Sitzung mit der Frage, wie Dora zurechtkomme.

»Womit zurechtkommen? Dem Ende der Welt? Hier ist es sehr schön und friedlich, würde man nicht von all diesen schrecklichen Dingen hören, die überall passieren.«

»Wir werden diese Epidemie meistern. Und das schon sehr bald!«

»Aber, Barry, glauben Sie nicht, dass die für immer bleibt? Der Virus verbreitet sich wie verrückt, entwickelt sich, es entstehen ständig neue Varianten. Und es wird andere Pandemien geben, davon muss man ausgehen.«

»Sie sind heute ein wenig bedrückt, stimmt's?«

»Nein, gar nicht. Ich kann nicht klagen. Mir tun nur die jungen Menschen leid, die all dies erben. Aber ich selbst kann mich nicht beschweren. Sicher: Ich bin allein, und das ist manchmal nicht einfach. Aber nicht unfair. Ich habe so viele Menschen in meinem Leben verlassen. Freunde und Hochzeiten und Geburtstage und was weiß ich, zu denen ich nicht hinwollte. Aber wie hätte ich anders sein können? Ich bin, wie ich bin.«

»So *sind* Sie. Und egal, wie alt, wir leben alle nur in der Gegenwart.«

»Himmel, das will ich nicht hoffen.« Dora glaubt, dass man den anderen das Feld überlassen sollte. Länger zu bleiben, mehr zu wollen wäre gierig. Sie hat das Leben nie mit einer Kindergeschichte verwechselt, nie Happy Ends geschrieben. Entscheidend ist nur, dass eine Geschichte zu ihrem Ende kommt.

»Verklage deine Gedanken«, sagte Barry – eines seiner Mantras aus der kognitiven Verhaltenstherapie, laut der ein Patient die negativen Ideen hinterfragen und sie wie ein Anwalt ins Kreuzfeuer nehmen muss. »Haben Sie Ihre Gedanken vor Gericht gebracht, Dora?«

»Ich hoffe, Barry, meine Gedanken erzielen einen Strafvergleich.«

Dies war ihre sechste Sitzung – die letzte, für die der Gesundheitsdienst aufkam. Eine Floskel kam ihr in den Sinn: »Bringen wir das hier unter Dach und Fach.« Zum Schluss dankte sie Barry für seine gutherzigen Bemühungen. »Würden wir uns live sehen, würde ich Ihnen eine Schokolade schenken.«

»Und ich würde sie essen.«

Der alte Mann ihr gegenüber nickt immer wieder ein, Kopf gesenkt, eine lange Haarsträhne schwingt bei jedem Ausatmen leicht hin und her. Dora fühlt sich veranlasst, ihr eigenes Haar zu richten, doch als sie sich an den Kopf fasst, nach ihrem Knoten greifen will, streicht sie nur über kurzes Haar und fährt mit den Fingern bis hinab zum Knochen oben im Nacken. In jüngeren Jahren fand sie ihr Haar besonders attraktiv. Letzte Weihnachten hat sie es abgeschnitten. Ihre Finger wollten ihr nicht recht gehorchen, die Knöchel zu geschwollen für die Stoffschere. Als sie das Ergebnis im Badezimmerspiegel betrachtete, musste sie lachen, legte einen Moment eine Hand über die Augen, sah wieder hin und freute sich über ihr Grinsen. »Ach, was soll's!« Als die Corona-Regeln für Friseure gelockert wurden, trimmte eine Stilistin mit Gesichtsvisier ihr Haar zu einer akzeptablen Frisur, während sich ihre Lippen zu einem Song bewegten, den sie über weiße Earbuds hörte. Hinterher stand Dora auf der Straße und fasste sich an ihre kalten Ohren.

Früher einmal hat *ihn* jemand attraktiv gefunden, denkt Dora über den dösenden Alten. Wir Menschen leben zu lange. Schimpansen sterben mit vierzig, wir aber überdauern unsere Zähne und unsere Kompetenz. Vor einigen Jahren hätten sie und dieser Mann vielleicht zusammengepasst, hätten ein bedeutungsvolles Gespräch geführt, er mit der Frage im Hinterkopf: »Würde sie? Mit mir?« Nicht, weil Dora so unwiderstehlich gewesen wäre, sondern weil heterosexuelle Männer, davon ist Dora überzeugt, von solchen Gedanken über nicht mit ihnen verwandte Frauen im gebärfähigen Alter geplagt werden. Sie bemitleidet Männer wegen dieser beschränkten Sicht auf das andere Geschlecht – so kurze Periskope.

Eine Erinnerung lenkt sie ab: einer ihrer literarischen Helden, ein Mann der Linken, der die Stalinisten anprangerte, als sie noch in Mode waren, und die nachfolgende Verdammung über sich ergehen ließ. Als sie ihn kennenlernte, trug er Tweed und Schlips, ein Emigrant, der sich von seiner Hippie-Vergangenheit losgesagt hatte. Sie lernten sich bei einem High-Table-Dinner in Oxford kennen, saßen in Flirtdistanz, was letztlich dazu führte, dass sie mit ihm auf sein kaltes Zimmer ging, wo er sich rascher auszog, als sie den Reißverschluss ihrer kniehohen Lederstiefel öffnen konnte. Statt seine Blöße zu bedecken, stand er nackt und so ungeduldig da, als wollte er in einen See springen. Gab es eine FKK-Kultur in Ungarn? Sie wusste es nicht. Normalerweise genoss Dora es, wenn sich der Atem eines klugen Mannes beschleunigte, er aber hatte Mengen an in Butter gedünsteten Crevetten gegessen. Je erregter, desto mehr Knoblauch. Ihr Sex war durchaus normal, nur fiel Dora auf, dass sich der Penis dieses imposanten Denkers nach rechts krümmte, ganz im Gegensatz zu seinen politischen Ansichten. Hinterher machte er Kaffee allein für sich; und sie konnte nie wieder ein Buch von ihm lesen.

Der alte Mann wird wach und sagt: »Das Ende einer Ära.«
»Wie bitte?«

»Ich bin das.« Er redet von seinen Geschwistern – von vieren ist er der Letzte. »Und Sie?«

Dora erwähnt ihren jüngeren Halbbruder und setzt hinzu, dass er verschollen ist – vermutlich längst gestorben, vielleicht ein Unfall; oder er hat sich selbst das Leben genommen. »Wir haben es nie herausgefunden.«

»Würden Sie das hier tun, wenn er noch am Leben wäre?«
Dora weiß sofort die Antwort. Und die überrascht sie.

In den Monaten nach Theos Abreise kam kein Brief von ihm. Dora beruhigte alle: Er würde Neues erleben, sich von der Kindheit, von seinem Zuhause lösen, genau wie erhofft. Erst nach Jahren fand sie sich damit ab, dass etwas geschehen war – die Einsicht kam plötzlich: ein Angsttraum, Theo irgendwo eingesperrt in einem Raum, gemartert. Selbst heute überkommt sie manchmal dieses gespenstische Gefühl, dass er noch lebt, dass er, vielleicht in einem Ashram, zu etwas betet, das es nicht gibt. Zugleich weiß sie, er ist nicht mehr.

Während der Pandemie hat Dora seinen Geburtstag gefeiert, hat eine Flasche Wein aufgemacht und sich durch den Kopf gehen lassen, was sie noch über Theo wusste: der kleine Junge mit weißblondem Haar, so unbeholfen, als würde er auf Stelzen laufen, wie er andere Kinder schubste, weil er nicht wusste, wie er sonst ihre Aufmerksamkeit gewinnen sollte, bis sie schließlich zurückschubsten und er sich fürs nächste Jahrzehnt zurückzog, wuchs, immer größer wurde, immer krummer ging; und nie hatte sie seinen Blick deuten können. Dora unterhielt sich mit seinem Geburtstagswein, leise, sagte vielleicht aber gar kein hörbares Wort: Ich frage mich, wo du heute wohnen würdest. In Dads Haus? Ich war mir so sicher, dass du nach wenigen Monaten zurückkommst, und Dad würde mir zunicken, und deine Mutter sich vor Erleichterung die Augen wischen, und du würdest von Abenteuern erzählen und die Namen von Freunden nennen, von denen wir noch nie gehört haben. Stattdessen finde ich dich hier, und du siehst mich über den Tisch hinweg an. Nie sagst du was.

Ein Klingelton – ›Baby Shark‹ – lässt sie zusammenfahren. Der alte Mann findet sein Mobiltelefon, weiß aber nicht, wie er den Anruf entgegennehmen kann, dabei ist es ein Senioren-Handy mit riesigen Tasten. Dora übernimmt, stellt auf Lautsprecher: Es ist Scott, der sich aus seinem Taxi meldet.

»Bist fast hier, ja?«, fragt der alte Mann mit tieferer Stimme. Er versucht, seinen Schwiegersohn zu beeindrucken. Und Dora begreift: Dieser Mann will das hier gar nicht, nur kann er nicht zurück. Die letzte Party – alle sind gekommen, um sich von ihm zu verabschieden. Er kann sie jetzt nicht enttäuschen.

»Sie *können* Ihre Meinung noch ändern«, platzt es aus Dora heraus.

Scotts Stimme knistert über Lautsprecher, als er fragt: »Wer ist das? Wer ist bei dir, Frank?«

»Eine Frau, die mich ins Haus gelassen hat.«

»Wie? Jemand vom Institut?«

Dora sagt: »Sie müssen das hier nicht durchziehen. Wirklich nicht.«

Der alte Mann zu Scott: »Anscheinend sind wir am falschen Tag gekommen. Sie meint, ich wäre heute nicht an der Reihe. Ehrlich gesagt, hätte ich auch nichts dagegen, wenn …«

»Blödsinn!«, erwidert Scott. »Ich bin gleich da, höchstens noch fünf Minuten.«

»Keine Sorge, Scott. Und danke, Kumpel.« Ohne sie anzusehen, legt er das Handy ab.

Dora öffnet den Reißverschluss ihrer Tasche und greift nach dem Sandwich. Sie geht zur Haustür, öffnet sie und atmet die frische Luft.

Eigentlich ist sie doch nicht hungrig, also steckt sie das Sandwich zurück in die Tasche. Sie blickt die Straße hinunter, dann geht sie los. Der alte Mann taucht hinter ihr in der Haustür auf, stützt sich auf seinen Sauerstoffzylinder. »Wohin wollen Sie?«

Sie dreht sich nicht um, hebt zum Abschied nur eine Hand.

Dora folgt dem Straßenrand, der staubig ist von den Bauarbeiten auf dem Gehweg. Alle paar Sekunden rauscht ein Auto an ihr vorbei.

Als sie noch Schriftstellerin war, flog sie einmal auf Verlagskosten zu einem Literaturfestival nach Australien und hörte dort Kollegen behaupten, dass ihre literarischen Figuren für sie lebendiger seien als manch lebender Mensch. Man muss den Profis gelegentlich eine Lüge zugestehen, wenn sie denn gut fürs Geschäft ist. Figuren aber leben am Ende eines Kapitels nicht einfach weiter, Menschen dagegen hören nicht einfach auf zu existieren, selbst dann nicht, wenn ihre Geschichte zu Ende ist. Dora hat nie zu der Sorte Schriftsteller gehört, die das Meer beschreibt, für sie gab es immer nur Menschen. Von ihnen war sie besessen, da sie von ihnen enttäuscht wurde. Jetzt kann sie sich jedoch kaum an die Namen ihrer Figuren erinnern.

Nachdem sie von der Lektorin abgelehnt worden war, hatte Dora nie wieder ein neues Manuskript anfangen wollen. Und sie konnte auch das peinliche Mittagessen in Soho mit ihrer Agentin nicht vergessen, nach dem sie sich gefragt hatte, ob literarische Karrieren so zu Ende gehen. Trotzdem war sie damals mit einer Spur Hoffnung nach Hause zurückgekehrt, einem Funken nur, der aber genügte, um sich wieder an den

Laptop zu setzen und Geschichten anzufangen, Geschichten, die sich in den folgenden Lockdowns ausdehnten und wieder gekürzt wurden. Eine einzige Figur verband die Kapitel, eine unbedeutende Romanautorin in einer unbedeutenden Krise. Diese Frau war eine Version ihrer selbst, bot ihr aber die Gelegenheit, anderes zu probieren, vielleicht etwas zu lösen. Nur scheiterte Dora daran, diese Person überzeugend zu gestalten, sie blieb eine mittelmäßige Autorin, die für niemanden wichtig war, außer für sich selbst. Sie löschte den Roman, löschte die Autorin.

Jetzt ist es nur noch Dora Frenhofer, die ihre staubigen schwarzen Lederschuhe ausschreiten sieht, eine Frau, überwältigt von der Sehnsucht nach Erfahrung, nach einem Pfad, der sich in einem Feld verläuft, danach, gegen einen großspurigen Wind anzulaufen, Zehen, die Kiesel spüren, an den Füßen kaltes Wasser, Schaum um ihre Knöchel.

Sie bleibt stehen, um ihr Handy zu wecken, scrollt zu einem Namen. Wenn sie den Zeigefinger einen Millimeter senkt und ihre Haut Glas berührt, rasen Signale zu Satelliten, huschen Impulse durch Kabel zur anderen Seite der Welt, bringen ein iPhone auf einem Nachttisch in Los Angeles zum Vibrieren.

Jedes Mal, wenn sie sich mit ihrer Tochter unterhält, sagt Dora zu wenig. Es sind gehemmte Gespräche, denn Beck hat sich die Härte ihrer Mutter angeeignet, ohne zu ahnen, dass diese verzweifelt versucht, sie abzustreifen. Während des Lockdowns hat sie weitere alte Fotos auf den Sims hinter ihrem Schreibtisch gestellt, die meisten von ihrer Tochter. Beck hatte es immer gehasst, für Bilder zu posieren: Es zwang sie, daran zu denken, wie sie aussah, wer sie von außen war. Dora stellte auch ein Bild von Morgan dazu, aufgenommen beim Spazierengehen auf der Hampstead Heath. Daneben ein verblasstes Polaroid: Theo in Amsterdam, ein Glas Bier in der Hand; außerdem eine Schwarz-Weiß-Aufnahme von ihren Eltern, die beide die Augen zusammenkneifen.

Heute Morgen hat Dora die Fotos vom Sims geräumt, sie in den Korb mit obsoletem Computerzubehör unter ihrem Tisch getan. Irgendwann wird jemand von einer Entrümpelungsfirma den Inhalt durchgehen und all die Gesichter in den Müll werfen.

Sie sucht nach verpassten Anrufen: nur drei in den letzten Monaten, alle von Beck, die versucht hat, Dora während der Pandemie zu erreichen, und sich in knappen Sprachnachrichten danach erkundigt, wie ihre Mutter zurechtkommt. Dora hat nie zurückgerufen, hat sich immer gesagt: Es kann nicht sein, dass sich die Kinder um die Eltern kümmern.

Dass sie dies hier allein durchmacht, stimmt sie nicht traurig. Ihr Leben ist reich an Gefühlen gewesen, an Geschmack und Neuem. In der letzten Zeit ging es ihr allerdings nicht besonders, das stimmt.

Sie lächelt kurz, denn ein schwarzes Londoner Taxi rast den Hang hinab auf sie zu. Dora hebt die Hand, der Fahrer verlangsamt, bleibt stehen, fährt das Beifahrerfenster runter. »Tut mir leid, ich bin nicht von hier«, sagt Scott. »Ich spreche nur Englisch.«

»Ich nehme nicht an«, sagt sie, »Sie könnten mich zum Piccadilly Circus fahren?«

»Was? Wohin?«

Dora wiederholt sich.

»Eigentlich darf ich in diesem Land gar nicht Taxi fahren«, sagt er. »Ich bin privat unterwegs, und ich brauche noch eine Stunde. Später können wir dann gern eine Pauschale ausmachen. Wann genau wollen Sie los?«

»War ein Scherz. Nur ein Scherz.«

»Und warum haben Sie mich dann angehalten?« Er fährt wieder an, brummelt: »Blöde Nuss!«

Dora geht an den Outlets vorbei, die Sofas und Golfzubehör verkaufen. Ihr Knie tut weh, ein dumpfer, doch nicht unangenehmer Schmerz. Sie fasst sich an die kalten Ohren, zieht daran, als würden sie nicht ihr gehören, Haut und Knorpel einer alten Frau. Ein tiefer Atemzug: Die Brust hebt sich. Sie schaut hinauf in einen Turm blauer Luft, Moleküle bis zum Rand der Atmosphäre. Wie viel die wohl wiegen? Das gehört zu den Fakten, die andere Leute wissen.

An der Bushaltestelle nimmt sie einen Bissen von dem Sandwich, spürt aber kein Verlangen nach Geschmack. Sie hat dies hier geplant, ist den weiten Weg gekommen, um herauszufinden, ob sie jemand ist, der das hier durchziehen kann.

Sie kehrt ins Haus zurück, gibt den Code in den Schlüsseltresor ein und betritt erneut diese Räume, jetzt ohne den alten Mann, den sie sich zu ihrer Gesellschaft herbeifantasiert hatte. Sie knipst alle Lampen an, liest den Brief, den die Organisation auf dem Tisch bereitgelegt hat, und prüft die Angaben auf den drei Medikamentenschachteln, die alle mit ihrem Namen beschriftet sind.

»Ich hab ein bisschen Angst«, sagt sie. »Ach, komm schon. Stell dich nicht so an.«

Sie füllt den Wasserkessel, hört, wie er zu kochen beginnt. Ein Piepen. Stille.

Aber sie will kein heißes Getränk mehr. Sie füllt ein Glas mit Wasser. Sie öffnet die Schachteln.

Dora Frenhofer schläft ein, schneller als erwartet. Bald ist niemand mehr. Nicht einmal sie selbst.

Danksagungen

Besonderer Dank gilt Natasha Fairweather, meiner Agentin und geschätzten Befürworterin meiner Arbeit; ihr Zuspruch hat mich veranlasst, dieses Buch zu schreiben. Immerwährender Dank gilt auch Jon Riley von riverrun – es ist für mich ein großes Glück, dass Du Dich so für mein Werk engagierst. Dank auch an Ben George von Little, Brown, meinem amerikanischen Lektor, der mich mit wunderbaren Gesprächen und Anmerkungen versorgt hat. Auf mehr von beidem freue ich mich. Die Zusammenarbeit mit allen bei Doubleday Kanada ist für mich eine wahre Freude, allen voran Kristin Cochrane, Kiara Kent und Amy Black – mit euch zu arbeiten ist mir stets ein Vergnügen. Drei Schriftstellerkollegen waren überaus großzügig mit ihrer Zeit und ihren Anregungen in den Jahren, in denen ich für dieses Buch recherchierte: Iben Albinus, Diederik van Hoogstraten und Leo Mirani. Ihnen meinen wärmsten Dank. Zu guter Letzt wende ich mich an jemanden, der das, was ich sagen möchte, nicht mehr hören kann, an meinen Vater Jack, der starb, während ich an diesem Buch schrieb. Als ich noch ein rührseliger Junge war, der höchstens Zeitschriften las, gab er mir die großen Romane und erhellte sie mit seiner Leidenschaft. Gnadenlos (und meisterhaft) kritisierte er meine Schulaufsätze. Später hat er sich für meine Romane begeistert und auf überaus berührende Weise dafür starkgemacht. Er lässt mich in der Gesellschaft von Orwell und so vielen anderen Autoren zurück, die, wie auch Jack, getreue Leitsterne bleiben, obwohl sie selbst keine Worte mehr haben.